JEANNE D'ARC

PAR

H. WALLON

Secrétaire perpétuel de l'Académie des Inscriptions
et Belles-Lettres
Doyen honoraire de la Faculté des lettres de Paris

OUVRAGE

Qui a obtenu de l'Académie française, le grand prix Gobert

NOUVELLE ÉDITION

TOME SECOND

PARIS

LIBRAIRIE HACHETTE ET Cie

79, BOULEVARD SAINT GERMAIN, 79

JEANNE D'ARC

Coulommiers. — Imp. PAUL BRODARD. — 583-1901.

H. WALLON

Secrétaire perpétuel de l'Académie des Inscriptions et Belles-Lettres
Doyen honoraire de la Faculté des lettres de Paris

JEANNE D'ARC

OUVRAGE

Qui a obtenu de l'Académie française, le grand prix Gobert

SEPTIÈME ÉDITION

TOME SECOND

PARIS

LIBRAIRIE HACHETTE ET Cie

79, BOULEVARD SAINT-GERMAIN, 79

1901

JEANNE D'ARC.

LIVRE SIXIÈME.

ROUEN. — LES JUGES.

I

LE MARCHÉ.

La Pucelle, prisonnière du bâtard de Wandonne, fut menée au camp de Margny, où bientôt accoururent, poussant des cris de joie, tous les chefs anglais et bourguignons, et après eux le duc de Bourgogne, arrivé trop tard pour la bataille. Que lui dit-il? Que lui dit Jeanne elle-même? Monstrelet, présent à l'entrevue, n'en a point gardé le souvenir. Le duc était du sang de France, et Jeanne, à plusieurs reprises, lui avait écrit pour le ramener au roi; mais depuis la campagne de Paris, elle n'espérait plus le détacher des Anglais que par la force. — Le bâtard de Wandonne étant de la compagnie de Jean de Luxembourg, c'est à ce prince que Jeanne appartenait. Après trois ou quatre jours passés au camp, il l'envoya à son château de Beaulieu, jugeant peu sûr de la retenir si près de la ville assiégée [1].

Ce n'étaient pas seulement les assiégés que le sire de Luxembourg devait craindre, s'il voulait garder la captive dont le droit de la guerre l'avait fait maître. La Pucelle avait été prise le 24 mai 1430. Le 25 on le sut à Paris. Dès le 26, le vicaire général de l'Inquisition adressait au duc de Bourgogne un message, que dut accompagner ou suivre de bien près une lettre de l'Université, conçue dans le même sens : lettre perdue, mais rappelée dans une autre qui est conservée au procès. L'Université priait le duc de livrer Jeanne, comme idolâtre, à la justice de l'Église; l'inquisiteur la réclamait en vertu de son office, et « sur les peines de droit, » invoquant l'obligation formelle de « tous loyaux princes chrétiens et tous autres vrais catholiques » d'extirper « toutes erreurs venans contre la foi. » Mais il y avait, derrière l'Inquisition et l'Université, une puissance bien autrement redoutable pour la Pucelle, je veux dire les Anglais. Ils voyaient en elle la cause unique de leurs revers, et ce n'était point assez pour leur sécurité que de savoir aux mains des Bour-

1. *Jeanne à Margny*, t. IV, p. 402 (Monstrelet, II, 86) : « Cheux de la partie de Bourgogne et les Anglois en furent moult joyeux, plus que d'avoir prins cinq cens combatans : car ils ne cremoient, ne redoubtoient nul capitaine, ne aultre chief de guerre, tant comme ils avoient toujours fait jusques à che présent pour ycelle Pucelle. » — *A Beaulieu, ibid.*, et p. 34 (Cagny). — D'après une tradition, Jeanne aurait été d'abord gardée au château de Beauvoir: conduite de Margny à Clairoix (24 mai), elle aurait été gardée dans ce château, puis transférée à Beaulieu en passant par Rouen (22 juin.) C'est au moins ce que conjecture M. Peyrecave, *Notice historique sur Élincourt Sainte-Marguerite* (Compiègne, 1888), p. 124.

guignons celle qui avait relevé la fortune de la
France. Comment douter que Charles VII ne sacrifiât, s'il le fallait, le meilleur de son royaume,
pour recouvrer celle qui l'avait sauvé d'une entière
conquête et promettait de le reconquérir entièrement? Et comment se flatter que le sire de Luxembourg résistât à ses offres? Le comte avait repoussé leurs premières ouvertures : n'était-ce pas
dans l'espoir d'avoir de Charles VII un meilleur
prix? Pour la lui disputer, il fallait aux Anglais
plus que de l'argent : il leur fallait l'autorité de
la religion mise au service de leurs intérêts. C'est
par l'Église qu'ils tentèrent de la prendre, comme
c'est par elle qu'ils la voulaient frapper : entreprise
d'une hypocrisie infernale, où ils déployèrent assez
d'habileté, sinon pour égarer le sentiment populaire, au moins pour donner le change à certains
esprits trop prompts à relever comme idées nouvelles des apparences dont le bon sens public a
de tout temps fait justice [1].

Si l'on en croit, en effet, non point le savant
éditeur des procès de Jeanne d'Arc, mais des in-

1. *Nouvelle de la prise de Jeanne à Paris.* La nouvelle en vint
à Paris par une lettre du sire de Luxembourg. t. IV, p. 458.
(Clém. de Fauquembergue, greffier du Parlement : à la marge
du ms., f° 27, il a tracé grossièrement une figure de femme avec ces
mots : *captio puelle.*) — *Lettre de l'Université :*... « Que cette
femme dicte la Pucelle fust mise ès mains de la justice de l'Église,
pour lui faire son procès deuement sur les ydolatries et autres matières touchans nostre sainte foy, » t. I, p. 9.
Lettre du vicaire de l'Inquisiteur : ibid., p. 12. — L'inquisiteur général était alors J. Graverend qui s'était associé à l'inquisiteur du temps, J. Polet, et à l'évêque de Paris, pour poursuivre la doctrine de Jean Petit, apologiste de l'assassinat commis

terprètes un peu téméraires des documents qu'il
a réunis, les Anglais seraient, pour ainsi dire,
étrangers à la conduite de cette affaire ; c'est l'affaire de l'Église de France et de l'Université de
Paris. C'est l'Université qui a eu l'idée du procès ;
c'est un évêque français qui l'exécuta, assisté de
docteurs en théologie et autres juges parmi lesquels on trouve à peine un nom anglais : les Anglais y assistaient en simples spectateurs. Voilà
la thèse : mais il est bien difficile de la soutenir
quand on rejette les apparences pour aller au fond
des choses. Assurément on ne doit pas laisser aux
Anglais tout l'odieux de ce grand crime. Il y avait
en France tout un parti lié à eux par nos troubles
civils. Charles VII était pour les Bourguignons
l'homme des Armagnacs ; la Pucelle, nous ne voulons pas dire par quel blasphème impur ils la disaient des Armagnacs. Ils la détestaient donc, et
les haines civiles ne sont pas moins vives que les
haines nationales. Mais sur un point où l'orgueil
et la fortune de l'Angleterre étaient tenus en échec,
la haine des Anglais ne le cédait point aux haines
civiles de la France : elle sera là pour les entretenir, les guider, et y suppléer au besoin. Il ne fut
pas nécessaire qu'on suggérât aux Anglais l'idée
de ce procès. Si l'Inquisition, si l'Université de
Paris l'exprimèrent au lendemain de l'affaire de

par Jean sans Peur. Voy. Vallet de Viriville, *Hist. de Charles VII*,
t. II, p. 188.
  *Premier refus de Jean de Luxembourg, et idée de recourir à
l'évêque de Beauvais*, t. IV, p. 262 (Abrév. du Procès).

Compiègne, eux-mêmes, on le peut dire, l'avaient eue dès la veille de la délivrance d'Orléans, quand ils répondaient aux sommations de la Pucelle en menaçant de la bruler dès qu'ils l'auraient : on ne brûle pas des prisonniers de guerre. Dès l'origine, ils étaient donc résolus à la faire juger comme hérétique et comme sorcière. Pour accomplir leur résolution, ils n'eurent qu'à prendre les instruments qu'ils trouvaient tout prêts à les servir.

Les Anglais n'ont pas eu seulement la première idée de ce procès : ils en ont eu la direction.

Pour juger la Pucelle, il la fallait avoir. Pour l'avoir, comme pour la juger, ils employèrent un homme à eux, Pierre Cauchon, évêque de Beauvais.

Pierre Cauchon paraît dans le procès l'organe le plus accrédité de l'Université de Paris. Dès le temps de Charles VI, en 1403, il avait été appelé par les suffrages de ce corps aux fonctions de recteur, et, vingt ans plus tard (1423), il était devenu le conservateur de ses priviléges. Attaché au parti de Bourgogne jusqu'à compter parmi les Cabochiens, aidé dans sa carrière par le crédit de la faction, archidiacre de Chartres, vidame de Reims, chanoine de la Sainte-Chapelle, membre du grand conseil, il était parvenu au siége important de Beauvais, l'une des six pairies ecclésiastiques, sur la recommandation toute-puissante de Philippe le Bon, et il avait embrassé avec lui la cause des Anglais, ce qui lui avait valu de nouvelles faveurs. Henri V l'avait nommé aumônier de France, et l'on a vu avec quel zèle il avait cherché à conserver Reims à Henri VI. Les circonstances l'avaient plus que jamais jeté dans cette voie, en associant aux intérêts de l'Angleterre ses intérêts et ses ressentiments. Lui qui avait voulu retenir Reims à la cause anglaise, il n'avait pas su garder Beauvais, son propre siége. Il en avait été chassé par un mouvement du peuple en faveur de Charles VII. Réfugié à Rouen, il convoitait ce siége archiépiscopal, vacant alors, et il ne pouvait l'attendre que de l'intervention du roi d'Angleterre auprès du pape. — Ce fut lui que les Anglais choisirent pour se faire livrer et pour juger la Pucelle[1].

La Pucelle avait été prise dans le diocèse de Beauvais, et à ce titre relevait de l'évêque du lieu. Pierre Cauchon n'eut garde de s'excuser de son absence : le siége d'où il était chassé lui offrait le moyen d'arriver à l'autre; l'ambition et l'esprit de vengeance conspiraient en lui au profit des volontés de l'Angleterre. S'étant concerté avec l'Université de Paris, il vint, le 14 juillet, au camp de Compiègne, et réclama du duc de Bourgogne la prisonnière, comme appartenant à sa justice : il présentait à l'appui de sa demande les lettres adressées par l'Université de Paris au duc et à Jean de Luxembourg. La main qui dirigeait tout

---

1. *P. Cauchon :* note de M. J. Quicherat au t. I, p. 1, du *Procès et Aperçus nouveaux*, p. 98 ; Vallet de Viriville, *Histoire de Charles VII*, t. II, p. 190-194. Voy. encore G. Normand, *Hist. ecclés. de Beauvais*, t. III, ch. xv, f° 1141 (Bibl. nat., F. fr. 8581), et *Procès*, t. II, p. 360 (P. Miget); t. IV, p. 262 et 263 (Abrév. du Procès), et l'appendice n° I.

se trahissait d'ailleurs dans sa requête. Cette requête était accompagnée d'offres pécuniaires : un
évêque n'offre pas de l'argent pour juger ceux qui
sont de sa juridiction. Aussi l'offre était-elle faite
purement et simplement au nom du roi d'Angleterre : « Et combien, dit l'évêque, qu'elle ne doive
point être de prise de guerre, comme il semble,
considéré ce que dit est ; néanmoins, pour la ré-
munération de ceux qui l'ont prise et détenue, le
roi veut libéralement leur bailler jusques à la
somme de vi mil francs, et pour ledit bâtard qui
l'a prise, lui donner et assigner rente pour soutenir son état, jusques à ii ou iii cents livres. » Il
finit même, en terminant sa lettre, par offrir
10 000 francs, somme au prix de laquelle, selon
la coutume de France qu'il invoquait, le roi avait
le droit de se faire remettre tout prisonnier, fût-il
de rang royal [1].

Jean de Luxembourg était de cette illustre mai-

---

1. *Lettre de l'Université :* t. I, p. 8 et 10. — *Requête de l'évêque
de Beauvais :* « .... Combien que la prise d'icelle femme ne soit
pareille à la prise de Roy, princes et autres gens de grand estat
(lesquels toutes voies se prins estoient, ou aucun de tel estat, fust
Roy, le Daulphin ou autres princes, le Roy le pourroit avoir, se il
vouloit, en baillant ou preneur dix mil francs, selon le droit, usaige
et coutume de France), ledit évesque somme et requiert les dessus-
dits ou nom comme dessus, que ladite Pucelle lui soit délivrée en
baillant seurté de ladite somme de x^m francs, pour toutes choses
quelxconques. » (*Ibid.*, p. 14, et le procès-verbal de la sommation,
ibid., p. 15.) — Jean de Luxembourg avait été cette année même
engagé au prix de 500 livres au service du roi d'Angleterre par l'en-
tremise du cardinal de Winchester. On a l'ordre de payer la somme
au cardinal, daté du 10 mai 1430. (Rymer, t. X, p. 460 ; cf. *Procee-
dings*, t. IV, p. 72, à la date du 2 décembre.) Voy. encore sur l'impression produite par la prise de Jeanne d'Arc, l'appendice n° II.

son qui avait donné des rois à la Bohême, à la Hongrie, et des empereurs à l'Allemagne; mais il était cadet de famille, peu apanagé, attendant tout du duc de Bourgogne et de la guerre entreprise au profit des Anglais. Pour le soutenir contre ces obsessions, il eût fallu que Charles VII fît des démarches, des offres même; il eût fallu aussi que le clergé, qui avait reconnu la mission de la Pucelle, fît voir que toute l'Église n'était pas du côté de ceux qui la voulaient juger. Or, il n'y a nulle trace d'aucun acte de cette nature. Charles VII demeure immobile, et son clergé se tait. Je me trompe : on a l'extrait d'une lettre du chancelier Regnault de Chartres, archevêque de Reims, aux habitants de sa ville épiscopale. Il leur annonce la prise de la Pucelle, et y veut voir comme un jugement de Dieu, « comme elle ne vouloit croire conseil, ains (mais) faisoit tout à son plaisir. » Il leur apprenait, par une sorte de compensation, « qu'il étoit venu devers le roi un jeune pastour, gardeur de brebis des montagnes de Gévaudan, en l'évêché de Mende, lequel disoit ne plus ne moins que avoit fait la Pucelle, et qu'il avoit commandement d'aller avec les gens du roi et que sans faute les Anglois et les Bourguignons seroient déconfits. » Bien plus, « sur ce que on lui dit que les Anglois avoient fait mourir Jeanne la Pucelle, le pastour répondit que tant plus il leur en mescherroit (arriverait malheur), et que Dieu avoit souffert prendre Jeanne, pour ce qu'elle s'étoit constituée en orgueil, et pour les riches habits

qu'elle avoit pris, et qu'elle n'avoit fait ce que
Dieu lui avoit commandé, ains avoit fait sa volonté. » Ainsi ce n'étaient pas seulement les Anglais et les Bourguignons qui triomphaient de la
chute de la Pucelle; c'étaient les conseillers de
Charles VII! La Pucelle succombait, parce qu'elle
ne les avait point écoutés. Dieu avait jugé : un
envoyé plus docile (aux conseillers, on le peut
croire) venait prendre sa place, et c'était de la réprobation de Jeanne qu'il faisait les préliminaires
et comme le fondement de sa mission. Les Anglais
avaient donc bien eu tort de tant craindre d'être
traversés dans leurs négociations : Charles VII
n'avait garde de leur faire concurrence. Que s'ils
poussaient leur haine jusqu'au bout, s'ils faisaient
mourir Jeanne d'Arc, tant mieux encore, puisque,
d'après le « jeune pastour » de l'archevêque de
Reims, « tant plus il leur en mescherroit [1]. »

Le sire de Luxembourg céda, et l'évêque revint
avec joie en apporter la bonne nouvelle à ceux qui

1. *Lettre de Regnault de Chartres :* t. V, p. 168, et Varin, *Archives législatives de Reims*, 2ᵉ partie, t. I, p. 604. — Jean Rogier,
qui en donne l'extrait, dit que, de son temps, elle existait en original
aux archives de l'hôtel de ville de Reims. Le berger dont parle
l'archevêque fut pris dans une embuscade près de Beauvais avec
Xaintrailles (août 1431), et mené à Rouen, puis à Paris, lié de
bonnes cordes, comme un larron. Lefebvre de Saint Remi ajoute
qu'il a ouï dire qu'il fut jeté à la Seine. Voy. les fragments du
Bourgeois de Paris et des autres historiens sur ce sujet. *Procès*,
t. V, p. 170-173. Cf. Vallet de Viriville, *Hist. de Charles VII*, t. II,
p. 218. — *Achat de Jeanne.* Une lettre de Bruges dit bien que
Charles VII voulut s'y opposer en menaçant les Bourguignons
« qu'il ferait le même traitement à ceux des leurs qu'il a
entre les mains » (Morosini, III, 339). On en voudrait une plus
sûre garantie.

l'avaient envoyé. C'est l'Angleterre qui payait, mais c'était la Normandie et les pays de conquête qui devaient donner l'argent; on en répartit la somme par surcroît à l'impôt que ces provinces devaient fournir pour une levée de soldats : la Pucelle valait bien sans doute une armée. Au mois d'août, le marché étant conclu, les États de Rouen votent le subside; le 2 septembre, le roi ordonne qu'il soit réparti et levé avant la fin du mois; et le 24 octobre, en vertu des lettres royaux datées du 20, le trésorier de Normandie fait acheter la monnaie d'or qui doit solder le prix de la Pucelle [1].

Le marché faillit manquer par certains incidents qui n'avaient pas été prévus au contrat.

Jeanne avait subi avec courage l'épreuve si dure de la captivité. Si l'événement de Compiègne, qui comblait de joie tous ses ennemis, avait, jusque parmi les siens, donné satisfaction aux jaloux et ébranlé les faibles, il n'avait pas diminué sa foi. Sa captivité lui avait été prédite, et ses saintes ne

---

1. *L'évêque de Beauvais :* « Quem vidit reverti de quærendo eam et referentem legationem suam regi et domino de Warwick, dicendo ketanter et exsultanter quædam verba quæ non intellexit, et postmodum locutus est in secreto dicto domino de Warwick. » T. II, p. 325 (N. de Houppeville). Sur *l'achat de Jeanne d'Arc,* voy. l'appendice n° III. — Le jeune roi d'Angleterre était, on l'a vu, depuis plusieurs mois déjà venu en France. Il était arrivé à Calais le 23 avril (Stevenson, *Letters,* etc., t. II, p. 140), il y était encore le 9 juillet. Il fit son entrée à Rouen le 29 juillet (P. Cochon, *Chron. Normande,* ch. LVI), et il y était encore le 20 novembre 1431. Il y était donc pendant toute la durée du procès de Jeanne d'Arc. Voy. Ch. de Beaurepaire (*Recherches sur le procès de condamnation de Jeanne d'Arc,* p. 13, 14).

l'avaient point abandonnée. Elle se résignait dans la confiance que son œuvre étant de Dieu ne souffrirait point de son propre échec; et quelques succès obtenus par les Français avaient pu la consoler dans sa prison. Barbazan, devenu gouverneur de Champagne, uni au duc de Bar, avait naguère battu les Bourguignons à Chappes, non loin de Troyes. Le sire de Gaucourt, gouverneur du Dauphiné, battit le prince d'Orange à Anton (sur le Rhône, 11 juin). Mais Compiègne était vivement pressée. Le comte de Huntington était venu remplacer Montgommeri devant la place, et le duc de Bourgogne avait fini par prendre le boulevard du pont, dont il retourna les défenses contre la ville. C'est peut-être à cette occasion que d'Aulon qui, pris avec Jeanne, avait obtenu de lui continuer ses services, lui dit un jour : « Cette pauvre ville de Compiègne, que vous avez tant aimée, sera cette fois remise aux mains et en la sujétion des ennemis de la France. — Non sera! s'écriat-elle; car toutes les places que le Roi du ciel a remises en la main et obéissance du gentil roi Charles par mon moyen, ne seront pas reprises par ses ennemis, en tant qu'il fera diligence de les garder. »

Elle-même comptait bien y travailler encore; elle se tenait toujours prête à reprendre sa tâche, et un jour, dans ce château même, elle crut en avoir trouvé l'occasion : elle faillit s'échapper à travers les ais de sa prison. Elle était déjà sortie de la tour, et, pour mieux assurer sa fuite, elle allait y enfermer ses gardiens, quand elle fut aperçue du portier qui la reprit[1].

De Beaulieu, où elle demeura trois ou quatre mois (mai-août), le sire de Luxembourg la fit passer en son château de Beaurevoir, près de Cambrai, à une distance du théâtre de la guerre qui devait rendre moins facile toute tentative soit d'évasion, soit d'enlèvement. Là résidaient la femme et la tante de ce seigneur; et Jeanne n'eut qu'à se louer de leurs soins : mais elle refusa les vêtements de femme que ces dames lui offraient, disant qu'elle n'en avait pas congé de Notre-Seigneur, et qu'il n'était pas temps encore. Si les habits d'homme lui étaient nécessaires dans la vie des camps, parmi les gens de guerre qui respectaient en elle l'envoyée de Dieu et la messagère de la victoire, l'étaient-ils moins parmi des ennemis dans l'isolement de la prison? Jeanne put en faire l'expérience dans ce château même. Les jeunes seigneurs voulaient la voir et lui parler, et plus d'une fois elle eut à se défendre contre leurs indécents badinages. D'ailleurs elle ne croyait point sa mission terminée, et n'avait pas renoncé à ses projets de fuite. Le sire de Luxembourg les redoutait fort: il la tenait dans un donjon très-élevé, et il craignait

1. *Barbazan* : Berri, éd. Godefr., p. 381, 382. — *Mot de Jeanne à d'Aulon*, t. IV, p. 85 (Cagny). — *Tentative d'évasion :* « Requise de dire la manière comme elle cuida eschapper du chastel de Beaulieu, entre deux pièces de boys ; respond qu'elle ne fut oncques prisonnière en lieu qu'elle ne se eschappast voulentiers ; et elle estant en icelluy chastel eust confermé ses gardes dedans la tour, n'eust été le portier qui la advisa et la rencontra. » T. I, p. 163.

encore qu'elle n'échappât par art magique ou par quelque moyen subtil[1].

Jeanne n'y mit point tant de subtilité. Elle savait qu'elle était vendue aux Anglais; elle savait que Compiègne tenait encore, mais sans être secourue : elle résolut de sauter du haut de la tour. Elle-même a raconté les luttes qu'elle eut à soutenir contre l'inspiration à laquelle elle avait jusque-là toujours obéi. Vainement ses voix blâmaient-elles ce dessein périlleux; vainement sainte Catherine lui répétait tous les jours que Dieu lui aiderait, et même à ceux de Compiègne : elle avait réplique à toute objection. Elle répondait que puisque Dieu y devait aider, elle y voulait être; et comme la sainte lui disait de prendre patience, qu'elle ne serait point délivrée tant qu'elle n'eût vu le roi d'Angleterre, elle protestait qu'elle ne le voulait point voir, et qu'elle aimerait mieux mourir que d'être mise en la main des Anglais. Ce combat si pénible pour Jeanne durait déjà depuis longtemps, quand on lui dit que Compiègne était à la veille d'être prise, que la ville serait détruite et tous les habitants mis à mort depuis l'âge de sept ans. A cette nouvelle, elle s'écria : « Comment Dieu lais-

---

1. *A Beaulieu; quatre mois :* t. IV, p. 34 (Cagny). — *A Beau-revoir :* elle y fut quatre mois environ : t. I, p. 110; trois mois : t. II, p. 298 (Manchon); t. IV, p. 402 (Monstrelet, II, 86). — *Refus de vêtements de femme :* t. I, p. 95; cf. p. 230. — *Tentatives libertines :* « Et tentavit ipse loquens pluries, cum ea ludendo, tangere mammas suas, nitendo ponere manus in sinu suo : quod tamen pati nolebat ipsa Johanna, imo ipsum loquentem pro posso repellebat. » T. III, p. 121 (Haimond de Macy). — *Crainte qu'elle ne s'échappe :* t. V, p. 262 (Abrév. du Procès).

sera-t-il mourir ces bonnes gens de Compiègne,
qui ont été et sont si loyaux à leur seigneur? »
Dès ce moment elle n'écouta plus rien, et, se
recommandant à Dieu et à Notre-Dame, elle sauta
ou plutôt se laissa glisser par la fenêtre au moyen
de lanières qui rompirent. Elle tomba et demeura
sur la place sans mouvement; ceux qui la relevè-
rent la croyaient morte, et leurs craintes n'étaient
pas sans vraisemblance : car on ne peut guère
supposer à cette tour moins de soixante pieds de
haut. Toutefois elle reprit ses sens; dans le moment elle avait perdu la mémoire : il fallut qu'on
lui dît qu'elle avait sauté du haut du donjon. Elle
fut deux ou trois jours ne voulant, ou plutôt, ne
pouvant ni boire ni manger. Mais sainte Catherine, dit-elle, la réconforta ; elle la reprit douce-
ment de son imprudence, elle lui dit qu'elle se
confessât et demandât pardon à Dieu, ajoutant,
pour la consoler, que Compiègne serait secourue
avant la Saint-Martin d'hiver. Elle se prit donc à
revenir et à commencer à manger, et en peu de
jours elle fut guérie [1].

Le marché put donc avoir lieu, et l'accomplisse-
ment même de la parole donnée à Jeanne ne fit
qu'en hâter l'exécution.

Compiègne, on l'a vu, était de plus en plus en
péril. Au mois d'août, la mort du duc de Brabant
(4 août) en avait éloigné le duc de Bourgogne,

1. *Saut du haut de la tour:* t. I, p. 110 et 150-152, et M. J.
Quicherat, *Aperçus nouveaux,* p. 56 ; voy. l'appendice n° IV.

pressé d'aller recueillir la riche succession de ce prince après tant d'autres : mais il y avait fait revenir Jean de Luxembourg; et ce capitaine n'avait rien négligé pour imprimer au siége une marche plus rapide. Les assiégeants se tenaient encore sur une seule rive de l'Oise; les Anglais à Venette, les Bourguignons à la bastille du pont. Jean de Luxembourg fit élever deux autres bastilles sur la rivière vers le nord-est, dans la direction de Clairoix. Il y mit des hommes sûrs; et lui-même passant l'Oise sur un pont que l'on fit à Venette, vint s'établir à l'abbaye de Royaulieu, entre la ville et la forêt; puis il fit construire, comme pour lui servir d'avant-poste, une grande bastille devant la porte de Compiègne qui menait à Pierrefond. La ville cette fois se trouvait donc enveloppée de toutes parts; mais au moment où il semblait qu'elle n'eût plus qu'à se rendre, elle eut le secours promis à Jeanne.

Le mardi 24 octobre, le maréchal de Boussac, Vendôme, Chabannes et Poton de Xaintrailles, se rassemblèrent à Verberie avec environ quatre mille combattants et des gens du pays, munis de haches et d'autres instruments pour rétablir les routes coupées ou obstruées par l'ennemi. Les assiégeants, à cette nouvelle, tinrent conseil, et laissant les bastilles à la garde de leurs capitaines, ils résolurent de réunir leurs principales forces au devant de l'abbaye de Royaulieu pour disputer le passage aux Français : c'est ce qu'ils firent dès le mercredi, 25, au matin. Les Français s'avan-

cèrent en effet par le chemin qui longe la forêt et
la rivière, et s'établirent à une portée et demie de
flèche en face des Bourguignons. Mais en même
temps cent hommes, détachés de leur corps, tour-
nèrent la forêt en laissant Choisy à droite, pour
porter de leurs nouvelles, avec quelques vivres, à
Compiègne. Deux à trois cents autres, sous Poton
de Xaintrailles, s'engagèrent dans la forêt pour y
prendre le chemin de Pierrefond, et tomber sur la
grande bastille, pendant que les habitants, prévenus par la première troupe, l'attaqueraient de
leur côté.

Le plan réussit en tout point. Tandis que les
deux armées étaient en présence, les Anglais et les
Bourguignons à pied, les Français à cheval, escar-
mouchant sans d'ailleurs s'engager, la première
troupe entrait dans Compiègne par ce côté de
Choisy où l'on était loin de l'attendre; et les habitants en conçurent tant d'ardeur, que sans plus
tarder ils attaquèrent la grande bastille. Ils avaient
été deux fois repoussés quand Poton de Xaintrailles, débouchant de la forêt par la route de Pierrefond, leur fut un signal de revenir une troisième
fois à l'assaut : la bastille, pressée des deux côtés,
est prise. Les chefs alliés avaient promis de lui
venir en aide, si les assiégés profitaient de leur
éloignement pour l'assaillir; mais ils craignirent
d'être attaqués eux-mêmes, et dans des conditions
peu favorables, s'ils abandonnaient leur position
en face de l'ennemi. Ils demeurèrent donc toujours
à pied, en ordre de bataille, sans doute derrière

celle ligne de pieux aiguisés, dont les Anglais aimaient à s'entourer. Mais les Français, qui étaient restés à cheval, passant devant leur front sans s'arrêter à les combattre, se jettent dans Compiègne; et les habitants se joignant à eux, ils font à la hâte un pont de bateaux, franchissent l'Oise, enlèvent successivement les deux plus nouvelles bastilles, et attaquent même celle du pont, qui résista. Jean de Luxembourg et Huntington n'avaient rien empêché : ils étaient demeurés d'abord en position, pensant que peut-être l'ennemi reviendrait sur eux; le soir, voyant qu'ils ne seraient pas combattus, ils prirent le parti de retourner en leur logis, se promettant de revenir le lendemain se ranger en bataille devant la ville et d'obtenir meilleure journée. Mais le découragement avait gagné leurs troupes : il y eut des désertions pendant la nuit; et le matin (jeudi 26), au lieu de se rallier Huntington et les Anglais à Royaulieu, Jean de Luxembourg fut réduit à les aller rejoindre à Venette. Les Français demeuraient donc maîtres de la rive gauche de l'Oise. Ils pillèrent ce que les Bourguignons avaient laissé à Royaulieu, rompirent le pont de Venette, et portèrent tous leurs efforts contre la bastille du pont devant Compiègne. Il y avait pour les assiégeants peu d'espoir de s'y maintenir après tant d'échecs. Jean de Luxembourg et Huntington ordonnèau commandant d'y mettre le feu et de les rejoindre; puis Anglais et Bourguignons firent leur retraite sur Pont-l'Évêque « en petite ordon-

nance, » dit Monstrelet, abandonnant leur artille-
rie, bombardes, canons et coulevrines[1].

Compiègne échappait donc aux Bourguignons
dans le temps marqué à Jeanne; mais Jeanne
allait tomber aux mains des Anglais. Le sire
de Luxembourg se vengea ainsi, et, du même
coup, dédommagea ses alliés de leur commun
échec. Il avait d'ailleurs éprouvé qu'une pareille
prisonnière est de garde difficile, et malgré les
résistances de sa tante, qui mourut en ces jours-
là mêmes, il la livra (novembre 1430).

De Beaurevoir, on la conduisit à Arras, et de là
au Crotoy, où elle fut remise (avant le 21 novembre) par les officiers du duc de Bourgogne aux Anglais, « lesquels en firent plus grant feste, dit une
chronique bourguignonne, que s'ils eussent gagné
tout l'or de Lombardie. » Le duc de Bourgogne qui
avait besoin des Anglais pour se relever de l'échec
de Compiègne, comme pour achever de s'affermir
dans ses récentes acquisitions aux Pays-Bas,
s'était prêté de bonne grâce à la négociation, et
n'était point fâché de paraître dans la conclusion
du marché. Par cet acte de condescendance, il
acquérait de nouveaux titres à leur faveur. Qu'il
en garde la responsabilité devant l'histoire[2].

1. *Délivrance de Compiègne*: t. I, p. 152, et Châtelain, II, 30-33
(Éd. de M. Kervyn de Lettenhove). Voy. l'appendice, nº V.
2. *Jeanne livrée.* Procès, t. I, p. 23. Chron. de France (Ms. de
Lille, nº 26), *Bulletin de la Société de l'hist. de France* (1857),
p. 104. — *Embarras du duc de Bourgogne.* Le duc de Bourgogne
avait, on l'a vu, réuni à ses États le Hainaut; la Hollande et dépen-
dances, par la cession de Jacqueline de Hainaut en 1427; le comté

Avant de la livrer, comme elle était encore à
Arras, on lui offrit des vêtements de femme; mais
parmi les Anglais, elle devait plus que jamais
avoir besoin de ses habits d'hommes : elle refusa.
Au Crotoy, où elle séjourna jusqu'à ce que les der-
nières mesures fussent arrêtées pour son procès,
sa captivité ne paraît pas avoir été fort rigoureuse
encore. Elle y pouvait assister à la messe. Un
chancelier de l'église cathédrale d'Amiens, qui se
trouvait alors dans le château, l'entendait en confession et lui donnait l'eucharistie. Les dames
d'Abbeville étaient même admises à la visiter; et
c'est une justice à rendre aux femmes, que parmi
tant d'outrages dont elle fut l'objet, pas un seul
ne lui vint de leur part. On ne cite d'elles que des
témoignages d'admiration et d'estime pour celle
qui, elles le sentaient bien, ne déshonorait pas
leur sexe sous ces habits dont la pudeur des hommes se montrait si fort scandalisée. La Pucelle fut
touchée de ces honneurs rendus à ses chaînes;
elle remerciait ses nobles visiteuses, « se recom-
mandait à leurs prières, » et c'était en les baisant
amiablement qu'elle leur disait: « A Dieu ! [1] »

de Namur, par un traité de vente qui datait de 1421 et qui eut son
effet le 1ᵉʳ mars 1429, au décès du comte titulaire ; le Brabant enfin,
par la mort du duc Philippe, le 4 août 1430. Mais les Liégeois l'in-
quiétaient à propos de Namur ; et la succession du Brabant pouvait
encore lui être contestée. Voyez M. de Barante, *Hist. des ducs de
Bourgogne*, livre II, Philippe le Bon.

1. *Jeanne à Arras:* t. I, p. 95, etc. — En quittant Arras, elle
passa par *Drugy*, t. V, p. 360 (Chron. de Saint-Riquier, de 1492). —
Au Crotoy: t. I, p. 89, et t. III, p. 121 (H. de Macy). On montre
encore au Crotoy, dans les soubassements d'une tour, aujourd'hui

détruite, donnant sur la plage, une porte que l'on suppose avoir été celle de la prison de Jeanne à son passage. — *Refus de vêtements de femme*, t. I, p. 95 et 231. — *Le chancelier d'Amiens*, t. III, p. 121 (H. de Macy). — *Les dames d'Abbeville*, t. V, p. 361 (Itinéraire de Drugy à Rouen).

II

LE TRIBUNAL.

Les Anglais n'avaient acheté la Pucelle que pour la juger; c'est à ce titre qu'ils l'avaient fait réclamer par l'évêque de Beauvais : mais Beauvais appartenant à Charles VII, où allaient-ils dresser le tribunal?

L'Université de Paris réclamait pour Paris. L'Université, qui avait montré tant de crainte que la Pucelle n'échappât lorsqu'elle était encore aux Bourguignons, apprenant qu'elle est aux Anglais, se met aussitôt en campagne. Dès le 21 novembre, elle écrit au roi ; elle le complimente d'avoir entre ses mains cette ennemie de la foi, et le presse de la livrer enfin à la justice, c'est-à-dire à l'évêque de Beauvais et à l'inquisiteur; elle le prie de la faire conduire à Paris, pour donner au procès plus de sûreté et d'éclat : « Car par les maistres, docteurs et autres notables personnes estant par deçà en grant nombre, seroit la discussion d'icelle de plus grant réputation que en autre lieu. » Le même jour, elle écrivait à l'évêque de Beauvais une lettre acerbe, que l'évêque ne manque pas d'insérer parmi les pièces de procédure, comme pour rendre sa responsabilité moins lourde en la partageant. L'Université s'étonne de si longs retards ; elle s'en prend à la négligence de l'évêque : « Si Votre Paternité, dit-elle, avoit mis plus de zèle dans la poursuite de l'affaire, cette femme seroit déjà en justice. Il ne vous importe pas si peu, tandis que vous êtes revêtu d'une si grande dignité dans l'Église, d'ôter les scandales commis contre la religion chrétienne, surtout quand il se trouve que le soin d'en juger est de votre juridiction. » Elle le prie donc de ne pas laisser plus longtemps en souffrance l'autorité de l'Église, et de faire en sorte que le procès se poursuive à Paris, où il y a tant de sages et de docteurs [1].

Mais les Anglais n'avaient guère envie de conduire la Pucelle à Paris : car, bien que la ville fût à eux, ils ne s'y sentaient pas assez les maîtres. Les Armagnacs poussaient encore leurs courses jusqu'au Bourget, jusqu'à la porte Saint-Antoine : le 6 novembre, le roi d'Angleterre donne à l'évêque de Thérouanne, Louis de Luxembourg,

---

1. *Lettres de l'Université à Henri VI:* t. I, p. 17, 18 ; *à l'évêque de Beauvais, ibid.*, p. 16.

L'Université en cette circonstance pouvait bien d'ailleurs céder à une pression étrangère. Du Boulai signale dans ces actes la main de Pierre Cauchon : « Universitas, instigante magistro Petro Cauchon, suorum privilegiorum conservatore, » t. V, p. 375 ; et Vallet de Viriville, *Hist. de Charles VII*, t. II, p. 190.

son chancelier pour la France, la faculté de différer la rentrée du Parlement en raison des dangers de la route ; et la ville même n'était pas sûre : on le voit par les plaintes perpétuelles du Bourgeois sur l'abandon où elle est laissée, sur la cherté des vivres. Les Anglais ne voulaient donc point de Paris. Un coup de main des Armagnacs, un mouvement populaire pouvait tout emporter. Peut-être même ne se souciaient-ils pas de faire le procès si près de l'Université elle-même : car ce corps, bien que très-passionné, et composé alors en grande majorité de Bourguignons, était indépendant. Ils entendaient bien s'en servir, mais non se livrer à sa discrétion ; et pour cela, rien de mieux que de placer leur tribunal à distance et d'y appeler, par des choix réfléchis, les plus sûrs des docteurs parisiens. Ils se décidèrent pour Rouen. La Pucelle fut menée en barque du Crotoy à Saint-Valery, de l'autre côté de la Somme, et de là conduite à cheval, sous bonne garde, par Eu et par Dieppe jusqu'à Rouen (fin de décembre 1430)[1].

Là, quelques impatients se seraient même passés du secours des docteurs de Paris : ils voulaient la mettre dans un sac et la jeter à la Seine. On croyait, en effet, parmi les Anglais, qu'aucun succès n'était possible tant qu'elle vivrait : et des échecs répétés affermissaient cette superstition

1. Sur *l'état des environs de Paris*, voy. aux Appendices, n° VI; sur le *Parlement de Paris, ibid.*, n° VII; sur la *translation de Jeanne à Rouen, ibid.*, n° VIII.

dans leurs esprits. En Picardie, après la levée du
siége de Compiègne, toutes les villes du voisinage,
Gournai-sur-Aronde, Pont-Saint-Maxence, etc.,
avaient ouvert leurs portes aux Français ; et le
duc de Bourgogne étant revenu de Brabant en
toute hâte, son avant-garde avait été battue à
Guerbigny (20 novembre) ; lui-même, provoqué à
Roye par les vainqueurs, s'était vu réduit à l'hu-
miliation de ne pas accepter la bataille. En Champagne, Barbazan poursuivait le cours de ses ex-
ploits, prenant les places et battant ceux qui,
Anglais ou Bourguignons, tentaient de les secourir. En Normandie enfin, la Hire continuait
d'insulter à Rouen, de Louviers qu'il occupait ; et
les Anglais différaient à l'en aller déloger tant que
Jeanne était encore en vie. Plusieurs donc, la
tenant à Rouen, l'auraient volontiers jetée à l'eau
sans plus de formes ; mais l'expédient, qui semblait tout finir, laissait les Anglais sous le coup
de leurs défaites. Pour les en relever, c'était peu
que de tuer Jeanne ; il fallait la flétrir. Jeanne
s'était dite envoyée de Dieu pour chasser les Anglais, et elle les avait vaincus partout où on l'avait
voulu suivre. Dieu était-il donc contre les Anglais?
Il fallait montrer qu'elle n'était pas son envoyée.
Une pauvre Bretonne, pour avoir osé dire « qu'elle
était bonne, et que ce qu'elle faisait était bien fait
et selon Dieu, » venait d'être brûlée à Paris même
(3 septembre). Il fallait montrer à son propre
dam, cette fois, que loin d'être divinement inspirée, elle n'était qu'une magicienne et un suppôt

du diable. A ce prix-là seulement, l'autorité des Anglais devait se rétablir dans leurs conquêtes : brûler Jeanne comme sorcière, ce n'était pas seulement pour eux une affaire d'amour-propre, mais une question de domination [1].

On la mit dès son arrivée, non dans les prisons de l'officialité, ni dans les prisons communes, mais au château, et on l'enferma dans une cage de fer [2] : un peu plus tard, on se contenta de la tenir à la chaine; mais combien elle eut à re-

---

1. *Craintes superstitieuses des Anglais touchant Jeanne :* « Et quia ipsi Anglici sunt superstitiosi, æstimabant de ea aliquid fatale esse, » t. II, p. 370 (Th. Marie). — *Échecs en Picardie:* Monstrelet, II, 98 et 99; *en Champagne, ibid.*, 104; *en Norman-die*, P. Cochon, *Chron. normande*, ch. LII-LIV. Les Français poussaient hardiment leurs courses jusqu'aux portes de Rouen (*ibid.*, ch. LV). L'archevêque de Rouen faisait tenir sa juridiction à Déville, bourg voisin de Rouen, qui lui appartenait. En 1429, il sollicita de Henri VI la permission de la transférer à son manoir archiépiscopal dans l'intérieur de la ville, « parce que ses officiers ne pouvoient aller à Déville pour le péril et danger des larrons, brigands ennemis et adversaires du roy, qui souvent alloient et passoient par ce pays. » *Arch. de la Seine-Infér.*, citées par M. de Beaurepaire, *Recherches sur le procès de condamnation de Jeanne d'Arc*, p. 9-10. — *Ajournement du siége de Louviers: Procès*, t. II, p. 3 (J. Toutmouillé); p. 344 (Manchon); p. 348 (Is. de La Pierre); p. 373, et t. III, p. 189 (J. Riquier), et l'appendice n° IX. — *Pierronne la Bretonne.* Bourgeois de Paris, p. 411. — *Pourquoi Jeanne plutôt jugée que tuée.* Valeran de Varanis, auteur du commencement du seizième siècle, dans un poëme latin composé sur les actes du procès, a très-bien démasqué cette politique. Voy. t. V, p. 84.

2. *Cage de fer:* Un serrurier, nommé Castille, dit à l'huissier Massieu qu'il avait construit pour Jeanne une cage de fer où elle était tenue et liée par le cou, par les pieds et les mains, et qu'elle y fut gardée en cet état, depuis le jour où elle fut amenée à Rouen jusqu'au commencement du procès. T. III, p. 155 (Massieu). Thomas Marie dit à peu près la même chose (t. II, p. 371). P. Cusquel, bourgeois de Rouen, vit la cage, qui fut pesée chez lui (t. II, p. 306 et 346, et t. III, p. 180) : seulement il n'y a pas vu la prisonnière.

gretter sa cage, dans la compagnie des soldats qu'on lui donnait pour gardiens, ou des seigneurs qui la venaient visiter! De ce nombre, on vit un jour venir à la prison, avec Warwick et Stafford, Jean de Luxembourg, devenu comte de Ligny, qui l'avait vendue. Il osa lui dire qu'il venait la racheter si elle voulait promettre de ne plus jamais s'armer contre l'Angleterre.

«En nom Dieu, lui répondit-elle, vous vous moquez de moi, car je sais bien que vous n'en avez ni le vouloir ni le pouvoir ; » et elle le répéta plusieurs fois.

Comme il insistait, elle ajouta :

« Je sais bien que ces Anglais me feront mourir, croyant après ma mort gagner le royaume de France; mais quand ils seraient cent mille *Godons* plus qu'ils ne sont à présent, ils n'auront pas le royaume. »

Le comte de Stafford indigné tirait sa dague pour la frapper, mais Warwick le retint. On a vu qu'il avait ses raisons [1].

Les Anglais avaient le juge, l'évêque de Beauvais. Il lui fallait un tribunal, puisque son siége était à l'ennemi. On avait rejeté Paris, et choisi Rouen : le siége était vacant; il semblait qu'on n'y dût faire ombrage à personne. Mais le choix était peu goûté du chapitre, dans la crainte que le prélat, chassé de Beauvais, ne se fît un titre de

---

1. *Visite de Jean de Luxembourg,* t. III, p. 122 (Haimond de Macy).

cet exercice des fonctions épiscopales à Rouen pour parvenir au siége. Il fallut toute l'habileté anglaise pour négocier avec les chanoines et obtenir d'eux concession du droit territorial à l'évêque de Beauvais [1].

L'évêque de Beauvais ainsi installé à Rouen, il fut moins difficile de lui composer son cortége judiciaire. Il prit pour procureur général ou promoteur, son vicaire général, qui partageait son exil et ses haines, Jean d'Estivet, dit *Benedicite*. Quant aux assesseurs, l'Université de Paris s'était trop avancée pour qu'on ne fût pas sûr d'en trouver parmi ses principaux docteurs : on appela donc et l'on vit arriver sur cet appel Jean Beaupère, recteur en 1412 et depuis chancelier en l'absence de Gerson ; Pierre Maurice, recteur en 1428, Jacques de Touraine, Nicolas Midi, Gérard Feuillet, Thomas de Courcelles, déjà alors recteur émérite, quoique âgé de trente ans seulement, l'une des lumières de l'Église gallicane, dont il défendit avec éclat les priviléges au concile de Bâle. On en tira aussi du diocèse où le jugement allait s'accomplir : Gilles, abbé de Fécamp, conseiller du roi d'Angleterre ; Nicolas, abbé de Jumiéges ; Pierre Miget, prieur de Longueville ; Raoul Roussel, trésorier de la cathédrale ; Nicolas de Venderez, un des prétendants au siége de Rouen ; Nicolas Loyseleur, chanoine, ami de Cauchon, prêt à lui rendre tout service ; ajoutez William Haiton, clerc anglais, se-

1. *Droit territorial*, t. I, p. 20 (Lettres du chapitre).

crétaire des commandements de Henri VI. Plusieurs paraissent avoir accepté ce mandat sans
répugnance, soit par conviction, soit par ambition ; mais d'autres ne cédèrent qu'à la peur.
Jean Tiphaine, maître ès arts et médecin, voulait
se récuser : il fut contraint. Le vice-inquisiteur
lui-même laissa commencer sans lui le procès
dont il devait être un des juges. Il n'y accéda que
sur l'ordre de l'inquisiteur général, et, dit-on, sur
l'avis confidentiel qu'il était en péril de mort s'il
s'obstinait à refuser. On en cite un qui sut se
montrer indépendant : ce fut Nicolas de Houppeville. Il osa soutenir que le procès n'était pas
légal, parce que l'évêque de Beauvais était du
parti ennemi de la Pucelle, et parce qu'il se faisait
juge d'un cas déjà jugé par son métropolitain : la
Pucelle ayant été approuvée dans sa conduite par
l'archevêque de Reims, auquel Beauvais ressor-
tissait. L'évêque, furieux, l'exclut de l'assemblée,
quand il vint prendre séance, et le fit assigner
devant lui : mais l'intimé refusa de comparaître,
comme ne relevant que de l'officialité de Rouen. Il
allait se présenter à ses juges quand il fut arrêté,
conduit au château et mis en prison, et on lui dit
que c'était par l'ordre même de l'évêque dont il
avait récusé la compétence. On ne voulait pas s'en
tenir là : il était question de l'exiler outre-mer ; on
parlait même de le jeter à l'eau, mais il fut sauvé
par les autres[1].

1. *Promoteur et assesseurs :* M. J. Quicherat, *Aperçus nou-*

Cet exemple était moins propre à encourager qu'à effrayer les opposants. On voit d'ailleurs qu'il n'y en avait guère et qu'on pouvait s'arranger de manière à ce qu'il n'y en eût pas; mais le mandat une fois accepté, il n'eût pas été facile d'en user contrairement à la volonté de celui de qui on l'avait reçu. L'avis des témoins est que personne n'eût osé opiner autrement que l'évêque, et on en aura des preuves dans le cours du procès. Plusieurs ont, de leur aveu, voté par peur. G. de la Chambre, qui s'excusait comme étranger à la théologie en sa qualité de médecin, reçut l'avis que s'il ne signait au procès il se repentirait d'être venu à Rouen; P. Miget, prieur de Longueville, dénoncé comme favorable à la Pucelle, eut toutes les peines du monde à se justifier auprès du cardinal de

venus, p. 105 et suiv., et les notes qu'il a jointes sur chacun de ces noms, la première fois qu'ils paraissent dans le procès. Voy. l'appendice n° X.
Acceptation volontaire des uns, forcée des autres: t. II, p. 325 (N. de Houppeville); p. 356 (Grouchet); t. III, p. 131 (P. Miget). — *Pour plaire aux Anglais:* t. II, p. 7, et t. III, page 167 (Ladvenu). — *Qu'ils n'auraient osé refuser:* t. II, p. 340 (Manchon). — *J. Tiphaine:* t. III, p. 47 (lui-même). — *Le vice-inquisiteur:* voy. les actes du procès à son égard, t. I, p. 33, 35.
Menaces: « Sed per aliquos sibi notos fuit et dictum quod nisi interesset, ipse esset in periculo mortis : et hoc fecit compulsus per Anglicos, ut pluries audivit a dicto Magistri qui sibi dicebat : « Video quod nisi procedatur in hujusmodi materia ad voluntatem « Anglicorum, quod imminet mors. » T. III, p. 153 (Massieu); cf. t. III, p. 167 (Ladvenu), et p. 172 (N. de Houppeville). — *N. de Houppeville:* Son propre témoignage, t. II, p. 326 et t. III, p. 171, 172; cf., t. II, p. 364, et t. III, p. 166 (Ladvenu): t. II, p. 370 (Th. Marie); p. 348, 349 (Is. de la Pierre); G. de la Chambre (t. III, p. 50) dit qu'on menaçait de le jeter à l'eau ; Massieu (*ibid.*, p. 162), qu'il fut banni avec plusieurs autres. Un certain nombre avaient pris la fuite : t. II, p. 356 (Grouchet)

Winchester; le greffier Manchon, l'huissier Massieu, furent aussi plusieurs fois en péril. Et le vice-inquisiteur lui-même, qui s'était si difficilement rallié, ayant paru moins docile par la suite, fut menacé d'être jeté à la rivière[1].

Voilà donc le tribunal : peu ou point d'Anglais, mais personne qui n'y soit sous la main des Anglais. Le juge est à leurs ordres. Quand Jeanne le récuse comme son ennemi, il répond : « Le roi m'a ordonné de faire votre procès, et je le ferai. » Il s'y met de tout cœur. On a vu sa joie quand il rapportait au roi et au régent le contrat qui leur livrait Jeanne; et à présent qu'il la tient, il s'applaudit de ce qu'il va faire « un beau procès. » Mais le juge n'est dans le procès que le fondé de pouvoir de l'Angleterre : les deux oncles du roi, Bedford et Winchester, le surveillent. Le tribunal siége au château, au milieu des Anglais. Ils travaillent aux frais des Anglais. L'exacte comptabilité de l'Angleterre en donne la preuve pour cha-

---

1. *Intimidation :* « Et bene scit quod omnes qui intererant hujusmodi processui non erant in plena libertate, quia nullus audebat aliquid dicere, ne esset notatus. » T. III, p. 175 (J. Fabri); cf., p. 139 (P. Miget), etc. — *Vote par peur :* t. II, p. 356 (Grouchel). — *G. de la Chambre :* t. III, p. 150 (lui-même). — *P. Miget :* t. II, p. 351 (lui-même). — *Manchon :* t. II, p. 340 (lui-même). — *Massieu :* t. III, p. 154 (lui-même).

Le vice-inquisiteur : t. III: p. 167 (Ladvenu), et Quetif, *Scriptores ordinis prædicat.,* t. I, p. 782. On ne manqua pas de relever cette sorte de contrainte au procès de réhabilitation. Voy. le chapitre *de Sub-inquisitore ac ejus diffugio, et metu illato.* Ms. lat. 5970 f° 190 et Vallet de Viriville, *Hist. de Charles VII,* t. II, p. 196. Jean Lemaire, qui était à Rouen pendant le procès, signale encore, comme ayant couru risque de vie, Pierre Maurice, l'abbé de Fécamp et plusieurs autres : t. III, p. 178.

cun par livres et par sous; et s'ils ne travaillaient pas bien, on a vu de quelle manière sommaire on entendait régler leurs comptes[1].

Il y en eut encore un autre exemple dans le cours du procès. Quelqu'un ayant dit de Jeanne une chose qui ne plut point à Stafford, le noble seigneur le poursuivit l'épée à la main, jusque dans un lieu sacré. Il l'eût frappé, s'il n'eût été averti qu'il allait violer un asile. D'ailleurs, quelque garantie que trouvent les Anglais dans un juge dévoué et un conseil asservi à leur influence, le procès n'est qu'une épreuve dont ils n'ont rien à redouter. Si, contre toute attente, il n'aboutit pas à la condamnation de la Pucelle, ils se réservent de la reprendre : c'est une clause formellement exprimée dans la lettre royale qui la livre à son juge; et même alors ils ne s'en dessaisissent point. La règle que l'accusée soit remise aux mains du juge est oubliée. La Pucelle est gardée dans le château de Rouen par les Anglais : Pierre Cauchon, si jaloux d'observer les formes de la justice, dut subir ici la volonté de ses maîtres. Il voulut au moins dégager sa responsabilité en un point si délicat, et prit l'avis de son conseil: mais le conseil inclinant à observer le droit, il coupa court à la discussion, et décida seul. Bien plus, sa démarche,

---

1. *L'évêque de Beauvais :* « Rex ordinavit quod ego faciam processum vestrum et ego faciam. » T. III, page 154 (Massieu). — « Quod intendebat facere unum pulchrum processum contra dictam Johannam. » T. III, p. 137 (Manchon). — *Le tribunal au château :* voy. les procès-verbaux, t. I, p. 5, 38, etc., et l'appendice nº XI à la fin de ce volume.

loin de le couvrir, ne faisant dès lors que le compromettre davantage, il supprima la délibération
du procès-verbal : il n'y en a trace que dans la
déposition de l'un des assesseurs, Martin Ladvenu.
Ainsi Jeanne demeura aux mains des Anglais, non
plus dans la cage, mais dans une tour du château,
les fers aux pieds, liée par une chaîne à une grosse
pièce de bois, et gardée nuit et jour par quatre ou
cinq soldats de bas étage, des (*houce-paillers*) houspilleurs, comme dit Massieu. Cette circonstance,
si étrangère aux habitudes ecclésiastiques, n'est
pas indifférente ; on peut même dire qu'elle fut capitale au procès : on verra que, sans elle, il eût
été bien difficile de trouver un prétexte pour condamner la Pucelle[1].

Ce sont donc bien les Anglais qui ont fait le

1. *Justice sommaire :* « Cum aliquis diceret de ipsa Johanna
quod non placuit domino de Stauffort, ipse dominus de Stauffort
eumdem loquentem sic insecutus fuit usque ad quemdam locum
immunitatis cum ense evaginato. » T. III, p. 140 (Manchon). —
Lettre de Henri VI : voyez-la aux Appendices, n° XII. — *Délibération sur la prison :* « Qu'en la première session ou instance,
l'évesque allégué requist et demanda le conseil de toute l'assistance,
assavoir lequel estoit plus convenable de la garder et détenir aux
prisons séculières, ou aux prisons de l'Église : sur quoy fut délibéré, qu'il estoit plus décent de la garder aux prisons ecclésiastiques qu'aux autres ; lors respondit cest évesque qu'il ne feroit
pas cela, de paour de desplaire aux Anglois. » T. II, p. 7, 8 (Ladvenu) ; — nous avons corrigé d'après le ms. de l'Arsenal (Jurispr.
fr., n° 144), le texte de L'Averdy, reproduit par M. Quicherat, qui
porte « fors, respondit l'évesque, qu'il n'en feroit pas cela ; » — et
t. III, p. 152 : « Et inter consiliarios tunc fuit murmur de eo quod
ipsa Johanna erat inter manus Anglicorum. Dicebant enim aliqui
consiliarii quod ipsa Johanna debebat esse in manibus Ecclesiæ ;
ipse tamen episcopus non curabat, sed eam in manibus Anglicorum
dimisit. » Cf. t. III, p. 175 (J. Fabri) et p. 183 (Marguerie). —
Prison : voy. l'appendice n° XIII, à la fin de ce volume.

procès de Jeanne d'Arc. Ils l'ont achetée, afin qu'elle soit jugée par eux ; sinon par des Anglais de race, au moins par des hommes qui ne leur offraient pas moins de sûretés : car le juge est dans leur dépendance par ses haines comme par son ambition, et les autres appartiennent sinon aux mêmes passions, au moins à la même influence. L'Angleterre les paye, et leur donnera garantie, même contre le pape, si, en la servant, ils s'exposent à encourir son animadversion. Enfin, si les Anglais ne tiennent pas tous les juges, ils tiennent toujours l'accusée : ils la gardent dans leur prison, et ils sont là pour suppléer au jugement, si l'issue du procès trompe leur espérance. La sentence est déjà tout entière dans la lettre de Henri VI, qui la livre à son tribunal[1].

1. *Lettres de garantie* (12 juin 1431), t. III, p. 240-244 ; cf. t. III, p. 161 (G. Colles), p. 166 (M. Ladvenu), p. 56 (l'évêque de Noyon) ; et le texte même aux Appendices, n° XIV.

III

LES PROCÈS-VERBAUX.

Lorsqu'il est prouvé que le procès de la Pucelle ne fut qu'une œuvre de parti, il est assez indifférent de rechercher s'il s'est fait dans les formes légales. La question pouvait avoir de l'intérêt à l'époque du procès de révision, et nous en pourrons dire un mot alors. Mais l'observation même rigoureuse des formes de la justice, n'est pas un signe qu'on en garde l'esprit. Y eut-il désir sincère d'arriver à la vérité dans la poursuite du procès? Y eut-il au moins respect de la vérité dans la reproduction des interrogatoires et des enquêtes? Et que sera-ce si des enquêtes sont supprimées, si les interrogatoires sont altérés, si le procès-verbal, même ainsi rédigé, on le soustrait à la connaissance de ceux que l'on consulte, pour ne les mettre en présence que d'un réquisitoire? Toutes ces questions se résoudront par les faits à mesure qu'elles se poseront dans la suite des

débats. Mais dès ce moment il y a deux points que
nous devons signaler, parce qu'ils touchent aux
fondements même du procès et au monument qui
nous en a gardé la substance : je veux parler des
enquêtes préliminaires et des procès-verbaux.

Des enquêtes ont été faites et sont supprimées
au procès-verbal.

On sait de quelle importance était en matière
de visions le fait de la virginité : la vision étant
acceptée comme réelle, c'était un signe où l'on
prétendait juger si l'esprit qui se communiquait à
la jeune fille était pur ou impur. Jeanne avait été
visitée à Poitiers, et le rapport des matrones en
ce point n'avait pas semblé moins décisif que celui
des docteurs sur la foi due à ses paroles. Elle
ne pouvait manquer de subir la même épreuve à
Rouen : et le fait est attesté par d'irrécusables
témoignages. L'huissier Massieu déclare qu'elle
fut visitée par ordre de la duchesse de Bedford et
par les soins de deux matrones; c'est de l'une
d'elles qu'il tient la chose : le greffier Guillaume
Colles a ouï dire que le duc de Bedford assistait
d'un lieu secret à l'examen! Thomas de Courcelles,
l'un des principaux assesseurs et le rédacteur du
procès sous sa forme latine, dit qu'il n'a jamais
entendu mettre la chose en délibération, mais il
lui paraît vraisemblable et il croit qu'elle s'est
faite, parce qu'il a ouï dire à l'évêque de Beauvais
que Jeanne avait été trouvée vierge. Il dit même
assez naïvement que, si elle n'avait pas été trouvée vierge, on ne s'en serait pas tu au procès.

Pourquoi, l'épreuve étant favorable, n'en dit-on
rien? Puisqu'on avait fait l'enquête, pourquoi en
supprime-t-on le résultat? C'est que le juge l'estimait inutile, comme ne tournant pas contre l'accusée[1].

Mais il est une autre information qui était com-
mandée par la nature même du procès, et qu'on
cherche en vain parmi les pièces de la procédure.
Avant de poursuivre un hérétique, il fallait connaître ses antécédents, ouvrir une enquête sur sa
renommée dans le pays où il avait vécu. Cette enquête n'a-t-elle pas été faite à l'égard de Jeanne?
Les greffiers du premier procès, interrogés par les
juges de la réhabilitation, ont déclaré qu'ils n'en
ont pas eu connaissance. Manchon affirme qu'il
ne l'a vue ni lue, et que si elle avait été produite,
il l'eût insérée au procès. Guillaume Colles va jusqu'à dire qu'il croit qu'elle n'a jamais existé. Mais
son existence est attestée par le premier procès
lui-même. Il est dit en toutes lettres au procès-

---

1. *Virginité*: « Bene scit quod fuit visitata an esset virgo, vel
non, per matronas seu obstetrices, et hoc ex ordinatione ducissæ
Bedfordiæ et signanter per Annam Bavon et aliam matronam.... Et
post visitationem retulerunt quod erat virgo et integra, et ea audivit referri per eamdem Annam, » t. III, p. 155 (Massieu) ; cf.
p. 180 (Cusquel) ; p. 50 (G. de la Chambre), p. 89 (J. Marcel), et
t. II, p. 201. — « Quod audivit dici a pluribus.... quod dictam
visitationem fecerat fieri domina ducissa Bedfordiæ, quod dux Bedfordiæ erat in quodam loco secreto, ubi videbat eamdem Johannam visitari, » t. III, p. 163 (G. Colles). C'est il est vrai, un bruit
rapporté par un seul témoignage.... « Et credit quod si non fuisset
inventa virgo, sed corrupta, quod in casu in processu non siluis-
sent, » *ibid.*, p. 59 (Th. de Courcelles) ; cf. p. 54 (l'évêque de
Noyon). Jean Monnet a ouï dire qu'à cette occasion on reconnut
qu'elle s'était blessée en montant à cheval, *ibid.*, p. 63.

verbal de la séance préparatoire du 13 janvier,
tenue par l'évêque avec l'assistance de cinq ou six
conseillers intimes, qu'il y fit lire les informations
faites dans le pays natal de Jeanne et en divers
autres lieux. Pourquoi donc ne sont-elles pas au
procès? On le devine, quand on sait ce qu'elles
étaient, au témoignage de ceux qui les ont pu
connaître. On a, en effet, sur cette enquête, les
déclarations les plus compétentes. C'est d'abord
un des commissaires, Nicolas Bailly, d'Andelot,
qui en parle au procès de réhabilitation. Il déclare
qu'il fut chargé par Jean de Torcenay, bailli de
Chaumont pour Henri VI, d'aller avec Gérard
Petit, prévôt d'Andelot, recueillir des renseigne-
ments sur Jeanne, alors détenue dans le château
de Rouen. Mais le résultat parut tellement favorable à la Pucelle, qu'ils durent produire des
témoins eux-mêmes, pour en attester la vérité;
ce qui n'empêch‑ pas le bailli de Chaumont de
les traiter de faux (traîtres) Armagnacs. Au rapport d'un autre témoin, l'un des commissaires
vint à Rouen apporter son enquête, espérant bien
recevoir de l'évêque le prix de ses peines. Mais
l'évêque, à la lecture de ce document, lui dit qu'il
était un traître et un méchant homme, et qu'il n'a-
vait pas fait ce qu'on voulait qu'il fît. Le commissaire, commençant à comprendre le véritable objet de sa mission, eut grand'peur alors de ne point
toucher son salaire; ses informations n'avaient
paru bonnes à rien, et on se l'explique sans peine:
car, ajoutait-il, « bien que je les eusse faites à

Domremy et dans cinq ou six paroisses du voisinage, je n'ai rien trouvé en Jeanne que je ne
voulusse trouver en ma sœur. » L'enquête n'a
donc pas seulement été faite; elle a été remise à
l'évêque; elle a même été communiquée par lui
à quelques assesseurs. Mais en quelle forme? c'est
ce que nul ne peut dire, puisque ce document
disparaît dès lors du procès. Du reste, en quelque
forme qu'il ait été lu ce jour-là à cinq ou six docteurs, il a été supprimé pour tous les autres; et
cette suppression, qui témoigne si hautement de
la partialité du juge, a été justement signalée
parmi les vices radicaux du procès[1].

Les procès-verbaux offrent donc déjà sur les préliminaires du procès des lacunes graves, où se révèle la pensée qui y préside; et à mesure que
l'affaire se déroulera, nous aurons plus d'une autre omission à signaler dans leur texte. Mais cette
exposition officielle, incomplète sur des points
qu'on a pu taire aux greffiers, doit-elle faire foi

---

1. *Information préalable :* « Quia alias quis in materia fidei
trahere non debet, nisi informatione prævia et fama contra eum
referente, » t. II, p. 200 (Requête du promoteur, à la Réhabilitation). » Non tamen recordatur eas vidisse aut legisse, scit tamen
quod, si fuissent productæ, eas inseruisset in processu, » t. III,
p. 136 (Manchon). — « Eas non vidit, nec credit quod unquam
aliquæ fuerunt factæ, » *ibid.*, p. 161 (G. Colles), cf. t. II, p. 379.
— « Perlegi fecimus informationes factas in patria originis dictæ
mulieris, et alibi in pluribus ac diversis locis, » t. I, p. 28
(13 janvier).
N. Bailly : Et dum dictus ballivus vidit relationem dicti locumtenentis, dixit quod dicti commissarii erant falsi Armignaci, t. II,
p. 451 et 453, cf. *Ibid.*, p. 441 (M. Lebuin) et p. 463 (Jacquard).
Nous négligeons plusieurs témoignages qui n'expriment que de

sur tous les autres? Il importe d'examiner de près
cette question, puisqu'il s'agit du document dont
le texte, quel qu'il soit, sera toujours la principale
source de cette histoire.

Le procès-verbal, tel que nous l'avons, a été
traduit de l'original par Thomas de Courcelles, et
la comparaison de la minute française, dont une
copie nous est restée en partie, a prouvé que c'est
généralement à tort que dans les enquêtes de 1452
et 1455 on l'avait accusé d'infidélité. La traduc-
tion vaut donc, à peu de chose près, l'original, et
c'est à l'œuvre même de la rédaction que nos ob-
servations doivent s'appliquer [1].

Trois greffiers furent attachés à ce travail : Manchon, Guillaume Colles, dit Boisguillaume, et Taquel. Les notes prises dans les interrogatoires, le
matin, étaient collationnées le soir et reproduites
dans une minute française que Manchon rédigea.
Quand il la présenta lui-même au procès de réhabilitation, on lui demanda ce que signifiaient plusieurs *nota* qu'on lisait à la marge. Il répondit

vagues souvenirs, *ibid.*, p. 394 (Jacob) ; p. 397 (Béatrix Estellin).
— *Colère de l'évêque :* « Quod erat proditor et malus homo et quod
non fecerat debitum in eo quod sibi fuerat injunctum.... Quia istæ
informationes non videbantur dicto episcopo utiles, » etc., t. III,
p. 191-192 (J. Moreau). Pierre Miget dit avoir entendu citer certaines informations : « Eas tamen non vidit nec legi audivit. »
Ibid., p. 133. Le procès de réhabilitation constate qu'on les a vainement recherchées, t. II, p. 381. M. de Beaurepaire me paraît ici
mal justifier cette suppression en alléguant l'exemple du procès
Seguent et la crainte que l'on aurait pu avoir de compromettre les
témoins (*Recherches sur le procès de condamnation de Jeanne
d'Arc*, p. 110).

1. Voy. M. Quicherat, *Aperçus nouveaux*, p. 147.

que dans les premiers interrogatoires de Jeanne,
le premier jour, dans la chapelle du château, il y
eut grand tumulte; on l'interrompait presque à
chaque mot quand elle parlait de ses apparitions.
Or il y avait là deux ou trois secrétaires anglais
qui enregistraient ses dépositions comme ils voulaient, supprimant ce qu'elle disait à sa décharge.
Manchon s'en plaignit et dit (c'est toujours lui qui
parle) que si on ne procédait autrement, il dépo-
serait la plume. Sur sa plainte, on changea de
lieu, et le lendemain on s'assembla dans une salle
du château, voisine de la grande salle, avec deux
Anglais à la porte. Comme il y avait quelquefois
difficulté sur les réponses de Jeanne, et que plusieurs disaient qu'elle n'avait pas répondu de la
façon dont il l'avait écrit, il marquait d'un *nota*
l'endroit contesté, afin que Jeanne fût interrogée
de nouveau et la difficulté éclaircie[1].

Voilà un homme qui veut la vérité, et c'est une
garantie sans doute. Mais on voit combien il y en
avait d'autres qui la voulaient altérer. Une déposition antérieure de Manchon à Rouen, lors de l'enquête préliminaire du procès de réhabilitation,
achève de prouver que ces criminelles tentatives
ne se produisirent pas seulement à la première
séance. Pendant les cinq ou six premières journées, quelques juges lui disaient en latin (pour
n'être pas entendus de la Pucelle), « qu'il mît en

---

1. *Rédaction des procès-verbaux*, t. III, p. 135 (Manchon); cf
p. 160 (G. Colles) et p. 195 (Taquel).

autres termes en muant la sentence de ses paroles. » C'est l'évêque de Beauvais lui-même qui
avait placé auprès du tribunal, dans une fenêtre,
derrière un rideau, ces greffiers clandestins, chargés de recueillir les charges et d'omettre les excuses; et c'était avec ces rédactions sciemment infi-
dèles que se faisait le soir la collation. On voit
quelles différences devait offrir celle de Manchon,
et l'évêque de Beauvais savait à qui s'en prendre :
toute sa colère retombait sur le pauvre homme
qui marquait ses *nota*. Quelquefois même l'évêque
et d'autres docteurs, intervenant plus directement,
commandaient à Manchon d'écrire selon qu'ils
l'imaginaient et tout au contraire de ce que Jeanne
avait entendu, ou si quelque chose leur déplaisait,
ils défendaient de l'écrire, comme n'étant pas du
procès. Manchon proteste qu'il n'en fit rien, qu'il
agit toujours selon sa conscience; et on le veut
croire : mais cet homme, qui avoue n'avoir accepté
que par peur les fonctions de greffier, n'a-t-il pas
pu quelquefois capituler avec la peur, sinon
pour commettre un faux constant, du moins pour
accepter une rédaction plus conforme à l'esprit du
procès? On l'en peut soupçonner : car on en a plusieurs indices. Jean Monnet, secrétaire de Jean
Beaupère, qui prenait des notes, mais non comme
greffier officiel, dit que Jeanne se plaignit souvent
des inexactitudes du procès-verbal et les faisait
corriger. Les releva-t-elle toujours et ne se pouvait-il faire que souvent il lui en échappât? Qu'on
en juge par ce trait de la déposition de Jean Fabri,

ou Lefebvre, religieux augustin, depuis évêque de
Démétriade. Un jour que, la Pucelle étant interrogée sur ses visions, on lui lisait une de ses réponses, J. Lefebvre y reconnut une erreur de rédaction et la fit remarquer à Jeanne, qui pria le
greffier de relire. Il relut, et Jeanne déclara qu'elle
avait dit tout le contraire. Manchon promit de faire
plus d'attention à l'avenir. Voilà pour les erreurs;
et quant aux omissions, voici un fait bien grave,
constaté par le témoignage d'Isambart de La Pierre.
Lorsque, à la persuasion de ce dernier, Jeanne déclara qu'elle se soumettait au concile alors réuni
(le concile de Bâle), l'évêque furieux s'écria : «Taisez-vous de par le diable! » et Manchon lui ayant
demandé s'il fallait écrire sa déclaration, l'évêque
répondit : « Non, ce n'est pas nécessaire; » sur
quoi Jeanne lui dit : « Ah ! vous écrivez bien ce qui
est contre moi, et vous n'écrivez pas ce qui est
pour moi[1] ! »

Nous n'accusons point Manchon de faux dans ses
écritures; nous admettons qu'il n'a pas été le docile instrument de toutes les volontés de l'évêque,
qu'il a su même lui résister quelquefois, bien qu'il
ait eu beau jeu de l'affirmer au procès de réhabi-

1. *Première déposition de Manchon :* t. II, p. 12, 13. Cf. p. 340
(le même). — *Greffier par peur :* « Et hoc invitus fecit, quia non
fuisset ausus contradicere præcepto dominorum de consilio regis. »
T. III, p. 137 (lui-même). Le bruit courait que les greffiers étaient
empêchés d'écrire tout ce que disait Jeanne, t. III, p. 172 (N. de
Houppeville). Les greffiers, comme on le pense bien, protestent
tous de leur exactitude, t. II, p. 343 (Manchon); t. III, p. 160
(G. Colles) ; t. II, p. 319 (Taquel). G. Colles et Manchon furent dès
l'origine institués, l'un et l'autre, greffiers par et pour l'évêque;

litation : mais en présence de ces faits constants, il est difficile de dire que l'on tient de lui une rédaction rigoureusement exacte, et que jamais il n'a rien concédé à la colère d'un homme dont la violence envers ceux qui avaient l'air de ne point penser comme lui, est attestée pour des faits bien moins graves. Un jour que l'huissier Massieu ramenait Jeanne en prison, un prêtre lui ayant demandé : « Que te semble de ses réponses? Sera-t-elle arse (brûlée)?» il avait répondu : «Jusqu'ici je n'ai vu que bien et honneur en elle ; mais je ne sais ce qu'elle sera à la fin; Dieu le sache! » Sa réponse fut rapportée; il fut mandé par l'évêque, qui lui dit de bien prendre garde, ou qu'on le ferait boire plus que de raison. Et il déclare que, sans le greffier Manchon, il n'eût point échappé. Manchon qui l'excusa dut profiter de la leçon pour lui-même[1].

Concluons donc : le procès-verbal n'offre pas en tout point ces caractères assurés de sincérité qu'on doit attendre de la justice; le juge lui-même a pesé sur la rédaction pour la corrompre et l'altérer. Que s'il n'a pu y réussir complétement, c'est

---

Taquel leur fut adjoint au nom du vice-inquisiteur, quand celui-ci prit part au procès.

Jean Monnet: « Eidem Johannæ audivit dici, loquendo eidem loquenti et notariis, quod non bene scriberent et multoties faciebat corrigere. » T. III, p. 63. Cf., t. III, p. 160-161 (G. Colles). — *J. Fabri:* t. III, p. 176. — *Isamb. de La Pierre:* t. II, p. 349, 350. Cf. *ibid.*, 304 : « Conquerebatur quod ipse episcopus nolebat quod illa quæ faciebant pro excusatione sua scriberentur; sed ea quæ contra eam faciebant volebat scribi. »

1. *Massieu,* t. II, p. 16 et 339. — Massieu lui-même rend bon témoignage au caractère de Manchon. t. II, p. 331.

qu'ayant pris pour greffier principal un prêtre, greffier de Rouen, il s'est trouvé aux prises avec les
habitudes honnêtes d'un homme qui savait les de-
voirs de sa charge, et y demeura généralement fi-
fidèle, sans toutefois se défendre toujours de l'ascendant des maîtres au service desquels il écrivait.
On doit donc prendre avec défiance certaines réponses où le tour de la phrase peut changer le
sens de la pensée, quand une altération de ce
genre est si facilement concevable avec les obsessions ou les préventions du moment. Mais cette
réserve faite, nous acceptons les procès-verbaux
comme base de notre jugement. Il y a dans Jeanne
d'Arc une telle force de raison, une telle vigueur
de réplique, que sa parole, comme un glaive aigu,
traverse tous les doubles du texte dûment colla-
tionné par Manchon, Taquel et Boisguillaume; il
y a de telles illuminations dans ses réponses que,
malgré les voiles de ce résumé si habilement serré,
on en est encore ébloui.

LIVRE SEPTIÈME.

ROUEN. — L'INSTRUCTION.

I

LES INTERROGATOIRES PUBLICS.

Le 9 janvier 1431, l'évêque de Beauvais réunit dans l'hôtel du Conseil du roi, près du château de Rouen, les abbés de Fécamp et de Jumiéges, le prieur de Longueville et cinq autres ecclésiastiques, parmi lesquels Nicolas Loyseleur, chanoine de la cathédrale, et il leur exposa l'état de l'affaire. Une femme qui déshonorait son sexe par son habit, qui professait et enseignait le mépris de la foi catholique, Jeanne, dite la Pucelle, avait été prise à la guerre, dans les limites de son diocèse. Réclamée au duc de Bourgogne et à Jean de Luxembourg par l'Université de Paris et par l'Inquisition, réclamée par lui-même et par le roi, elle venait enfin d'être livrée au roi, et par lui soumise à son jugement. Il les consultait sur la marche à suivre. Les docteurs furent d'avis qu'il fallait com-

mencer par des informations. L'évêque en avait
déjà recueilli : il ordonna qu'on les complétât et
qu'on en fît le rapport au conseil. Puis, sur l'avis
des mêmes docteurs, il nomma promoteur ou procureur général dans la cause Jean d'Estivet,
chassé comme lui de Beauvais, où il était son
procureur général; juge commissaire (juge d'instruction), Jean de La Fontaine, maître ès arts;
greffiers, Guillaume Colles ou Boisguillaume et
Guillaume Manchon, notaires apostoliques à l'officialité de Rouen; et huissier, Jean Massieu, prêtre,
doyen rural de Rouen. C'étaient les officiers du
procès qui allait commencer[1].

Le 13 janvier, il réunit dans sa maison[2] la plupart des mêmes docteurs, avec Guillaume Haiton,
secrétaire des commandements du roi, et leur
donna lecture des informations dont il a été parlé.
On résolut de les réduire à un certain nombre
d'articles pour mettre de l'ordre et de la clarté dans
la matière, dit le juge, et offrir un texte où l'on pût
voir plus sûrement s'il y avait lieu d'accuser de
crime contre la foi. Des articles ainsi dressés cou-
raient grand risque de substituer à la parole des
témoins la pensée du juge. Aussi le résultat ne

1. 9 janvier . *Procès*, t. I, p. 5. Les ecclésiastiques réunis sont,
avec ceux qui ont été nommés, Raoul Roussel, trésorier de la cathédrale, Nicolas de Venderez, R. Barbier et Nicole Coppequesne,
chanoines de la cathédrale. N. de Venderez avait failli devenir archevêque de Rouen en 1423, et avait quelques prétentions encore
au siège vacant. — *Actes antérieurs : ibid.*, p. 4 et 8-26.

2. Il demeurait chez un chanoine dont la maison était proche de
Saint-Nicolas-le-Painteur. (*Procès*, t. I, p. 24, et t. II, p. 11.)

lut-il point douteux. Dans une nouvelle séance, tenue le 23, on décida que les articles serviraient de base à l'interrogatoire qu'aurait à subir la Pucelle, et l'évêque, invité à commencer l'information préparatoire, en commit le soin à Jean de La Fontaine[1].

On différa jusqu'au milieu du mois suivant, et le temps ne dut pas être perdu pour l'instruction de l'affaire; car on y employa des manœuvres que révélera un autre procès-verbal. Le 13 février, l'évêque tint un conseil plus nombreux. Il y avait appelé, avec les précédents, plusieurs des principaux docteurs de l'Université de Paris : Jean Beaupère, Jacques de Touraine, Nicolas Midi, Pierre Maurice, Gérard Feuillet, Thomas de Courcelles. Il reçut le serment des officiers attachés au procès, et le lendemain Jean de la Fontaine, assisté des deux greffiers, procéda à l'information dont il était chargé. Elle dura trois jours. Le 19, l'évêque réunit ses conseillers ; et, après leur avoir présenté l'état des choses, il résolut, sur leur avis, de s'adjoindre, en l'absence de l'inquisiteur de France, le vice-inquisiteur Jean Lemaître. On s'ajourna jusqu'à l'après-midi, afin de le recevoir et de l'entendre. Il vint, mais il allégua que sa commission était pour le diocèse de Rouen, et que l'évêque, bien que s'étant fait donner régulièrement le droit territorial dans ce diocèse, informait d'une affaire qui se rap-

---

1. 13 *et* 23 *janvier*: t. I, p. 27. Présents, l'abbé de Fécamp, N. de Venderez, G. Haiton, Coppequesne, La Fontaine et Loyseleur.

portait au diocèse de Beauvais. L'objection était
spécieuse ; on remit au lendemain pour donner le
temps au conseil d'en délibérer, et à Lemaître d'y
réfléchir encore. Le conseil déclara que la commission de Lemaître, telle qu'elle se trouvait, était
valable, mais que, pour plus de sûreté, on invite-
rait l'inquisiteur à venir lui-même, ou à envoyer
des pouvoirs plus explicites ; et Lemaître, tout en
gardant ses scrupules, dit qu'il ne faisait point
opposition à ce qu'on agît sans lui. L'évêque, pour
ne lui laisser par la suite aucun prétexte de rester
à l'écart, promit de lui communiquer tout ce qui
avait été fait ou se ferait encore dans l'affaire[1].

Tout était prêt : Jeanne nous va revenir.

1. 13 *février : Les docteurs de Paris :* t. I, p. 29. Voy. M. J. Quicherat, *ibid.*, et *Aperçus nouveaux*, p. 103 et suiv. — *Absence de
l'inquisiteur.* L'inquisiteur Le Graverend était alors occupé d'un
autre procès dans le diocèse de Coutance (Ch. de Beaurepaire,
Recherches, etc., p. 80. — *Le vice-inquisiteur :* t. I, p. 31-36.
A proprement parler, dit M. Ch. de Beaurepaire, il n'y avait pas en
France de tribunaux de l'Inquisition, mais une forme de procéder
inquisitoriale. Ainsi l'inquisiteur n'a point de prétoire particulier,
point de prisons, point d'officiers spéciaux pour la recherche ou
la poursuite des crimes. Il intervient sur l'appel de l'ordinaire ; il
lui prête le concours de sa science théologique, il emprunte, quand
il en est besoin, ses agents à l'officialité, et ne réserve, en général,
aux religieux de son ordre que la mission d'amener à résipiscence
les prévenus, et de signaler publiquement au peuple leurs erreurs.
On eût supprimé l'inquisition, que l'on n'eût probablement rien
changé ni à la forme de procéder, ni à l'intolérance des esprits, ni
aux terribles suites des condamnations en matière de foi dont il
faut accuser surtout la société civile, puisque, dans les sentences
mêmes qui livraient les hérétiques au bras séculier, on ne manquait
pas, les formes valant encore mieux que les hommes, d'implorer à
l'égard des condamnés la clémence et la douceur (*Recherches*, etc.,
p. 83, 84). *

Le 20 février, sans plus attendre, elle fut sommée de comparaître devant l'assemblée de ses juges le lendemain mercredi, à huit heures du matin. Elle répondit qu'elle le ferait volontiers mais sachant bien qui étaient ses juges et pourquoi on la voulait juger, elle demanda que l'évêque s'adjoignît des ecclésiastiques du parti de la France en nombre égal à ceux du parti de l'Angleterre ; en même temps, elle sollicitait de lui, comme une faveur, qu'il lui permît d'entendre la messe avant de comparaître. L'huissier chargé de l'assignation transmit à l'évêque sa demande et sa prière ; mais l'une ne fut pas plus goûtée que l'autre. L'évêque, ayant pris conseil des docteurs, jugea que, vu les crimes dont elle était accusée et l'abominable habit qu'elle s'obstinait à porter, il n'y avait pas lieu de l'admettre aux divins offices. Quant à la demande touchant le tribunal, il n'en fut pas même question [1].

Au jour et à l'heure fixés (21 février, à huit heures du matin), l'évêque siégea dans la chapelle du château. Aux assesseurs qu'il avait déjà réunis, il avait adjoint d'autres docteurs ; mais ce n'étaient pas ceux que demandait Jeanne. Lecture faite des pièces de procédure, le promoteur Jean d'Estivet demanda que la prévenue fût amenée et interrogée [2].

---

1. *Assignation*, etc. : t. I, p. 40-43.
2. *Assesseurs de la 1re séance publique :* Ils sont pour la plupart ou de Paris ou de la province de Rouen : Gilles, abbé de Fécamp, Pierre, prieur de Longueville-Giffard, Jean de Châtillon, chanoine

Jeanne parut donc.

L'évêque ayant rappelé sommairement les circonstances qui le faisaient juge de la captive, le bruit public qui l'accusait, l'ordre du roi, l'enquête, l'avis des docteurs, invita Jeanne à parler en toute sincérité, sans subterfuge et sans détour, et la requit judiciairement de prêter serment de dire la vérité sur toute chose dont on l'interrogerait.

Jeanne dit :

« Je ne sais de quoi vous me voulez interroger. Peut-être me demanderiez-vous des choses que je ne vous dirai pas.

— Jurerez-vous, reprit l'évêque, de dire la vérité sur les choses qui vous seront demandées touchant la foi, et que vous saurez ?

— Pour ce qui est de mon père, de ma mère et de ce que j'ai fait depuis que j'ai pris le chemin de France, je jurerai volontiers ; mais, pour les révélations que j'ai eues de Dieu, je n'en ai jamais rien dit à personne qu'au roi Charles, et je n'en dirai

d'Évreux, Jean Beaupère, Jacques de Touraine, Nicolas Midi, Jean de Nibat, Jacques Guesdon, Jean *Fabri* ou Lefebvre, depuis évêque de Démétriade, Maurice du Quesnay, G. Lebouchier, P. Houdenc, Pierre Maurice, Richard du Prat (*Prati*) et G. Feuillet, docteurs en théologie ; Nicolas de Jumiéges, G. de Conti, abbé de Sainte-Catherine, et G. Bonnel, abbé de Cormeilles, Jean Garin, chanoine, Raoul Roussel, docteur *utriusque juris*, G. Haiton, N. Coppequesne, Jean Lemaître, Richard de Grouchet, P. Minier, J. Pigache, R. Sauvage, bacheliers en théologie ; Robert Barbier, D. Gastinel, J. Ledoux. N. de Venderez, J. Basset, J. de La Fontaine, J. Bruillot, A Morel, J. Colombelle, Laurent Dubust et R. Augny, chanoines de Rouen ; André Marguerie, Jean Alespée, Geoffroy du Crotay, Gilles Deschamps, licenciés en droit civil, t. I, p. 38-40.

rien quand on me devrait couper la tête : parce
que mon conseil [ses voix] m'a défendu d'en rien
dire à personne. Du reste, avant huit jours je saurai bien si j'en dois parler. »

L'évêque eut beau redoubler ses instances, il ne
put la faire renoncer à cette réserve. Les genoux en
terre et les deux mains sur l'Évangile, elle jura de
dire, autant qu'elle le pourrait, la vérité, mais seulement sur les choses dont elle serait requise touchant la foi [1].

Alors l'évêque lui demanda quel était son nom,
son surnom.

« Dans mon pays, dit-elle, on m'appelait Jean-
nette. Depuis que je suis en France on m'appelle
Jeanne. Du surnom, je ne sais.

— Où êtes-vous née?

— À Domremy, qui fait un avec Greux. C'est à
Greux qu'est la principale église.

— Comment s'appellent votre père et votre
mère ?

— Mon père se nomme Jacques d'Arc ; ma mère,
Isabelle.

— Où avez-vous été baptisée?

— À Domremy. »

L'évêque l'interrogea sur ses parrain et marraine, sur celui qui la baptisa, sur son âge à elle :
elle avait environ dix-neuf ans! Et comme il lui
demandait ce qu'elle savait :

« J'ai, dit-elle, appris de ma mère : *Notre Père* ;

1. *Serment:* t. I, p. 45.

Je vous salue, Marie; Je crois en Dieu; c'est de ma mère je que tiens ma croyance.

— Dites *Notre Père.*

— Je vous le dirai volontiers si vous voulez m'entendre en confession. »

Elle le demandait pour juge au tribunal de Dieu ! Et comme il offrait de lui donner un ou deux personnages de langue française devant lesquels elle dirait : *Notre Père*, elle répondit :

« Je ne le dirai que s'ils m'entendent en confession [1]. »

L'évêque, avant de la renvoyer, lui défendit de sortir de prison, sous peine d'être réputée convaincue du crime d'hérésie. Elle répondit qu'elle n'acceptait pas la défense, et que si elle s'échappait, nul ne lui pourrait reprocher d'avoir violé sa foi, parce qu'elle ne l'avait donnée à personne ; et elle prit cette occasion pour se plaindre d'être liée par des chaînes de fer. Mais comme l'évêque répondait que ces précautions étaient commandées par ses tentatives d'évasion antérieures, elle n'insista pas, et, loin de chercher une excuse :

« C'est vrai, dit-elle : j'ai voulu et je voudrais encore m'échapper de prison, comme c'est le droit de tout prisonnier. »

Elle fut commise à la garde de Jean Gris, écuyer du roi, et de deux autres Anglais, Jean Berwoit et

---

1. *Semeal* : t. I, p. 46. *Ibid.*, p. 47. La demande de la récitation du *Pater* et du *Credo* à l'accusé au commencement de l'instance était dans les usages de l'Inquisition. Voy. Llorente, *Hist. de l'Inquisition*, ch. ix. art. 5; t. I, p. 303.

Guillaume Talbot, qui jurèrent sur l'Évangile de ne la laisser communiquer avec personne, et on l'ajourna au lendemain pour la suite de l'interrogatoire [1].

Cette première séance avait bien peu avancé l'affaire. Avec les préliminaires communs de tout procès, le serment, les noms, l'origine, on n'y trouve que la demande du *Pater*, formalité d'usage en matière d'hérésie, et l'injonction de ne point chercher à fuir. Mais ce vide même du procès-verbal fait comprendre combien vif et prolongé avait été le débat sur le serment, signalé avant l'interrogatoire ; et cela est confirmé par les dépositions postérieures. Au témoignage du greffier Manchon, ce fut une scène de tumulte. Quand il fut question des visions, sans doute quand Jeanne fit ses réserves sur ce point, chacun prenait la parole : elle était interrompue à chaque mot ; et, pour que le fond fût digne de la forme, il y avait, on l'a vu, derrière un rideau, dans l'encoignure d'une fenêtre, des greffiers apostés par l'évêque, qui recueillaient les charges, supprimant les excuses, et venaient effrontément opposer leur minute à celle des greffiers officiels. Le scandale fut si grand, au moins pour le débat, que l'on dut changer de salle et prendre quelques dispositions propres à le diminuer [2].

1. *Procès* : t. I, p. 47.
2. *Scandales de la* 1re *séance* : t. III, p. 135 (Manchon) ; t. II, p. 12 (le même).

Le lendemain (jeudi, 22 février) le tribunal se réunit dans une chambre, dite chambre de parement ou d'apprêt (*paramenti*)[1], située au bout de la grande salle du château : quelques nouveaux membres des chapitres de Paris ou de Rouen s'étaient joints au conseil de l'évêque. Jeanne étant amenée, l'évêque l'invita à prêter le serment pur et simple de dire la vérité sur tout. Elle dit qu'elle avait juré la veille et qu'il suffisait. Il insista; elle répondit :

« Je vous ai prêté serment hier, cela vous doit suffire; vous me chargez trop. »

Et, quoi que l'on fît, elle ne prêta encore que le serment de dire la vérité sur les choses qui touchaient la foi.

L'évêque remit à Jean Beaupère le soin de poursuivre l'interrogatoire [2].

Le savant docteur essaya de prendre Jeanne par la douceur et par l'équivoque; il l'exhorta à bien répondre sur ce qu'on lui demanderait, comme elle l'avait juré.

« Vous pourriez bien, répondit Jeanne, démêlant l'artifice, me demander telle chose dont je vous dirai la vérité, tandis que sur telle autre, je ne vous la dirai pas. » Et gémissant en elle-même de voir des hommes d'Église, des ministres de Dieu, persécuter ainsi l'œuvre de Dieu, elle ajouta :

---

1. Cf. sur ce mot Froissart, IV, 63, t. III, p. 316 de l'édition du *Panthéon littéraire*.

2. 2ᵉ *séance; nouveaux assesseurs :* Jean Pinchon, chanoine, l'abbé de Préaux (Jean Moret), frère G. l'Ermite, G. Desjardins, Robert Morellet et Jean Le Roy, chanoines, t. I, p. 49.

« Si vous étiez bien informés de moi, vous devriez vouloir que je fusse hors de vos mains ; je n'ai rien fait que par révélation[1]. »

Jean Beaupère, craignant de l'effaroucher, la ramena sur un terrain où elle pouvait s'abandonner sans défiance. Il lui demanda l'âge qu'elle avait lorsqu'elle partit de la maison de son père.

« Je ne sais, dit-elle.

— Avez-vous appris quelque métier en votre jeunesse?

— Oui, j'ai appris à coudre et à filer. »

Et elle ajoutait, avec un naïf orgueil de jeune fille, qu'elle ne craignait, à ce métier, aucune femme de Rouen. Elle parla aussi de sa retraite à Neufchâteau, et dit que tant qu'elle fut dans la maison de son père, elle s'occupait des soins du ménage, et n'allait pas (communément) aux champs garder les brebis ou le bétail[2].

Le docteur alors, changeant de matière, sans paraître changer de terrain, lui demanda si elle se confessait tous les ans.

« Oui, dit-elle, à mon curé, et quand il était empêché, à un autre, avec sa permission ; quelquefois, deux ou trois fois, je pense, je me suis confessée à des religieux mendiants : c'était à Neufchâteau. Je communiais à la fête de Pâques.

— Et à d'autres fêtes?

— Passez outre. »

1. *Procès*, t. I, p. 50.
2. *Ibid.*, p 51.

De ses communions à ses révélations le passage était naturel. Jeanne n'hésita point à le franchir. Elle dit à quel âge et comment elle avait entendu pour la première fois la voix qui lui venait de Dieu, les clartés qui se manifestaient à elle avec la voix, les avis qu'elle en avait reçus pour se conduire et venir en France; son impatience d'y obéir, sa défiance de soi-même, et comment enfin, sur la révélation précise du but à atteindre et de la route à suivre, elle alla avec son oncle à Vaucouleurs, reconnut le sire de Baudricourt, et obtint de lui, après plusieurs refus, l'escorte avec laquelle elle vint en habit d'homme trouver le roi à Chinon [1].

Ce récit avait été entrecoupé de questions qui cachaient autant de piéges : sur l'habit d'homme qu'elle avait pris et par quel conseil; sur le duc d'Orléans; sur plusieurs expressions de sa lettre aux Anglais devant Orléans; sur la manière dont elle avait reconnu le roi. La Pucelle en devina plusieurs et les sut éviter. On avait répandu divers bruits sur le signe qu'elle avait donné au roi pour se faire agréer. Elle refusa absolument de rien dire qui s'y rattachât. Interrogée si, quand la voix lui désigna le roi, la lumière qui se manifestait

1. T. I, p. 51-56 : « Dum esset ætatis XIII annorum ipsa habuit vocem a Deo. Interrogata qualiter videbat claritatem quam ibi adesse dicebat cum illa claritas esset a latere : nihil ad hoc respondit, sed transivit ad alia. Dixit præterea quod si ipsa esset in uno nemore, bene audiret voces venientes ad eam, etc. » Nous abrégeons ici cette déposition de Jeanne dont nous avons reproduit les détails en leur lieu dans l'histoire.

communément à elle s'était produite en ce lieu, elle répondit :

« Passez outre.

— Avez-vous vu un ange au-dessus de votre roi?

— De grâce, passez outre. »

Elle dit pourtant que le roi, avant de la mettre à l'œuvre, avait eu de belles révélations.

« Quelles révélations votre roi a-t-il eues?

— Je ne vous le dirai pas, ce n'est pas l'heure de répondre; mais, envoyez au roi et il vous le dira. »

Elle déclarait d'ailleurs avoir su de la voix, qu'à son arrivée le roi la recevrait sans trop de retard. Elle dit que ceux de son parti avaient bien reconnu la voix comme venant de Dieu, et elle citait en témoignage Charles de Bourbon, comte de Clermont, et deux ou trois autres. Elle ajoutait qu'il ne se passait pas de jour qu'elle n'entendit cette voix, et qu'elle en avait bien besoin; que d'ailleurs elle ne lui avait jamais demandé d'autre récompense que le salut de son âme [1].

L'interrogatoire se termina par plusieurs questions qui avaient pour objet de convaincre ses voix de mauvais conseils, par exemple, dans l'af-

1. T. I, p. 51-56 : « Dixit etiam quod illi de parte sua bene cognoverunt quod vox eidem Johannæ transmissa erat ex parte Dei, et quod viderunt et cognoverunt ipsam vocem, asserens ipsa Johanna quod hoc bene scit. Ultra dixit quod rex suus et plures alii audiverunt et viderunt voces venientes ad ipsam Johannam; et ibi aderat Karolus de Borbonio et duo aut tres alii. » — Nous reviendrons sur plusieurs points de cet interrogatoire.

faire de Paris. Jeanne confessa que la voix lui
avait dit de rester à Saint-Denis (après l'échec).
Elle déclara qu'elle y voulait demeurer, qu'elle
en avait été emmenée par les seigneurs contre
sa volonté; qu'elle n'en serait point partie si elle
n'avait pas été blessée. Sa blessure rappelait son
échec : elle convint qu'elle avait commandé une
escarmouche contre la ville de Paris.

« N'était-ce pas, dit le docteur, un jour de fête?
— Je le crois, dit Jeanne.
— Était-ce bien?
— Passez outre [1]. »

On s'arrêta pour ce jour-là   et la journée devait
sembler bonne aux ennemis de Jeanne. Toute cette
histoire de ses révélations, ce qu'elle en avait dit,
ce qu'elle n'en avait pas voulu dire, offrait assez
de prise aux commentaires envenimés. On comptait bien y revenir dans la séance suivante, qui
fut remise au samedi.

Dans cette troisième séance, à laquelle assistèrent un plus grand nombre de docteurs, l'évêque
revint à la charge pour obtenir de Jeanne un serment absolu et sans condition. Elle lui dit : « Lais-
sez-moi parler. Par ma foi, vous pourriez me demander des choses que je ne vous dirais pas; » et
expliquant sa pensée : « Il se peut que de plusieurs
choses que vous pourriez me demander je ne vous
dise pas la vérité, en ce qui touche mes révéla-

1. T. , p 55.

tions, par exemple. Car vous pourriez me contraindre à dire telle chose que j'ai juré de ne pas
dire, et ainsi je serais parjure : ce que vous ne
devriez pas vouloir. » Et comme l'évêque insistait,
en rappelant sans doute le droit qu'il en avait
comme juge, elle ajouta : « Je vous le dis, prenez
bien garde à ce que vous dites, que vous êtes mon
juge : car vous prenez sur vous une grande charge
et vous me chargez trop. C'est assez, il me semble,
d'avoir juré deux fois en jugement. »

L'évêque lui remontra qu'il ne lui demandait
qu'un serment, un serment tout simple et sans
réserve. Elle répondit : « Vous pouvez bien surseoir (ne pas insister davantage), j'ai assez juré
par deux fois. » Elle ajoutait que tout le clergé de
Paris et de Rouen ne la saurait condamner, s'il
n'avait droit. Elle promettait d'ailleurs de dire la
vérité sur sa venue en France, sans toutefois
s'engager à tout dire : car huit jours n'y suffi-
raient pas.

« Voulez-vous, dit l'évêque prendre conseil des
assistants, si vous devez jurer ou non?

— Je veux bien dire la vérité sur ma venue en
France et pas autrement. Il ne faut point m'en
parler davantage.

— Mais en refusant de jurer, vous vous rendez
suspecte. »

Même réponse.

Sur de nouvelles instances, elle répéta « qu'elle
dirait ce qu'elle savait et point tout ce qu'elle savait; » et fatiguée de ce débat : « Je viens de la

part de Dieu, dit-elle, et je n'ai rien à faire ici; renvoyez-moi à Dieu de qui je viens. » Et comme l'évêque la sommait de jurer, sous peine d'être tenue pour coupable des choses qu'on lui imputait, elle répondit : « Passez outre[1]. »

Il fallut bien que l'évêque se résignât à passer outre. Il se réduisit à requérir qu'elle jurât de dire la vérité sur ce qui toucherait le procès. Dans ces termes sa conscience était en repos : elle fit le serment.

L'évêque remit encore à Jean Beaupère l'achèvement de l'interrogatoire.

Jean Beaupère commença par une question qui pouvait sembler pleine d'intérêt pour Jeanne : il lui demanda depuis quand elle se trouvait n'ayant bu ni mangé. On était en carême; et si elle avait pris la moindre chose, elle devenait, malgré son jeune âge, véhémentement suspecte de mépris pour les commandements de l'Église. Elle répondit : « Je n'ai ni bu ni mangé depuis hier à midi. »

C'est à jeun qu'il lui fallait soutenir les émotions et les fatigues de ces journées! Puis il revint sur le sujet de ses voix. Il lui demanda à quelle heure elle avait entendu la voix qui venait à elle. Elle répondit :

1. 3ᵉ séance; *nouveaux assesseurs :* Jean Charpentier, Denis de Sabeiras, G. de Baudrebois, Nicole *Medici*, R. Legaigneur (*Lucratoris*), les abbés de Saint-Ouen et de Saint-Georges, les prieurs de Saint-Lô et de Rigy, J. Duquemin, R. de Saulx, Bureau de Cormeilles, M. de Foville; t. I, p. 58. — *Débat sur le serment : ibid.,* p. 60.

« Je l'ai entendue hier et aujourd'hui.

— A quelle heure, hier?

— Le matin, à vêpres et à l'*Ave Maria*, et il m'est plusieurs fois arrivé de l'entendre bien plus souvent.

— Que faisiez-vous hier matin quand la voix est venue à vous?

— Je dormais, et elle m'a éveillée.

— Est-ce en vous touchant le bras?

— Elle ma éveillée sans me toucher.

— Était-elle dans votre chambre?

— Je ne sais, mais elle était dans le château.

— L'avez-vous remerciée, avez-vous fléchi les genoux? »

Elle répondit qu'elle l'avait remerciée, et qu'étant dans son lit, elle s'était assise et avait joint les mains, après avoir imploré son conseil, dont elle avait demandé le secours auprès de Dieu pour qu'il l'éclairât dans ses réponses.

« Et que vous a dit la voix?

— Elle m'a dit de répondre hardiment, et que Dieu m'aiderait.

— La voix vous a-t-elle dit quelques paroles avant que vous l'eussiez implorée.

— Oui, mais je n'ai pas tout compris; et quand je fus éveillée, elle m'a dit de répondre hardiment. »

Et se tournant vers l'évêque :

« Vous dites que vous êtes mon juge. Prenez garde à ce que vous faites, parce qu'en vérité je suis envoyée de Dieu, et vous vous mettez en grand danger. »

Mais le juge était aveugle; et tout l'effort du procès tend visiblement moins à découvrir la vérité qu'à justifier l'accusation.

En l'interrogeant sur ses visions, Jean Beaupère avait voulu savoir d'abord si ce n'était point quelque illusion de son esprit. Il y revint, non plus pour en contester la réalité, mais pour en attaquer l'origine, en les convainquant de mensonge ou d'erreur. Il lui demanda si la voix n'avait point varié dans ses conseils.

« Non, dit Jeanne, elle ne s'est jamais contredite. Elle m'a dit cette nuit même de répondre hardiment.

— Vous a-t-elle défendu de dire tout ce qu'on vous demanderait?

— Je ne vous repondrai pas sur ce point; j'ai des révélations qui touchent le roi et que je ne vous dirai point.

— La voix vous a-t-elle défendu de dire vos révélations?

— Je ne suis pas conseillée sur ce point; donnez-moi un délai de quinze jours et je vous répondrai. »

Le juge n'acceptant pas le délai : « Si la voix me l'a défendu, qu'en voulez-vous dire? » Et comme on la pressait encore : « Croyez que les hommes ne me l'ont point défendu. »

Pour couper court, elle déclara qu'elle ne répondrait rien ce jour-là; qu'elle ne savait pas si elle devait le dire ou non, avant qu'il lui eût été révélé; et elle ajouta : « Je crois fermement, aussi fermement que je crois la foi chrétienne et que Dieu nous a rachetés des peines de l'enfer, que cette voix vient de Dieu [1]. »

Le juge, la suivant dans le sens de sa déclaration, lui demanda si cette voix, qu'elle disait lui apparaître, était un ange ou venait de Dieu immédiatement, ou si c'était la voix d'un saint ou d'une sainte. Elle répondit :

« Cette voix vient de la part de Dieu; et je crois bien que je ne vous dis pas à plain (*plane*) tout ce que je sais; mais j'ai plus peur de manquer en disant quelque chose qui déplaise à ces voix que je n'ai peur de vous répondre à vous-même. Pour cette question, je vous prie de me donner délai.

— Croyez-vous donc, dit le juge, qu'il déplaise à Dieu qu'on dise la vérité?

— Les voix m'ont commandé de dire certaines choses au roi et point à vous; » et ne craignant pas d'irriter une curiosité qu'elle ne voulait pas satisfaire, elle ajouta: » Cette nuit même, la voix m'a dit plusieurs choses pour le bien du roi que je voudrais bien que le roi sût, quand je devrais ne pas boire de vin jusques à Pâques : car s'il le savait, il en serait plus aise à son dîner.

— Mais, dit le juge, ne pourriez-vous tant faire auprès de cette voix qu'elle voulût, sur votre demande, en porter au roi la nouvelle?

1. *Procès*, t. I, p. 62.

— Je ne sais si la voix le voudrait faire ; elle ne le ferait que si Dieu le voulait. Dieu lui-même, s'il lui plaît, le pourra bien révéler au roi, et j'en serais bien contente.

— Et pourquoi la voix ne parle-t-elle pas au roi, comme elle faisait quand vous étiez en sa présence ?

— Je ne sais si c'est la volonté de Dieu : sans la grâce de Dieu, je ne ferais rien[1].

Cette réponse ne devait pas tomber sans être relevée.

Après plusieurs autres questions sur ses visions : si la voix lui avait révélé qu'elle dût sortir de prison ; si elle lui avait donné cette nuit des avis pour répondre ; si dans les deux derniers jours elle avait été accompagnée de lumière ; si elle avait des yeux, etc. ; à quoi Jeanne répondait : « Je ne vous dirai point tout ; je n'en ai point permission ; mon serment n'y touche pas ; cette voix est bonne et digne ; je ne suis point tenue de répondre ; » demandant néanmoins qu'on lui donnât par écrit ce sur quoi elle ne répondait pas ; — le juge, qui n'avait point perdu de vue cette parole : « Sans la grâce de Dieu, je ne ferais rien, » lui demanda si elle savait qu'elle fût dans la grâce : question redoutable qui excita des réclamations et des murmures au sein même de cette assemblée d'hommes prévenus. « Nul ne sait s'il est digne d'amour ou de haine, » dit l'Écriture. Et l'on vou-

1. T. I, p. 63, 64.

lait qu'une pauvre fille ignorante dît si elle était, oui ou non, dans la grâce de Dieu! Un des assesseurs osa dire qu'elle n'était pas tenue de répondre. — « Vous auriez mieux fait de vous taire, » dit aigrement l'évêque qui croyait déjà tenir sa proie; car la demande cachait un argument à deux tranchants : « Vous savez-vous dans la grâce? » Si elle disait non, quel aveu! et si elle disait oui, quel orgueil!

Elle répondit :

« Si je n'y suis, Dieu veuille m'y mettre; et si j'y suis, Dieu veuille m'y garder! »

Le juge demeura confondu; — et il n'avait même pas la ressource d'accuser cette réponse d'une sorte d'indifférence : Jeanne ajoutait qu'elle serait plus affligée que de toute chose au monde si elle savait qu'elle ne fût pas dans la grâce de Dieu. Puis, invoquant pour elle-même ce qu'on voulait tourner contre son inspiration, elle dit que, si elle était dans le péché, elle croyait que la voix ne viendrait point à elle[1].

Le docteur de Paris n'essaya plus de l'interroger sur ce chapitre. Il lui demanda à quel âge elle avait entendu la voix pour la première fois (c'était

---

1. T. I, p. 64, 65 : « Ipse loquens præsens dixit quod non erat conveniens quæstio tali mulieri, » t. II, p. 367 (Fabri); — « quod erat maxima quæstio et quod ipsa Johanna non debebat respondere dictæ quæstioni; ipse episcopus Belvacensis eidem loquenti dixit : « Melius vobis fuisset si tacuissetis, » t. III, p. 175 (le même). — « De quo responso interrogantes fuerunt multum stupefacti, et illa hora dimiserunt, nec amplius interrogaverunt pro illa vice, » *ibid.*, p. 163 (G. Colles). Il faut l'entendre d'une simple suspension de l'interrogatoire.

à treize ans environ, elle l'avait déjà dit); et par
cette transition, il en vint à Domremy : il s'enquit
d'elle si l'on y était du parti de Bourgogne, si ceux
de Maxey n'en étaient pas ; si la voix lui avait dit
de détester les Bourguignons ; si elle allait avec
les enfants de son village dans les combats qu'ils
livraient aux enfants de Maxey; si elle avait un
grand désir de combattre les Bourguignons ; si
elle eût souhaité d'être homme pour aller en
France. Il voulait voir si des haines de parti n'é-
taient point la principale source de son inspiration,
et il n'oubliait pas ce qui pouvait rendre cette inspiration plus suspecte encore. Il lui reparlait de
ses premières occupations et des lieux où s'était
passée son enfance, de l'arbre des fées, etc. — Et
elle, n'ayant rien à faire, s'abandonnait volontiers
à ses souvenirs. Elle répétait ce qu'on disait de
l'arbre des fées, de la fontaine voisine et du bois
Chesnu. Elle sait que les malades venaient à la
fontaine boire de l'eau pour guérir : guérissaient-
ils? elle n'en sait rien. Elle sait encore que les
convalescents allaient se promener sous le bel arbre qu'on appelait le beau Mai; elle y allait elle-
même avec ses compagnes tresser des couronnes
pour l'image de la sainte Vierge. Elle a ouï dire que
les fées venaient sous cet arbre : elle l'a ouï de sa
marraine qui disait les avoir vues ; mais pour elle,
elle ne sait si c'est vrai, elle ne les a jamais vues.
Elle y venait pourtant avec les jeunes filles qui se
plaisaient à orner de guirlandes les branches de
l'arbre, à chanter et à danser sous son ombre

Elle ajoutait qu'elle avait fait comme les autres; mais que depuis qu'elle fut appelée à venir en France, elle se donna beaucoup moins aux jeux et aux promenades, et qu'elle ne savait même si depuis l'âge de discrétion il lui arriva jamais de danser sous l'arbre; qu'elle l'a pu faire, mais qu'elle a plus chanté que dansé. Quant au bois Chesnu, que l'on voit de la maison de son père, à la distance de moins d'une demi-lieue, elle n'a point ouï dire qu'il fût hanté par les fées. Elle a bien su par son frère qu'on disait dans son village qu'elle avait eu sa vocation sous l'arbre des Dames; mais elle le nie. De même, quand elle est venue en France, plusieurs lui ont demandé s'il n'y avait point dans son pays un bois que l'on appelait le bois Chesnu, parce que, selon les prophéties, de ce bois devait venir une jeune fille qui ferait des merveilles; mais elle déclare qu'elle n'y eut point foi [1].

Ainsi toutes les questions où on la croyait prendre n'avaient révélé les superstitions de son pays que pour prouver combien elle-même avait su y demeurer étrangère. Mais il y avait un crime dont

1. T. I, p. 66-68 : « An vox dixerit ei, dum juvenis esset, quod adiret Burgundos : respondit quod, postquam intellexit illas voces esse pro rege Franciæ, ipsa non dilexit Burgundos. Item dixit quod Burgundi habebunt guerram, nisi faciant quod debent ; et hoc scit per prædictam vocem. — An ipsa in sua juvenili ætate habuit magnam intentionem persequendi Burgundos : respondit quod habebat magnam voluntatem seu affectionem quod rex suus haberet regnum suum, » etc. (t. I, p. 65-68). — Sur ces points encore nous avons reproduit en leur lieu, dans l'histoire, les principaux traits des déclarations de Jeanne d'Arc.

on était toujours sûr de la convaincre : c'était celui de porter l'habit d'homme; car elle-même s'y
obstinait, et la candeur des juges n'en soupçonnait pas les raisons. Chaque invitation qu'on lui
faisait sur ce point, en la montrant plus endurcie,
la rendait plus coupable. On lui demanda, en
finissant, si elle voulait reprendre l'habit de
femme :

« Donnez-m'en un, dit-elle, et je le prendrai,
pourvu qu'on me laisse partir ; sinon, je ne le
prendrai pas, et je me contenterai de celui-ci,
puisqu'il plaît à Dieu que je le porte. »

L'audience fut renvoyée au mardi suivant[1].

Le mardi 27, l'évêque, ouvrant la séance par sa
sommation ordinaire, invita Jeanne à prêter serment de dire la vérité sur les choses qui touchaient
le procès ; c'est la formule qu'elle avait acceptée ;
mais dans la bouche de l'évêque elle lui devenait
suspecte. Elle répondit, faisant plus expressément
ses réserves, qu'elle dirait la vérité sur les choses
qui touchaient son procès, et non sur tout ce qu'elle
savait. L'évêque la pressa vainement de jurer pour
tout ce qu'on lui demanderait, elle répondit :
Vous devez être content, j'ai assez juré. »

Jean Beaupère reprit donc l'interrogatoire, et dé-
butant toujours avec une feinte bonhomie, il lui
demanda comment elle s'était portée depuis le samedi précédent.

1. T. I, p. 68.

« Vous le voyez, dit-elle, le mieux que j'ai pu.

— Jeûnez-vous tous les jours de carême? ajouta-t-il.

— Est-ce de votre procès ? répondit Jeanne.

— Oui.

— Eh bien, oui vraiment, j'ai toujours jeûné ce carême. »

On le pouvait assez savoir d'ailleurs.

Jean Beaupère revint alors à ses visions. Il lui demanda si, depuis le samedi, elle avait entendu sa voix.

« Oui vraiment, et plusieurs fois, répondit-elle.

— Samedi même l'avez-vous entendue dans le lieu où l'on vous interrogeait?

— Cela n'est pas de votre procès. »

Mais elle ajouta qu'elle l'avait entendue.

« Que vous a-t-elle dit?

— Je ne l'ai pas bien entendue ; je n'ai rien entendu que je puisse vous redire, jusqu'à ce que je fusse revenue dans ma chambre.

— Et que vous a-t-elle dit alors ?

— Elle m'a dit de vous répondre hardiment. »

Elle ajouta qu'elle lui demandait conseil sur les choses dont on l'interrogeait, qu'elle répondrait sur tous les points où elle aurait congé de Dieu, mais que, pour ce qui regardait les révélations touchant le roi de France, elle ne dirait rien sans congé de sa voix : « Car si je répondais sans congé, dit-elle, peut-être n'aurais-je plus mes voix en garant ; mais quand j'aurai congé de Dieu, je ne

craindrai point de parler, parce que j'aurai bon garant[1]. »

Sans chercher à savoir ce qui était le secret
d'elle et de ses voix, le juge voulut au moins la
faire parler sur ces voix elles-mêmes. C'est un des
points qu'il avait touchés déjà et sur lesquels elle
avait voulu d'abord les consulter. Il lui demanda
si c'était la voix d'un ange, d'un saint, d'une sainte
ou de Dieu sans intermédiaire.

« C'est, dit-elle, la voix de sainte Catherine et de
sainte Marguerite. »

Elle ajouta (répondant, selon toute apparence,
aux questions qu'on lui en faisait) qu'elles étaient
couronnées de belles et riches couronnes :

« Sur cela, dit-elle, j'ai congé de Dieu. Mais si
vous en faites doute, envoyez à Poitiers où j'ai été
jadis interrogée.

-- Comment savez-vous que ce sont les deux
saintes ? les distinguez-vous bien l'une de l'autre ?

— Je sais que ce sont elles et je les sais distinguer.

-- A quel signe ?

— Par la manière dont elles me saluent. »

Elle ajouta que depuis sept ans elles l'avaient
prise sous leur direction, et qu'elle les connaissait,
parce qu'elles se nommaient à elle.

« Sont-elles vêtues de la même étoffe ? Ont-elles
le même âge ?

1. *Séance du 27* : On y trouve deux ou trois membres nouveaux :
J. *De Favo*, J. Le Vautier et N. Cavel ; mais plusieurs autres sont
absents (t. I, p. 69-71).

— Je ne vous le dirai pas, je n'ai point congé de vous le dire.

— Parlent-elles toutes deux ensemble ou l'une après l'autre?

— Je n'ai point congé de vous le dire; mais j'ai toujours eu conseil de toutes les deux.

— Laquelle des deux s'est montrée à vous la première?

— Je ne les ai point connues tout de suite : je l'ai bien su un jour, mais je l'ai oublié, et si j'en ai congé, je vous le dirai volontiers; cela est d'ailleurs dans les registres de Poitiers[1]. »

Elle avait parlé du secours qu'elle avait reçu de saint Michel. On lui demanda quelle était la première voix qui vint à elle, comme elle avait treize ans. Elle répondit que c'était saint Michel.

« Je l'ai vu, dit-elle, devant mes yeux; et il n'était pas seul, mais bien accompagné des anges du ciel.

— Avez-vous vu saint Michel et les anges réellement et corporellement?

— Je les ai vus des yeux de mon corps aussi bien que je vous vois, et quand ils s'éloignaient de moi je pleurais, et j'aurais bien voulu qu'ils m'emportassent avec eux.

— En qu'elle figure était saint Michel?

— Je n'ai point de réponse à vous faire; je n'en ai point congé encore.

— Que vous a-t-il dit cette première fois?

1. T. I, p. 71, 72.

— Vous n'aurez point de réponse aujourd'hui. »

Elle déclara d'ailleurs qu'elle avait dit au roi, tout en une fois, ce qui lui avait été révélé, parce que c'est à lui qu'elle était envoyée, et qu'elle voudrait bien que le juge eût connaissance du livre où l'on avait consigné ses réponses à Poitiers, pourvu que Dieu en fût content.

« Sont-ce vos voix qui vous ont défendu de parler de vos révélations sans congé d'elles?

— Je ne vous réponds point encore sur cela ; je ne sais pas bien si les voix me l'ont défendu.

— Mais quel signe donnez-vous que vous ayez cette révélation de la part de Dieu, et que ce soient sainte Catherine et sainte Marguerite qui conversent avec vous?

— Je vous ai dit que c'était sainte Catherine et sainte Marguerite; croyez-moi si vous voulez.

— Vous est-il défendu de le dire?

— Je ne sais pas encore si cela m'est défendu.

— Et comment savez-vous distinguer les points sur lesquels vous devez répondre ou non?

— Sur quelques points j'ai demandé congé, et je l'ai sur plusieurs. »

Et elle dit qu'elle eût mieux aimée être tirée à quatre chevaux que de venir en France sans permission de Dieu[1].

Le juge remit en avant la question de l'habit qu'elle avait pris alors. Et elle, ramenant cette affaire qu'on voulait faire si grosse à sa véritable

1. T. I, p. 72-74.

mesure, dit que l'habit était peu de chose, la moindre des choses :

« Et je ne l'ai pris, ajouta-t-elle, par le conseil d'aucun homme au monde. Je ne l'ai pris et je n'ai rien fait que par le commandement de Dieu et des anges.

— N'est-ce point par l'ordre de Robert de Baudricourt ?

— Non.

— Croyez-vous avoir bien fait en prenant habit d'homme ?

— Tout ce que j'ai fait par commandement de Dieu, je crois l'avoir bien fait et j'en attends bon garant et bon secours.

— Mais dans ce cas particulier, croyez-vous avoir bien fait en prenant habit d'homme ?

— Je n'ai rien fait que par le commandement de Dieu [1]. »

Le juge n'avait pu l'amener à une parole qui la mît en contradiction avec l'Écriture. Il revint à ses visions, à la lumière qui les accompagnait, à ses relations avec le roi surtout, et lui demanda, comme dans la deuxième séance (22 février), s'il y avait un ange au-dessus de la tête du roi quand elle le vit pour la première fois.

« Par la bienheureuse Marie, dit-elle, s'il y en avait un, je ne sais, je ne l'ai pas vu.

— Y avait-il une lumière ?

1. T I, p. 74.

— Il y avait là plus de trois cents soldats et de cinq cents torches, sans compter la lumière spirituelle. J'ai rarement des révélations qui ne soient accompagnées de lumière.

— Comment votre roi a-t-il ajouté foi à vos paroles?

— Par les signes qu'il en a eus et par le clergé.

— Quelle révélation votre roi a-t-il eue?

— Vous ne le saurez pas de moi cette année. »

Mais ils avaient d'autres moyens d'y croire, et elle y renvoyait:

« Pendant trois semaines, dit-elle, j'ai été interrogée par le clergé, tant à Chinon qu'à Poitiers. Le roi a eu un signe touchant mes faits avant de vouloir y croire, et le clergé de mon parti a été d'opinion que, dans mon fait, il n'y avait rien que de bien.[1] »

On ne la poussa pas d'avantage sur ce point; on aima mieux, pour ce jour, la faire parler de certains détails d'où l'on comptait faire sortir l'accusation de sorcellerie.

On lui demanda si elle n'avait pas été à Sainte-Catherine de Fierbois. On lui en parlait à cause de l'épée trouvée, sur son indication, derrière l'autel de cette église. Elle ne fit pas difficulté de raconter comment l'épée avait été découverte:

« J'ai su qu'elle était là par mes voix, dit-elle, et je n'avais jamais vu l'homme qui l'alla chercher. J'ai écrit aux gens d'Église du lieu qui leur plût de me

1. T. I, p. 75.

la faire avoir : et ils me l'ont envoyée. Elle n'était
point fort avant sous la terre, derrière l'autel comme
il me semble : je ne sais pourtant pas bien si c'était
devant ou derrière ; mais je pense avoir écrit alors
qu'elle était derrière l'autel. Après qu'elle eut été
trouvée, les gens d'Église du lieu la frottèrent, et
la rouille tomba sans effort. Ce fut un marchand
d'armes de Tours qui l'alla chercher. »

Elle ajouta qu'elle ne l'avait plus quand elle fut
prise, mais qu'elle l'avait portée constamment jusqu'à son départ de Saint-Denis, après l'attaque de
Paris.

Cette épée, ainsi découverte, et si longtemps victorieuse, était suspecte de magie. On lui demanda
quelle bénédiction elle avait faite ou fait faire sur
elle.

« Aucune, dit-elle. Je l'aimais parce qu'elle avait
été trouvée dans l'église de sainte-Catherine, que
j'aimais beaucoup.

— Ne l'avez vous pas posée sur l'autel afin
qu'elle fût heureuse ?

— Non que je sache.

— N'avez-vous pas fait quelques prières pour
que cette épée fût heureuse ?

— Il est bon à savoir que j'eusse voulu que mon
harnois fût heureux. »

On lui fit redire qu'elle n'avait plus cette épée
quand elle fut prise ; que c'est une autre qu'elle
avait déposée à Saint-Denis. A Compiègne, elle
avait l'épée de ce Bourguignon qu'elle avait pris à
Lagny (Franquet d'Arras) ; elle l'avait gardée parce

qu'elle était bonne pour la guerre; bonne, disait-elle avec une familiarité toute militaire, pour donner *de bonnes buffes et de bons torchons*. Ce qu'était devenue l'autre épée, cela ne touchait point le procès. Mais elle dit que ses frères avaient ses biens, ses chevaux, l'épée à ce qu'elle croit, et le reste valant plus de douze mille écus [1].

Après l'épée, on la fit parler de sa bannière. On lui demanda ce qu'elle aimait le plus, de sa bannière ou de son épée:

« J'aime beaucoup plus, dit-elle, quarante fois plus la bannière que l'épée.

— Qui vous a fait faire les peintures qu'on y voit?

— Je vous ai assez dit que je n'ai rien fait que du commandement de Dieu. »

Elle ajouta qu'elle portait sa bannière quand elle chargeait l'ennemi pour éviter de tuer personne :

« Et je n'ai jamais tué personne, » dit-elle.

On prit de là occasion de l'interroger sur ses campagnes. On lui demanda si, à Orléans au moment de l'assaut, elle n'avait pas dit à ses gens qu'elle recevrait seule les flèches, les viretons, les pierres lancées par les canons ou les machines.

« Non, dit-elle, et la preuve, c'est qu'il y en eut plus de cent blessés. Je leur ai dit de ne point douter, et qu'ils feraient lever le siége. Moi-même, à l'assaut de la bastille du pont, j'ai été blessée d'une flèche au cou. Mais j'ai eu grand confort de

1. T. I, p. 75-78.

sainte Catherine; et j'ai été guérie dans les quinze jours, sans cesser d'ailleurs de monter à cheval et d'agir.

— Saviez-vous que vous seriez blessée?

— Je le savais, et je l'avais dit au roi, mais, nonobstant, qu'il ne laissât point d'agir. Je l'avais su par la voix de mes saintes. »

D'Orléans on passa à Jargeau, et on lui demanda pourquoi elle n'avait pas reçu à rançon le capitaine de cette ville.

« Les seigneurs de mon parti, dit-elle, ont refusé aux Anglais le délai de quinze jours qu'ils demandaient, leur offrant de s'en aller avec leurs chevaux dans l'heure présente. Pour moi, j'ai dit qu'ils s'en iraient de Jargeau en leur petite cotte, la vie sauve, s'ils voulaient: sinon qu'ils seraient pris d'assaut.

— Aviez-vous consulté vos voix pour savoir si vous leur accorderiez délai ou non?

— Je n'en ai pas souvenir[1]. »

L'interrogatoire de Jeanne, si habilement qu'il fût conduit, ne menait à aucun des résultats qu'on espérait atteindre. On l'avait fait parler de son enfance, de sa vie tout entière, et on n'avait pu trouver en elle rien qui démentît l'innocence de ses mœurs, la pureté de sa foi, la droiture de son jugement, même sur des points où quelque participation aux superstitions communes à son pays

1. T. I, p. 78-80.

ou à son temps n'aurait certes pas donné le droit
de l'accuser d'hérésie. Une seule chose restait
extraordinaire dans ses paroles, c'est ce qu'elle
disait des visions qu'elle avait eues, qu'elle prétendait avoir toujours. Aucun des juges n'avait la
pensée de les déclarer impossibles : ils voulaient,
on l'a vu, s'assurer si elles n'étaient pas feintes,
ou, en les admettant comme réelles, en savoir
l'origine ; et tous les efforts qu'ils avaient faits
pour les rapporter à l'esprit du mal en y trouvant
l'erreur, la contradiction ou le mensonge, étaient
restés sans résultat. Ils ne se tenaient cependant
pas encore pour vaincus en ce point. Il y avait
dans les réserves persévérantes de Jeanne sur le
serment qu'on lui demandait chaque fois, et dans
ses réticences déclarées sur le sujet de ses révélations, quelque chose qui, en cachant un mystère,
provoquait la curiosité des juges et redoublait
leur envie d'en soulever les voiles pour la con-
fondre. On résolut donc d'y revenir encore.

A la séance suivante, le jeudi 1er mars, après
avoir prêté le serment dans les termes dont elle
n'avait jamais voulu se départir, elle ajouta, pour
montrer à ses juges combien elle était résolue
d'être sincère en tout ce qui lui était permis de
dire :

« Pour ce qui touche le procès, je vous dirai volontiers toute la vérité ; je vous la dirai comme si
j'étais devant le pape de Rome. »

On lui demanda quel pape elle reconnaissait
véritable. Elle répondit en demandant s'il y en

avait deux: réponse accablante pour cette race de
politiques et de docteurs dont l'orgueil avait pendant si longtemps nourri le schisme de l'Église.
L'incident toutefois donna lieu de lui demander si
elle n'avait pas reçu du comte d'Armagnac des
lettres où il la priait de lui dire auquel des trois
papes rivaux il devait obéir. — Jeanne convint du
message comme de sa réponse, à laquelle elle ne
parut pas attacher grande importance. Elle montait à cheval quand elle la fit: ce qu'elle s'en rappelait, c'est qu'elle promettait au comte de répondre à sa lettre quand elle serait à Paris ou ailleurs,
en repos. On lui donna lecture et de la lettre du
comte et de la réponse qu'on lui attribuait. Elle la
reconnut pour une partie, mais non pour le tout.
On comprend qu'une lettre dictée comme le fut
celle-ci, ait pu être modifiée dans sa teneur par
le clerc qui l'avait écrite. Elle ne se rappelait point
par exemple, avoir dit qu'elle savait par le conseil
du Roi des rois ce que le comte devait tenir pour
vrai sur cette matière.

« Mais, dit le juge, faites-vous doute vous-même
sur celui à qui le comte devait obéir?

— Je ne savais que mander au comte, parce
qu'il voulait savoir à qui Dieu commandait qu'il
obéît. Mais pour moi, ajouta-t-elle, je tiens et je
crois que nous devons obéir à notre seigneur le
pape qui est à Rome : » tranchant ainsi, avec le
bon sens d'une âme simple, une question que la
science et la passion des docteurs et des grands
du monde avaient si fort embrouillée. Elle déclara

d'ailleurs qu'elle avait dit au comte ne point savoir que lui répondre sur ce sujet : que la réponse qu'elle lui promettait avait trait à tout autre chose et que jamais elle n'écrivit ou fit rien écrire sur le fait des trois pontifes[1].

La lettre qu'on lui avait présentée portait les noms de Jésus et de Marie avec une croix. On lui demanda si ce n'était pas le signe dont elle marquait ses lettres.

« Oui, quelquefois, dit-elle, et d'autres fois non ; et quelquefois je mettais une croix en signe que celui de mon parti à qui j'écrivais ne fît pas ce que lui écrivais. »

Déclaration recueillie précieusement. On en fera un sacrilège[2] !

Avec la lettre au comte d'Armagnac, on avait encore une autre lettre de Jeanne : cette lettre si hardie et si fière qu'elle écrivit aux Anglais pour les sommer de lever le siège d'Orléans. Elle la reconnut, sauf quelques mots où elle se mettait plus en avant qu'il n'était dans sa pensée de le faire : *rendez à la Pucelle* pour *rendez au roi; chef de guerre* dit d'elle-même; *corps pour corps* appliqué à Dieu : mots que son secrétaire substitua peut-être à d'autres, ou dont elle avait perdu le souvenir; car on ne peut accuser les Anglais de les avoir frauduleusement introduits dans sa lettre : on les

1. *Séance du 1ᵉʳ mars :* On y compte cinquante-huit assesseurs, t. I, p. 80. — Sur les *trois papes* et la *lettre de Jeanne au comte d'Armagnac,* voy. l'appendice, n° XV.
2. T. I, p. 83.

retrouve dans des copies qui ne sont point d'origine anglaise, et on ne voit pas d'ailleurs ce qu'ils auraient gagné à cette altération. Au surplus, elle déclara qu'elle seule avait dicté cette lettre ; qu'elle s'était bornée à la communiquer à ceux de son parti ; et loin de rien rétracter, même dans ses fers, des espérances qu'elle exprimait alors, elle fit une prédiction qu'on n'accusera pas d'être supposée depuis l'événement : le procès-verbal même la constate. Elle annonça qu'avant sept ans les Anglais laisseraient un plus grand gage que devant Orléans, et qu'ils perdraient toute la France.

« Ils éprouveront, ajouta-t-elle, plus grand dommage qu'ils aient jamais eu en France, et ce sera par une grande victoire que Dieu enverra aux Français.»

Cinq ans après, en 1436, les Anglais perdaient leur gage, Paris, et bientôt après, le reste du royaume.

« Comment savez-vous cela ? lui dit-on.

— Je le sais par révélation, et je serais bien courroucée[1] que cela fût tant différé. »

---

1. Le mot *courroucé* n'implique aucune idée de colère comme dans l'acception actuelle : il se prend partout pour *affligé* dans notre vieille langue. Exemple : « Les ducs de Berri et de Bourgogne s'en vinrent à Abbeville et trouvèrent le roi en petit état de santé, dont ils furent tous courroucés. » (Froissart, IV, 35, t. III, p. 122, col. 1, Éd. Buchon.) — « En ces vacations trépassa de ce siècle à Paris, à la Sorbonne, ce vaillant clerc dont je parlois maintenant, maître Jean de Gignicourt, dont le roi de France et tous les seigneurs furent moult courroucés. » (Froissart, IV, 36, *ibid.*, p. 194. — On pourrait multiplier ces exemples. (Froissart, I, 2ᵉ partie, 161. *ibid.*, t. I, p. 470; II, 216, *ibid.*, t. II, p. 292; IV, 30, *ibid.*, t. III, p. 169, etc). Les expressions contestées de la lettre se trouvent aussi dans le texte de l'Anonyme de la Rochelle (*Revue historique*, t. IV, p. 331).

Et sans s'inquiéter si ses paroles ne soulevaient point contre elle toutes les colères de ses ennemis, elle ajouta qu'elle le savait aussi sûrement qu'ils étaient là devant elle.

« Quand cela arrivera-t-il?

— Je ne sais ni le jour ni l'heure.

— En quelle année?

— Vous ne le saurez pas encore, mais je voudrais bien que ce fût avant la Saint-Jean.

— N'avez-vous pas dit que ce serait avant la Saint-Martin d'hiver?

— Avant la Saint-Martin on verra bien des choses et il se pe..t qu'on voie les Anglais jetés bas[1].

— Qu'avez-vous dit à Jean Gris, votre gardien, de la Saint-Martin d'hiver?

— Je vous l'ai dit.

— De qui savez-vous que cela arrivera?

— De sainte Catherine et de sainte Marguerite[2].»

On la reprit sur ses apparitions. On lui demanda si saint Gabriel n'était point avec saint Michel quand il lui apparut.

---

1. *Prédiction sur les Anglais :* « Arrêtons-nous ici, dit L'Averdy, pour observer que Paris s'est soumis à Charles VII en 1436, avant six années révolues depuis cette espèce de prédiction, et que, depuis la mort de la Pucelle, les affaires des Anglais ont continué de plus en plus à tomber en décadence. » (*Notice des manuscrits*, t. III, p. 45.) On peut remarquer d'ailleurs que le terme de sept ans porte tout spécialement, même dans la rédaction du procès-verbal, sur le gage que devaient laisser les Anglais, c'est-à-dire Paris. Le reste en était la conséquence.

2. T. I, p. 84.

« Je ne m'en souviens pas, dit-elle.

— Depuis mardi dernier, avez-vous conversé avec sainte Catherine et sainte Marguerite?

— Oui, mais je ne sais l'heure.

— Quel jour?

— Hier, aujourd'hui, il n'y a pas de jour que je ne les entende.

— Les voyez-vous toujours dans le même habit?

— C'est toujours la même forme; » et elle parla de leurs riches couronnes : de leurs robes, elle ne savait.

« Et comment, dit grossièrement le juge, savez-vous que ce qui vous apparaît est un homme ou une femme?

— A la voix, et parce qu'elles me l'ont révélé. Je ne sais rien que par révélation et par ordre de Dieu.

— Quelle figure voyez-vous?

— La face.

— Les saintes qui se montrent à vous ont-elles des cheveux?

— Cela est bon à savoir.

— Y a-t-il quelque chose entre leur couronne et leurs cheveux?

— Non.

— Leurs cheveux sont-ils longs et pendants?

— Je n'en sais rien. »

Elle ne répondit pas davantage sur ce qu'on lui demandait de leurs bras et du reste de leur corps; et, ramenant ses juges à ce qui était pour elle ses

saintes, elle dit que leurs paroles étaient bonnes et
belles et qu'elle les entendait bien.

« Comment, dit le juge, parlent-elles, puisqu'elles
n'ont pas de membres?

— Je m'en réfère à Dieu. »

Puis, comme elle ajoutait que cette voix était
belle, douce et humble, et parlait français, le juge
lui demanda si sainte Marguerite ne parlait pas
anglais.

« Comment, lui dit Jeanne, parlerait-elle anglais,
puisqu'elle n'est pas du parti des Anglais?

Des saintes qui ne parlent pas anglais! »

Cette réponse tiendra sa place parmi les chefs
d'accusation[1].

Le juge, reprenant son thème favori, la descrip-
tion physique des apparitions, demanda à Jeanne
si les saintes portaient avec leurs couronnes des
anneaux aux oreilles. Mais Jeanne dit qu'elle n'en
savait rien. A cette occasion, il lui demanda si elle
n'avait pas elle-même des anneaux. Elle en avait
deux qui lui avaient été pris depuis sa captivité.
Jeanne, se tournant vers l'évêque :

« Vous en avez un à moi; rendez-le moi;» et
elle le pria de le lui montrer s'il l'avait.

Cet attachement à ses anneaux répondait à la
pensée de ses juges, fort enclins à y soupçonner
quelque vertu magique. On lui demanda de qui
elle tenait celui qu'avaient les Bourguignons. Elle

---

1. T. I, p 85, 86

dit qu'elle l'avait reçu à Domremy de ses parents : il n'avait point de pierres et portait gravés les noms de Jésus et de Marie. Quant à l'autre, celui qu'avait l'évêque, elle le tenait de son frère, et elle chargeait l'évêque de le donner à l'Église. Elle repoussait d'ailleurs ce qu'on disait de la vertu de ses anneaux, et déclarait qu'elle n'avait jamais guéri personne par leur attouchement[1].

On avait déjà essayé de rattacher ses visions aux superstitions de son pays. Ses saintes, n'étaient-ce pas ces fées dont on parlait à Domremy, que sa marraine même prétendait avoir vues ? On lui demanda donc si elle n'avait pas conversé avec sainte Catherine et sainte Marguerite, sous l'arbre dont il avait été fait mention déjà.

« Je ne sais, dit-elle.

— Et à la fontaine qui est près de l'arbre ?

— Oui, quelquefois, mais je ne me rappelle pas ce qu'elles m'y ont dit.

— Que vous ont-elles promis là ou ailleurs ?

— Elles ne m'ont fait aucune promesse que ce ne soit par congé de Dieu.

— Mais quelles promesses vous ont-elles faites ?

— Cela n'est pas de votre procès en tout point : mais elles m'ont dit que messire (le roi) sera rétabli dans son royaume, que ses ennemis le veuillent ou non ; et elles m'ont promis de me conduire en paradis.

— Avez-vous quelque autre promesse ?

1. T. I, p. 86, 87. Voy. l'appendice n° XVI.

— Oui, mais je ne la dirai pas, cela ne touche pas votre procès. Avant trois mois, je vous dirai l'autre promesse.

— Vos voix vous ont-elles dit que vous seriez délivrée avant trois mois?

— Cela n'est pas de votre procès; néanmoins, je ne sais quand je serai délivrée, mais ceux qui voudront m'ôter du monde pourront bien s'en aller avant moi.

— Votre conseil vous a-t-il dit que vous seriez délivrée de cette prison?

— Reparlez-m'en dans trois mois et je vous répondrai. »

On est au 1er mars; trois mois après, presque jour pour jour (30 mai), elle échappait à la prison par la mort.

Comme on la pressait de répondre :

« Demandez aux assistants qu'ils disent, sous la foi du serment, si cela touche le procès. »

Et après que le conseil eut déclaré que cela était du procès, elle ajouta :

« Je vous ai toujours bien dit que vous ne saurez pas tout. Il faudra qu'un jour je sois délivrée. Je veux avoir congé pour le dire. C'est pourquoi je demande un délai.

— Les voix vous défendent-elles de dire la vérité? reprit le juge.

— Voulez-vous que je vous dise ce qui regarde le roi de France? Il y a bien des choses qui ne touchent pas le procès. Mais, ajouta-t-elle, je sais que messire (le roi) gagnera le royaume de France, et

je le sais comme je sais que vous êtes là, devant
moi, siégeant au tribunal. Je serais morte, sans
cette révélation qui me conforte tous les jours[1].»

On revint aux superstitions de son pays, où l'on
prétendait l'impliquer, et on lui demanda ce qu'elle
avait fait de sa mandragore (cette plante, conve-
nablement enveloppée, faisait une sorte d'amulette
dont on vantait fort les prodiges).

« Je n'ai pas de mandragore, répondit-elle, et
n'en eus jamais. J'ai bien ouï dire qu'il y en a une
près de mon village, mais je ne l'ai jamais vue, et
j'ai ouï dire que c'est une chose dangereuse et
mauvaise que d'en garder; je ne sais d'ailleurs à
quoi cela sert. »

Après d'autres questions encore sur cette mandragore de Domremy, sur le lieu où elle est, sur la
vertu qu'on lui attribue, question dont l'unique
résultat fut de montrer une fois de plus combien
Jeanne, par l'élévation de son âme, était au-dessus
de ces puérilités, on revint à ses apparitions pour
les prendre encore au sens le plus bas. On lui demanda en quelle figure lui était apparu saint
Michel :

« Je ne lui ai pas vu de couronne, dit-elle; pour
les vêtements, je ne sais.

— Était-il nu?

— Pensez-vous que Dieu n ait pas de quoi le
vêtir? »

1. T. I, p. 87, 88. — *Les trois mois entre l'annonce de sa délivrance et sa mort :* Gœrres, *La Pucelle d'Orléans,* ch. XXX.

Le juge rappelé à la pudeur par ce langage simple et digne, se rejeta sur quelques platitudes :

« Avait-il des cheveux ?

— Pourquoi lui seraient-ils coupés ?

— Tenait-il une balance ?

— Je ne sais. »

Et s'élevant à la pensée de ses divins protecteurs, elle disait naïvement, comme si cela pouvait élever aussi l'âme de ses juges, qu'elle avait grande joie en le voyant ; « et il me semble, continuait-elle, que quand je le vois, je ne suis pas en péché mortel. »

Elle ajoutait que sainte Catherine et sainte Marguerite la faisaient se confesser quelquefois.

Se confesser, c'est avouer ses fautes. Le juge, cherchant à prendre son innocence en défaut, lui demanda si, quand elle se confessait, elle croyait être en péché mortel :

« Je ne sais, dit-elle, si j'ai été en péché mortel ; je ne crois pas en avoir fait œuvre, et Dieu me garde d'avoir jamais été en cet état ; Dieu me garde de faire ou d'avoir jamais fait œuvre qui charge mon âme[1].

On revint alors sur ce signe donné au roi, signe qui, selon le bruit général, avait eu de nombreux témoins, et dont elle avait toujours fait mystère : car elle n'en pouvait parler sans livrer au public ce que le roi n'avait dit qu'à Dieu, et révéler un doute qui, entre les mains des ennemis du prince, deve-

1. T. I, p. 88-90.

nait comme un désaveu de son origine et une arme propre à ruiner ses droits. Elle répondit :

« Je vous ai dit que vous n'en auriez rien de ma bouche; allez lui demander.

— Avez-vous donc juré de ne point révéler ce qu'on vous demande touchant le procès?

— Je vous ai dit déjà que je ne vous dirais pas ce qui touche le fait du roi; je ne dirai rien de ce qui le regarde.

— Savez-vous le signe que vous avez donné au roi?

— Vous n'en saurez rien de ma part. »

Et comme on lui disait que cela touchait son procès :

« De ce que j'ai promis de tenir secret je ne vous dirai rien : car je l'ai promis en tel lieu que je ne pourrais le dire sans parjure.

— A qui l'avez-vous promis?

— A sainte Catherine et à sainte Marguerite. »

Elle ajouta qu'elle l'avait promis sans qu'elles l'en requissent, uniquement d'elle-même, parce que trop de gens le lui auraient demandé, si elle n'avait pris cet engagement envers ses saintes.

On lui demanda alors si, lorsqu'elle montra ce signe au roi, il n'y avait point quelqu'un avec lui.

« Je ne pense pas, bien qu'il y eût assez de monde au voisinage. (Elle avait parlé au prince en secret, mais à la vue de plusieurs témoins.)

— Avez-vous vu la couronne sur la tête du roi quand vous lui avez montré ce signe?

— Je ne puis vous le dire sans parjure.

« — Le roi avait-il la couronne à Reims?

— Le roi, je pense, a pris volontiers la couronne qu'il a trouvée à Reims; mais une bien plus riche couronne lui fut apportée par la suite. Il ne l'a point attendue, pour hâter la cérémonie, à la requête de ceux de Reims, afin d'éviter la charge des hommes de guerre. S'il l'avait attendue, il aurait eu une couronne mille fois plus riche.

— Avez-vous vu cette couronne plus riche?

— Je ne puis vous le dire sans parjure. Et si je ne l'ai pas vue, j'ai ouï dire qu'elle était riche et magnifique (opulenta)[1]. »

On n'en put rien savoir davantage : cette couronne, qui était pour le roi comme le gage et le prix de sa mission, était-ce une chose réelle ou un pur symbole? c'est ce qui restait encore entouré de mystères[2].

On renvoya l'interrogatoire au surlendemain.

La séance qui se tint le samedi 3 mars, la dernière qui fût publique, je veux dire, tenue devant les assesseurs en la chambre de « parement, » est une de celles qui offrent le plus de désordre dans l'interrogatoire. On avait hâte d'en finir, et l'on

---

1. T. I, p. 90, 91.
2. *Le signe du roi.* Nous aurons à revenir sur ce sujet. L'explication des paroles de Jeanne et la justification de sa conduite se trouvent dans le mémoire composé par Th. de Leliis et présenté aux juges de la réhabilitation. t. II, p. 35-37. L'Averdy adopte complétement l'interprétation, et il a très-bien montré comment Jeanne, ne pouvant révéler le signe du roi, a dû recourir à l'allégorie. (*Notice des man.*, t. III, p. 65-71.) Cf. Lebrun des Charmettes, t. II, p. 409 et t. III, p. 30.

voulait, avant de clore les débats, obtenir de Jeanne quelques paroles qui donnassent plus d'apparence aux accusations dont elle était l'objet.

Après le serment qu'on persistait à lui demander pur et simple, et qu'elle renfermait toujours dans les termes accoutumés, on la ramena sur ses apparitions :

« Vous avez dit que saint Michel avait des ailes (est-ce alors? elle n'en a rien dit auparavant; mais si elle ne relève pas l'affirmation, il sera constant que, de son aveu, saint Michel avait des ailes), et vous n'avez point, continue le juge, parlé des corps de sainte Catherine et de sainte Marguerite : qu'en voulez-vous dire?

— Je vous ai dit ce que je savais et je ne vous répondrai pas autre chose. »

Et elle ajouta qu'elle les avait bien vus et savait qu'ils étaient saints dans le paradis.

« En avez-vous vu autre chose que la face?

— Je vous ai dit tout ce que j'en sais : mais plutôt que de vous dire tout ce que je sais, j'aimerais mieux que vous me fissiez couper le cou.

— Croyez-vous que saint Michel et saint Gabriel avaient des têtes naturelles?

— Je les ai vus eux-mêmes de mes yeux, et je crois que ce sont eux aussi fermement que Dieu est.

— Croyez-vous que Dieu les ait faits en la forme où vous les voyez?

— Oui.

— Croyez-vous que Dieu les ait créés ainsi dès le commencement?

— Vous n'aurez de moi rien autre chose que ce que je vous ai répondu[1]. »

Les réponses de Jeanne excluant l'idée que ses visions fussent une simple illusion de son esprit, il y avait, on l'a vu, pour les juges, un moyen de les faire tourner contre ces voix elles-mêmes : c'était de montrer qu'elles l'avaient trompée. On se crut assez sûr de la bien tenir, pour les convaincre d'impuissance ou d'imposture en lui faisant cette question :

« Savez-vous par révélation que vous deviez vous échapper?

— Cela ne touche pas votre procès. Voulez-vous que je parle contre moi? »

Parole de bon sens qui était la condamnation de tout ce système d'enquête : que voulait-on autre chose, en effet, depuis qu'on l'interrogeait?

« Vos voix vous l'ont-elles dit? reprit le juge, insistant.

— Ce n'est pas de votre procès. Je m'en rapporte au procès : si tout vous regardait, je vous dirais tout. » Et elle ajouta : « Par ma foi, je ne sais ni le jour, ni l'heure où je m'échapperai.

— Vos voix vous en ont-elles dit quelque chose en général?

1. *Séance du 3 mars :* On n'y compte que quarante et un assesseurs. Érard, qui doit avoir un si grand rôle au procès par la suite, y figure pour la première fois avec Nicole Lami, Gilles Quenivet et Rolland l'Écrivain, t. I, p. 91-93.

— Oui, vraiment : elles m'ont dit que je serai délivrée (mais je ne sais ni le jour, ni l'heure), et que je fasse bon visage[1]. »

Le juge n'avait rien à lui demander de plus sur cette matière. Il passa à l'affaire de l'habit : si c'était un crime, elle ne pouvait pas le nier. Mais on n'était pas fâché de savoir si le roi et son clergé, et peut-être les voix elles-mêmes, ne pouvaient pas être reconnus fauteurs de l'hérésie. On lui demanda donc :

« Lorsque vous êtes venue auprès du roi, ne s'est-il pas enquis si c'était par révélation que vous aviez changé d'habit?

— Je vous ai répondu; cependant je ne me rappelle pas si cela me fut demandé. Cela a été écrit à Poitiers.

— Les docteurs qui vous ont examinée ailleurs, quelques-uns pendant un mois, d'autres pendant trois semaines; ne vous ont-ils pas interrogée sur ce changement d'habit?

— Je ne m'en souviens pas. Cependant ils m'ont demandé où j'avais pris cet habit d'homme, et je leur ai répondu : A Vaucouleurs. »

La chose était assez simple et assez naturelle, en effet, pour qu'un juge impartial n'eût pas l'idée d'en chercher la légitimité dans une révélation. On insista pourtant, mais on ne put obtenir d'elle que cette réponse :

1. T. I, p. 94.

« Je ne m'en souviens pas.

— Et la reine?

— Je ne m'en souviens pas.

— Le roi, la reine ou quelque autre de votre parti vous ont-ils quelquefois demandé de quitter l'habit d'homme?

— Cela n'est pas de votre procès.

— Ne vous l'a-t-on pas demandé au château de Beaurevoir?

— Oui, et j'ai répondu que je ne le quitterai point sans le congé de Dieu. »

La dame de Beaurevoir et sa tante la demoiselle de Luxembourg avaient fait plus que de l'y inviter: elles lui avaient offert un habit de femme ou du drap pour le faire : « Mais, dit Jeanne, je leur ai répondu que je n'en avais pas congé à cette heure et qu'il n'en était pas temps encore. »

Même réponse au sujet de propositions de même sorte qui lui avaient été faites à Arras.

« Croyez-vous que vous auriez péché en prenant l'habit de femme?

— J'ai mieux fait d'obéir et de servir mon souverain seigneur. Et si je l'eusse dû faire, je l'eusse plutôt fait à la requête de ces deux dames que d'aucune autre en France, excepté la reine.

— Mais, » dit le juge, revenant par ce détour à la complicité de ses voix, et supposant, par une tactique assez grossière, la question résolue au fond, pour tirer d'elle sur un point accessoire une déclaration qui l'engageât, « quand Dieu vous a révélé de changer votre habit en habit d'homme, fût-ce par la voix de saint Michel, ou par la voix de sainte Catherine ou de sainte Marguerite?

— Vous n'en aurez maintenant autre chose[1]. »

On en vint alors à son étendard et aux panonceaux de ses gens, pour y chercher quelque trace de superstition ou de magie. On lui demanda si les gens de guerre, lorsque son roi la mit à l'œuvre et qu'elle se fit faire son étendard, n'avaient pas fait faire des panonceaux à la manière du sien. Elle répondit :

« Il est bon à savoir que les seigneurs maintenaient leurs armes ; » disant d'ailleurs que ses compagnons de guerre firent faire leurs panonceaux à leur plaisir.

« Était-ce de toile ou de drap?

— C'était de blanc satin ; et en aucuns il y avait des fleurs de lis. Je n'avais du reste que deux ou trois lances dans ma compagnie, et si les compagnons de guerre faisaient leurs panonceaux à la ressemblance des miens, c'était pour les distinguer des autres.

— Étaient-ils souvents renouvelés?

— Je ne sais ; quand les lances étaient rompues, on en faisait de nouveaux.

— N'avez-vous pas dit, ajouta le juge dévoilant le fond de sa pensée, que les panonceaux faits à la ressemblance du vôtre étaient heureux?

— Je disais à mes gens : « Entrez hardiment

1. T. I, p. 91-93.

« parmi les Anglais, » et j'y entrais moi-même.

— Ne leur avez-vous pas dit, continua-t-il retournant ses paroles, qu'ils portassent hardiment leurs panonceaux, et qu'ils auraient bonheur?

— Je leur ai bien dit ce qui est advenu et ce qui adviendra encore.

— Ne mettiez-vous pas ou ne faisiez-vous pas mettre de l'eau bénite sur les panonceaux quand on les prenait nouveaux?

— Je n'en sais rien, et s'il a été fait, ce n'a pas été de mon commandement.

— N'avez-vous pas vu qu'on y jetât de l'eau bénite?

— Cela n'est point de votre procès, et si je l'ai vu faire, je n'ai point avis maintenant d'en répondre.

— Les compagnons de guerre ne faisaient-ils point mettre en leurs panonceaux *Jesus, Maria?* »

(On lui aurait fait un crime de se placer sous l'invocation de ces noms sacrés!)

Elle répondit :

« Par ma foi, je n'en sais rien.

— N'avez-vous point porté, ou fait porter, par manière de procession, des toiles autour d'un autel ou d'une église, pour en faire des panonceaux?

— Non, et je ne l'ai point vu faire[2]. »

On l'interrogea ensuite sur frère Richard. Elle

1. T. I, p. 96-98.

dit qu'elle ne l'avait jamais vu avant de venir
devant Troyes, et raconta la scène de leur rencontre, qui a été rapportée en son temps. Mais Jeanne
elle-même avait été l'objet d'honneurs que l'on
voulait maintenant tourner à sa perte. On lui
demanda si elle n'avait pas vu, ou si elle n'avait
pas fait faire quelque image ou peinture d'elle-
même. Elle répondit qu'elle avait vu à Arras (au
moment où elle fut livrée aux Anglais) une peinture entre les mains d'un Écossais; qu'elle y était
figurée tout armée, un genou en terre, présentant des lettres au roi. Elle ajouta qu'elle n'avait
jamais vu ou fait faire aucune autre image à sa
ressemblance. On allait jusqu'à vouloir lui faire
un crime d'un tableau qui était, disait-on, dans
la maison de son hôte à Orléans, et où l'on avait
peint trois femmes avec cette inscription : *Justice,
Paix, Union.* Elle répondit qu'elle ne l'avait pas
vu [1].

« Savez-vous, lui dit alors le juge, que ceux de
votre parti aient fait dire des messes ou des prières
en votre honneur?

— Je n'en sais rien, et s'ils l'ont fait, ce n'est
point par mon commandement. Toutefois, s'ils
ont prié pour moi, il m'est avis qu'ils n'ont pas
fait mal.

— Ceux de votre parti croient-ils fermement que
vous êtes envoyée de Dieu?

— Je ne sais s'ils le croient; je m'en attends à

1. T. I, p. 99-101.

leur courage (conscience); mais s'ils ne le croient, je n'en suis pas moins envoyée de Dieu.

— Pensez-vous qu'en croyant que vous êtes envoyée de Dieu ils aient bonne croyance?

— S'ils croient que je suis envoyée de Dieu, ils n'en sont point abusés.

— Connaissiez-vous les sentiments de ceux de votre parti quand ils vous baisaient les pieds, les mains et les vêtements?

— Beaucoup de gens me voyaient volontiers, et ils baisaient mes mains le moins que je pouvais; mais les pauvres gens venaient volontiers à moi parce que je ne leur faisais point de déplaisir, mais les supportais selon mon pouvoir.

— Quelle révérence vous ont faite ceux de Troyes à l'entrée de la ville?

— Aucune, et, autant que je pense, frère Richard est entré à Troyes avec nous.

— Frère Richard n'a t-il point fait un sermon à votre arrivée dans la ville?

— Je ne m'y arrêtai guère, je n'ai point couché dans la ville; quant au sermon je n'en sais rien.

— N'avez-vous pas été plusieurs jours à Reims?

— Je crois que nous y fûmes quatre ou cinq jours.

— N'avez-vous point levé quelque enfant des fonts de baptême[2]?

— J'en ai levé un à Troyes, mais de Reims je

---

1. Nous dirions, selon nos usages, *tenu sur les fonts de baptême.*

n'ai point de mémoire, ni de Château-Thierry. J'en ai levé aussi deux à Saint-Denis, et je nommais volontiers les fils Charles pour l'honneur du roi, et les filles Jeanne, et quelquefois selon que les mères voulaient.

— Les bonnes femmes de la ville ne touchaient-elles point de leurs anneaux l'anneau que vous portiez?

— Maintes femmes ont touché mes mains et mes anneaux, mais je ne sais point leur intention[2]. »

Après d'autres questions sur les gants que le roi portait au sacre, sur son étendard qu'elle portait elle-même près de l'autel à cette cérémonie, on lui demanda si, quand elle allait par le pays, elle recevait souvent le sacrement de confession et le sacrement de l'autel.

« Oui, dit-elle.

— Les receviez-vous en habit d'homme?

— Oui, mais je n'ai point mémoire de les avoir reçus en armes. »

Que faisaient les armes? c'était assez de l'habit pour qu'elle demeurât convaincue de sacrilége par son aveu. Aussi ne lui en demanda-t-on point davantage. On lui parla de la haquenée de l'évêque de Senlis : autre profanation; elle l'avait prise comme cheval de guerre ! Il est vrai qu'elle l'avait achetée 200 saluts (2400 fr. environ). L'évêque avait-il été payé? Au moins avait-il reçu mandat

1. T. I, p. 101-103.

pour l'être; mais d'ailleurs elle lui avait écrit qu'elle lui rendrait son cheval, s'il voulait : qu'elle ne s'en souciait pas, que la bête ne valait rien pour la peine [1].

L'interrogatoire révéla un fait que l'histoire n'a point mentionné, et sur lequel Jeanne s'explique avec une simplicité qui n'ôte rien à la vertu de sa prière. On lui demanda quel âge avait l'enfant qu'elle avait ressuscité à Lagny. Elle répondit qu'il avait trois jours. On le porta devant l'image de la sainte Vierge, et on lui dit à elle que les jeunes filles de la ville étaient devant cette image : on l'invitait à y aller elle-même prier Dieu et Notre Dame de rendre la vie à l'enfant. Elle y alla, et pria avec les autres; et finalement il donna signe de vie et bâilla trois fois. Il fut baptisé et aussitôt mourut et fut mis en terre sainte. « Et il y avait trois jours, comme on disait, ajouta-t-elle, que l'enfant n'avait donné signe de vie, et il était noir comme ma cotte; mais quand il bâilla, la couleur lui commença à revenir. » Tout ce que Jeanne dit d'elle-même en ce récit, c'est qu'elle était avec les jeunes filles à genoux devant Notre Dame, faisant sa prière.

« N'a-t-on pas dit par la ville que c'est vous qui avez fait faire cela, et que cela se fit à votre prière?

1. *Les gants du sacre :* Interrogée qu'elle fist à Rains des gans où son roy fut sacré : respond : « Il y oult une livrée de gans pour bailler aux chevaliez et nobles qui là estoient. Et en y oult ung qui perdit ses gans; » mais ne dist point qu'elle les feroit retrouver, etc. **T. I, p. 104, 105.**

— Je ne m'en informai point [1]. »

Après cela, on lui parla de Catherine de la
Rochelle, cette femme qui voulut faire l'inspirée,
et à qui Jeanne conseilla bonnement de retourner à
son mari et de faire son ménage. Jeanne raconta
l'entrevue qu'elle eut avec elle, comme elle s'offrit d'être témoin de ses visions, et comme elle ne
vit rien [2].

Puis on en vint à ce siége de la Charité, où Catherine ne lui conseillait point d'aller, parce qu'il
faisait trop froid ; où Jeanne était allée pourtant,
mais sans succès : c'est un échec que l'on opposait victorieusement à son inspiration.

« Pourquoi, lui dit-on, n'y êtes-vous pas entrée,
puisque vous aviez commandement de Dieu?

— Qui vous a dit que j'avais commandement d'y
entrer?

— N'avez-vous pas eu conseil de votre voix?

— Je voulais venir en France, mais les gens
d'armes me dirent que c'était le mieux d'aller devant la Charité premièrement [3]. »

On l'interrogea enfin sur son séjour à Beaurevoir. Elle raconta comme elle avait voulu s'en
échapper, sautant du haut de la tour malgré ses
voix, et comment sainte Catherine l'avait consolée,
en lui disant qu'elle guérirait et que ceux de Com-

1. T. I, p. 105.
2. *Catherine de la Rochelle*, t. I, p. 106-109. Voy. ci-dessus, t. I,
p. 316.
3. *Procès*, t. I, p. 109.

piègne auraient secours. On voulait faire de cette tentive d'évasion une tentative de suicide. On lui demanda, pour en insinuer l'intention, si elle n'avait point dit qu'elle aimerait mieux mourir que d'être en la main des Anglais.

« J'ai dit, reprit-elle, sans se soucier du piége, que j'aimerais mieux rendre l'âme à Dieu que d'être en la main des Anglais. »

On termina par l'accusation la plus étrange. On prétendait qu'en reprenant ses sens elle s'était courroucée et avait blasphémé le nom de Dieu; et de même qu'en apprenant la défection du capitaine de Soissons elle avait renié Dieu :

« Je n'ai, répondit-elle, jamais maugréé ni saint ni sainte, et je n'ai point coutume de jurer[1]. »

1. I. p. 109, 110.

II

LES INTERROGATOIRES DE LA PRISON.

Jeanne fut ramenée à sa prison sans autre assignation à comparaître. Le spectacle de ces débats,
la candeur de la jeune fille, sa présence d'esprit,
sa fermeté, sa droiture dans cette lutte soutenue
avec les docteurs les plus habiles devaient produire dans l'âme des assistants les moins prévenus
une impression que ne recherchaient pas ses
ennemis. L'évêque déclara donc que, voulant continuer sans interruption le procès, il choisirait
quelques savants docteurs pour recueillir et mettre en écrit les principaux aveux de Jeanne; et que,
si des éclaircissements paraissaient encore dési-
rables, il donnerait à quelques commissaires le
soin de l'interroger sans fatiguer par de nouveaux
débats la multitude des assistants. Tout, d'ailleurs, devait être écrit, afin qu'ils pussent en con-
férer quand cela paraîtrait utile. L'évêque les invitait en outre à réfléchir dès à présent sur ce qu'ils

avaient entendu, et à lui communiquer leurs sentiments, s'ils n'aimaient mieux les mûrir pour en
délibérer en temps opportun[1].

P. Cauchon, réunissant donc plusieurs « solen-
nels » docteurs, employa les cinq jours suivants à
extraire des réponses de Jeanne ce qui pouvait
fournir matière à une information nouvelle, et il
commit Jean de la Fontaine pour l'aller interroger
dans sa prison[2].

Cette nouvelle enquête se continua presque sans
interruption toute une semaine, du 10 mars au 17,
et plusieurs fois les séances commencées le matin
recommencèrent après midi. L'évêque y amena le
premier jour et y accompagna plusieurs fois son
commissaire. Mais de plus il eut la satisfaction de
s'y adjoindre enfin le collègue désiré. Le 11 mars
il reçut le message par lequel l'inquisiteur donnait
à son vicaire, Jean Lemaître, l'ordre d'intervenir en
son nom au procès. Jean Lemaître, assigné le 12
devant l'évêque, demanda pour dernier délai le
temps de prendre connaissance des pièces. Elles
lui furent immédiatement communiquées, et le 13,
il vint, avec l'évêque, à la prison de Jeanne, pour
prendre officiellement la place qui lui était marquée dans le procès. Il donna une preuve de sa
répugnance personnelle au procès, ou de sa condescendance envers Pierre Cauchon en prenant
pour officiers les officiers mêmes choisis par le

1. *Procès*, t. I, p. 111, 112.
2. *Ibid.*, p. 112.

premier juge : d'Estivet pour promoteur, et Massieu pour huissier; le 14, il adjoignit comme greffier à Manchon et à Boisguillaume, Jean Taquel,
qui entra en fonctions le lendemain[1].

Les interrogatoires de la prison sont, en plusieurs
points, comme une édition nouvelle des interrogatoires publics. C'est toujours la même pensée qui y
préside; et c'est aussi à peu près le même thème.
Le caractère et les particularités des visions de
Jeanne, le signe par lequel le roi y a cru, les circonstances en raison desquelles on refuse d'y
croire, à savoir, les échecs de Paris, de la Charité,
de Compiègne, opposés à son inspiration, et tout
ce qu'on peut relever dans sa vie, dans son enfance, dans les actes de sa mission, pour établir
l'indignité de l'inspirée : voilà le cercle où conti-
nueront de rouler les débats. Malgré ces répétitions, ils sont loin d'être sans intérêt ; car une
chose y paraît toujours la même aussi, et d'autant
plus admirable qu'elle dure sans jamais s'altérer :
c'est le calme et la fermeté de Jeanne parmi ces assauts redoublés. Et le désordre même de l'interrogatoire a bien son enseignement : on a vu dans

1. T. I, p. 113 et suiv. : *Lettres de l'inquisiteur Jean Graverent,*
ibid., p 121. — *Adjonction du vice-inquisiteur : ibid.*, p. 134.
— *Institution de ses officiers :* p. 135, 138. — *Adjonction de Taquel comme greffier,* p. 148, 149. — *Assesseurs : ibid.* : N. Midi et
G. Feuillet sont présents à toutes les séances. N. de Hubert, notaire apostolique, assiste à la plupart depuis le 12; frère Isambard
de la Pierre à toutes, depuis le 13, avec le vice-inquisiteur dont il
était l'acolyte. A la dernière, on retrouve avec l'évêque les docteurs de Paris, non-seulement N. Midi et G. Feuillet, mais J. Beaupère, Jacques de Touraine, P. Maurice, Th de Courcelles

les séances antérieures par quelle tactique le juge,
rompant sa voie et revenant par mille détours au
même propos, cherche à la prendre en contradiction, sans parvenir à mettre en lumière autre chose
que la constance de l'accusée. Mais c'est assez d'a-
voir suivi une première fois le procès-verbal dans
la marche tortueuse de l'enquête. En y ramenant
le lecteur, nous craindrions de lui faire éprouver
la fatigue dont Jeanne se plaignait elle-même.
Nous rassemblerons donc, selon l'ordre des matières, les questions éparses dans l'interrogatoire.
Cela ne supprimera pas entièrement les redites :
car l'objet même de l'enquête est de revenir sur
les points où l'on a cherché vainement à établir les
fondements du procès. Mais les redites du juge
feront jaillir des traits nouveaux de la Pucelle; et,
de plus, c'est parmi ces répétitions, lorsque le juge
a retourné en tous sens les griefs de l'accusation,
sans y rien découvrir, qu'on le verra trouver dans
le sentiment même de sa défaite l'idée d'une attaque nouvelle, où Jeanne, un instant, semble n'avoir
d'autre alternative que de se rendre à sa merci ou
de succomber sous ses coups

Les révélations de Jeanne étaient-elles feintes ou
réelles? Pour l'éprouver, rien ne semblait plus sûr
que de connaître quel signe elle en avait donné au
roi. Elle avait d'abord refusé net d'en rien révéler.
Elle n'en avait rien voulu dire que le temps, le lieu,
toutes choses accessoires. C'était donc le point où

il convenait surtout de la presser. Lorsqu'on lui en parla :

« Il est, dit-elle, beau et honoré ; il est bien croyable et bon, et le plus riche qui soit au monde.

— Pourquoi ne l'avez-vous point voulu aussi bien dire et montrer comme vous avez voulu avoir le signe de Catherine de la Rochelle?

— Si le signe de Catherine eût été aussi bien montré devant notables gens d'Église et autres comme le mien l'a été, je n'aurais point demandé à le savoir. »

Elle alléguait comme ses propres témoins l'archevêque de Reims, Charles de Bourbon (comte de Clermont), le duc d'Alençon, le sire de La Trémouille et plusieurs autres.

C'était donc, à ce qu'on devait croire, quelque chose de constant, de sensible. On lui demanda s'il durait encore :

« Il est bon à savoir, et qu'il durera jusques à mille ans et au delà.

— Où est-il?

— Au trésor du roi.

— Est-ce or, argent, pierre précieuse ou couronne?

— Je ne vous en dirai autre chose. Et ne saurait-on deviser aussi riche chose comme est le signe. Toutefois, le signe qu'il vous faut, c'est que Dieu me délivre de vos mains ; c'est le plus certain qu'il vous sache envoyer. »

Elle raconta ensuite comment c'était sur la foi de

ce signe qu'elle était venue trouver le roi. Ses voix lui avaient dit : « Va hardiment ; quand tu seras devers le roi, il aura bon signe de te recevoir et croire. » Et répondant ensuite à diverses questions qui ne sont pas toutes exprimées, mais que suppose le manque de liaison de ses réponses dans la suite du procès-verbal, elle dit que ce signe l'avait délivrée de la peine que lui faisaient les clercs chargés d'arguer contre elle. Elle en avait remercié Dieu et s'était agenouillée plusieurs fois. C'est un ange envoyé de Dieu et non d'aucun autre qui l'avait donné au roi. Le roi le vit et ceux qui étaient avec lui ; et quand elle se fut retirée dans une petite chapelle au voisinage, elle ouït dire qu'après son départ plus de trois cents personnes le virent encore : Dieu l'ayant ainsi permis pour qu'on cessât de l'interroger.

Comme on lui demandait si son roi et elle-même n'avaient pas fait de révérence à l'ange quand il apporta le signe, elle ne dit rien du roi, mais répondit que, pour elle, elle s'était agenouillée et avait ôté son chaperon [1].

Ces réponses, assez précises en apparence sur un point où elle avait déclaré qu'elle ne voulait pas et qu'elle ne pouvait pas dire la vérité, encourageaient par leur demi-clarté les investigations du juge, et lui laissaient l'espoir d'arriver à une entière révélation. Il se promit bien de n'en pas rester là. Il y revint dès la séance suivante. Il demanda si

1. *Signe du roi* : t. I, p. 54 (22 février); p. 119 (10 mars).

l'ange qui avait apporté le signe au roi ne lui avait point parlé.

« Oui, dit-elle, il lui a dit qu'on me mit en besogne et que le pays serait tôt allégé.

— Est-ce le même ange qui vous est premièrement apparu?

— C'est toujours tout un, et jamais il ne m'a failli. »

Cette parole fit dévier le juge de la question. Mais il la reprit le lendemain avec plus d'insistance. Elle répondit :

« Seriez-vous content que je me parjurasse?

— Est-ce que, lui dit le vice-inquisiteur, vous avez promis à sainte Catherine de ne point dire ce signe? »

Elle avait déjà répondu : elle répéta : « J'ai juré et j'ai promis de ne point dire ce signe, et je l'ai fait de moi-même, parce qu'on me chargeait trop de le dire. » Et elle ajouta : « Je promets que je n'en parlerai plus à personne. »

Tout ce qu'elle en voulut dire, c'est que l'ange avait certifié au roi, en lui apportant la couronne, qu'il aurait tout le royaume de France avec l'aide de Dieu et le labeur de la Pucelle; ajoutant qu'il la mît en besogne, c'est-à-dire qu'il lui donnât des gens d'armes : autrement, il ne serait sitôt couronné et sacré[1].

On lui demanda comment l'ange avait apporté la

1. T. I, p. 126 (12 mars); 139 (13 mars).

couronne au roi, s'il la lui met sur la tête. Elle répondit, mêlant à dessein la promesse et la cérémonie du sacre, la scène de Chinon et celle de Reims :

« Elle fut donnée à un archevêque, à l'archevêque de Reims, comme il me semble, en la présence du roi. L'archevêque la reçut et la donna au roi, et j'étais présente ; et la couronne fut mise au trésor du roi.

— En quel lieu fut-elle apportée?

— En la chambre du roi, au château de Chinon.

— Quel jour et à quelle heure?

— Du jour, je ne sais ; et de l'heure, il était haute heure ; autrement n'ai mémoire de l'heure. Quant au mois, c'était en avril ou en mars, comme il me semble, il y a deux ans, et c'était après Pâques.

— De quelle matière était cette couronne?

— C'est bon à savoir qu'elle était de fin or, et si riche que je ne saurais nombrer la richesse. »

Et elle déclara à qui voulait l'entendre ce qu'était ce signe au fond ; elle dit que la couronne signifiait que le roi obtiendrait le royaume de France.

« Y avait-il des pierreries? dit le juge, refusant de comprendre.

— Je vous ai dit ce que j'en sais.

— L'avez-vous maniée ou baisée?

— Non.

— L'ange qui l'apporta venait-il de haut, ou s'il venait par terre ?

— Il venait de haut. »

Et elle déclara qu'elle l'entendait ainsi, en ce qu'il venait par le commandement de Notre-Seigneur : déclaration gardée par la minute française, et supprimée dans la rédaction latine du procès. Elle ajouta, revenant à sa propre mission, sous la figure de l'ange, qu'il était entré par la porte de la chambre, qu'il fit révérence au roi en s'inclinant devant lui et prononçant les paroles qu'elle a dites du signe, et en lui rappelant la patience qu'il avait montrée dans ses grandes tribulations.

« Quel espace y avait-il de la porte jusques au roi?

— Il y avait bien la longueur d'une lance. »

Et elle dit que l'ange s'en retourna par où il était venu [1].

Elle parlait d'un ange, et c'est à elle qu'elle pensait dans tout ce discours. Les juges, qui prenaient ses paroles à la lettre, devaient être curieux de savoir ce qu'elle faisait elle-même pendant que l'ange faisait ainsi. Elle répondit, pressée sans doute par leurs questions et ne se séparant pas d'ailleurs du guide invisible dont elle avait accompli le message, que quand l'ange vint, elle l'avait accompagné ; qu'elle était allée avec lui par les degrés à la chambre du roi ; que l'ange entra le premier, puis elle, et que ce fut elle qui dit au roi : « Sire, voilà votre signe, prenez-le. »

« En quel lieu l'ange vous a-t-il apparu?

— J'étais presque toujours en prière, afin que

---

1. T. I, p. 140-142 (même jour).

Dieu envoyât le signe du roi. J'étais à mon logis, chez une bonne femme, près du château de Chinon, quand il vint. Et puis, nous nous en allâmes ensemble vers le roi. Et il était bien accompagné d'autres anges que chacun ne voyait pas. »

Et elle ajouta que plusieurs virent l'ange (connurent sa céleste mission), qui ne l'eussent pas vu si ce n'eût été pour l'amour d'elle et pour la mettre hors de peine des gens qui l'arguaient.

« Tous ceux qui étaient là avec le roi ont-ils vu l'ange?

— Je pense que l'archevêque de Reims, les seigneurs d'Alençon et de la Trémouille et Charles de Bourbon l'ont vu; pour ce qui est de la couronne, plusieurs gens d'Église et autres la virent, qui ne virent pas l'ange.

— De quelle figure et de quelle grandeur était l'ange?

— Je n'ai point congé de le dire, je répondrai demain[1]. »

Les juges la retinrent sur ce chapitre où elle semblait s'abandonner. Ils lui demandèrent si ceux qui étaient dans la compagnie de l'ange étaient tous de même figure :

« Ils s'entre-ressemblaient volontiers pour plusieurs, et les autres non, en la manière que je les voyais : les uns avaient des ailes, d'autres des couronnes. »

Elle ajouta que sainte Catherine et sainte Mar-

---

1. T. I, p. 142, 143 (même jour).

guerile étaient en leur compagnie, et qu'elles furent avec l'ange dessus dit et les autres anges jusque dans la chambre du roi; que l'ange l'avait quittée dans la petite chapelle où il s'était montré à elle; qu'elle en fut bien courroucée (affligée) et pleurait, et qu'elle s'en fût volontiers allée avec lui.

« Est-ce par votre mérite que Dieu a envoyé son ange?

— Il venait pour grandes choses. Ce fut en espérance que le roi crût le signe et qu'on cessât de m'arguer, pour donner secours aux bonnes gens d'Orléans, et aussi pour le mérite du roi et du bon duc d'Orléans.

— Et pourquoi vous, plutôt qu'un autre?

— Il plut à Dieu ainsi faire par une simple pucelle, pour rebouter les adversaires du roi.

— Vous a-t-il été dit où l'ange avait pris cette couronne?

— Elle a été apportée de par Dieu, et il n'y a orfèvre au monde qui la sût faire si belle ou si riche. Où il la prit, je m'en rapporte à Dieu, et ne sais point autrement où elle fut prise.

— Avait-elle bonne odeur, était-elle reluisante?

— Je n'en ai point mémoire; je m'en aviserai. »
Et elle ajouta aussitôt :

« Elle sent bon et elle sentira, pourvu qu'elle soit bien gardée, ainsi qu'il appartient.

— L'ange vous a-t-il écrit des lettres?

— Non.

— Quel signe eurent le roi, les gens qui étaient

avec lui et vous-même, pour croire que c'était un ange?

— Le roi le crut par l'enseignement des gens d'Église qui étaient là, et par le signe de la couronne.

— Et les gens d'Église?

— Par leur science et parce qu'ils étaient clercs[1]. »

Les gens d'Église qu'elle avait devant elle n'en demeuraient pas aussi convaincus; mais s'ils ne devinaient pas l'allégorie dont Jeanne usait en cette rencontre, c'est qu'en général, dans le récit de ses visions, ils recherchaient toute autre chose qu'une feinte.

On reprit donc toute cette matière.

Jeanne avait dit qu'en ses grandes affaires, quelque chose qu'elle fît, ses voix l'avaient toujours secourue :

« Et, disait-elle, allant hardiment au-devant de la secrète pensée du juge, c'est un signe que ce soient bons esprits.

— N'avez-vous pas, dit le juge, d'autres signes que ce soient bons esprits?

— Saint Michel me l'a certifié avant que les voix me vinssent.

— Et comment avez-vous connu que c'était saint Michel?

— Par le parler et le langage des anges.

1. T. I, p. 144-146 (même jour).

— Comment connûtes-vous que c'était le langage des anges?

— Je le crus assez tôt, et j'eus cette volonté de le croire.

— Si l'ennemi se mettait en forme d'ange, comment connaîtriez-vous que ce fût bon ange ou mauvais ange?

— Je connaîtrais bien si c'était saint Michel ou une chose contrefaite à son image. »

Elle avoua d'ailleurs qu'à la première fois elle fit grand doute si c'était saint Michel, et qu'elle eut grand'peur, et qu'elle le vit maintes fois avant de savoir si c'était lui.

« Pourquoi, cette dernière fois, le connûtes-vous plutôt que la première?

— La première fois j'étais jeune enfant, et j'eus peur; mais depuis il m'enseigna et me montra tant de choses, que je crus fermement que c'était lui.

— Quelle doctrine vous enseigna-t-il?

— Sur toutes choses, il me disait que je fusse bonne enfant, et que Dieu m'aiderait. Il me disait encore, entre autres choses, que je vinsse au secours du roi de France. Et la plus grande partie de ce que l'ange m'enseigna est dans ce livre (elle parlait peut-être du livre de ses interrogatoires à Poitiers), et l'ange me racontait la pitié qui était au royaume de France[1]. »

Les juges ne tentèrent pas d'en savoir davan-

1. *Saint Michel :* t. I, p. 169-171 (15 mars).

tage sur ce point; ils aimèrent mieux l'interroger
sur la grandeur et la stature de l'ange. Elle les
ajourna à la séance suivante; et quand alors ils
lui demandèrent « en quelle forme et espèce, grandeur et habit lui avait apparu saint Michel, » elle
répondit :

« Il était en la forme d'un très-vrai prud'homme;
et de l'habit et autre chose je n'en dirai pas davantage. Quant aux anges, je les ai vus de mes
yeux, et on n'en aura rien de plus de moi.

— Quel était l'âge, quels étaient les vêtements
de sainte Catherine et de sainte Marguerite?

— Vous êtes répondus de ce que vous en aurez
de moi, et n'en aurez autre chose. Je vous en ai
répondu tout au plus certain que je sais.

— Ne croyiez-vous pas autrefois que les fées
fussent mauvais esprits?

— Je n'en sais rien.

— Ne savez-vous point que sainte Catherine et
sainte Marguerite haïssent les Anglais?

— Elles aiment ce que Notre-Seigneur aime, et
haïssent ce que Dieu hait.

— Dieu hait-il les Anglais?

— De l'amour ou de la haine que Dieu a aux
Anglais, je ne sais rien; mais je sais bien, dit-elle
hardiment, qu'ils seront boutés hors de France,
excepté ceux qui y mourront, et que Dieu enverra
victoire aux Français contre les Anglais.

— Dieu était-il pour les Anglais quand ils étaient
en prospérité en France?

— Je ne sais si Dieu haïssait les Français, mais je crois qu'il voulait permettre de les laisser battre pour leurs péchés, s'ils y étaient[1]. »

Des voix si peu favorables aux Anglais ne pouvaient pas être fort bien famées auprès des juges. On demanda à Jeanne si, quand elles venaient, elle leur faisait révérence, absolument comme à un saint ou à une sainte.

« Oui, dit-elle, et si parfois je ne l'ai fait, je leur en ai crié pardon et merci; et je ne leur sais faire si grande révérence comme il leur appartient : car je crois fermement que ce sont sainte Catherine, sainte Marguerite et saint Michel.

— N'avez-vous point fait à ces saints et saintes qui viennent à vous oblation de chandelles ardentes ou d'autres choses, à l'église ou ailleurs, comme on fait volontiers aux saints du paradis?

— Non, si ce n'est en faisant offrande à la messe, en la main du prêtre et en l'honneur de sainte Catherine; et je n'en ai point tant allumé comme je ferais volontiers à sainte Catherine et à sainte Marguerite, qui sont en paradis : car je crois fermement que ce sont elles qui viennent à moi.

— Quand vous mites ces chandelles devant l'image de sainte Catherine, les mites-vous en l'honneur de celle qui vous est apparue?

— Je le fais en l'honneur de Dieu, de Notre

1. *Saint Michel* : t. I, p. 172 (17 mars). — *Sainte Catherine et sainte Marguerite* : p. 177, 178 (même jour).

Dame et de sainte Catherine, qui est au ciel, et ne fais point de différence de sainte Catherine qui est au ciel et de celle qui se montre à moi.

— Les mîtes-vous en l'honneur de celle qui s'est montrée à vous? dit le juge, insistant dans une intention que l'on devine.

— Oui, car je ne mets point de différence entre celle qui se montre à moi et celle qui est au ciel[1]. »

A propos de l'un de ses anneaux, qui portait les noms *Jesus Maria,* comme on lui avait demandé pourquoi elle le regardait volontiers allant à la guerre, elle avait répondu : « Par plaisance et pour l'honneur de mon père et de ma mère, et parce qu'ayant cet anneau en main, j'ai touché sainte Catherine.

— En quelle partie avez-vous touché sainte Catherine? s'écria le juge avec empressement.

— Vous n'en aurez autre chose.

— N'avez-vous jamais baisé ou accolé (embrassé) sainte Catherine ou sainte Marguerite?

— Je les ai accolées toutes deux.

— *Fleuraient*-elles bon?

— Il est bon à savoir qu'elles sentaient bon.

— En les accolant, ne sentiez-vous point de chaleur ou autre chose?

— Je ne les pouvais point accoler sans les sentir et toucher.

1. *Révérences, oblations aux saintes :* t. I, p. 166-168 (15 mars).

— Par quelle partie les accoliez-vous, par le haut ou par le bas?

— Il convient mieux de les accoler par le bas que par le haut.

— Ne leur avez-vous point donné de guirlandes ou de couronnes?

— En l'honneur d'elles, j'en ai plusieurs fois donné à leurs images, dans les églises; quant à celles qui se montrent à moi, je ne leur en ai point baillé dont j'aie mémoire.

— Quand vous mettiez des guirlandes à l'arbre, les mettiez-vous en l'honneur de celles qui vous apparaissaient?

— Non.

— Quand ces saintes venaient à vous, ne leur faisiez-vous pas révérence, comme de vous agenouiller et incliner?

— Oui, et le plus que je pouvais leur faire de révérence, je le faisais, car je sais que ce sont bien celles qui sont au royaume du paradis[1]. »

Le juge avait les déclarations qu'il voulait. Les voix de Jeanne étaient des êtres véritables : elle les avait honorées comme des saints; mais, si c'étaient de mauvais esprits, Jeanne se trouvait par là atteinte et convaincue d'idolâtrie. Il ne s'agissait donc que de faire voir qu'elles procédaient du démon : c'est ce qu'on avait déjà voulu établir par maintes questions dans l'interrogatoire pu-

1. *Sainte Catherine :* t. I, p. 185-187 (17 mars après midi).

blic, et c'est encore le principal objet qu'on a en vue dans ce nouvel interrogatoire.

Une chose déjà rendait suspectes les voix de Jeanne : c'est qu'elle avait eu si longtemps commerce avec elles, sans en rien dire à personne. Il lui était arrivé de les mentionner à propos des incidents de son enfance, et on lui avait demandé si elle en avait parlé à son curé ou à quelque autre homme d'Église. Elle répondit : « Non, mais seulement à Robert de Baudricourt et au roi. »

L'aveu dut paraître grave, car on lit en marge du procès-verbal : « Elle a celé ses visions à son père, à sa mère et à tout le monde. » Mais si ses voix étaient de Satan, elles devaient se trahir, dans les œuvres de Jeanne, par ce qui est de Satan : la révolte, l'orgueil, la vanité, l'impudicité, le mensonge ; elles devaient se manifester à la fin par l'impuissance et par le désespoir. Le juge va rechercher tous ces signes dans les inspirations et dans les actes de la Pucelle[1].

Il crut en trouver la marque à l'origine même de sa mission. Elle était partie sans la permission de ses parents. Il lui demanda si elle pensait bien faire de partir sans le congé de ses parents, puisqu'on doit honorer père et mère.

---

1. *Secret sur ses voix* : t. I, p. 128 (12 mars). L'observation sur le secret est du greffier : car on la retrouve uniformément à la marge des copies authentiques : *Bibl. du Corps légist.*, B. 105 g, t. 579, fol. 29, v° ; *Bibl. nat.*, n° 5965, fol. 42, v° ; n° 5966, fol. 59, v°. Le manuscrit d'Urfé, copie de la minute française, porte aussi une annotation marginale, *Bibl. nat.*, Suppl. lat., n° 1383, fol. 20, v°.

« En toute autre chose, répondit-elle, je leur ai bien obéi, excepté de ce partement; mais, depuis, je leur en ai écrit, et ils m'ont pardonné.

Elle leur a demandé pardon : elle se jugeait donc coupable? On lui demanda si, en quittant son père et sa mère, elle ne croyait point pécher.

« Puisque Dieu le commandait, il le convenait faire. Quand j'aurais eu cent pères et cent mères, et que j'eusse été fille de roi, je serais partie.

— N'avez-vous pas demandé à vos voix si vous le deviez dire à votre père et à votre mère?

— Pour ce qui est de mon père et de ma mère, les voix étaient assez contentes que je le leur disse, n'était la peine qu'ils m'eussent faite si je leur avais dit mon départ; et, quant à moi, je ne le leur eusse dit pour chose quelconque. »

On aurait voulu mettre ses voix elles-mêmes en contradiction avec le souverain commandement d'honorer père et mère : mais elle persista à dire que ses voix l'avaient laissée libre de leur en parler ou de s'en taire [1].

La révolte contre l'autorité légitime a son principe dans l'orgueil, et l'orgueil peut aller jusqu'à rechercher des adorations sacriléges.

Le juge demanda à Jeanne si les voix ne l'avaient point appelée fille de Dieu. Elle répondit en toute simplicité qu'avant la levée du siége d'Orléans, et, depuis, tous les jours, quand les voix lui parlent,

1. *Silence à l'égard de ses parents :* t. I, p. 129 (12 mars).

elles l'ont plusieurs fois appelée : « Jeanne la Pucelle, fille de Dieu. »

Autres signes ou matière d'orgueil : son étendard, ses armoiries, ses richesses.

On lui demanda ce que signifiait sur son étendard l'image de Dieu tenant le monde, avec deux anges à ses côtés.

« Sainte Catherine et sainte Marguerite, répondit-elle, me dirent de prendre et de porter hardiment cet étendard, d'y faire mettre en peinture le roi du ciel, et je l'ai dit au roi bien malgré moi. Quant à la signifiance, je n'en sais autre chose. »

Sur ses armoiries, elle dit qu'elle n'en avait jamais eu ; mais, le roi, dit-elle, en a donné à mes frères : c'est à savoir, un écu d'azur avec deux fleurs de lis d'or et une épée parmi ; et ce leur fut donné par le roi à leur plaisance, sans requête de moi, et sans révélation. »

On lui demanda encore quel cheval elle avait quand elle fut prise ; qui le lui avait donné ; si elle tenait du roi quelque autre richesse :

« Je n'ai rien demandé au roi, si ce n'est bonnes armes, bons chevaux, et de l'argent à payer les gens de mon hôtel.

— N'aviez-vous point de trésors?

— Dix ou douze mille (écus) que j'ai vaillants : ce n'est pas grand trésor à mener la guerre. »

Elle ajouta que ses frères en avaient le dépôt, et que c'était de l'argent du roi[1].

_____

1 *Fille de Dieu :* t. I, p. 130. — *Etendards :* t. I, p. 117. Elle

On revint à plusieurs reprises sur cette matière. Son étendard, son épée, ses anneaux, n'étaient vus des juges qu'avec une défiance extrême. Les actes mêmes où respirait sa piété, sentaient pour eux la superstition et la magie. Les noms de Jésus et de Marie, qu'elle mettait dans ses lettres, leur étaient suspects. On lui demanda quelles armes elle avait offertes à saint Denis.

« Un blanc harnois, avec une épée que j'avais gagnée devant Paris.

— A quelle fin cette offrande?

— Par dévotion, ainsi qu'il est accoutumé par les gens de guerre quand ils sont blessés; et, parce que j'avais été blessée devant Paris, je les offris à saint Denis, pour ce que c'est le cri de France.

— N'était-ce pas pour qu'on les adorât?

— Non.

— A quoi servaient ces cinq croix qui étaient en l'épée trouvée en Sainte-Catherine-de-Fierbois?

— Je n'en sais rien.

explique ailleurs en quels termes elle avait reçu ce commande-ment : « Tout l'estaindart estoit commandé par nostre Seigneur, par les voix de sainctes Catherine et Margarite qui luy dirent : « Pren l'estaindart de par le Roy du ciel. » Et pour ce qu'ils lui di-rent : « Pren l'estaindart de par le Roy du ciel, » elle y fist faire celle figure de nostre Seigneur et de deux angies, et de couleur ; et tout le fist par leur commandement, » t. I, p. 281. — Armoiries, che-vaux, etc. : « Interroguée s'elle avoit ung cheval quand elle fut prinse, respond qu'elle estoit à cheval, et estoit ung demi-cour-sier celluy sur qui elle estoit quant elle fut prinse.... Et en avoit cinq coursiers de l'argent du roy, sans les trottiers, où il en avoit plus de sept, etc., » t. I, p. 117-119 (10 mars). Cf. p. 78 (27 fé-vrier).

— Qui vous mut de faire peindre des anges avec bras, pieds, jambes, vêtements.

— Vous y êtes répondus.

— Les avez-vous fait peindre tels qu'ils viennent à vous?

— Je les ai fait peindre en la manière qu'ils sont peints dans les églises.

— Les vîtes-vous jamais en la manière qu'ils furent peints?

— Je ne vous en dirai autre chose.

— Pourquoi n'y fîtes-vous peindre la clarté qui venait à vous, avec les anges et les voix?

— Il ne me fut point commandé[1].

On la ramena au même sujet à la reprise de la séance. On lui demanda si les deux anges qui étaient peints sur l'étendard représentaient saint Michel et saint Gabriel.

« Ils n'y étaient que pour l'honneur de Notre-Seigneur, qui était peint en l'étendard, tenant le monde, et j'ai tout fait par le commandement de mes voix.

— Ne leur avez-vous pas demandé si, en vertu de cet étendard, vous gagneriez toutes les batailles où vous iriez ?

— Elles me dirent que je prisse hardiment l'étendard et que Dieu m'aiderait.

— Qui aidait plus, vous à l'étendard, ou l'étendard à vous ?

1. *Offrande à saint Denis*, etc. : t. I, p. 179, 180 (17 mars).

— De la victoire de l'étendard ou de moi, c'était tout à Notre-Seigneur.

— Mais l'espérance d'avoir victoire était-elle fondée en votre étendard ou en vous?

— Elle était fondée en Notre Seigneur, et non ailleurs.

— Si un autre que vous l'eût porté, eût-il eu aussi bonne fortune?

— Je n'en sais rien; je m'en attends à Notre Seigneur.

— Si un des gens de votre parti vous eût baillé son étendard à porter, eussiez-vous eu aussi bonne esperance comme en celui qui vous était donné de Dieu, ou en celui de votre roi?

— Je portais plus volontiers celui qui m'était ordonné de par Notre-Seigneur, et toutefois du tout je m'en attends à Notre-Seigneur.

— Ne fit-on point flotter ou tourner votre étendard autour de la tête du roi, comme on le sacrait à Reims?

— Non, que je sache.

— Pourquoi fut-il plutôt porté au sacre, en l'église de Reims, que ceux des autres capitaines?

— Il avait été à la peine, c'était bien raison qu'il fût à l'honneur [1]. »

La marque où l'on croyait voir le plus sûrement l'esprit diabolique, c'est l'impudicité. Mais Jeanne

----

1. *L'étendard*: t. I, p. 181-183 et 187 (même jour après midi).
— Et si socius fueris pœnæ, eris et gloriæ (*De imitat. Christi*, II,

était vierge, et les juges ne le savaient que trop.
Rien ne les embarrasse plus que ce point. Ils
voudraient croire qu'elle a voué sa virginité au
diable ! On lui demanda si elle parlait à Dieu
quand elle lui promit de la garder.

« Il devait bien suffire, dit-elle, de la promettre
à ceux qui étaient envoyés de par lui, c'est à savoir sainte Catherine et sainte Marguerite. »

On affecta de croire qu'elle avait voulu rompre
son vœu en promettant mariage à un jeune homme, en le voulant épouser, en l'assignant sur son
refus à comparaître devant l'officialité de Toul.
C'est Jeanne, on se le rappelle, qui avait au contraire repoussé cette étrange poursuite ; elle le
raconta à ce propos, et ajouta que ses voix l'a-
vaient assurée qu'elle gagnerait son procès.

Mais du moins, elle portait l'habit d'homme.
On lui demanda encore si elle l'avait pris à la requête de Robert de Baudricourt ou au commandement de ses voix ; si en le prenant elle pensait
mal faire :

« Non, dit-elle, et encore à présent, si j'étais en cet
habit d'homme avec ceux de mon parti, il me semble que ce serait un des grands biens de la France
que je fisse comme je faisais avant d'être prise. »

Elle s'en rapportait d'ailleurs au commandement de Dieu :

« Puisque je l'ai fait par commandement de
Notre-Seigneur et en son service, je ne cuide
(pense) point mal faire, et quand il lui plaira de
commander, il sera tantôt mis là. »

On crut avoir une manière sûre de prouver que Dieu ne lui avait pas commandé de le prendre, en mettant son obstination à le garder en opposition avec un autre commandement de Dieu. Elle avait prié qu'on l'admit à entendre la messe, ce qu'on lui avait refusé à cause de son habit. Mais, comme malgré ce refus, elle avait gardé son habit, on voulut la mettre en demeure de déclarer elle-même sa préférence. On lui demanda ce qu'elle aimerait le mieux, prendre habit de femme et entendre la messe, ou demeurer en habit d'homme et ne point entendre la messe :

« Certifiez-moi, dit-elle, que j'entendrai la messe si je suis en habit de femme, et je vous répondrai.

— Je vous le certifie, dit le juge.

— Et que direz-vous, reprit-elle, si j'ai juré et promis à notre roi de ne point quitter cet habit? Toutefois je vous réponds : faites-moi faire une robe longue jusques à terre, sans queue, et me la baillez pour aller à la messe, et puis, au retour, je reprendrai l'habit que j'ai. »

Et elle requérait en l'honneur de Dieu et de Notre-Dame, qu'elle pût ouïr la messe en cette bonne ville.

Mais comme on insistait pour qu'elle prît l'ha-de femme simplement et absolument :

« Baillez-moi, dit-elle, un habit comme en ont les filles de bourgeois, c'est à savoir une houppelande longue, et je le prendrai, et même le chaperon de femme pour aller entendre la messe ; »

marquant bien qu'elle ne le prendrait que pour cela, et demandant encore avec instance qu'on lui laissât l'habit qu'elle portait, et qu'on lui permit d'entendre la messe sans le changer [1].

Si le juge avait voulu comprendre pourquoi elle tenait si fort à l'habit d'homme, il en aurait eu plus d'une occasion dans le cours de ce débat. A la séance suivante, comme il revenait sur l'habit de femme et sur la messe, elle persista dans son refus, mais elle dit :

« Si ainsi est qu'il me faille mener jusques en jugement, qu'il me faille dévêtir en jugement, je requiers aux seigneurs de l'Église qu'ils me donnent la grâce d'avoir une chemise de femme et un couvre-chef en ma tête. »

Le juge crut la prendre en contradiction :

« Vous avez dit que vous portez habit d'homme par le commandement de Dieu : pourquoi demandez-vous chemise de femme en article de mort ?

— Il suffit qu'elle soit longue. »

Le juge, déconcerté, se rejeta sur une tout autre question ; mais il revint bientôt à l'habit. N'avait-elle pas dit qu'elle prendrait l'habit de femme, pourvu qu'on la laissât aller, s'il plaisait à Dieu ? Jeanne redressa sa réponse, et lui donna un autre moyen d'entendre pourquoi elle ne renonçait point à cet habit, qui était sa sauvegarde, non-seu-

---

1. *Vœu de virginité*, etc. : t. I, p. 127 (12 mars) ; — *l'habit d'homme*, p. 133 (même jour après midi) ; p. 161 (14 mars après midi) ; p. 164-166 (15 mars).

lement dans la prison, mais encore à la guerre, et
comme la marque de sa mission :

« Si on me donne congé en habit de femme,
dit-elle, je me mettrai tantôt en habit d'homme,
et ferai ce qui m'est commandé par Notre-Seigneur. Je l'ai autrefois ainsi répondu, et ne ferai
pour rien le serment de ne m'armer et mettre
en habit d'homme pour faire le plaisir de Notre-
Seigneur.

— Quel garant et quel secours attendez-vous
de Notre-Seigneur, de ce que vous portez habit
d'homme?

— Tant de l'habit que d'autres choses que j'ai
faites, je n'en ai voulu avoir d'autre loyer que le
salut de mon âme [1]. »

C'était peu que de lui reprocher de porter l'habit
du soldat; on aurait voulu montrer qu'elle en
avait pris les mœurs, l'accuser, la convaincre de
jurements, de cruautés, de rapines. Elle nia tout
jurement. Pour le reste, on ne trouvait à lui ob-
jecter que la haquenée de l'évêque de Senlis,
qu'elle avait prise pour de l'argent, et fait rendre
au prélat ; et la mort de Franquet d'Arras. Elle
raconta comment Franquet avait été mis à mort
après s'être reconnu meurtrier, larron et traître.
Jeanne, loin d'ordonner sa mort, l'avait voulu
échanger contre un prisonnier, mais le prisonnier

1. *La chemise de femme :* t. I, p. 176 (17 mars); — *l'habit de
femme pour partir :* p. 177 et 179 (même jour).

était mort, et, sur les réclamations du bailli de
Senlis, elle avait dû abandonner Franquet à la
justice.

En vain essaya-t-on d'obtenir par aveu ce qu'on
n'avait pu découvrir par enquête. Dans un précédent interrogatoire, elle avait cité ce dicton des
petits enfants, que parfois on était pendu pour
avoir dit la vérité. On lui demanda si elle savait
en elle quelque crime ou faute pour quoi elle pût
être mise à mort, si elle le confessait. Elle dit :

— Non [1].

Mais, si l'esprit malin ne se manifestait point
dans ses actes, ne se trahissait-il pas au moins
dans ses prédictions et par ses échecs? Elle avait
échoué à Paris, à la Charité, à Pont-l'Évêque :
elle avait dit qu'elle avait à délivrer le duc d'Orléans, et elle avait été prise elle-même à Compiègne.

Pour tous ces lieux, elle répondit qu'elle n'y
était point allée par le conseil de ses voix, mais à
la requête des gens d'armes, comme elle l'avait
déjà déclaré. Depuis qu'elle avait eu révélation à
Melun qu'elle serait prise, elle se rapportait surtout du fait de la guerre aux capitaines, sans leur
dire toutefois qu'elle sût par révélation qu'elle dût
être prise.

« Fut-ce bien fait le jour de la Nativité de

---

1. *Accusation de jurement*, etc. : t. I, p. 157, 158 (14 mars,
après midi; *le proverbe :* p. 172 (15 mars); cf. p. 65 (24 février).

Notre-Dame, un jour de fête, d'aller attaquer
Paris?

— C'est bien fait de garder les fêtes de Notre-
Dame, et en ma conscience il me semble que ce
serait bien fait de garder les fêtes de Notre-Dame
depuis un bout jusqu'à l'autre.

— Ne pensez-vous pas avoir fait péché mortel
en attaquant Paris ce jour-là?

— Non, et si je l'ai fait, c'est à Dieu d'en connaître, et en confession à Dieu et au prêtre.

— N'avez-vous point dit devant Paris : « Rendez
« la ville de par Jésus? »

— Non, mais j'ai dit : « Rendez la ville au roi de
« France. »

Quant à la délivrance du duc d'Orléans, on fut
curieux de savoir comment elle l'aurait opérée :

« J'aurais pris en France assez d'Anglais pour
le ravoir, et si je n'en eusse assez pris de ça, j'aurais passé la mer pour l'aller querir en Angleterre
à puissance (par la force). »

On lui demanda si sainte Marguerite et sainte
Catherine le lui avaient dit ainsi :

« Oui, je l'ai dit à mon roi et je lui ai demandé
qu'il me laissât faire des prisonniers. »

Elle ajouta que, si elle avait duré trois ans sans
empêchement, elle l'eût délivré[1].

Mais elle-même était prisonnière.

---

1. *Ses échecs* : t. I, p. 146-148 (13 mars); p. 159 (14, après midi).
— *Délivrance du duc d'Orléans* : t. I, p. 133 (12, après midi).

N'était-ce point assez pour qu'elle reniât ses voix comme l'ayant déçue?

« Sainte Catherine et sainte Marguerite, dit-elle, m'ont dit que je serais prise avant qu'il fût la Saint-Jean, qu'il le fallait ainsi, que je ne m'en ébahisse point et prisse tout en gré, et que Dieu m'aiderait. »

Elle ajouta que ses voix le lui avaient souvent annoncé depuis son passage à Melun.

« Et je leur requérais quand je serais prise que je mourusse tantôt, sans long travail de prison, mais elles me disaient toujours que je prisse tout en gré, qu'ainsi le fallait faire; et ne me dirent pas l'heure. Si je l'eusse su, je n'y fusse point allée, et j'avais plusieurs fois demandé de savoir l'heure, mais elles ne me la dirent point.

« Si les voix vous eussent commandé de faire la sortie, et signifié que vous seriez prise, y seriez-vous allée?

—Si j'avais su l'heure que je dusse être prise, je n'y serais point allée volontiers; toutefois j'aurais fait leur commandement, quelque chose qui me dût advenir. »

Le juge revint à sa question, la pressant de répondre précisément sur ce point : « Si ses voix lui avaient commandé de sortir ce jour-là? » comme s'il voulait au moins les rendre, de son propre aveu, complices de sa captivité.

Elle répondit que ce jour-là elle ne sut point

qu'elle serait prise, et qu'elle n'eut autre commandement de sortir [1].

Il y avait pourtant depuis sa captivité une circonstance qui semblait condamner infailliblement Jeanne ou ses voix, selon qu'elle leur avait obéi ou qu'elle leur avait résisté : c'est l'affaire de Beaurevoir, lorsque Jeanne avait sauté de la tour. Elle redit les raisons qu'elle en avait déjà données :

« J'avais ouï dire que ceux de Compiègne, tous, jusques à l'âge de sept ans, devaient être mis à feu et à sang, et j'aimais mieux mourir que vivre après une telle destruction de bonnes gens. De plus, je savais que j'étais vendue aux Anglais et j'eusse eu plus cher mourir que d'être en la main des Anglais, mes adversaires. »

Elle ajouta qu'elle avait agi, non par le conseil, mais contre l'avis de ses voix, retraçant, avec une vivacité singulière, le débat qu'elle avait eu, à ce propos, si longtemps avec elles. Et comme on lui demandait si elle avait dit à sainte Catherine et à sainte Marguerite : « Laira Dieu mourir si mauvaisement ces bonnes gens de Compiègne, » parole où l'on voulait voir un blasphème, comme si elle avait voulu accuser la méchanceté de Dieu, là où elle ne songeait qu'à plaindre le malheur de ces bonnes gens, elle démêla la malice du juge, et dit qu'elle n'avait point dit *si mauvaisement*, mais en cette manière : « Comment laira Dieu mourir ces

1. *Sa captivité prédite*, etc. : t. I, p. 115-117 (10 mars).

bonnes gens de Compiègne, qui ont été et sont si loyaux à leur seigneur? »

Jeanne avouait qu'elle avait mal fait de sauter de la tour. Sainte Catherine, qui l'en avait détournée, lui avait dit, la chose faite, de s'en confesser et d'en demander pardon à Dieu. Mais on voulait, malgré la netteté et la franchise de ses explications, faire de cette imprudence un tout autre crime. Elle avait dit qu'après sa chute « elle fut deux ou trois jours qu'elle ne voulait manger; » nouvel argument pour le juge. Il est vrai que le procès-verbal, qui le lui donne, le lui ôte lorsque aussitôt il ajoute : « Et même aussi pour ce saut fut grevée tant qu'elle ne pouvait ni boire ni manger. » Ce n'était donc pas l'aveu qu'on voulait. On tenta d'en obtenir plus directement un autre. On lui demanda si, en sautant de la tour, elle n'avait pas pensé se tuer :

« Non, répondit-elle, en sautant je me recommandai à Dieu, et je pensais, par le moyen de ce saut, échapper et éviter que je ne fusse livrée aux Anglais. »

Elle répéta une autre fois encore qu'elle avait mal fait, ajoutant qu'elle s'en était confessée, comme sa voix lui en avait donné le conseil, et qu'elle en avait eu pardon de Notre-Seigneur :

« En avez-vous eu grande pénitence?

— J'en portai une grande partie du mal que je me fis en tombant.

— Était-ce péché mortel?

— Je m'en attends à Notre-Seigneur. »

L'information dressée sur cet incident avait même prétendu que, quand elle reprit la parole ce fut pour renier Dieu et ses saints. On reprit cette accusation, faute de mieux, mais Jeanne le repoussa comme la première fois. Et comme on lui demandait si elle s'en voulait rapporter à l'information faite ou à faire, elle répondit :

« Je m'en rapporte à Dieu et non à autre, et à bonne confession [1] ! »

Ainsi Jeanne s'accusait d'une faute, mais d'une faute dont elle avait fait pénitence et qui prouvait en faveur de ses voix, car ses voix l'en avaient détournée : elles lui avaient commandé, comme l'eût pu faire l'évêque, de s'en confesser, et, ce qu'elles seules pouvaient faire, elles l'avaient secourue et gardée de la mort. Ses voix n'étaient donc pas ce qu'on voulait croire, et elle-même apparaissait d'autant plus sainte qu'on l'éprouvait davantage. Tous les fantômes de l'accusation se dissipaient à la lumière de cette âme pure ; au lieu des œuvres diaboliques, de l'orgueil, de la vanité, de l'impudicité, de la violence, du blasphème, du désespoir et du mensonge, on n'avait trouvé en elle qu'humilité, honnêteté, douceur, simplicité, confiance en Dieu. Elle semblait ne pas soupçonner la malice

1. *Beaurevoir* : t. I, p. 150-152 (14 mars), et 160 (même jour, après midi) : « Je le faisoye, non pas en espérance de moy désespérer, mais en espérance de sauver mon corps et de aler secourir plusieurs bonnes gens qui estoient en nécessité. » Voy. ce que nous avons raconté dans l'histoire, ci-dessus, p. 13.

de ses juges, tant elle mettait de franchise, quand elle s'en croyait libre, à leur répondre, sans se soucier si elle ne provoquait pas la perfidie de ses accusateurs ou les ressentiments de ses ennemis. A propos de sa tentative d'évasion de Beaulieu, elle avait dit qu'elle ne fut jamais en aucun lieu prisonnière sans avoir la volonté de s'échapper :

« Et il me semble, ajoutait-elle, qu'il ne plaisait pas à Dieu que je m'échappasse pour cette fois, et qu'il fallait que je visse le roi des Anglais, comme les voix me l'ont dit. »

On lui demanda si elle avait congé de Dieu ou de ses voix de partir de prison toutes les fois qu'il lui plairait :

« Je l'ai demandé plusieurs fois, mais je ne l'ai pas encore.

— Partiriez-vous de présent, si vous trouviez l'occasion de partir?

— Si je voyais la porte ouverte, je m'en irais, et ce me serait le congé de Notre-Seigneur. Mais sans congé, je ne m'en irais, à moins que ce ne fût pour faire une entreprise, afin de savoir si notre Sire en serait content. »

Et elle alléguait le proverbe : « Aide-toi, Dieu t'aidera, » ajoutant qu'elle le disait afin que, si elle s'en allait, on ne dit pas qu'elle s'en fût allée sans congé [1].

Sa prison ne lui était donc pas si odieuse, qu'elle n'aimât mieux y demeurer que de manquer à la

---

1. *Procès*, t. I, p. 163 (15 mars).

volonté de Dieu ou de paraître fausser sa foi. C'est
pourquoi, au risque de se la rendre plus dure encore, elle disait tout haut par quels liens elle s'y
croyait uniquement retenue. Sa délivrance lui
était chère pourtant, mais elle ne la séparait pas
de la libération de la France et du salut de son
âme : c'étaient les trois choses qu'elle demandait
en même temps à ses saintes. Elle songeait aussi
au salut de ses persécuteurs. Elle avait dit à l'é-
vêque de Beauvais qu'il se mettait en grand danger en la mettant elle-même en cause. On voulut
qu'elle s'expliquât sur ce point :

« J'ai dit à Mgr de Beauvais, reprit-elle : « Vous
« dites que vous êtes mon juge : je ne sais si vous
« l'êtes, mais avisez bien que vous ne jugiez mal,
« car vous vous mettriez en grand danger ; et je
« vous en avertis afin que, si Notre-Seigneur vous
« en châtie, j'aie fait mon devoir de vous le dire. »

— Mais quel est ce péril ? » dit le juge.

Elle n'hésita point à s'ouvrir devant lui davantage, tant elle croyait la force des hommes impuis-
sante contre la volonté de Dieu. Elle déclara que
sainte Catherine lui avait dit qu'elle aurait secours : Comment ? « Je ne sais, disait-elle, si ce
sera à être délivrée de la prison, ou si, lorsque je
serai au jugement, il y surviendra aucun trouble
par le moyen duquel je puisse être délivrée. »

Le greffier, prenant acte de ses paroles, écrit en
marge de sa minute : « Au jugement, il pourra y
avoir trouble par quoi elle soit délivrée. »

« Je pense, continua Jeanne, sans y prendre

garde autrement, que ce sera l'une ou l'autre chose; ce que mes voix me disent le plus, c'est que je serai délivrée par grande victoire, et elles ajoutent : « Prends tout en gré, ne te chaille « (soucie) de ton martyre, tu t'en viendras enfin « au royaume de paradis. » Pour cela, mes voix me l'ont dit simplement et absolument sans faillir[1]. »

Son martyre ! le paradis ! Ses juges n'étaient-ils donc que des persécuteurs devant lesquels elle confessait la foi? Jeanne l'entendait plus humblement d'elle-même : son martyre, c'était la peine et l'adversité qu'elle souffrait en la prison :

« Et je ne sais, ajoutait-elle, si je souffrirai plus, mais je m'en attends à Notre-Seigneur. »

Le juge lui voulut faire un piége même de ses paroles : il lui demanda si, depuis que ses voix lui ont dit qu'elle ira à la fin au royaume de paradis, elle se croyait assurée d'être sauvée et de ne pas être damnée en enfer. Elle répondit :

« Je crois fermement ce que mes voix m'ont dit, c'est à savoir que je serai sauvée, aussi fermement que si j'y fusse déjà.

— Cette réponse est de grand poids, dit le juge.

— Mais aussi je la tiens pour un grand trésor.

— Croyez-vous donc, après cette révélation, que vous ne puissiez plus faire péché mortel?

1. Ce qu'elle demandait : t. I, p. 154. — Avertissement à l'évêque : ibid. — Sa délivrance et son martyre : ibid. (14 mars). — Note du greffier : Bibl. du Corps législ., B 105 g, t. 570, fol. 35, r° ; Bibl. nat., n° 5965, fol. 51, r° ; n° 5966, fol. 70, r°. Le manuscrit d'Urfé note le passage par une accolade à la marge.

— Je n'en sais rien, mais je m'en attends du tout à Notre-Seigneur. »

Elle dit pourtant à quelle condition elle espérait être sauvée : c'est qu'elle tînt le serment qu'elle avait fait de bien garder sa virginité de corps et d'âme.

« Pensez-vous, dit le juge, cherchant toujours à ressaisir le prétexte qui lui échappait, pensez-vous qu'il soit besoin de vous confesser, puisque vous croyez à la parole de vos voix que vous serez sauvée ?

— On ne saurait trop nettoyer sa conscience [1] »

Toutes ces questions, toutes ces réponses, n'avaient rien fourni de sérieux contre la Pucelle. Il y avait des matières qu'elle avait réservées, où elle avait déclaré elle-même qu'elle ne pourrait pas dire la vérité parce que cette vérité était le secret d'un autre : le signe du roi. A cet égard, pressée de questions, elle avait fini par calquer ses réponses sur les demandes qu'on lui adressait, prenant au sens allégorique l'idée grossière que s'en faisaient les juges ; et quand on aurait pu l'accuser de s'être trop complaisamment arrêtée au développement de son allégorie, en se jouant de la curiosité qu'elle ne voulait pas satisfaire, ce n'était pas un crime capital. Les juges, d'ailleurs, lorsqu'ils s'attaquaient à ses visions, songeaient moins à y trou-

1. *Procès*, t. I, p. 156, 157 (même jour).

ver des fictions (le cas était véniel) que des êtres
véritables, des voix réelles révélant la source de
leur inspiration par leurs impostures. Mais tous
leurs efforts pour amener Jeanne à se faire leur
complice en rejetant sur ses voix ses échecs ou ses
fautes n'avaient point abouti. Ni dans l'affaire de
Paris ou de la Charité, ni dans l'affaire du saut de
Beaurevoir, elle n'avait rien dit qui n'allât contre
leur but. Ses voix ne lui avaient rien commandé
que de bon, rien révélé que de vrai ; sa captivité
même, elles la lui avaient prédite. Sur aucun
point on n'avait donc pu les prendre en défaut;
sur aucun point on ne l'avait pu incriminer elle-
même. Une tentative d'évasion, un chevalier pil-
lard abandonné à la vindicte de la justice, la haquenée de l'évêque de Senlis, un mauvais cheval
acheté fort cher et renvoyé dès qu'on le réclama, ce n'était point là de quoi la faire réputer
hérétique : elle ne l'était que dans son habit.
Toutefois, si le crime ici était patent, il était de
telle sorte qu'on sentait le besoin, pour la condamner, d'en avoir un autre à mettre à sa charge.
On commençait à en désespérer, lorsqu'on trouva
dans la défiance même de Jeanne à l'égard de ses
juges un piège d'où il ne semblait pas qu'elle pût
sortir.

C'est le commissaire Jean de la Fontaine qui fit
entrer le procès dans cette voie. Mais à la perfidie
et à l'habileté de la manœuvre on sent qu'une
autre main le dirige ; et il parut en témoigner lui-

même par les efforts qu'il fit un peu plus tard pour tirer Jeanne du péril où il l'avait amenée.

Le jeudi 15, dès le début de la séance (nouveau signe de préméditation), la question s'engage, mais paisiblement, sans éclat ni rien qui pût faire ombrage à l'accusée. Le commissaire lui dit « avec des exhortations charitables, » et comme pour en finir amiablement, que, s'il se trouve qu'elle ait fait quelque chose contre la foi, elle doit vouloir s'en rapporter à la détermination de notre sainte mère l'Église. Jeanne, justement défiante, demanda que ses réponses fussent vues et examinées par les clercs, et qu'on lui dit s'il y avait en elles quelque chose contre la foi chrétienne :

« Et alors, dit-elle, je saurai bien dire par mon conseil ce qu'il en sera; » ajoutant d'ailleurs que, s'il y avait rien contre la foi chrétienne, elle ne le voudrait soutenir, et serait bien courroucée (fâchée) d'aller à l'encontre.

A ses juges elle opposait ses saintes. On lui expliqua la distinction de l'Église triomphante et de l'Église militante, et on la requit de se soumettre présentement à la détermination de l'Église pour « tout ce qu'elle avait fait ou dit, bien ou mal. » Elle dit :

« Je ne vous en répondrai autre chose pour le présent [1]. »

On n'insista pas, et l'interrogatoire passa comme de plain-pied aux détails ordinaires : mais on y

1. *Procès,* t. I, p. 162 (15 mars).

revint un peu après, et on lui répéta la question :

« Voulez-vous vous soumettre et rapporter à la détermination de l'Église ? »

Elle répondit dans le même sens :

« Toutes mes œuvres et mes faits sont en la main de Dieu, et je m'en attends à lui ; et je vous certifie que je ne voudrais rien faire ou dire contre la foi chrétienne, et si j'avais rien fait ou dit qui fût, au jugement des clercs, contre la foi chrétienne, je ne le voudrais soutenir, mais le bouterais hors. »

Ces protestations générales n'étaient pas ce que voulait le juge : il lui fallait une déclaration nette et précise, et il lui demanda encore si elle ne s'en voudrait point soumettre en l'ordonnance de l'Église. Elle dit :

« Je ne vous en répondrai maintenant autre chose, mais samedi, envoyez-moi le clerc, si vous ne voulez venir, et je lui répondrai sur ce point à l'aide de Dieu, et il sera mis en écrit [1]. »

C'est ce qu'on entendait bien faire.

Le samedi 17 mars, on lui posa donc plus catégoriquement encore la question :

« Voulait-elle s'en remettre à la détermination de l'Église de tous ses dits et faits, soit de bien, soit de mal ? »

Si elle disait oui, elle abandonnait sa mission elle-même à l'arbitraire de ses juges ; si elle disait non, elle se rendait suspecte d'hérésie. Jeanne ne

1. *Procès*, t. I, p. 166 (même jour).

se laissa pas prendre au piège ; elle distingua entre
les matières de foi et l'objet de sa mission :

« Quant à l'Église, dit-elle, je l'aime et la voudrais soutenir de tout mon pouvoir pour notre
foi chrétienne ; ce n'est pas moi qu'on doive empêcher d'aller à l'église et d'entendre la messe (le mot
d'Église rappelait surtout à cette simple fille le
lieu où elle faisait ses dévotions). Quant aux bonnes œuvres que j'ai faites et à ma venue, il faut
que je m'en attende au Roi du ciel, qui m'a envoyée à Charles, fils de Charles, roi de France, qui
sera roi de France. Et vous verrez, s'écria-t-elle,
que les Français gagneront bientôt une grande
besogne que Dieu leur enverra, tant qu'il branlera
presque tout le royaume de France. Je le dis, afin
que, quand ce sera advenu, on ait mémoire que je
l'ai dit.

— Quand cela sera-t-il ? dit le juge.

— Je m'en attends à Notre-Seigneur [1] »

La juge la rappela à sa question :

« Vous en rapportez-vous à la détermination de
l'Église ?

— Je m'en rapporte à Notre-Seigneur qui m'a
envoyé, à Notre-Dame et à tous les benoîts saints
et saintes du paradis. Il m'est avis que c'est tout un
de Notre-Seigneur et de l'Église, et qu'on n'en doit
point faire de difficulté. Pourquoi, ajouta-t-elle,
interpellant ses juges, faites-vous difficulté que ce
ne soit tout un ? »

---

1. *Procès*, t. I, p 174 (17 mars).

On lui redit la distinction de l'Église triomphante et de l'Église militante :

« Il y a l'Église triomphante, où est Dieu, les saints, les anges et les âmes sauvées ; l'Église militante, c'est notre saint père le Pape, vicaire de Dieu en terre, les cardinaux, les prélats de l'Église, le clergé et tous les bons chrétiens et catholiques, laquelle Église bien assemblée ne peut errer et est gouvernée du Saint-Esprit. Ne voulez-vous pas vous en rapporter à l'Église militante?

— Je suis venue au roi de France de par Dieu, de par la Vierge Marie et tous les benoîts saints et saintes du paradis et l'Église victorieuse de là-haut, et de leur commandement ; et à cette Église-là je soumets tous mes bons faits et tout ce que j'ai fait ou à faire. Pour l'Église militante, je n'en répondrai maintenant autre chose [1]. »

C'était assez pour les juges qu'elle ne répondît pas. Mais il était un autre point sur lequel on croyait pouvoir compter qu'elle ne répondrait pas davantage. On n'y arriva pas sur-le-champ. On passa aux questions ordinaires, l'habit d'homme, les fées, les visions, et on reprit de la même sorte la séance de l'après-midi, que l'évêque de Beauvais vint présider lui-même pour clore cette enquête. On lui demanda s'il lui avait été révélé qu'en perdant sa virginité elle perdrait son bonheur ; si ses voix lui viendraient encore après qu'elle serait ma-

---

1. *Procès*, t. I, p. 175 (même jour).

riée? On lui demanda même si elle pensait que son roi fit bien de tuer ou faire tuer le duc de Bourgogne :

« Ce fut grand dommage pour le royaume de France, dit-elle, et quelque chose qu'il y eût entre eux, Dieu m'a envoyée au secours du roi de France. »

Alors on lui dit :

« Vous avez dit à Mgr de Beauvais que vous répondriez à lui ou à ses commissaires comme vous feriez devant notre saint père le Pape, et toutefois il y a plusieurs interrogatoires à quoi vous ne voulez répondre. Ne répondriez-vous pas devant le Pape plus pleinement que vous ne faites devant Mgr de Beauvais?

— J'ai répondu tout le plus vrai que j'ai su, et, s'il me venait à la mémoire quelque chose que je n'aie dite, je la dirais volontiers.

— Vous semble-t-il que vous soyez tenue de répondre pleinement au Pape, vicaire de Dieu, sur tout ce qu'on vous demanderait touchant la foi et le fait de votre conscience?

— Menez-moi devant lui, et je répondrai tout ce que je devrai répondre. »

La question tournait donc contre le juge; il n'avait introduit le nom du Pape que pour le faire récuser, et il n'avait fait que donner à Jeanne l'occasion de le reconnaître et d'en appeler à lui [1].

---

1. *Questions diverses* : Se il luy a point esté révélé, s'elle perdoit sa virginité qu'elle perdroit son eur et que ses voix ne luy vendroient plus : respond : « Cela ne m'a point esté révélé. » — Interrogée s'elle estoit mariée, s'elle croist point que ses voix luy

Il était grand temps d'en finir. Après quelques questions encore sur le menu détail des superstitions où on l'eût voulu engager, sur ses anneaux, sur ceux qui vont en l'erre (*qui errant*) avec les fées, et sur son étendard, l'évêque la laissa enfin, assuré d'avoir dans les procès-verbaux la matière d'une suffisante accusation [1].

vensissent : respond : « Je ne sçay; et m'en actend à nostre Seigneur, » etc.: t. I, p. 181-183 (17, après midi). — *Le Pape :* p. 184.

1. *Les anneaux,* etc. : t. I, p. 185, 187 (même jour),

III

LES TÉMOINS.

C'est uniquement des procès-verbaux que nous avons tiré l'exposition de ces interrogatoires, et nous en avons pris le texte comme faisant foi, sous certaines réserves préalablement indiquées : mais il y a tout un supplément à cette enquête, supplément fourni par les greffiers, les assesseurs et autres témoins qui, après avoir figuré au jugement de condamnation, ont comparu pour la réhabilitation de la Pucelle ; et il serait bien étrange d'écarter les témoignages du second procès comme suspects de faveur, pour s'en tenir uniquement aux actes du premier, quand celui-ci porte si évidemment la trace de la prévention et de la haine. C'est d'ailleurs par le texte même de ce premier procès qu'on peut vérifier ce qui est dit au second des piéges tendus à Jeanne, des difficultés proposées à son ignorance, de la continuité accablante de l'épreuve, et de cette tactique habile qui entrecoupait les demandes et changeait de matière pour tâcher de la faire varier dans ses déclarations. Les juges entassaient questions sur questions ; à peine commençait-elle à répondre à l'un qu'un autre l'interrompait ; et plusieurs fois elle dut leur dire : « Beaux seigneurs, faites l'un après l'autre. » Les assesseurs eux-mêmes sortaient harassés de ces séances. Jeanne avait bien le droit d'en être aussi fatiguée ; elle se plaignait qu'on la tourmentât de questions inutiles. Un jour même, au rapport du procès-verbal, elle demanda que, si on la devait mener à Paris, on lui donnât le double de ses interrogatoires, « afin, dit-elle, que je le baille à ceux de Paris et leur puisse dire : « Voici comme j'ai été interrogée à Rouen et « mes réponses, » et que je ne sois plus travaillée de tant de demandes. » Elle eût voulu n'avoir plus à répondre, et pourtant c'était là son triomphe! Tous les témoins en déposent, et la pâle copie où sa parole est reproduite suffit encore pour confirmer ce qu'ils en déclarent [1].

---

1. *Piéges*, etc. : « Fiebantque sibi per examinatores quam subtiliores quæstiones quas facere poterant. » T. II, p. 342 (Manchon); cf. p. 350 (Is. de la Pierre). — « On lui demandoit questions trop difficiles pour la prendre à ses paroles et à son jugement. » T. II, p. 8 (Ladvenu); cf. p. 365 (*id.*). — « Quod vidit eam interrogari difficilibus, involutis et captiosis interrogationibus, ut caperetur in sermone. » T. II, p. 358 (Marguerie). — « Quod interrogantes totis viribus laborabant ad capiendum eam in verbis. » T. III, p. 180 (Cusquel). — *Longueur de l'interrogatoire :* « Et eam multum vexabant interrogatores, quia non cessabant aliquando eam interrogare per tres horas de mane et totidem post prandium. » *Ibid.*, p. 167 (Ladvenu) ; cf. t. II, p. 365, et t. III, p. 176 (Fabri). — *Questions entrecoupées* : « Aliquando interrumpebant interrogatoria, transeundo

On peut donc les en croire quand ils disent que plus d'une fois les assesseurs eux-mêmes, que les gens les plus habiles, que de grands clercs, auraient eu grand'peine à satisfaire aux questions dont elle se tirait ; on peut les en croire quand ils vantent sa simplicité, son bon sens, sa présence d'esprit, sa mémoire, et cette prudence dans ses réponses, et cette hardiesse de langage, qui témoignaient tout à la fois de la sûreté de son jugement et de la droiture de son cœur. Ils n'approuvent pas tout dans ce qu'elle dit, et c'est une marque de l'entière liberté de leur témoignage. Jean Lefebvre trouve qu'elle insistait trop sur ses révélations ; Isambard de la Pierre dit que, quand elle parlait des affaires publiques et de la guerre, elle semblait animée du Saint-Esprit, mais que, quand elle parlait de sa personne, elle feignait beaucoup de choses. Mais l'impression générale était pour elle. Malgré la terreur qui régnait dans l'assemblée, des voix s'é-

de uno ad aliud, ad experiendum an ipsa mutaret propositum. » T. II, p. 368 (Fabri), et t. III, p. 176 : « Ita truncabant sua interrogatoria quod vix poterat respondere. » — « Dum ipsa Johanna interrogaretur, erant sex assistentes cum judicibus qui interrogabant eam (dans la prison), et aliquando unus interrogabat, et ipsa respondebat ad quæsitum, alius interrumpebat responsionem suam, etc. » T. III, p. 155 (Massieu). — *Fatigue :* « .... In tantum quod doctores assistentes exinde erant multum fatigati. » T. III, p. 175 (Fabri). — Multum defatigabatur in interrogationibus. » T. II, p. 342 (Manchon). — *Plainte de Jeanne :* « Quod nimis vexabatur ex interrogatoriis quæ non pertinebant ad processum. » T. II, p. 326 (N. de Houppeville); cf. p. 327 (d'après le vice-inquisiteur J. Lemaitre). — « Quod si ita sit quod ducatur Parisius, quod ipsa habeat duplum istorum interrogatoriorum et responsorum ejus, ut ipsa tradat illis de Parisius,... et ut amplius ipsa non vexetur de tot petitionibus. » T. I, p. 154 (Procès-verbal).

levèrent pour protester contre l'esprit et les procédés de l'interrogatoire. Un jour, dit-on, Jean de
Châtillon osa dire, comme autrefois Jean Lefebvre
dans la question de la grâce, qu'elle n'était pas
tenue de répondre, et, comme il se faisait un grand
tumulte parmi les assistants, il ajouta : « Il faut
bien que je décharge ma conscience. » Mais l'évêque lui ordonna de se taire et de laisser parler les
juges. D'autres fois, quand Jeanne trompait l'inter-
rogateur par la précision de sa réplique, il y en
eut qui s'écrièrent : « Vous dites bien, Jeanne. »
Des gens que n'avaient pu convaincre les merveilles de sa mission étaient vaincus par cette
nouvelle épreuve et commençaient à la croire inspirée. Des Anglais mêmes furent émus en l'entendant. Un jour un docteur (Jacques de Touraine),
qui voulait sans doute faire preuve de zèle pour
eux, au risque d'irriter leurs ressentiments contre
Jeanne, lui demanda si elle avait jamais été en un
lieu où les Anglais aient été tués : « En nom Dieu,
si ay (j'y ai été), dit-elle, comme vous parlez douce-
ment! pourquoi ne voulaient-ils pas se retirer de
France et retourner dans leur pays? »

Un des seigneurs anglais qui étaient là s'é-
cria :

« C'est vraiment une bonne femme; si elle était
Anglaise[1] ! »

---

[1]. *Difficulté des questions :* « Imo sapientior homo mundi cum
difficultate respondisset. » T. III, p. 176 (Fabri). — « Audivitque
ab ore domini tunc abbatis Fiscampnensis quod unus magnus cle-
ricus bene defecisset respondere interrogationibus difficilibus sibi

Ce qui rendait plus vive encore l'impression des débats, c'est que Jeanne, aux prises avec tant de docteurs, était seule à soutenir leur attaque. Pas une main dont elle pût s'appuyer, pas un seul de tous ces maîtres en droit civil ou en droit canon qui fût près d'elle pour mettre en garde sa simplicité contre le péril ou éclairer son ignorance. Au commencement elle avait, selon Massieu, demandé qu'on lui donnât un conseil, et c'était de droit strict pour une accusée mineure de vingt ans : mais on lui dit qu'elle n'en aurait pas, qu'elle eût à répon-

factis. » T. II, p. 358 (R. de Grouchel). — Quibus unus magister in theologia cum difficultate respondisset. » T. III, p. 64 (J. Monnet); cf. p. 48 (J. Tiphaine). — *Simplicité et prudence de Jeanne :* « Et erat multum simplex, et vix sciebat *Pater noster*, licet aliquando, dum interrogaretur, prudenter responderet. » T. III, 166 (Ladvenu); cf. t. II, p. 8 et p. 364 (le même); t. III, p. 174 (Fabri); p. 185 (le Parmentier). — *Présence d'esprit et mémoire :* Et habebat multum bonam memoriam, quia, dum eidem aliquid petebatur, ipsa dicebat : « Ego alias respondi et in tali forma, » et faciebat quærere a notario diem in qua responderat, et ita inveniebatur sicut dicebat, nil addito vel remoto. » T. III, p. 178 (N. Caval); cf. p. 201 et p. 89 (J. Marcel), et p. 201 (P. Daron) : Un jour qu'elle disait avoir déjà répondu, un des greffiers le nie; on cherche au jour qu'elle indique et on trouve : « De quo gavisa est ipsa Johanna, dicendo eidem *Boisguillaume*, quod si alias deficeret, ipsa traheret aurem. » — « Dum interrogaretur super aliquibus de quibus sibi videbatur quod non debebat respondere, dicebat quod se referebat conscientiis interrogantium an deberet respondere vel non. » T. III, p. 63 (J. Monnet). — *Constance et hardiesse :* « Multum providenter et sapienter cum magna audacia. » T. III, p. 47 (Tiphaine); cf. p. 170 (N. de Houppeville). — *Critique de ses réponses :* « …. Licet multum et nimis, videre loquentis, persisteret in suis revelationibus » T. III, p. 174 (Fabri); cf. *ibid.*, p. 129 (P. Miget). — « Quando loquebatur de regno et de guerra, videbatur mota a Spiritu Sancto, sed, dum loquebatur de persona sua, multa fingebat. » T. II, p. 504 (Is. de la Pierre).

Protestation de J. de Châtillon : t. III, p. 139 (Manchon);

dre comme elle voudrait. Après ce refus, elle ne
pouvait guère espérer que personne vînt s'offrir à
elle. Cependant l'humanité ne perd jamais entièrement ses droits, et quelquefois, quand les
questions étaient trop difficiles, des assesseurs, par
un mouvement naturel, prenaient la parole pour
la guider : mais ils en étaient durement repris,
soit par l'évêque, soit par Jean Beaupère, chargé,
comme on l'a vu, d'interroger pour lui dans plusieurs des séances publiques. On les notait comme
favorables : or il en pouvait résulter autre chose
que la réprimande de l'évêque, car près de l'évêque il y avait au procès les Anglais; et ils faisaient qu'on ne l'oubliât point. Parmi les assistants
on comptait plusieurs dominicains, entre autres
Isambard de la Pierre, l'un des acolytes du vice-
inquisiteur Jean Lemaitre, et qui ne paraît pas
avoir vu de meilleur œil que lui la conduite de

cf. t. II, p. 329 (Massieu) : « Oportet quod acquittem conscientiam
meam. » Massieu ajoute qu'il lui fut fait défense de reparaître au
tribunal sans convocation expresse, et ailleurs (t. III, p. 153), qu'il
cessa dès lors d'y assister. Mais s'il s'agit véritablement de J. de
Châtillon, sa mémoire le trompe, car on le retrouve à presque
toutes les séances du procès jusqu'à la fin. C'est même lui qui,
le 2 mai, sera chargé de faire l'admonition publique (t. I, p. 384-392).
Il vote comme les autres et assiste au supplice (t. I, p. 463 et 469).
    Approbation : « Vos dicitis bene, Johanna. » T. II, p. 318
(N. Taquel). — *Croyance à son inspiration* : « Quod constantia
ipsius Johannæ multos arguebat quod ipsa habuerat spirituale
juvamen. » T. II, p. 327; cf. t. III, p. 170 (N. de Houppeville). —
« Ita quod per tres septimanas credebat eam inspiratam. » *Ibid.*,
p. 174 (J. Fabri). — « Non erat ex se sufficiens ad se defendendum
contra tantos doctores, nisi fuisset sibi inspiratum. » T. II, p. 342
(Manchon). — *Réponse à Jacques de Touraine :* T. III, p. 48
(J. Tiphaine).

celle affaire. Quand il venait avec le vice-inquisiteur aux interrogatoires de la prison, il se plaçait
volontiers à la table auprès de la Pucelle, et ne
manquait pas l'occasion de l'avertir en la poussant, ou par quelque autre signe. On le remarqua,
et un jour, comme il revenait au château l'après-
midi pour admonester Jeanne avec Jean de la Fontaine, commissaire de l'évêque, il rencontra Warwick, qui l'accueillit l'insulte et la menace à la
bouche : « Pourquoi, lui disait-il dans sa fureur,
pourquoi souches-tu (soutiens-tu?) le malin cette
méchante en lui faisant tant de signes? Par la
morbieu, vilain, si je m'aperçois plus que tu mettes
peine de la délivrer et avertir de son profit, je te
ferai jeter en Seine [1]. »

On aurait même voulu lui ravir dans cet isolement la consolation et la force qu'elle cherchait
dans sa foi. Pendant les interrogatoires publics,

---

1. *Conseil demandé et refusé :* « Ipsa Johanna petiit habere consilium ad respondendum, quod diceret se esse simplicem ad respondendum : cui responsum fuit quod per ipsam responderet, sicut
vellet, et quod consilium non haberet. » T. II, p. 354 (Massieu). —
« Quod non habuit defensores aut consiliarios, quamvis petierit. »
Ibid., p. 366 (Ladvenu); cf. t. III, p. 166 (*id.*), et t. II, p. 357
(R. de Grouchet). — « Et credit quod nullus fuisset ausus sibi præ-
bere consilium aut defensionem, nisi sibi fuisset concessum. » T. III,
p. 130 (P. Miget).
Menaces aux conseillers favorables : « Dicit præterea quod nescit
si aliquis fuerit in periculo mortis, occasione eam defendendi; sed
bene scit quod dum alia interrogatoria difficilia fiebant eidem Johannæ, et aliqui ipsam dirigere volebant, dure et rigide reprehende-
bantur et de favore notabantur. ». T. II, p. 357 (R. de Grouchet).
— *Isamb. de la Pierre :* t. II, p. 9 (Frère G. Duval, un des témoins de la scène); cf. t. II, p. 325, et t. III, p. 171 (N. de Houppeville).

quand Jeanne, conduite de sa prison à la salle des
séances, passait devant la chapelle du château,
elle demandait à l'huissier Massieu si le corps de
Jésus-Christ était là, et le requérait qu'il lui permît de s'arrêter à la porte pour y faire sa prière.
Le promoteur, l'ayant su, gourmanda violemment
l'huissier : « Truant, lui disait-il, qui te fait si
hardi de laisser approcher cette...... excommuniée
de l'église, sans licence? Je te ferai mettre en telle
tour que tu ne verras lune ni soleil d'ici à un mois,
si tu le fais plus. » Et comme l'huissier ne tenait
pas trop rigoureusement compte de la menace, le
promoteur, guettant sa victime au passage, vint
plusieurs fois s'interposer entre elle et la porte de
la chapelle, pour empêcher qu'elle n'y priât[1].

Jeanne était donc seule et sans conseil de la part
des hommes; je me trompe : elle eut des conseillers, mais pour la trahir et pour la perdre. Le
bruit public en signala plusieurs qui se chargèrent
de cette mission infâme. Le greffier Boisguillaume
nomme entre autres ce même promoteur, qu'on
trouve au premier rang dans tous les actes de violence ou de perfidie à l'égard de Jeanne. Mais on
s'accorde surtout à donner le principal rôle dans
cette machination à un chanoine de Rouen, nommé
Nicolas Loyseleur. Avant même que le procès commençât, Loyseleur avait été mis à l'œuvre auprès
de Jeanne. Il feignit d'être de sa province et de son

1. *L'huissier Massieu et le promoteur* : t. II, p. 16; cf. t. III,
p. 151 (Massieu).

parti, homme de métier, prisonnier comme elle,
et, trouvant moyen de lui plaire par les nouvelles
qu'il lui donnait du pays, il cherchait à tirer d'elle
à son tour, dans les entretiens qu'on savait leur
ménager seul à seul, des confidences qui pussent
donner prise à l'accusation. L'évêque et Warwick,
auteurs de la ruse, voulaient même donner à ces
infamies un caractère authentique : ils s'étaient
placés dans une chambre voisine d'où l'on pouvait,
par une ouverture faite exprès, entendre tout ce qui
se dirait dans la prison, et ils y avaient amené les
greffiers pour recueillir cette conversation prétendue secrète. Mais les greffiers refusèrent leur
office, disant qu'il n'était pas honnête de commencer de la sorte le procès. Le juge n'y perdit
rien. Loyseleur, abusant de la confiance de Jeanne,
se chargeait de porter lui-même à l'évêque les paroles qu'il avait recueillies, et c'est par là, selon
toute apparence, que l'information commença.
Mais il n'eut pas seulement mission de surprendre
ses secrets : il était chargé de lui donner des conseils, d'égarer sa simplicité, de l'entraîner et de
l'affermir dans la voie où l'on comptait la perdre.
Pour donner plus d'expansion aux confidences de
Jeanne, plus d'autorité à ses propres conseils, il
avait repris l'habit de prêtre, et venait à elle en
qualité non-seulement de compatriote et de com-
pagnon d'infortune, mais de confesseur [1].

1. *Faux conseillers* : t. II, p. 350 (Is. de la Pierre), p. 327, et
t. III, p. 173 (N. de Houppeville). — *Jean d'Estivet :* « Quod ma-

Cette perfidie ne fut pas sans résultat. Loyseleur ne tira de Jeanne aucune confidence qui la pût compromettre, mais il lui donna des conseils qui préparèrent l'œuvre de l'accusation. Dans cette question si complexe de la soumission à l'Église, il ne put pas faire que Jeanne ne démêlât, avec son bon sens ordinaire, la vérité, et ne distinguât clairement ce qu'elle devait à l'Église universelle et au Pape comme une simple fidèle, et ce qu'elle avait le droit de refuser à l'évêque de Beauvais comme à son ennemi : mais il contribua peut-être à donner des apparences suspectes à ses justes défiances, à lui faire ajouter des réserves équivoques à ses actes de soumission; il fit que la chose parût suf-

---

gister G. de Estiveto similiter intravit carcerem, fingendo se esse prisonarium. » T. III. p. 162 (G. Colles). — *N. Loyseleur* ou *Aucupis* : « .... Et feignit qu'il estoit du pays de ladicte Pucelle, et par ce moien trouva manière d'avoir actes, parlement et familiarité avec elle, en lui disant des nouvelles du pays à lui (elle) plaisantes, » etc. T. II, p. 10, p. 342, et t. III, p. 140 (Manchon) ; cf. t. II, p. 17, et t. III, p. 156 (Massieu). — « Fingens se sutorem et captivum de parte regis Franciæ et de partibus Lotharingiæ. » T. III, p. 161 (G. Colles). Il avoua lui-même à Th. de Courcelles (témoin peu suspect de faveur) qu'il avait vu Jeanne sous un déguisement. T. III, p. 60. — *Espionnage de Cauchon et de Warwick*, t. III, p. 140 (Manchon), cf. p. 132 (Miget).

Perfides conseils de Loyseleur : « Aliquando intrabat carcerem ipsius Johannæ eidem dicens quod non crederet illis gentibus ecclesiæ, « quia, si tu credas eis, eris destructa. » Et credit quod episcopus Belvacensis bene illa sciebat, quia alias ipse Loyseleur talia non ausus fuisset facere. » T. III, p. 162 (G. Colles) ; t. II, p. 17, et t. III, p. 156 (Massieu), p. 133 (P. Miget). — *Confesseur de Jeanne :* « Cui non permittebatur confiteri nisi dicto Loyseleur, qui in ea re fictus erat. » T. II, p. 342 (Manchon). — P. Cusquel a entendu dire qu'il contrefaisait sainte Catherine et poussait Jeanne à dire ce qu'il voulait (t. III, p. 181). Ceux qui disaient cela se faisaient une singulière idée des apparitions de sainte Catherine.

fisamment embrouillée pour que le juge, même
après l'épreuve si triomphante pour Jeanne de ses
interrogatoires, soit publics, soit privés, pût encore se dire avec une joie homicide ce qu'il disait
au commencement à son greffier Manchon: « Nous
allons faire un beau procès! »

LIVRE HUITIÈME.

ROUEN. — LE JUGEMENT.

I

L'ACCUSATION.

Pendant le cours de l'instruction, un clerc de
Normandie, de grand renom, maître Jean Lohier,
étant venu à Rouen, l'évêque de Beauvais désira
avoir son avis sur le procès commencé. On lui
communiqua les pièces, on lui donna deux ou
trois jours pour répondre : mais la réponse trompa
l'attente du juge. Lohier déclara que le procès ne
valait rien, parce qu'il n'était point en forme de
procès ordinaire, qu'il était « traité en lieu clos et
fermé, où les assistants n'étoient pas en pleine et
pure liberté de dire leur pleine et pure volonté; »
parce que l'on y touchait à l'honneur du roi de
France sans l'appeler lui-même, ni personne qui le
représentât; enfin, parce que les articles n'avaient

point été communiqués, et qu'on n'avait donné à
l'accusée, une simple jeune fille, aucun conseil
pour répondre, en si grande matière à tant de
maîtres et de docteurs. Pour toutes ces causes le
procès lui semblait nul. L'évêque de Beauvais fut,
comme on l'imagine, furieux du résultat de sa
consultation. Il vint trouver les maîtres et docteurs plus dociles, Jean Beaupère, Jacques de
Touraine, Nicolas Midi, Pierre Maurice, Thomas de
Courcelles, Loyseleur, et leur dit: « Voilà Lohier
qui nous veut bailler belles interlocutoires en notre procès! Il veut tout calomnier, et dit qu'il ne
vaut rien. Qui le voudroit croire, il faudroit tout
recommencer, et tout ce que nous avons fait ne
vaudroit rien. » Et passant en revue ses objections:
« On voit bien de quel pied il cloche, ajouta-t-il.
Par saint Jean ! nous n'en ferons rien, ains (mais)
continuerons notre procès comme il est commencé. » Le lendemain, le greffier Manchon, qui rapporte l'incident, ayant rencontré Lohier dans
l'église Notre-Dame, lui demanda à lui-même ce
qu'il pensait de l'affaire. « Vous voyez, dit le docteur normand, la manière comment ils procèdent. Ils la prendront, s'ils peuvent, par ses paroles, c'est à savoir dans les assertions où elle
dit: *Je sais de certain* ce qui touche les apparitions,
mais, si elle disoit : *Il me semble*, pour ces paroles:
Je sais de certain, il m'est avis qu'il n'est homme
qui la pût condamner. Il semble qu'ils procèdent
plus par haine que par autrement; et pour cette
cause je ne me tiendrai plus ici, car je n'y veux

plus être. » Il quitta Rouen, et il fit bien : on le voulait jeter à la rivière [1].

L'évêque poursuivit donc son œuvre. Dès le lendemain du jour où l'interrogatoire avait fini, le dimanche 18 mars, dimanche de la Passion, il réunit dans sa maison le vice-inquisiteur et dix ou douze des assesseurs que l'on a vus, et soumit à leur examen quelques propositions extraites des réponses de Jeanne. Ils délibérèrent et en dirent leur avis. Mais avant d'aller plus loin l'évêque voulut qu'ils consultassent les traités écrits sur la matière, et les ajourna au jeudi suivant, intervalle qu'il comptait employer à tirer des interrogatoires de Jeanne certains articles dont on donnerait lecture au tribunal. Les docteurs ne trouvèrent dans la jurisprudence rien qui ne confirmât la marche proposée par l'évêque. Le jeudi donc (22) il fut arrêté que les extraits des réponses de Jeanne seraient réduits en articles par forme d'assertions ou de propositions, et communiqués aux docteurs pour servir de base à leurs délibérations, ou, le cas échéant, à des informations nouvelles [2].

---

1. *Lohier* : t. II, p. 11 (Manchon) ; cf. p. 300 et 341, et surtout t. III, p. 138 (*id.*) : « Sub pœna submersionis, » t. III, p. 50 (G. de la Chambre). Il mourut à Rome doyen de la Rote, t. II, p. 12 (Manchon).

2. *Séance du 18 mars* : t. I, p. 188. — Les assistants sont : l'abbé de Fécamp, le prieur de Longueville, les docteurs de Paris, J. Beaupère, Jacq. de Touraine, N. Midi, P. Maurice, G. Feuillet, Th. de Courcelles, R. Roussel, N. de Venderez, J. de la Fontaine et N. Coppequesne. — *Séance du 22* : t. I, p. 189. — Parmi ceux qui ont assisté à la réunion du 18, l'abbé de Fécamp et Th. de Courcelles ne sont plus nommés. Par compensation, on compte cette fois, avec les autres : Jean de Châtillon, Érard Émengart,

Avant d'y procéder, on voulut avoir l'aveu de Jeanne au procès-verbal de ses interrogatoires. Jean de la Fontaine, commissaire de l'évêque, le vice-inquisiteur et quelques autres vinrent donc, le samedi 24, lui donner lecture de la minute française. Comme le greffier s'apprêtait à la lire, le promoteur Jean d'Estivet s'engagea à en prouver la vérité dans le cas où Jeanne songerait à en récuser quelque chose. Jeanne promit de ne rien ajouter à ses réponses qui ne fût vrai. Elle interrompit le lecteur à propos de son nom, pour dire qu'on la nommait d'Arc, ou encore Rommée, parce que dans son pays les filles portaient le nom de leur mère. Elle l'invita à poursuivre la lecture, tenant pour vrai ce qu'elle ne contredirait pas, et n'ajouta qu'une chose touchant son habit : « Donnez-moi une robe de femme pour aller à la maison de ma mère, et je la prendrai; » déclarant d'ailleurs qu'elle ne la prendrait que pour sortir de prison, et que, lorsqu'elle serait hors de prison, elle demanderait conseil sur ce qu'elle devait faire [1].

Cet habit, le seul crime qu'on eût trouvé en elle, et l'on a vu par quelle impudeur, devait fournir à

G. Bouchier, M. Duquesney, P. Houdenc, J. Nibat, J. Fabri ou Lefebvre, J. Guesdon, G. Haiton, prêtre anglais, N. Loyseleur et Isambard de la Pierre.

1. T. I, p. 199. La Fontaine et le vice-inquisiteur ont avec eux cinq des docteurs de Paris, J. Beaupère, N. Midi, P. Maurice, G. Feuillet et Th. de Courcelles; et de plus maître Enguerand de Champrond, official de Coutances, qu'on ne trouve que cette fois au procès.

l'hypocrisie de ses juges l'occasion d'une belle
scène le lendemain.

C'était le dimanche des Rameaux. L'évêque, accompagné de plusieurs des docteurs de Paris, Jean
Beaupère, Nicolas Midi, Pierre Maurice et Thomas
de Courcelles, vint trouver Jeanne dans sa prison,
et, lui rappelant que souvent, et notamment la
veille, elle l'avait prié, à cause de la solennité du
jour, de lui permettre d'entendre la messe, il lui
demanda si elle voulait bien pour cela quitter son
habit d'homme et reprendre les vêtements de
femme, comme elle faisait dans son pays, et comme
faisaient les femmes de son pays. — Était-elle donc
dans son pays, parmi les femmes de son pays? Si
cela eût été sérieux, elle y avait déjà répondu, et
l'on savait ses conditions. — Elle répondit cette
fois en demandant, avec la permission d'entendre
la messe en habit d'homme, celle de communier à
Pâques.

« Répondez à ma question, dit l'évêque: quitte-
rez-vous l'habit d'homme, si je vous l'accorde ?

— Je ne suis point avisée, je ne puis prendre
l'autre habit.

— Voulez-vous avoir conseil de vos saintes?

— Vous pouvez bien me permettre d'entendre la
messe en cet état, comme je le désire vivement;
quant à l'habit, je ne puis le changer, cela n'est pas
en mon pouvoir. »

Et comme les docteurs insistaient: « Il ne dépend
pas de moi de le faire, répliqua-t-elle; si cela dépendait de moi, ce serait bientôt fait. »

On l'invita encore à consulter ses voix, afin de savoir si elle pouvait reprendre l'habit de femme pour communier à Pâques. Mais Jeanne répondit que, pour ce qui était d'elle, elle n'irait pas communier en changeant son habit contre un habit de femme. Elle ajouta, pour qu'on accédât au moins à sa demande, d'entendre la messe en habit d'homme, que cela ne chargeait pas son âme, et que de porter cet habit n'était pas contre l'Église — Le promoteur se fit donner acte de ces déclarations[1].

Tout ce qui s'était fait jusqu'à présent, les enquêtes, les interrogatoires, n'étaient que l'instruction du procès : le procès même se trouvait maintenant en état. Le lundi 26 mars, l'évêque, réunissant chez lui ses conseillers ordinaires, leur donna lecture des propositions que le promoteur devait soutenir. On approuva les articles ; on les reçut comme base de l'accusation ; on chargea le promoteur de les défendre, soit par lui-même, soit par quelque « solennel » avocat, et il fut décidé que, si Jeanne refusait d'y répondre, elle en serait réputée convaincue[2].

On remit au lendemain pour l'interroger et l'entendre sur ces propositions.

Le lendemain, en effet (27 mars), une nombreuse assemblée de docteurs se tint, sous la présidence

1. T. I, p. 191.
2. Ibid., p. 194.

de l'évèque, dans la chambre voisine de la grande
salle du château de Rouen. Jeanne comparut, et le
promoteur prit la parole. Il dit qu'à la suite des
enquêtes et des interrogatoires faits par les juges
eux-mêmes, Jeanne était là pour répondre, et lui
pour établir au besoin la vérité des accusations
dont il remettait la liste au tribunal. Il demandait
que Jeanne fût invitée à jurer d'y répondre catégoriquement ; il voulait que, dans le cas où elle
refuserait de le faire ou réclamerait un trop long
délai, elle fût censée contumace et déclarée excommuniée, et il finissait en priant les juges de fixer
un terme au delà duquel tout article non suivi de
réponse serait tenu pour avoué[1].

L'acte d'accusation étant déposé, les docteurs
délibérèrent. Ils furent généralement d'avis que
l'on commençât par lire à Jeanne les articles ; qu'elle
fût contrainte de jurer de dire la vérité en ce qui
touche le procès, et qu'avant de la déclarer excommuniée on lui donnât quelque délai. Le promoteur
alors jura qu'il n'agissait ni par faveur, ni par
ressentiment, ni par crainte, ni par haine, mais
par zèle pour la foi. Puis l'évèque, s'adressant à
Jeanne, lui représenta que les juges devant lesquels
elle comparaissait étaient des gens d'Église et des
docteurs habiles dans le droit divin et humain,
qui voulaient procéder envers elle en toute piété et
mansuétude, ne cherchant point à la châtier dans
son corps, mais bien plutôt à l'instruire et à la ra-

1. T. I, p. 195-198 On y compte trente-huit assesseurs.

mener dans la voie de la vérité et du salut. Et
comme elle n'était pas assez instruite, soit dans
les lettres, soit en ces matières difficiles, pour se
consulter sur ce qu'elle devait faire ou répondre,
il l'invitait à se choisir pour conseil un ou plusieurs
des assistants, ou, si elle ne savait choisir, d'en
recevoir de sa main (c'était sans grand péril donner satisfaction à l'un des griefs de Lohier) ; après
quoi il requit d'elle le serment de dire la vérité
sur toutes les choses qui toucheraient son fait[1].

Jeanne répondit :

« Premièrement, de ce que vous m'admonestez
touchant mon bien et notre foi, je vous remercie
et toute la compagnie aussi. Quant au conseil que
vous m'offrez, aussi je vous remercie, mais je n'ai
point intention de me départir du conseil de Notre-
Seigneur. Quant au serment que vous voulez que
je fasse, je suis prête de jurer dire vérité de tout
ce qui touchera votre procès. »

Et elle prêta serment sur les Évangiles[2].

Thomas de Courcelles commença alors la lecture
des articles contenus dans l'acte d'accusation, lecture qui tint les deux séances du mardi et du mercredi.

Le préambule de l'acte d'accusation montrait
déjà ce que valait ce serment du promoteur de n'a-
gir ni par ressentiment ni par haine. Jeanne était

1. T. I, p. 198-200.
2. *Ibid.*, p. 201.

pour lui une fille décriée et mal famée, et il priait
les juges de la déclarer « sorcière, devineresse,
fausse prophétesse, invocatrice et conjuratrice de
mauvais esprits, superstitieuse, pratiquant les arts
magiques ; pensant mal de la foi catholique ; schismatique, doutant et s'écartant du dogme *Unam
sanctam* et de plusieurs autres articles de foi ; sacrilége, idolâtre, apostate, mal disant et mal faisant ; blasphématrice envers Dieu et les saints,
scandaleuse et séditieuse, troublant et empêchant
la paix, excitant à la guerre, cruellement altérée
de sang humain et poussant à l'effusion du sang ;
ayant abjuré sans pudeur la décence de son sexe,
et prenant sans vergogne l'habit indécent et l'exté-
rieur des hommes d'armes ; pour ces choses et plusieurs autres, abominable à Dieu et aux hommes,
violatrice des lois divine, naturelle et ecclésiastique ; séductrice des princes et des peuples ; per-
mettant et consentant, au mépris de Dieu, qu'on
la vénère et qu'on l'adore, donnant ses mains et
ses vêtements à baiser ; usurpatrice de l'honneur
et du culte dus à Dieu ; hérétique, ou du moins
véhémentement suspecte d'hérésie [1]. »

Le promoteur en venait alors aux articles. C'est
l'histoire de Jeanne travestie par la passion du
juge ; une histoire faite le plus souvent à l'encontre
des déclarations de l'accusée, sur des fondements
qu'on ne produit pas et qui n'ont jamais existé.

Après avoir proclamé le droit et le devoir qu'ont

1. T. I, p. 202-204.

l'ordinaire (l'évêque) et l'inquisiteur, de poursuivre et d'extirper les hérésies, comme de châtier ceux qui les répandent (art. 1er), l'accusateur posait en fait que Jeanne, dès sa première jeunesse, avait pratiqué des superstitions et des sortiléges, fait métier de devineresse, invoqué les esprits malins et fait pacte avec eux (art. 2); qu'elle était tombée dans l'hérésie, et avait soutenu des propositions qui blessaient les bonnes mœurs et les chastes oreilles, etc. (art. 3). Puis, entrant dans le détail, et commençant par son enfance, il déclarait qu'elle n'avait pas été instruite dans les éléments de la foi, mais formée par quelques vieilles femmes à la pratique des divinations (art. 4). Elle a hanté les lieux qu'on disait visités par des fées, elle s'est mêlée à des danses remplies de sortiléges (art. 5); elle a suspendu à l'arbre des *Dames* des guirlandes que l'on ne retrouvait plus le lendemain (art. 6); elle porte dans son sein de la mandragore, espérant par là arriver à la fortune (art. 7). Vers sa vingtième année (Jeanne à cette heure même n'avait pas vingt ans), elle est allée de sa propre volonté et sans permission de ses parents à Neufchâteau en Lorraine, où elle s'est mise au service d'une hôtelière nommée la Rousse, chez qui demeuraient de jeunes femmes débauchées, et le plus souvent des gens de guerre[1]. C'est là que,

---

1. *Jeanne servante d'auberge.* La Chronique de France (Ms. n° 26 de Lille) a recueilli sans vergogne les bruits de l'accusation, et elle place la scène à Paris même : « Et estoit fille d'un homme tenant hostelerie et avoit cette fille qui estoit pour lors jone

menant les brebis aux champs ou les chevaux à
l'abreuvoir, elle a appris à monter à cheval et s'est
formée au métier d'armes (art. 8). Pendant qu'elle
était au service de cette hôtelière, elle a cité devant
l'official de Toul un jeune homme pour cause de
mariage : mais celui-ci, ayant su parmi quelles
femmes elle vivait, refusa de l'épouser (art. 9)[1].

Après cette audacieuse imposture, l'accusateur
exposait comment, au sortir de cette maison,
Jeanne, qui prétendait avoir depuis cinq ans des
apparitions, était venue, malgré ses parents, trouver Robert de Baudricourt, capitaine de Vaucouleurs, afin qu'il la mît en mesure d'aller délivrer Orléans, faire couronner le roi et chasser ses
ennemis. Repoussée deux fois, elle avait fini par
se faire recevoir (art. 10), et, admise alors dans son
intimité, elle avait annoncé un jour qu'après avoir
accompli sa mission elle aurait trois fils, dont le
premier serait pape, le second empereur et le troisième roi. Sur quoi le capitaine lui dit : « Je voudrais bien t'en faire un, puisque ce seront de si
grands personnages : j'en vaudrais beaucoup
mieux ; » et Jeanne : « Gentil Robert, nenni, nenni,
il n'est pas temps ; le Saint-Esprit y ouvrera (opé-

___

forte et roide. Et demora à Paris, et aprit à chevauchier et à
mener les chevaulx à l'iaue. Et à cause que elle estoit de volenté
légière, quant aulcune fois se logeoient gens d'armes, elle s'ac-
compagnoit avec eulx et prenoit leur lance et apprenoit à le tenir
et à courre à cheval la lanche au puin. » (*Bulletin de la Société
de l'Hist. de France*, juin 1857, p. 102.)

1. T. I, p. 204-215.

rera). » C'est Robert, ajoute l'accusateur, qui l'a dit et publié en présence de prélats, de seigneurs et de notables personnes (art. 11)[2]. Jeanne ensuite avait demandé au capitaine des habits d'homme et des armes, ce à quoi le capitaine, si pudibond, comme on l'a vu, n'avait consenti qu'avec une grande horreur; et elle partit pour la guerre (art. 12)[1].

L'habit d'homme était un des grands crimes de Jeanne. On lui reprochait non-seulement de l'avoir pris, mais d'avoir dit qu'elle l'avait pris par commandement de Dieu, opposant ainsi Dieu à ses Écritures qui le défendent. On lui reprochait non-seulement ce vêtement, mais le luxe et la recherche de son costume : étoffes précieuses, drap d'or, vêtements flottants, fendus sur les deux côtés, cheveux taillés en rond à la mode des hommes. Aussi était-ce trop peu que d'attester ici la pudeur des femmes : tout homme honnête, au dire de l'accusateur, aurait rougi de ces parures qui ne convenaient qu'aux gens dissolus. Rapporter tout cela au commandement de Dieu, des saints anges et des saintes vier-

1. Sainte-Beuve (*Causeries du lundi*, 19 août 1850) trouve la réplique « trop spirituelle pour que Baudricourt, qui la racontait, l'eût trouvée tout seul. » Mais est-il bien sûr que Baudricourt l'ait racontée? Je la trouve, moi, assez sacrilège pour n'en point chercher ailleurs l'origine que dans l'entourage de Pierre Cauchon. Du reste, si sa réponse paraît à l'éminent critique « un peu gaillarde, » c'était, ce me semble, une raison suffisante pour ne la point rapporter à Jeanne d'Arc sans autre fondement que cette imputation odieuse, dédaigneusement démentie par elle au procès (voy. ci-après, p. 181, et *Procès*, t. I, p. 220).

2. T. I, p. 215-223.

ges, c'était blasphémer Dieu et les saints, renver-
ser la loi divine, violer le droit canonique, scan-
daliser le sexe féminin et insulter à sa pudeur,
pervertir toute la décence des formes extérieures,
donner l'exemple de toute dissolution au genre
humain et y induire les hommes (art. 13). Et Jeanne
persévère dans cette impiété (art. 14); elle a repoussé toutes les instances qu'on lui a faites pour
quitter cet habit, soit à Beaurevoir, soit à Arras
(art. 15). Elle a repoussé les instances de ses juges,
préférant se passer de la messe que de s'en dé-
pouiller (art. 16)[1].

L'incident de l'habit a entraîné l'accusateur. Il
reprend Jeanne au moment où elle vient trouver le
roi pour lui exposer sa mission. — Elle lui promit
trois choses : faire lever le siége d'Orléans, faire
couronner le dauphin à Reims, et le venger de ses
ennemis en les tuant tous, ou en les chassant du
royaume, tant Anglais que Bourguignons (art. 17).
Jeanne, tant qu'elle fut avec ledit Charles, le dis-
suadait de toutes ses forces de se prêter à aucun
accommodement avec ses adversaires, poussant
au meurtre et à l'effusion du sang humain, affirmant que la paix ne pouvait s'acquérir qu'au bout
de la lance et de l'épée, que Dieu l'avait ordonné
ainsi, parce que les adversaires du roi ne quitte-
raient point autrement ce qu'ils occupaient dans
le royaume, et que les vaincre de la sorte était un

des grands biens qui pût arriver à toute la chrétienté (art. 18) [1].

· Cette mission, elle l'avait pourtant accomplie,
au moins en partie, et on n'en pouvait nier les
merveilles. — Le promoteur en prend sujet de l'accuser de magie, et les contradictions ne lui coû-
tent pas. Jeanne, consultant les démons et usant
de divination, a envoyé chercher dans l'église de
Sainte-Catherine de Fierbois une épée qu'elle y
avait malicieusement et frauduleusement cachée
(qu'avait-elle besoin de divination alors?), afin de
séduire les princes et les grands, le clergé et le
peuple, et de les amener à croire à ses paroles
(art. 19). Elle a mis un sort dans son anneau,
dans son étendard et dans certaines pièces de toiles
ou panonceaux qu'elle portait ou faisait porter
communément par les siens; elle a dit qu'avec ces
panonceaux ils ne pouvaient, dans les assauts,
souffrir aucun mal; elle l'a déclaré publiquement
à Compiègne, la veille du jour de sa sortie (elle en
sortit le jour même qu'elle y était entrée), sortie
où beaucoup des siens furent blessés, tués ou pris,
et elle-même faite prisonnière (art. 20) [2].

Pour éviter l'effusion du sang, Jeanne, avant
d'attaquer les Anglais, leur avait écrit, les sommant de s'en aller. — Nouveau crime : « Elle a osé
écrire des lettres portant les noms de Jésus et de
Marie, avec le signe de la croix, et elle les a en-

1. T. I, p. 231-233.
2. Ibid., p. 231-236.

voyées de sa part au roi d'Angleterre, au sire de
Bedford, régent de France, et aux seigneurs et capitaines qui assiégeaient Orléans ; lettres remplies
de choses mauvaises et dommageables à la foi
catholique. » Et après cette inculpation on ose en
donner la teneur (art. 21 et 22)! On en tire même
trois nouveaux griefs : 1° qu'elle est trompée par
les mauvais esprits, et qu'elle invente des fables
pour séduire le peuple (art. 23) ; 2° qu'elle a abusé
des noms de Jésus et de Marie et du signe de la
croix pour avertir les siens de faire tout le contraire de ce qu'elle mandait sous ce signe (art. 24) ;
3° qu'elle s'est dite envoyée de Dieu pour des choses
qui tendent à l'effusion du sang humain, ce qui répugne à toute sainteté et est abominable à toute
âme pieuse (art. 25). — De la lettre aux Anglais le
promoteur passe à la lettre au comte d'Armagnac,
et il trouve moyen d'accuser Jeanne tout à la fois
d'avoir douté du vrai Pape et de s'être engagée à
faire savoir, dans un délai déterminé, auquel il
faudrait croire (art. 26-30)[1].

Dans la seconde partie de son réquisitoire, le
promoteur s'attaque aux révélations de la Pucelle.
— Elle s'est vantée et se vante encore tous les jours
d'avoir des révélations et des visions. Malgré les
admonitions charitables ou les réquisitions juridiques sous la foi du serment, elle refuse de les faire
connaître. Elle déclare qu'avant de les publier

1. T. I, p. 239-246.

elle se laissera couper la tête ou arracher les membres ; qu'on ne tirera point de sa bouche le signe que Dieu lui a révélé, et par lequel on a connu qu'elle vient de Dieu (art. 31)[1].

L'accusation mettait à découvert la pensée dominante que nous avons signalée dans le dédale des interrogatoires. Le promoteur tenait moins à nier les révélations de Jeanne qu'à prouver leur origine diabolique; il en cherchait la preuve dans la dureté et dans l'orgueil qu'elle y montre, dans les mensonges et les contradictions qu'on y trouve (art. 32). Il prétendait la prendre en flagrant délit de témérité dans ses déclarations, de contradiction dans ses actes. Elle se vante de connaître l'avenir, prérogative de la divinité (art. 33) ; elle prétend connaître la voix des anges et des saints (art. 34), et savoir quels hommes Dieu hait ou aime (art. 35). Elle parle de voix qui la dirigent (art. 36), et elle avoue qu'elle leur a désobéi, comme à Saint-Denis et à Beaurevoir (art. 37). Quoique depuis sa jeunesse elle ait commis mille choses honteuses, scandaleuses, indignes de son sexe, elle dit qu'elle n'a rien fait que de par Dieu (art. 38). Quoique le sage tombe sept fois en un jour, elle dit qu'elle n'a jamais fait œuvre de péché mortel : et cependant elle a, de fait, accompli tout ce que font les gens de guerre, et pis encore (art. 39). — Et on se charge de lui faire sa confession : Elle a communié en habit d'homme (art. 40) : elle s'est jetée du

1 T. I, p. 247.

haut d'une tour pour aller secourir les habitants
de Compiègne, préférant la libération de leurs
corps au salut de son âme, et disant qu'elle se
tuerait plutôt que de se laisser livrer aux Anglais
(art. 41). Elle a dit qu'elle a vu des saints en leurs
corps, qu'ils parlent français et non anglais, supposant, à leur honte, qu'ils détestent une nation
aussi bonne catholique que l'Angleterre (art. 42,
43). Elle ne se borne point à dire qu'elle n'a point
péché, elle se vante que sainte Catherine et sainte
Marguerite lui ont promis de la conduire en paradis, et s'en croit sûre, pourvu qu'elle garde sa virginité (art. 44). Elle prétend connaître qui sont les
saints et les élus (art. 45); et pourtant elle blasphème : elle a blasphémé en apprenant le danger
de Compiègne (art. 46); elle a blasphémé après le
saut de Beaurevoir, et bien des fois depuis qu'elle
est en prison (art. 47) [1].

Mais d'autres traits encore la chargent plus spécialement des crimes d'hérésie, d'idolâtrie et de
sortilége. — Elle croit que les esprits qui lui appa-
raissent sont des anges et des saints, aussi fermement qu'elle croit aux articles de la foi, quand
cependant elle n'allègue aucun signe qui ait suffi
à motiver sa croyance, et qu'elle n'a consulté sur
ce point ni évêque, ni curé, ni personne du clergé :
ce qui est mal penser de la foi et rendre suspectes
les révélations ainsi cachées aux hommes d'Église

1. T. I, p. 249-272.

(art. 48). Sans autre motif de croire, elle a vénéré
ces esprits, baisant la terre par où elle dit qu'ils
ont passé, s'agenouillant devant eux, les embras-
sant et leur faisant d'autres révérences, ce qui, vu
les raisons qui rendent ces apparitions suspectes,
semble tenir de l'idolâtrie et d'un pacte fait avec
les démons (art. 49). Elle les invoque tous les
jours et les consulte : invocation des démons (art.
50). (Notons que les juges l'y avaient invitée plusieurs fois.) Et on rappelle ce qu'on l'a amenée à
dire sur le signe du roi (art. 51). Elle a peut-être
fasciné le roi; du moins a-t-elle séduit le peuple,
à tel point que plusieurs l'ont adorée en sa présence, et l'adorent encore en son absence par des
hommages sacriléges (art. 52). Elle s'est faite or-
gueilleusement chef de guerre (art. 53). Elle a
vécu parmi les hommes de guerre, refusant les
soins des femmes, et employant des hommes de
préférence, même dans son service privé (art. 54).
Elle a usé de ses révélations pour en tirer, comme
les faux prophètes, un profit temporel, se faire un
grand état, procurer des biens à ses frères et à ses
parents (art. 55). Elle s'est vantée d'avoir des conseillers qu'elle appelait les conseillers de la fontaine (art. 56) : ce qui ne l'a pas empêchée d'échouer
à Paris, à La Charité, à Pont-l'Évêque, à Compiègne
(art. 57). Et l'accusateur allègue encore comme
preuve de son orgueil l'image de Dieu peinte sur
son étendard avec les noms de Jésus et de Marie ;
son étendard porté au sacre; ses armoiries presque royales et ses armes déposées en offrande,

après sa blessure devant Paris, dans l'église de Saint-Denis (art. 58-59)[1].

A tous ces crimes s'ajoutent ceux qu'elle a commis même en justice. — Elle s'est refusée à jurer de dire la vérité, se rendant par là suspecte d'avoir dit ou fait, en matière de foi ou de révélation, des choses qu'elle n'ose faire connaître aux juges (art. 60). Elle a refusé de se soumettre à l'Église militante, déclarant que pour ses dits et ses faits elle ne veut se soumettre qu'à l'Église triomphante (art. 61). Elle s'efforce d'attirer le peuple à croire en ses paroles, usurpant l'autorité de Dieu et des anges, et s'élevant au-dessus de toute puissance ecclésiastique pour induire les hommes en erreur (art. 62). Elle n'a pas craint de mentir en justice, violant son propre serment ; de se contredire mille fois sur ses révélations ; de jeter l'insulte à de nobles seigneurs, à tout un peuple (le peuple anglais !), de proférer des paroles de dérision et de moquerie qui répugnent à la sainteté et témoignent qu'elle est gouvernée dans ses actions par l'esprit du mal, et non par le conseil de Dieu, selon la parole de Jésus-Christ : « Vous les reconnaîtrez à leurs fruits » (art. 63). Elle s'est vantée d'avoir obtenu le pardon du péché qu'elle a commis en se jetant, par désespoir, de la tour de Beaurevoir, quand

---

1. T. I, p. 273-304. — Art. 59. Le promoteur ajouta un fait dont il n'avait pas été question dans les interrogatoires, et dont au moins il n'y a pas trace dans les procès-verbaux : c'est qu'à Saint-Denis Jeanne avait fait allumer des cierges, pour en répandre la cire fondue sur la tête des petits enfants et dire leur bonne aventure. Jeanne le nie purement et simplement. T. I, p. 304, 305.

l'Écriture dit que nul ne sait s'il est digne d'amour
ou de haine, ni par conséquent s'il est lavé de
son péché (art. 64). Elle dit souvent qu'elle demande à Dieu de lui envoyer une révélation expresse sur ce qu'elle doit faire, comme, par exemple, si elle doit dire en justice la vérité sur quelques-uns de ses faits : ce qui est tenter Dieu et
lui demander ce qui ne doit pas être demandé
(art. 65) [1].

Le promoteur, récapitulant l'accusation et terminant comme il avait commencé, soutenait que
dans ce qui avait été dit il y avait des points contraires au droit de l'Église et de l'État : des sortiléges, des divinations, des superstitions; des
choses sentant l'hérésie, séditieuses, propres à
troubler ou à empêcher la paix, à faire répandre
le sang humain; des malédictions et des blasphè-
mes contre Dieu et les saints; des paroles qui
blessent les oreilles pieuses. « En toutes ces
choses, ajoutait-il, l'accusée, dans son audace
téméraire et à l'instigation du diable, a offensé
Dieu et sa sainte Église ; elle a péché contre
l'Église, elle a été scandaleuse et notoirement diffamée» (art. 66); et il établissait pour tous ces
crimes l'aggravation de la récidive (art. 67). C'est
par le bruit public que le juge en avait été saisi
(art. 68), et, loin de s'être amendée, l'accusée persévère dans ses erreurs, malgré toutes les admonitions et les sommations (art. 69).

1. T. I, p. 305-319.

Le promoteur couronnait son ouvrage en affirmant que toutes les choses susdites étaient vraies,
notoires, manifestes, accréditées par la voie publique, et que Jeanne elle-même les avait plusieurs
fois et suffisamment reconnues pour vraies, en
présence d'hommes probes et dignes de foi, tant
en jugement qu'au dehors (art. 70) [1].

Jeanne dut subir pendant deux jours la lecture
de cet abominable pamphlet. Elle savait qu'elle
avait des ennemis dans ses juges, et la suite de
ses interrogatoires lui avait suffisamment révélé
leur esprit. Mais ces questions, si perfides qu'elles
fussent, avaient au moins pour prétexte de chercher la vérité; elle y avait répondu, et aucun démenti n'avait été donné à sa parole. Quel ne dut
pas être son étonnement, quand elle vit ce qu'elle
devait croire acquis aux débats remplacé par ce
tissu d'imputations calomnieuses et d'impostures,
et ses réponses transformées en nouveaux griefs
par l'habileté de l'interprétation! Elle soutint cette
nouvelle épreuve avec son calme et sa fermeté
accoutumés. Le plus souvent elle se tait, elle renvoie à ce qu'elle a dit, déclarant que pour la conclusion elle s'en attend à Notre-Seigneur; et les
extraits de ses interrogatoires, ajoutés après chacun des articles dans le procès-verbal, en sont
plus d'une fois le démenti le plus complet. Mais
quelquefois pourtant elle reprend la parole, et sa

t. T. I, p. 320-323.

réplique sillonne d'un trait de lumière les ténèbres amassées par l'accusation.

Ainsi, dès l'article premier, quand le promoteur proclame le droit de l'évêque et de l'inquisiteur sur les hérétiques, elle proteste contre l'application que le préambule en faisait assez clairement à sa personne, et elle établit nettement comment elle accordait ces deux faits qu'on prétendait opposer l'un à l'autre : sa foi en l'Église et sa foi en ses révélations.

« Je crois bien, dit-elle, que notre saint père le Pape de Rome et les évêques et autres gens d'Église sont pour garder la foi chrétienne et punir ceux qui défaillent, mais, quant à moi, en ce qui touche mes faits, je ne me soumettrai qu'à l'Église du ciel, c'est à savoir à Dieu, à la Vierge Marie et aux saints et saintes du paradis ; et je crois fermement que je n'ai point défailli en notre foi chrétienne, et je n'y voudrais défaillir[1] » (art. 1er).

Elle repoussa de même l'accusation d'idolâtrie rattachée aux hommages qu'on lui rendait :

« Si aucuns, dit-elle, ont baisé mes mains ou mes vêtements, ce n'est point par moi ni de ma volonté, mais je m'en suis gardée selon mon pouvoir » (art. 2).

On avait rapporté ses prétendues erreurs à l'ignorance et aux superstitions où elle avait été nourrie, et on en trouvait une nouvelle preuve

1. T. I, p. 205

dans cet aveu. qu'elle ne savait pas si les fées
étaient de mauvais esprits :

« Les fées, répondit-elle, je ne sais ce que c'est,
mais j'ai pris ma créance et j'ai été enseignée bien
et dûment comme un bon enfant doit faire. »

Et comme on la requérait alors de dire son *Credo*,
elle répondit :

« Demandez au confesseur à qui je l'ai dit »
(art. 4).

Elle n'ajouta rien à ces premières déclarations,
si impudemment travesties dans l'exposé que l'accusateur faisait des temps de son enfance ; et
quand il produisit pour la première fois cette
scène aussi absurde qu'indécente et sacrilége, où
il la montre se vantant d'avoir un jour trois enfants, dont l'un serait pape, l'autre empereur,
l'autre roi, elle dit avec sa simplicité ordinaire
qu'elle ne s'était jamais vantée d'avoir un jour ces
trois enfants[1] (art. 11).

L'habit d'homme avait tenu une grande place
dans les articles comme dans les interrogatoires.
Le porter, c'était, disait-on, une violation des Écritures ; en attribuer le commandement à Dieu, un
blasphème :

« Je n'ai, dit Jeanne, blasphémé ni Dieu ni ses
saints.

— Mais, dit le juge, les saints canons et les
saintes Écritures portent que les femmes qui
prennent habit d'homme, ou les hommes habit de

1. T. I, p. 206, 209, 220.

femme, sont chose abominable à Dieu. Est-ce du commandement de Dieu que vous avez pris .es habits ?

— Je vous ai répondu : si vous voulez que je vous réponde davantage, donnez-moi dilation, et je vous répondrai. »

Le juge, voulant lui faire répéter en public ce qu'elle avait dit, le dimanche des Rameaux, dans la prison, lui demanda si elle consentirait à prendre l'habit de femme pour recevoir son Sauveur à Pâques :

« Je ne laisserai point mon habit encore, pour quelque chose que ce soit, ni pour recevoir, ni pour autre chose. Je ne fais point de différence d'habit d'homme ou de femme pour recevoir mon Sauveur, et on ne doit point me le refuser pour cet habit » (art. 13).

C'était confirmer le grief qu'on lui faisait, dans l'article suivant, d'outrager Dieu en refusant de quitter cet habit sans une révélation expresse :

« Je ne fais point mal de servir Dieu, dit Jeanne, et demain vous en serez répondus. »

Un des juges voulut encore lui faire redire qu'elle l'avait fait par révélation : elle s'en référa à sa réponse, et renvoya au lendemain, disant qu'elle savait bien qui lui avait fait prendre l'habit, mais ne savait point comment elle le devait révéler (art. 14).

Circonstance aggravante : elle avait sacrifié à cet habit l'obligation même d'entendre la messe :

« J'aime plus cher mourir, dit Jeanne hardi-

ment, que révoquer ce que j'ai fait du commandement de Notre-Seigneur.

— Voulez-vous, dit encore le juge, insistant sur
un point où il était sûr qu'elle ne céderait pas,
voulez-vous laisser l'habit d'homme pour entendre
la messe? »

Elle répondit qu'elle ne le pouvait laisser encore,
qu'il ne dépendait point d'elle de fixer le terme où
elle le laisserait, ajoutant que, si les juges refu-
sent de lui faire entendre la messe, Notre Seigneur
pourra bien la lui faire ouïr quand il lui plaira,
sans eux (art. 15). Et comme l'accusateur avait la
maladresse de lui reprocher non-seulement de se
vêtir en homme, mais d'agir en homme, délaissant
les œuvres de femme :

« Quant aux œuvres de femme, dit-elle, il y a
assez d'autres femmes pour les faire ¹ » (art. 16).

L'habit d'homme se rattachait à sa mission. Elle
la soutint, même dans ses fers, aussi entière qu'elle
l'avait proclamée au début. Elle confessa qu'elle
était venue de par Dieu annoncer au roi que
Dieu lui rendrait son royaume, le ferait couronner
à Reims, et mettrait hors ses ennemis :

« Et de ce, dit-elle, je fus messager de par Dieu ;
je dis au roi qu'il me mît hardiment en œuvre et
que je ferais lever le siége d'Orléans. »

Et pour ne pas laisser croire que sa mission se
bornât là :

« Je dis tout le royaume, ajouta-t-elle ; et, si

1. T. I, p. 224, 226, 227, 230.

Mgr de Bourgogne et les autres sujets du royaume ne viennent en obéissance, le roi les y fera venir par force. »

Quant à la manière dont elle avait connu Robert de Baudricourt et le roi, elle s'en tenait à ce qu'elle avait déjà répondu[1] (art. 17).

Mais cette mission, disait l'accusateur, c'était la guerre et l'effusion de sang humain. Jeanne répondit simplement :

« Je requérais d'abord qu'on fît la paix, déclarant que, dans le cas où on ne la voudrait pas faire, j'étais toute prête à combattre » (art. 25).

L'accusateur, pour amasser sur elle plus de haine, mettait ensemble Anglais et Bourguignons. Elle distingua :

« Quant au duc de Bourgogne, dit-elle, je l'ai requis par lettre ou par ses ambassadeurs qu'il y eût paix entre lui et le roi. Quant aux Anglais, la paix qu'il y faut, c'est qu'ils s'en aillent en leur pays, en Angleterre» (art. 18).

Même à l'égard des Anglais, elle avait pourtant donné un signe de ses dispositions pacifiques, en les sommant avant de les attaquer, mais on lui en faisait un nouveau crime : on y voyait une marque d'orgueil. Elle répondit touchant les lettres :

« Je ne les ai point faites par orgueil ou par présomption, mais par le commandement de Notre-Seigneur. »

Et elle en confessa le contenu, sauf les trois

1. T. I, p. 232.

mots qu'elle avait déjà signalés. Elle ajouta que, si les Anglais eussent cru ses lettres, ils eussent fait que sages :

« Et avant qu'il soit sept ans, dit-elle, renouvelant sa prophétie, ils s'en apercevront bien [1] » (art. 21).

Les réponses de Jeanne, s'intercalant à chacun des articles, avaient fait que la lecture n'avait pu s'en achever dans la journée du mardi. Le mercredi, après lui avoir fait prêter serment, on l'invita à donner les explications qu'elle avait promises touchant son habit. Elle répondit fermement que l'habit et les armes portés par elle, elle les avait portés par le congé de Dieu ; et, comme on l'adjurait encore de laisser son habit, elle ajouta :

« Je ne le laisserai pas sans le congé de Notre-Seigneur, dût-on me trancher la tête. Mais, s'il plaît à Notre-Seigneur, il sera tantôt mis là [2]. »

Dans la lecture du reste des articles, qui ont trait surtout à ses révélations, elle montra la même présence d'esprit, la même constance. On les voulait rapporter au diable ; elle repoussa l'imputation :

« Je l'ai fait, dit-elle, par révélation de sainte Catherine et de sainte Marguerite, et le soutiendrai jusqu'à la mort. »

Et, revenant sur un passage du procès-verbal où

1. T. I, p. 243, 233, 259.
2. *Ibid.*, p. 247.

on lui faisait dire : « Tout ce que j'ai fait, c'est par le conseil de Notre-Seigneur, » elle dit qu'on y doit lire : « Tout ce que j'ai fait de bien. »

A son signe, le siége d'Orléans, on ne manquait pas d'opposer ses échecs devant La Charité, devant Paris. On lui demanda si elle avait fait bien ou mal d'aller devant La Charité :

« Si j'ai mal fait, dit-elle, on s'en confessera. »

Quant à Paris, elle répéta que les gentilshommes de France voulurent l'attaquer. Mais elle n'a garde de leur en faire un blâme :

« De ce faire, dit-elle, il me semble qu'ils firent leur devoir en allant contre leurs adversaires » (art. 32).

La faute n'était pas d'avoir été à l'assaut, mais de n'y avoir point persévéré [1].

On objectait à ses révélations sa simplicité, son ignorance :

« Il est à Notre-Seigneur, dit-elle, de révéler à qui il lui plaît. » Et elle ajouta : « L'épée et autres choses à venir que j'ai dites, c'est par révélation » (art. 33).

On y objectait ses désobéissances mêmes : à Beaurevoir, à Saint-Denis :

« Je m'en tiens à ce qu'autrefois j'en ai répondu, » dit Jeanne, déclarant toutefois qu'à son départ de Saint-Denis elle eut congé de s'en aller.

« Mais, dit le juge, faire contre le comman-

1. T. I, p. 250.

dement de vos voix, n'est-ce pas pécher mortellement?

— J'en ai autrefois répondu, et m'en attends à
ladite réponse » (art. 37).

On objectait encore le mystère qu'elle avait fait
de ses révélations : comment y croire, et quelles
raisons elle-même avait-elle eues d'y croire?

« Si ceux, dit-elle, qui demandent des signes,
n'en sont dignes, je n'en peux mais ; et plusieurs
fois j'ai été en prière, afin qu'il plût à Dieu qu'il
le révélât à aucun de ce parti. »

Elle ajouta que pour y croire elle ne demandait
conseil à évêque ni à personne, et qu'elle croyait
que c'était saint Michel, pour la bonne doctrine
qu'il lui montrait.

« Vous a-t-il dit : « Je suis saint Michel? »

— J'en ai autrefois répondu. »

Mais, pour ne laisser aucun doute sur la constance de sa foi, elle ajouta :

« Je crois, aussi fermement que je crois 'e
Notre-Seigneur Jésus-Christ a souffert mort pour
nous racheter des peines de l'enfer, que ce sont
saints Michel et Gabriel, saintes Catherine et Marguerite, que Notre-Seigneur m'envoie pour me con-
forter et conseiller [1] » (art. 48).

L'accusateur y croyait beaucoup moins, et il
faisait de ces communications un de ses principaux griefs contre Jeanne : invoquer ces voix, c'é-
tait invoquer le démon :

1. T. I, p. 251, 260, 274.

« J'ai répondu, dit Jeanne; et je les appellerai en mon aide tant que je vivrai.

— De quelle manière les requérez-vous?

— Je réclame Notre-Seigneur et Notre-Dame qu'ils m'envoient conseil et confort.

— En quels termes les requérez-vous?

— « Très-doux Dieu, en l'honneur de votre sainte « Passion, je vous requiers, si vous m'aimez, que « vous me révéliez ce que je dois répondre à ces « gens d'Église. Je sais bien, quant à l'habit, le « commandement comme je l'ai pris, mais je ne « sais point par quelle manière je le dois laisser. « Pour ce, plaise vous à moi l'enseigner. » Et tantôt ils viennent. »

Elle ajouta qu'elle avait souvent nouvelles par ses voix de monseigneur de Beauvais :

« Et que disent-elles de moi? dit l'évêque.

— Je vous le dirai à part; elles sont aujourd'hui venues trois fois.

— Étaient-elles en votre chambre?

— Je vous en ai répondu; toutefois, je les entendais bien. »

Elle déclara en outre que sainte Catherine et sainte Marguerite lui avaient dit la manière dont elle devait répondre touchant l'habit[1] (art. 50)

Elle fut beaucoup plus brève dans sa réponse sur le signe du roi. Elle se borna à relever ce qu'on lui faisait dire des mille millions d'anges :

1. T. I, p. 279.

elle n'en avait point souvenir, du moins quant au nombre ; et quant à la couronne, où elle fut faite et forgée, elle s'en rapporte à Notre-Seigneur (art. 51). Mais, en tout ce qui touchait sa mission même, elle savait regagner ses avantages. On l'accusait d'avoir osé, contre les préceptes de Dieu et des saints, prendre empire sur les hommes et se faire chef de guerre :

« Si j'étais chef de guerre, dit-elle hardiment, c'était pour battre les Anglais » (art. 53).

On l'accusait d'avoir vécu parmi les hommes :

« Mon gouvernement était d'hommes, mais, quant au logis et au gîte, le plus souvent j'avais une femme avec moi. Et, quand j'étais en guerre, je couchais vêtue et armée là où je ne pouvais trouver de femme » (art. 54).

On lui reprochait les bienfaits du roi et ce qu'il avait donné à ses frères, comme si c'était pour des biens temporels qu'elle eût, à la manière des faux prophètes, vendu ses prédictions :

« J'ai répondu, dit-elle. Quant aux dons faits à mes frères, ce que le roi leur a donné, c'est de sa grâce, sans requête de moi. Quant à la charge que me donne le promoteur et à la conclusion de l'article, je m'en rapporte à notre Sire[1] » (art. 55).

On faisait de ses voix des démons familiers, sous le nom de conseillers de la fontaine, et l'on ajoutait que, selon la déclaration de Catherine de la

1. T. I, p. 283, 284, 293, 294.

Rochelle, elle sortirait de prison par le secours du diable, si elle n'était bien gardée :

« Les conseillers de la fontaine, dit-elle, je ne sais ce que c'est, mais je crois bien qu'une fois j'y entendis sainte Catherine et sainte Marguerite. Quant à la conclusion de l'article, je la nie, et j'affirme par mon serment que je ne voudrais point que le diable m'eût tirée hors de la prison » (art. 56).

On accusait aussi ses délais et ses réticences :

« Je n'ai point pris délai, fors (excepté) pour plus sûrement répondre à ce qu'on me demandait, ou, quand je doutais de répondre, pour savoir si je le devais faire. Quant au conseil du roi, comme il ne touche point le procès, je ne l'ai point voulu révéler; et pour le signe baillé au roi, je l'ai dit parce que les gens d'Église m'ont condamnée à le dire[1] » (art. 60).

Enfin, l'accusateur avait insisté sur la question de l'Église, afin de mettre Jeanne, par son refus de s'y soumettre, en opposition avec l'article du symbole *Unam sanctam :*

« Pour ce qui est de l'Église militante, dit Jeanne, je lui voudrais porter honneur et révérence de tout mon pouvoir; » ajoutant, quant à ses faits : « Il faut que je m'en rapporte à Notre-Seigneur, qui me l'a fait faire. »

— Ne vous en rapportez-vous point à l'Église militante?

1 T. I, p. 295-306.

— Envoyez-moi le clerc samedi prochain, et je vous répondrai » (art. 61).

On lui reprochait de s'adresser souvent à Dieu pour en obtenir une révélation sur sa manière d'agir, ce qui était tenter Dieu :

J'y ai répondu, dit-elle, et je ne veux pas révéler ce qui m'a été révélé, sans le congé de Notre-Seigneur; » ajoutant : « Je ne le requiers point sans nécessité, et je voudrais qu'il m'envoyât encore plus de révélations, afin qu'on aperçut mieux que je viens de par Dieu, que c'est lui qui m'a envoyée » (art. 65).

A toutes les accusations d'hérésie, de sortilége, etc., ramassées par forme de récapitulation vers la fin du réquisitoire, elle se contenta de répondre :

« Je suis bonne chrétienne; je m'en rapporte à Notre-Seigneur » (art. 66).

Et comme le juge, la reprenant par ce côté, lui demandait si, dans le cas où elle eût fait quelque chose contre la foi chrétienne, elle s'en voudrait soumettre à l'Église et à ceux à qui en appartient la correction, elle dit :

« Samedi, après dîner, je répondrai[1] » (art. 69).

Le samedi donc, 31 mars, veille de Pâques, l'évêque et le vice-inquisiteur, Jean Lemaitre, prenant avec eux un certain nombre d'assesseurs, se rendirent à la prison de Jeanne pour recevoir ses

1. T. I, p. 313, 320, 321, 322.

déclarations sur les articles où elle avait requis délai. On l'interrogea d'abord sur ce qui, par des malentendus habilement ménagés, était devenu le point capital du procès, sa soumission à l'Église. On lui demanda si elle se voulait rapporter au jugement de l'Église qui est sur la terre de tout ce qu'elle avait dit ou fait, bien ou mal, et spécialement des crimes ou délits qu'on lui imputait, et de tout ce qui touchait son procès. Elle répondit :

« Je m'en rapporterai de ce qu'on me demande à l'Église militante, pourvu qu'elle ne me commande chose impossible à faire.

— Qu'appelez-vous impossible ?

— C'est que les choses que j'ai dites ou faites, comme je l'ai déclaré au procès, touchant les visions et les révélations que j'ai eues de par Dieu, je ne les révoquerai pour quelque chose que ce soit, et ce que notre Sire m'a fait faire et commandé, et commandera, je ne le laisserai à faire pour homme qui vive; et il me serait impossible de le révoquer. » Elle ajoutait que, dans le cas où l'Église lui voudrait faire faire autre chose au contraire du commandement de Dieu, elle ne le ferait pour aucune chose au monde.

« Si l'Église militante, dit le juge, lui dévoilant toute sa pensée, vous dit que vos révélations sont illusion, ou chose diabolique, ou superstition, ou mauvaise chose, vous en rapporterez-vous à l'Église?

— Je m'en rapporterai à Notre-Seigneur, duquel je ferai toujours le commandement. Je sais bien que ce qui est contenu en mon procès est venu par le commandement de Dieu, et ce que j'ai affirmé audit procès avoir fait du commandement de Dieu, il me serait impossible de faire le contraire.

— Et si l'Église militante vous commandait de faire le contraire?

— Je ne m'en rapporterais à homme du monde, fors (excepté) à Notre-Seigneur, que je ne fisse toujours son bon commandeme t.

— Ne croyez-vous point que vous soyez sujette à l'Église qui est en terre, c'est à savoir à notre saint père le Pape, aux cardinaux, archevêques, évêques et autres prélats de l'Église?

— Oui, notre Sire premier servi (Notre-Seigneur servi d'abord).

— Avez-vous commandement de vos voix de ne vous point soumettre à l'Église militante qui est en terre et à son jugement?

— Je ne réponds chose que je prenne en ma tête; ce que je réponds, c'est du commandement de mes voix; et elles ne me commandent point de ne pas obéir à l'Église, notre Sire premier servi[1]. »

Avant de la quitter, les juges lui demandèrent si à Beaurevoir, à Arras ou ailleurs, elle n'avait point eu des limes : on craignait qu'elle ne limât ses fers.

« Si on en a trouvé sur moi, dit-elle, je ne vous en ai autre chose à répondre[2]. »

1. T. I, p. 324.
2. Ibid., p. 326.

II

LES DOUZE ARTICLES.

Le lundi de Pâques et les deux jours suivants, on s'occupa de réviser les soixante-dix articles et les réponses de Jeanne, pour les réduire, selon l'avis des docteurs de Paris, à douze articles nouveaux où fût comprise toute la substance de l'accusation. Les soixante-dix articles contenaient bien des inutilités ou des redites; les douze nouveaux devaient être de nature à entraîner sans partage la décision des docteurs auxquels on les voulait soumettre[1].

Ces douze articles vont être la base et le pivot de tout le procès. Dans les interrogatoires, si la pensée du juge se trahit par la forme des questions, la vérité se fait jour par les réponses de Jeanne; et elle confond, par l'éclat qu'elle répand, la malignité de son adversaire. Dans les soixante-

---

1. T. 1, p. 326.

dix articles, la haine et le venin de l'accusateur
peuvent se donner libre carrière. On y trouve,
comme résumé des aveux de Jeanne, des paroles
détournées de leur sens, des faits défigurés et
transformés du blanc au noir, et même des assertions calomnieuses qui se produisent pour la première fois : mais Jeanne est là : elle renvoie à ses
déclarations, elle redresse ou elle nie. Si résolu
qu'on soit de ne lui point faire raison, il faut
qu'on l'entende, et sa simple et brève parole tient
en échec toute la furie de l'accusation. Dans les
douze articles, œuvre sans nom d'auteur, la dernière trace de la parole de Jeanne est effacée. On
n'y trouve plus, il est vrai, la violence du réquisitoire : elle s'est renfermée tout entière dans la lettre d'envoi qui les accompagne. Ce sont des faits,
mais des faits altérés, ou choisis et disposés de
telle sorte que la pensée du juge s'y produit tout
entière, et qu'à chacun des articles on est amené à
joindre de soi-même les conclusions que l'accusateur en a fort habilement retranchées.

1. Une femme dit et affirme qu'à l'âge d'environ
treize ans elle a vu de ses yeux saint Michel, quelquefois saint Gabriel, et une grande multitude
d'anges, et que, depuis lors, sainte Catherine et
sainte Marguerite se sont montrées à elle corporellement. Elles lui ont apparu quelquefois près
d'un arbre appelé communément l'*arbre des Fées*,
et d'une fontaine où les malades allaient chercher
la santé, quoiqu'elle fût située en lieu profane.

Elles lui ont dit qu'elle devait aller trouver un prince séculier, en lui promettant que par son moyen il triompherait de ses adversaires. Elles lui ont commandé de prendre un habit d'homme qu'elle porte toujours, à tel point qu'elle aime mieux renoncer à la messe et à la communion que de reprendre l'habit de femme. Elles l'ont poussée à partir à l'insu de ses parents, à s'associer à des hommes d'armes avec lesquels elle converse nuit et jour; elles lui ont dit et commandé diverses choses, en raison desquelles elle se dit envoyée de Dieu et de l'Église victorieuse des saints, à qui elle rapporte tous ses faits. Mais elle refuse de les soumettre à l'Église militante. Elle prétend que les saintes l'ont assurée du salut de son âme, si elle garde la virginité qu'elle leur a vouée, et se dit aussi sûre de son salut que si elle était déjà dans le royaume des cieux.

II. Elle dit que le signe qui détermina le prince à la croire fut que saint Michel vint à lui, accompagné d'une multitude d'anges, et aussi de sainte Catherine et de sainte Marguerite; que l'ange vint avec elle trouver le roi, lui remit une couronne précieuse et s'inclina devant lui. Elle a dit une fois que le prince était seul alors, quoique plusieurs personnes fussent peu éloignées; une autre fois, qu'un archevêque reçut la couronne et la lui donna en présence de plusieurs seigneurs laïques.

III. Elle dit que saint Michel la visite et la conforte; qu'elle distingue de même sainte Catherine et sainte Marguerite, et qu'elle croit que c'est saint

Michel qui se montre à elle, aussi fermement qu'elle croit que Notre-Seigneur Jésus a souffert et est mort pour notre rédemption.

IV. Elle affirme qu'elle est sûre que certaines choses purement contingentes arriveront, comme elle est sûre des choses qui se passent sous ses yeux ; qu'elle a connaissance de choses cachées, par la révélation de sainte Catherine et de sainte Marguerite ; qu'elle a reconnu par révélation certains hommes qu'elle ne connaissait pas, etc.

V. Elle dit que c'est par le commandement de Dieu qu'elle a pris et qu'elle a encore l'habit d'homme, portant les cheveux taillés en rond au-dessus des oreilles, « et ne gardant rien sur son corps qui dé... ce son sexe que ce que la nature lui a donné comme la marque du sexe féminin. » Elle a reçu plusieurs fois l'Eucharistie en cet habit ; elle s'est refusée à toute instance pour le quitter, disant qu'elle aimerait mieux mourir, etc., et qu'en toutes ces choses elle a bien fait, obéissant au commandement de Dieu.

VI. Elle avoue avoir écrit des lettres portant les noms *Jesus*, *Maria*, et quelquefois elle les a marquées d'une croix pour qu'on fît le contraire de ce qu'elle disait. Elle a menacé de faire périr ceux qui n'obéiraient pas à ses lettres, et elle dit souvent qu'elle n'a rien fait que par révélation et commandement de Dieu.

Le document expose ensuite :

Son voyage auprès de Robert de Baudricourt et du roi (VII) ;

L'affaire de Beaurevoir, et comment elle s'est précipitée de la tour, aimant mieux mourir que d'être livrée à ses ennemis (VIII);

La promesse de salut que lui ont faite les saintes, si elle garde la virginité tant en son corps qu'en son âme; l'assurance qu'elle en a et la confiance où elle est de n'avoir jamais fait œuvre de péché mortel (IX);

Son affirmation que Dieu aime certaines personnes, comme elle le sait de sainte Catherine et de sainte Marguerite, qui lui parlent français et non anglais, parce qu'elles ne sont pas du parti des Anglais (X);

Les révérences et les honneurs qu'elle rend à saint Michel et à ses saintes, les invocations qu'elle leur adresse, l'obéissance qu'elle leur a vouée, sans consulter ni père ni mère, ni curé, ni homme d'Église; la croyance qu'elle a en ses révélations aussi fermement qu'en la foi chrétienne; et ce qu'elle ajoute que, si le malin esprit se présentait à elle sous le nom de saint Michel, elle le saurait bien reconnaître (XI).

Il termine par l'accusation capitale : Elle a dit que, si l'Église lui voulait faire faire quelque chose de contraire au commandement qu'elle dit avoir reçu de Dieu, elle ne le ferait pour chose que ce fût; qu'elle ne veut s'en rapporter à la détermination de l'Église militante ni d'aucun homme au monde, mais à Dieu seul; qu'en répondant ainsi elle ne prend pas sa réponse de sa tête, mais du commandement de ses voix, et cela bien qu'on lui ait souvent fait connaître l'article *Unam sanctam Ecclesiam catholicam*, en lui expliquant que tout fidèle est tenu d'obéir et de soumettre ses dits **et** faits à l'Église militante, principalement en matière de foi et en ce qui touche la doctrine sacrée et les sanctions ecclésiastiques (XII)[1].

Cet acte, qui prétend résumer tout le débat, et que l'on pose comme fondement au procès, ne fut point communiqué à l'accusée. On n'a donc pu le rectifier sur ses réclamations; on n'a pu y consigner ses répliques. C'est une œuvre clandestine qui va directement du juge aux docteurs dont il veut solliciter les lumières : mais qu'en doit-on attendre, si la réponse est dictée par la forme même de la question? Les demandeurs au jugement de réhabilitation insistent avec beaucoup de force sur l'illégalité de ce procédé, et, fût-il légal en soi, ils ont signalé un fait qui, à lui seul, suffirait pour l'entacher de fraude : c'est que non-seulement Jeanne n'a pas été mise en demeure de contester les douze articles, mais de plus que des corrections arrêtées par les assesseurs eux-mêmes n'y ont pas été faites, et que la pièce, déclarée inexacte, a été envoyée par le juge aux docteurs telle qu'il l'avait d'abord rédigée[2].

1. T. I, p. 328-336. L'Averdy, en regard de chacun des douze articles, a rétabli les faits que l'accusation supprime ou altère (*Notice des man.*, t. III, p. 71-97).
2. *Les douze articles attaqués au procès de réhabilitation :* t. II, p. 174, etc. Thomas de Courcelles conjecture, sans oser l'af-

Une note du greffier lui-même avait mis sur la voie de la fraude. Cette note, inscrite, à la date du 4 avril, en marge des douze articles, portait qu'ils différaient sur plusieurs points des déclarations de Jeanne et devaient être corrigés. Manchon, interrogé, reconnut qu'elle était de lui et ajouta qu'il ne croyait pas que les corrections aient pu être faites, car l'envoi du document se fit dès le lendemain. On ne s'était point borné pourtant à cette observation générale sur l'inexactitude des articles : on avait signalé les endroits à corriger et proposé les corrections à faire. Les demandeurs en ont donné pour preuve cinq feuilles de la main de Jacques de Touraine, où l'on retrouve les articles avec tant de changements et de contradictions dans la forme, tant d'additions et de corrections sur les marges et ailleurs, qu'il a été impossible de les reproduire au procès. Est-ce le brouillon des douze articles ou le brouillon de leur remaniement projeté? On pourrait hésiter à le dire, mais il y a une autre pièce qui lève le doute sur le fait en question : c'est une feuille produite par Manchon à son tour, feuille écrite de sa main et transcrite au procès par les nouveaux juges, où l'on trouve le texte même des modifications arrêtées par les assesseurs [1].

firmer, qu'ils ont été rédigés par N. Midi. Il ajoute qu'il ne sait si on arrêta qu'ils seraient corrigés, ni s'ils furent corrigés, t. III, p. 60.

1. *Note de Manchon* : « Ostensa etiam eidem loquenti quadam notula manu sua scripta, ut asseruit ipse loquens; mandatis etiam notariis in hujus processu ad recognoscendum hujusmodi notulam

Cette pièce, tout en justifiant le reproche fait aux premiers juges, en diminue à quelques égards la portée : car, si elle prouve que des corrections ont été demandées, elle montre aussi, par sa comparaison avec la rédaction définitive, que plusieurs ont été accueillies. Il est vrai que la plupart sont bien insignifiantes : il s'agit de diviser un article en deux (les articles II et III ne faisaient d'abord qu'un seul article), ou de modifier la rédaction dans ses termes plus que dans son esprit. Il en est même qui sont dans l'esprit de l'accusation. C'est conformément aux corrections proposées que l'on a introduit en deux endroits dans le texte officiel (I et IX) que Jeanne refusait de quitter l'habit d'homme, *si ce n'est par commandement de Dieu,* réserve dont l'accusateur lui faisait un

le data diei IV aprilis, anni Domini MCCCCXXXI; in qua notula in gallico, contenta in processu, expresse habetur quod hujusmodi duodecim articuli non erant bene confecti, sed a confessionibus saltem in parte extranei, et ob hoc veniebant corrigendi, etc. » T. III, p. 143 (Interr. de Manchon); cf. p. 195 (Int. de Taquel). — « Item, quod credunt quod de correctione hujusmodi articulorum facienda, ita fuit appunctuatum prout constat in dicta notula.... Sed si hujusmodi correctio fuit addita.... nesciunt. Tamen credunt quod non, quia constat ipsis per quamdam aliam notulam scriptam manu magistri G. de Estiveto.... quod fuerunt transmissi in crastinum per eumdem de Estiveto sine correctione. » T. III, p. 144. — *Brouillon de J. de Touraine :* « Quinque folia papyrea, manu magistri Jac. de Turonia, ut dicitur, scripta, ubi ponuntur articuli... sub alia et contraria in multis forma, cum multis additionibus et correctionibus. Quae quidem quinque folia, quia ad verum transcribi vel grossari non possent, dictis additionibus tam in margine foliorum quam aliter factis.... » T. III, p. 232 (*Procès de réhab.,* chap. XI). Ce qui pourrait faire croire que c'est plutôt un projet de modification qu'un premier projet des douze articles mêmes, c'est que Thomas de Courcelles, on l'a vu, semble désigner comme auteur du travail principal Nicolas Midi.

grief particulier dans son réquisitoire (art. 13).
Mais il y en avait aussi qui la pouvaient décharger, et de celles-là on ne tient nul compte. D'après
l'art. I, les voix ont promis que « par le secours et
la médiation de cette femme le prince doit être
rétabli. » La révision dit qu'il faut ajouter: «avec
l'aide de Dieu. » On n'en fit rien. Dans l'article XII
(XI ancien), la révision demande (ceci est capital)
que l'on ajoute : « Elle déclare qu'elle est soumise à l'Église militante, Notre-Seigneur premier
servi, et pourvu que l'Église militante ne lui commande rien de contraire à ses révélations passées
ou futures. » On trouva plus simple de mentionner le refus sans la déclaration de soumission[1].

Ainsi le grief demeure fondé. Mais, toutes les
corrections eussent-elles été introduites, les douze
articles n'en resteraient pas moins ce qu'ils
sont, une œuvre déloyale et perfide, établissant en fait des choses qui ont toujours été niées,
ou présentant les déclarations de Jeanne de telle
sorte qu'elles perdent leur sens naturel pour
prendre celui que leur veut donner l'accusation.
On y dit que sainte Catherine et sainte Marguerite
se sont, d'après ses aveux, montrées à elle corporellement près de l'*arbre des Fées* (ce rapprochement n'est pas sans intention); qu'elles lui ont
commandé de partir à l'insu de ses parents (elle a
dit le contraire)(I). On y raconte le signe donné au

---

1. *Les corrections :* voy. la reproduction de cette feuille, t. III,
p. 238-240.

roi, sans aucun des traits qui peuvent en révéler
l'allégorie ou en lever les contradictions appa-
rentes (II). On tourne contre la solidité de sa foi
ce qu'elle disait pour marquer, par le terme le plus
fort, la fermeté de sa croyance à ce qui, pour elle,
était l'évidence même : à savoir, qu'elle croit à ses
apparitions comme elle croit à la Rédemption (III):
ses révélations deviennent des divinations suspectes
(IV) ; son habit, une violation impudique des préceptes de l'Ancien et du Nouveau Testament, et un
sacrilége : il semble qu'elle ne l'ait pris que par
déréglement, ou par une dérision impie pour aller
communier (V). Le signe de la croix dont elle marque ses lettres est une profanation (VI); sa mission, une révolte contre l'autorité paternelle (VII) ;
sa tentative d'évasion, une tentative de suicide
(VIII); son innocence, de l'orgueil (IX); son inspiration, de la témérité (X); sa vénération pour ses
voix, de l'idolâtrie (XI); son refus de les mettre en
question, un refus d'obéir à l'Église (XII).

Ce grief, postérieur au procès, en est devenu, il
faut le dire, l'unique fondement. Car, sérieusement,
qu'avait-on à reprocher à Jeanne? Ses visions? Aucun des juges n'avait l'idée de les déclarer impossibles. Ézéchiel avait eu des visions, et les histoires
des saints en sont remplies. On avait le droit de
les nier sans doute, mais il fallait tout l'aveugle-
ment de la passion pour affirmer, en les réputant
réelles, qu'elles venaient du démon. Quant à l'habit
d'homme, elle avait à diverses reprises assez clairement répondu, et chacun eût pu faire la réponse

pour elle. La règle commune ne fait point loi pour tous les cas, et l'Église avait canonisé sainte Marine, qui prit et porta toute sa vie l'habit d'homme pour demeurer dans un couvent de moines. Que si d'ailleurs, pour absoudre Jeanne, il fallait une décision canonique, elle l'avait eue. La question avait été examinée et résolue par les docteurs de Charles VII. Or, Jeanne avait le droit de ne pas croire que ce que l'Église avait trouvé bon à Poitiers fût mauvais à Rouen, ni qu'il y eût plus d'autorité dans l'évêque de Beauvais que dans l'archevêque de Reims son métropolitain [1].

Restait donc la question de l'Église, question née du débat et où il avait paru si facile de mettre son ignorance en défaut. La première fois qu'on lui en parla, on l'a vu, elle profita de l'occasion pour demander pourquoi on ne l'y laissait point aller entendre la messe! et quand on lui eut expliqué la distinction des deux Églises, elle répondit, selon Massieu : « Vous me parlez d'Église militante et d'Église triomphante. Je n'entends rien à ces termes, mais je me veux soumettre à l'Église comme le doit une bonne chrétienne » : et elle l'avait bien montré à Poitiers. Là aussi elle avait affirmé ses visions, et elle n'avait pas refusé de les soumettre à l'examen des prélats et des docteurs.

---

1. *L'habit d'homme; exemple de sainte Marine :* « Et si Deo placuit Marina virgo, militans in habitu spirituali virili, quum tamen certa spiritualia intercipi non debeant ulla fraude neque dolo, quanto magis ista virgo sibylla in armis bellicis non offendit, sed ad defendendum et praecavendum pro republica et communi bono poterit militare! » *T. III, p. 441 (Sibylla francica).*

Pendant trois semaines ils l'avaient éprouvée avec toutes sortes de précautions et de scrupules, comme en témoignent, sinon ces registres si malheureusement perdus, auxquels Jeanne renvoie plusieurs fois, au moins les résultats qu'on en publia. Ils l'avaient éprouvée, et ils l'avaient approuvée. C'était une sanction ecclésiastique comme une autre; et ici encore elle avait bien le droit de ne pas vouloir soumettre la décision du métropolitain au suffragant, le jugement d'hommes défiants, mais équitables et sincères, au jugem nt de ses ennemis[1].

C'est à cela que se borne au fond le refus que le procès-verbal de Rouen constate. Mais ce procès-verbal le montre aussi : tout en maintenant la vérité de ses révélations, Jeanne acceptait toujours le jugement de l'Église là où elle la trouvait libre et impart'ale, c'est-à-dire, dans son chef; et les témoignages consignés au procès de réhabilitation reproduisent sa réponse dans une forme qui fait voir clairement le fond de sa pensée quand elle répondait à des instances sans bonne foi. Comme on la sollicitait de se soumettre à l'Église : « Qu'est-ce que l'Église? » dit-elle. On lui dit que c'était le Pape, les prélats et tous ceux qui président en l'Église militante. Elle répondit qu'elle se soumettait volon-

---

1. *L'Église mal entendue de Jeanne :* « Quod diligit eam.... et ipsa non est quæ debeat impediri de eundo ad ecclesiam, nec de audiendo missam. Intellexit ergo quadam simplicitate, per illa verba, per *ecclesiam*, murorum ambitum et materialem ecclesiam contineri. » T. II, p. 52 (Th. de *Leliis*, art. 12). — *Déposit. de Massieu :* t. II, p. 333. — *Décision de Poitiers :* voy. ci-dessus, t. I, p. 121, et *Procès*, t. III, p. 391.

tiers au Pape, requérant être menée à lui, mais qu'elle ne se soumettait point au jugement de ses ennemis et en particulier de l'évêque de Beauvais, « parce que, lui dit-elle, vous êtes mon ennemi capital. » Isambard de la Pierre lui conseilla de se soumettre au concile général de Bâle qui venait de se réunir (le 6 mars 1431). Elle demanda ce que c'était que concile général; et comme il lui expliquait que c'était une assemblée de l'Église universelle et de la chrétienté, et qu'en ce concile il y en avait autant de son parti que du parti des Anglais : « Oh ! s'écria-t-elle, puisque en ce lieu sont aucuns de notre parti, je veux bien me rendre et soumettre au concile de Bâle. — Taisez-vous, de par le diable! » cria l'évêque un peu trop tard : il avait bien laissé faire la demande, il ne s'attendait pas à la réponse[1].

Le procès-verbal n'a mentionné ni l'une ni l'autre. Il ne parle dans les interrogatoires que de la soumission au Pape en cette forme : « qu'elle soit menée devant lui, et puis répondra devant lui tout ce qu'elle doit répondre » (*séance du 17 mars*). Mais on apprend par la déposition d'Isambard de la Pierre, qui, au témoignage du même document

---

1. *Soumission au pape* : t. I, p. 185 (interr. du 17 mars). — *Dépos. d'Is. de la Pierre* : t. II, p. 4, 5; cf. p. 304, 349 et 351 (*id.*); — *de Martin Ladvenu* : t. II, p. 368 (M. Ladvenu). « Dum responderetur sibi quod erat papa et prælati repræsentantes.... respondit quod se submittebat judicio summi pontificis, rogando quod ad eum duceretur, etc. » T. III, p. 167 (*id.*); t. II, p. 358 (R. de Grouchet); p. 349 (Taquel); t. III, p. 132 (Migel); p. 176 (Fabri).

officiel, était présent à la séance ainsi que l'évêque, pourquoi le reste ne s'y trouve pas. Le greffier demandant à Pierre Cauchon s'il devait écrire la soumission de Jeanne au concile, l'évêque lui dit que ce n'était pas nécessaire. « Ah! reprit Jeanne, vous écrivez bien ce qui est contre moi, mais vous ne voulez pas écrire ce qui est pour moi[1]. »

Voilà donc les douze articles, voilà leur sincérité, leur exactitude! Ce ne sont pas seulement des points de droit que l'on soumet à la discussion des légistes; ce sont des faits qu'on suppose établis, faits affirmés d'autant plus hardiment que l'accusée n'est point appelée à y contredire, et qu'on a eu soin de taire les démentis qu'elle y a donnés. C'est donc en toute sécurité que l'évêque, dans sa lettre du 5 avril, invite les maîtres et les docteurs à lui donner leur avis sur la pièce qu'il leur envoie, et les prie de lui faire connaître par écrit, avant le mardi suivant, ce qu'ils en pensent : « si les choses arguées leur paraissent contraires à la foi orthodoxe, à l'Écriture et à la détermination de l'Église romaine ou des docteurs approuvés par l'Église et aux sanctions canoniques; scandaleuses, téméraires, per-

---

1. « Et le lendemain qu'elle fut ainsi advertie, elle dit qu'elle se vouldroit bien soubmettre à nostre saint père le Pape et au sacré concile. Et quant monseigneur de Beauvais oyl cette parole, demanda qui avoit esté parler à elle le jour de devant, et manda le garde anglois d'icelle Pucelle,... et pour ce, en l'absence d'iceulx *de Fonte* et religieux, ledit évesque se courrouça très-fort contre maistre Jehan *Magistri*, vicaire de l'inquisiteur, en les menassant très-fort de leur faire desplaisir. Et quant ledit *de Fonte* eut de ce cognoissance et qu'il estoit menacé pour icelle cause, se partit de ceste cité de Rouen, et depuis n'y retourna. » T. II, p. 13.

turbatrices de la chose publique, injurieuses ou
entachées de crimes contre les bonnes mœurs. »
Les qualifications qu'il sollicite sont tout entières
dans ces lignes. Sa lettre d'envoi contient en résumé
la réponse qu'il attend[1].

1. T. I, p. 327. Malgré notre application à retrancher toute discussion du récit des faits, nous n'avons pu supprimer entièrement
cet examen des douze articles, parce qu'il nous permet de signaler
la fraude et la malice des juges, ce qui est bien aussi un trait de
l'histoire. Il nous offre d'ailleurs un cadre où viennent se placer
naturellement des paroles de Jeanne qui, omises ou altérées dans
les actes du premier procès et recueillies dans le second, ne peuvent sans doute être introduites contre la foi du procès-verbal dans
l'exposé des interrogatoires, mais qui ont au moins le droit d'être
mises en regard de la version des premiers juges. Pour le complé-
ment de cet examen, voyez le nᵒ XVII aux Appendices à la fin de ce
volume.

III

On réunit d'abord un certain nombre de consulteurs (seize docteurs et six bacheliers), dont la réponse devait donner le ton aux autres. Ils s'assemblèrent le jeudi 12 avril, sous la présidence d'Érard Émengard, dans la chapelle du palais archiépiscopal de Rouen, et déclarèrent que, considérant la qualité de la personne, ses dits, ses faits et le mode de ses apparitions, etc., ces révélations leur paraissaient fictives ou procédant du diable; les divinations, superstitieuses; les faits, scandaleux et impies; les paroles, présomptueuses et téméraires. Ils y relèvent bien d'autres crimes encore : blasphème envers Dieu et les saintes, impiétés envers les parents, violation du précepte de l'amour du prochain, idolâtrie, schisme touchant l'unité et l'autorité de l'Église, et soupçon d'hérésie. Croire que ces apparitions sont de saint Michel, etc., comme on croit à la foi chrétienne, c'est être véhé-

mentement suspect d'errer dans la foi ; dire qu'on
a bien fait en ne recevant pas les sacrements dans
le temps marqué par l'Église et qu'on l'a fait par
le commandement de Dieu, c'est blasphémer contre
Dieu[1].

Les autres avis ne tardèrent pas à suivre ; la délibération des seize consulteurs donnait un point
d'appui aux plus incertains. La plupart s'y réfèrent
absolument, quelques-uns avec des sentiments
d'humilité, d'autres avec un empressement qui va
au-devant de tous les désirs du juge : « Que peut
mon ignorance, dit Gilles, abbé de Fécamp, après
tant de savants hommes comme on n'en trouverait
pas dans l'univers entier? Très-Révérend Père, or-
donnez-moi tout ce que vous voudrez. Pour accomplir vos ordres, ma force pourra faillir, mais non
ma volonté. » L'évêque de Coutances, s'excusant
d'avoir à juger une œuvre si bien élaborée, prend,
pour exprimer son avis, les termes mêmes de la
lettre d'envoi de P. Cauchon. Plusieurs vont déjà
jusqu'à l'application de la peine : Si elle ne renonce
point à ses erreurs, qu'on la livre au bras séculier;
si elle y renonce, qu'on la garde en prison, « au
pain de douleur et à l'eau d'angoisse, » pour qu'elle
pleure ses péchés et n'y retombe plus. D'autres,
tout en approuvant, font pourtant quelques réserves. Onze avocats de Rouen, réunis après les
docteurs dans la chapelle de l'archevêché, donnent

---

1. T. I, p. 337-340. — Parmi ces consulteurs se trouve Isambard
de la Pierre.

une consultation conforme : « A moins pourtant, disent-ils, que ces révélations ne viennent de Dieu. » Ils se hâtent d'ajouter que cela ne leur parait pas croyable et s'en rapportent aux théologiens. Trois bacheliers en théologie avaient aussi déclaré que tout dépendait de l'origine de ces révélations, et que, si elles venaient de Dieu (ce qui, ajoutaient-ils, n'est pas établi), ils ne pourraient interpréter à mal le dire de Jeanne. Mais un évêque (l'évêque de Lisieux) avait déclaré que, vu, entre autres choses, « la basse condition de la personne, » on ne devait pas croire qu'elles lui vinssent de Dieu[1].

D'autres, tout en répondant selon le vœu de l'évêque, demandaient que l'on consultât l'Université de Paris, ou se réservaient de se rallier, même après leur avis donné, à sa réponse. Le chapitre de Rouen, malgré quelques adhésions individuelles, se montra peu pressé de se prononcer en cette matière. Lorsqu'on le convoqua pour la première fois, le 13 avril, on ne put réunir qu'une vingtaine de membres. Ils s'ajournèrent au lendemain, avec menace de retenir les distributions

1. *Adhésion à la délibération des consulteurs :* J. Basset, t. I, p. 342; J. Guesdon, J. Maugier, p. 345; J. Brullot, p. 346; N. de Venderez, p. 347; N. Caval, p. 349; J. de Châtillon, p. 351; J. Bouesgue, J. Guarin, p. 352. — *Réponse de l'abbé de Fécamp :* p. 314; *de l'évêque de Coutances :* p. 361. — *Avis avec détermination de la peine :* J. Gastinel, p. 342; A. Moret et J. de Quemino, p. 357. — *Avis des trois avocats de Rouen :* p. 358; *des trois bacheliers* (P. Minier, J. Pigache et R. de Grouchet) : p. 369. « Voilà donc ce que vous avez fait ! » leur dit l'évêque en colère, t. II, p. 359 (R. de Grouchet); p. 325 (N. de Houppeville); — *de l'évêque de Lisieux* (l'Italien Zano de Castiglione) : t. I, p. 365.

pendant huit jours à qui ne viendrait pas. Ils furent
trente et un alors, et décidèrent que, pour donner
un avis plus sûr, ils attendraient qu'on leur mît
sous les yeux la délibération de l'Université de Paris. Les abbés de Jumiéges et de Cormeilles avaient
réclamé la même chose, mais l'évêque se fâcha, et,
comme il insistait, ils réduisirent leur réponse à
quatre points : 1° l'autorité de l'Église : Jeanne se
rendrait suspecte en refusant de s'y soumettre;
2° et 3° les révélations en général et l'ordre de Dieu
de porter l'habit d'homme : au premier abord, on
n'y pouvait croire, faute de miracle ou d'une évi-
dente sainteté ; 4° qu'elle n'est pas en péché mortel :
Dieu seul le sait; et comme ils ne peuvent sonder
les choses secrètes, et que d'ailleurs ils n'ont pas
assisté à l'examen de Jeanne, ils s'en remettent aux
théologiens[1].

Parmi ces réponses, on en trouve une encore fort
longuement motivée, et de nature à plaire à l'évêque
par ses développements, sauf un point, cependant.
L'auteur trouve qu'en prenant l'habit d'homme
Jeanne a fait une action « indécente, indigne d'une
femme qui se dit Pucelle; — à moins pourtant,
ajoute-t-il, qu'elle ne l'ait fait pour se défendre

---

1. *Référence à l'Université de Paris :* Robert Barbier et J. Alespée, t. I, p. 350. — *Délibération du chapitre de Rouen :* p. 354.
M. Chéruel a fait remarquer que la délibération produite au *Procès*
(p. 353-356) n'est signée de personne, et il a constaté qu'elle ne
se trouve pas dans les registres capitulaires. Elle a donc été taci-
tement désavouée par le chapitre (*Jeanne d'Arc à Rouen*, extrait
de la Revue de Rouen et de la Normandie, juin 1845). — *Les abbés
de Jumiéges et de Cormeilles :* p. 357.

contre la violence et garder sa virginité[1]. » L'accusation n'avait jamais paru se douter de cette
raison-là ! De plus, il concluait que pour donner à
la sentence plus de force et de sûreté et la défendre
contre tout soupçon d'injustice, pour l'honneur de
la majesté royale et de l'évêque, et pour la paix de
la conscience de plusieurs, il convenait de soumettre les assertions de Jeanne à l'examen du souverain Pontife[2].

Ni l'évêque de Beauvais, ni ses adhérents, ne se
souciaient de renvoyer la question au souverain
Pontife. Quant à l'Université de Paris, sa décision
leur était moins suspecte. Six de ses membres
avaient assisté au procès dès le commencement:
trois d'entre eux, Jean Beaupère, Jacques de Touraine et Nicolas Midi, devaient lui porter la pièce
qui tenait lieu des débats, les douze articles.
Mais pour aller plus avant on n'attendit pas sa
réponse.

---

1. T. I, p. 374 (R. Le Sauvaige).
2. Plusieurs réponses contraires aux vues de l'évêque ne furent
pas insérées au procès. On en peut donner pour exemple celle de
l'évêque d'Avranches, au témoignage d'Isambard de la Pierre. Il
dit, t. II, p. 5 : « que lui-mesme en personne fut pardevers l'évesque d'Avranches, fort ancien et bon clerc, lequel, comme les autres, avoit esté requis et prié sur ce cas donner son oppinion. Pour
ce, ledit évesque interrogua le tesmoing envoyé pardevers lui, que
disoit et déterminoit monseigneur saint Thomas touchant la sub-
mission que on doit faire à l'Église. Et celui qui parle bailla par
escript audit évesque la déterminacion de saint Thomas, lequel
dit : « Es choses douteuses qui touchent la foy, l'on doit toujours
« recourir au Pape ou au général concile. » Le bon évesque fut de
cette opinion, et sembla estre mal content de la délibération qu'on
avoit faicte par-deçà de cela. N'a point esté mise par escript la détermination; ce qu'on a laissé par malice. »

Jeanne était tombée malade; grand trouble parmi les Anglais : si elle échappait à la condamnation par la mort! Des médecins furent mandés aussitôt par le cardinal de Winchester et le comte de Warwick. « Prenez-en bien soin, dit le comte : le roi ne veut pour rien au monde qu'elle meure de mort naturelle. Le roi l'a chère, car il l'a achetée cher et ne veut pas qu'elle meure, si ce n'est par justice et qu'elle soit brûlée. Faites donc en sorte qu'elle guérisse. »

Les médecins l'allèrent voir, conduits par Jean d'Estivet. Ils lui demandèrent d'où lui venait son mal.

« L'évêque de Beauvais, dit Jeanne, m'a envoyé une carpe, dont j'ai mangé, et c'est peut-être la cause de ma maladie.

— Paillarde! s'écria le promoteur, tu as mangé des harengs (halleca) et autres choses qui t'ont fait mal. »

Les médecins, lui trouvant de la fièvre, crurent qu'une saignée serait bonne, et le dirent au comte de Warwick. « Gardez-vous de la saigner, dit le comte : elle est rusée, elle pourrait se tuer. » On la saigna pourtant, et elle se trouva mieux. Mais Jean d'Estivet revint la voir, et, tout ému encore du péril qu'avait couru l'édifice de son accusation, il redoubla d'injures, à tel point que Jeanne en reprit la fièvre. Le comte, inquiet, intima au promoteur de ne plus l'injurier à l'avenir [1].

---

1. *Jeanne malade* : « Quæ respondit quod sibi fuerat missa quæ-

Cet incident avait montré qu'il fallait se hâter.
Jeanne n'était point encore remise, que l'évêque
voulut, sans plus attendre, donner suite aux consultations qu'il avait déjà réunies. Il vint donc,
avec plusieurs docteurs, la trouver dans sa prison,
afin de lui faire les exhortations charitables qui
étaient un premier degré pour la mener au bûcher.
Il lui représenta que, parmi ses réponses, plusieurs avaient paru à de savants hommes mettre
la foi en péril ; et comme elle était sans lettres,
sans connaissance des Écritures, il lui offrait de
remettre à des hommes de probité et de science le
soin de l'instruire : elle n'avait qu'à choisir parmi
les docteurs présents ou désigner quelque autre,
si elle en savait de capables : « Nous sommes,
ajouta-t-il, des gens d'Église, disposés par notre

---

dam carpa per episcopum Belvacensem, de qua comederat, et du-
bitabat quod esset causa suæ infirmitatis. Audivit ab aliquibus ibidem præsentibus quod ipsa passa fuerat multum vomitum. » T. III,
p. 49 (J. Tiphaine). — « Quia pro nullo rex volebat quod sua morte
naturali moreretur : rex enim eam habebat caram et care emerat,
nec volebat quod obiret, nisi cum justitia, et quod esset combusta. »
Ibid., p. 51 (G. de la Chambre). — Injures de J. d'Estivet : ibid.,
p 49 et 52 ; cf. p. 162 (G. Colles). — Dans la Vie de Jeanne d'Arc,
par l'auteur de la duchesse d'Orléans, ces mots : invenerunt eam
febricitantem : quare concluserunt phlebotomiam. « Ils trouvèrent qu'elle avait la fièvre et ordonnèrent une saignée, » sont tra-
duits : « Ils rapportèrent à Warwick qu'elle était atteinte d'une
phlébotomie (Vie de Jeanne d'Arc, p. 252). Le remède est devenu
le mal ; et, quand malgré les appréhensions du duc de Warwick,
qui craignait que Jeanne n'en profitât pour se faire mourir, la saignée fut en effet pratiquée (et nihilominus habuit phlebotomiam),
l'auteur traduit encore : « Car, nous dit Guillaume de la Chambre,
elle avait bien une phlébotomie ! » Le mot phlébotomie n'est pourtant pas tellement grec qu'on ne le trouve dans le dictionnaire de
l'Académie française.

volonté comme par notre vocation à vous procurer
par toutes les voies possibles le salut de l'âme
et du corps, comme nous le ferions pour nos
proches ou pour nous-mêmes. Nous voulons faire
ce que fait l'Église, qui ne ferme pas son sein à
qui lui revient. » Il finissait en l'adjurant de tenir
grand compte de cette admonition salutaire : car,
si elle y contredisait pour s'en tenir à son sens
propre et à sa tête sans expérience, il la faudrait
abandonner ; et elle pouvait voir à quel péril elle
s'exposait. Il l'en voulait préserver de toute sa
force et de toute son affection [1].

Jeanne répondit en le remerciant de ce qu'il lui
disait pour son salut, et elle ajouta :

« Il me semble, vu la maladie que j'ai, que je
suis en grand péril de mort ; s'il en est ainsi, que
Dieu veuille faire son plaisir de moi, je vous requiers avoir confession et mon Sauveur aussi, et
qu'on me mette en la terre sainte.

— Si vous voulez, dit l'évêque, avoir les sacrements de l'Église, il faudrait que vous fissiez comme les bons catholiques doivent faire, et que vous
vous soumissiez à la sainte Église.

— Je ne vous en saurais maintenant autre chose
dire.

— Plus vous craignez pour votre vie, plus vous
devriez amender votre vie ; vous n'auriez pas les
droits de l'Église comme catholique, si vous ne
vous soumettiez à l'Église.

----

1. T. I. p. 374.

« — Si le corps meurt en prison, je m'attends que vous le fassiez mettre en terre sainte; si vous ne le faites mettre, je m'en attends à Notre-Seigneur.

« — Autrefois vous aviez dit en votre procès que, si vous aviez fait ou dit quelque chose qui fût contre notre foi chrétienne, vous ne le voudriez soutenir.

« — Je m'en attends à la réponse que j'en ai faite et à Notre-Seigneur.

« — Vous avez dit avoir eu plusieurs fois révélations de par Dieu, par saint Michel, sainte Catherine et sainte Marguerite : s'il venait aucune bonne créature qui affirmât avoir eu révélation de par Dieu touchant votre fait, la croiriez-vous?

« — Il n'y a chrétien au monde qui vînt devers moi se disant avoir eu révélation, que je ne sache s'il dit vrai ou non; je le saurais par sainte Catherine et sainte Marguerite.

« — N'imaginez-vous point que Dieu puisse révéler à une bonne créature quelque chose qui vous soit inconnu?

« — Il est bon à savoir que oui, mais je n'en croirais homme ni femme, si je n'avais aucun signe.

« — Croyez-vous que la sainte Écriture soit révélée de Dieu?

« — Vous le savez bien, et il est bon à savoir que oui [1]. »

On la somma de nouveau de prendre conseil des

---

1. T. I, 377-379.

clercs et des docteurs, et on lui demanda, pour
finir, si elle se soumettait, elle et ses faits, à notre
sainte mère l'Église. Elle répondit :

« Quelque chose qui m'en doive advenir, je n'en
ferai ou dirai autre chose que ce que j'ai dit
devant, au procès. »

Les docteurs qui accompagnaient l'évêque prirent tour à tour la parole, alléguant les autorités
de l'Écriture et des exemples pour l'amener à se
soumettre. Nicolas Midi lui cita, entre autres, le
passage de saint Mathieu : « Si votre frère a péché
contre vous, etc., » et ce qui suit : «S'il n'écoute
pas l'Église, qu'il vous soit comme un païen et un
publicain. » Il le lui dit en français, et il lui représenta que, si elle ne voulait se soumettre à l'É-
glise, il faudrait qu'on l'abandonnât comme une
Sarrasine.

Jeanne répondit :

« Je suis bonne chrétienne, j'ai bien été baptisée, et je mourrai comme une bonne chrétienne.

— Puisque vous requérez que l'Église vous
donne votre Créateur, soumettez-vous à l'Église,
et on promettra de vous le donner.

— Je n'en répondrai autre chose que ce que j'ai
fait : J'aime Dieu, je le sers, je suis bonne chrétienne, et je voudrais aider et soutenir l'Église de
tout mon pouvoir.

— Ne voudriez-vous pas, dit l'évêque, qui avait
son projet, que l'on ordonnât une belle et notable

procession pour vous réduire en bon état, si vous
n'y êtes ?

— Je veux très-bien que l'Église et les catholiques prient pour moi [1]. »

Cependant, parmi les docteurs consultés, plusieurs avaient été d'avis que Jeanne fût de nouveau
instruite et admonestée sur les faits mis à sa
charge. Il fallait donc la placer en présence des
douze articles, et c'était s'exposer à lui faire publiquement renier, comme à elle inconnu, cet acte
que l'on devait croire avoué par elle comme résumé des débats. L'évêque, sans aller à l'encontre
des opinions exprimées, s'appropria la chose de
manière à ne rien compromettre. Il sut s'arranger
de telle sorte que Jeanne, qui ne connaissait point
les articles, loin de soupçonner dans la communication une pièce officielle, y vit tout simplement
une admonition comme une autre, et que les assesseurs, qui les connaissaient, trouvassent dans
son silence à la lecture une preuve, s'ils en
avaient besoin, qu'en leur forme originale ils lui
avaient été depuis longtemps communiqués [2].

Le mercredi 2 mai, il réunit tous les assesseurs
dans la salle ordinaire du château de Rouen, près
la grande salle, et leur fit une allocution. Il leur
exposait que les aveux de Jeanne, résumés en un
certain nombre d'articles, ayant été soumis aux
docteurs, les réponses déjà arrivées la jugeaient

1. T. I, p. 379-381.
2 *Tactique du juge dans les admonitions* : Lebrun des Charmettes, t. IV, p. 75 et 105.

coupable en bien des points. Cependant, avant qu'il
prononçât définitivement sur elle, plusieurs ont
cru qu'il fallait l'instruire encore de ses erreurs
et tenter de la ramener à la vérité. Il l'a fait, et il y
a employé plusieurs notables docteurs en théologie : mais, l'astuce du diable prévalant, rien n'y a
servi encore. L'admonition privée n'ayant point
porté de fruit, il lui a paru opportun de recourir
à une admonition publique, pensant que la présence et les exhortations du grand nombre la ra-
mèneraient plus facilement à l'obéissance et à
l'humilité : c'est pourquoi il a désigné un savant
et ancien maître en théologie, Jean de Châtillon,
archidiacre d'Évreux, pour s'acquitter de cette
charge. Et il annonça que Jeanne allait comparaître devant l'assemblée [1].

Jeanne fut amenée, et l'évêque l'engagea à se
rendre aux exhortations qu'on lui allait faire :
sinon, elle se mettrait en péril pour l'âme et pour
le corps. Alors l'archidiacre, prenant la parole,
commença par lui remontrer que tous les fidèles
chrétiens étaient tenus de croire les articles de foi,
et l'invita, par forme de monition générale, à corriger et réformer ses faits et dits selon la délibération des docteurs.

Comme il tenait à la main le texte de ses exhortations : « Lisez votre livre, dit Jeanne, et puis je

---

1. *Procès*, t. I, p. 381-384. — Plus de soixante assesseurs se rendirent à la convocation.

vous répondrai. Je m'attends de tout à Dieu mon Créateur ; je l'aime de tout mon cœur.

— Voulez-vous répondre d'abord à ce qui vient de vous être remontré ?

— Je m'attends à mon juge : c'est le Roi du ciel et de la terre[1]. »

L'archidiacre lut donc le discours qu'il avait écrit : c'étaient les douze articles réduits à six, mais sous une forme singulièrement tempérée par les raisons qu'on donne à Jeanne et les considérations qu'on y ajoute pour la convaincre ou la séduire.

Après lui avoir rappelé qu'elle a promis de s'amender, si les clercs trouvaient dans ses dits ou dans ses faits quelque chose à reprendre (I), il lui signale les points notés à ce titre par les docteurs : son refus de soumettre ses apparitions à l'Église ou à homme qui vive (II) ; son obstination coupable à garder l'habit d'homme (III) ; à dire qu'en le gardant elle ne pèche pas (IV) ; à soutenir des révélations, indignes, par leur nature, de l'origine qu'elle leur attribue, et capables d'entraîner le peuple dans l'erreur (V) : révélations qui l'ont poussée elle-même à des témérités de toute sorte, en actes ou en paroles, comme quand elle prétend annoncer l'avenir, savoir qui Dieu aime, etc., ou quand elle rend honneur à des apparitions qu'elle n'a pas raison suffisante (n'ayant pas même consulté son curé) de croire de bons esprits (VI)[2].

1. T. I, p. 385.
2. *Ibid.*, p. 386-392.

Cette remontrance fut faite à Jeanne en français, et sur plusieurs points on la pressa d'y répondre.

Après qu'on lui eut déclaré ce qu'était l'Église militante, et qu'on l'eut pressée d'y croire et de s'y soumettre :

« Je crois bien l'Église d'ici-bas, dit-elle, mais de mes faits et dits, ainsi qu'autrefois je l'ai dit, je m'attends et rapporte à Dieu.

— Croyez-vous que l'Église puisse se tromper?

— Je crois bien que l'Église militante ne peut errer ou faillir, mais, quant à mes dits et mes faits, je m'en rapporte à Dieu qui m'a fait faire ce que j'ai fait. »

Elle ajouta qu'elle se soumettait à Dieu son Créateur qui lui a fait faire ces choses, et s'en rapportait à lui, à sa propre personne.

« Voulez-vous dire que vous n'avez point de juge sur la terre? et notre saint père le Pape n'est-il pas votre juge ?

— Je ne vous en dirai autre chose. J'ai bon maître, c'est à savoir Notre-Seigneur, à qui je m'attends de tout, et non à autre.

— Si vous ne voulez croire l'Église et l'article *Ecclesiam sanctam catholicam*, vous serez hérétique en vous y obstinant, et punie de feu par la sentence d'autres juges.

— Je ne vous en dirai autre chose; et si je voyais le feu, si dirais-je ce que je vous dis, et n'en ferais autre chose. »

(*Superba responsio!* écrit le greffier en marge de son procès-verbal.)

« Si le concile général, comme notre saint Père, les cardinaux et autres membres de l'Église, étaient ici, voudriez-vous vous en rapporter et vous soumettre à eux?

— Vous n'en tirerez de moi autre chose. »

Mais le juge insista :

« Voulez-vous vous soumettre à notre saint père le Pape?

— Menez-m'y, et je lui répondrai[1]. »

C'était une réponse sérieuse à une question qui ne l'était pas : car personne dans le parti anglais ne voulait de l'appel au Pape. Le juge vit qu'il était allé trop loin et changea de matière[2].

Il passa à la question de l'habit et ne fut pas plus heureux. Jeanne, faisant tomber d'un mot toutes les fausses imputations de ses accusateurs, répondit qu'elle voulait bien prendre longue robe et chaperon de femme pour aller à l'église et recevoir son Sauveur, comme elle l'avait dit autrefois, pourvu que tantôt après elle le quittât et reprit l'autre. On insista sur ce qu'elle l'avait pris sans nécessité, et spécialement depuis qu'elle était en

1. A cette séance pourrait se rapporter la déclaration de Marguerie, qu'il a ouï dire à Jeanne que pour certaines choses elle ne croirait ni prélat, ni Pape, ni personne, parce qu'elle les tenait de Dieu (t. III, p. 454). Marguerie, du reste, n'est pas une autorité qui ajoute beaucoup au procès-verbal : c'est un des assesseurs qui ont condamné Jeanne (t. I, p. 464). Il peut tenir plus que d'autres (Ladvenu et Isambard de la Pierre) à justifier le jugement.

2. T. I, p. 392-394. — *Note du greffier :* dans le ms. 5965, fol. 129, r° (Bibl. nat. Fonds latin).

prison. Et elle, sans rien dire des raisons impérieuses qui le lui faisaient garder en prison, elle répondit :

« Quand j'aurai fait ce pour quoi je suis envoyée de par Dieu, je prendrai habit de femme.

— Croyez-vous faire bien de prendre habit d'homme? dit le juge, suivant imperturbablement son thème.

— Je m'en attends à Notre-Seigneur. »

Et comme le juge lui remontrait qu'en prétendant qu'elle faisait bien, et en disant que Dieu et les saints le lui faisaient faire, elle les blasphémait, elle répondit simplement :

« Je ne blasphème point Dieu ni ses saints. »

On insista encore pour qu'elle renonçât à porter l'habit d'homme et à croire qu'elle faisait bien de le porter, mais elle dit qu'elle n'en ferait autre chose[1].

On en vint alors à ses apparitions : si elles n'étaient feintes, elles étaient diaboliques; on n'admettait pas d'autre alternative. On lui demanda si, toutes les fois que sainte Catherine et sainte Marguerite venaient, elle se signait du signe de la croix.

« Quelquefois, dit-elle, sans attacher à la question d'autre importance, je fais le signe de la croix; d'autres fois, non. »

De ses révélations et de ses prédictions, elle dit

1. T. I, p. 394-395.

qu'elle s'en rapportait à son juge, c'est à savoir
Dieu, et ajouta qu'elles lui venaient de Dieu sans
autre intermédiaire. Quant au signe donné au roi,
on lui demanda si elle voulait s'en remettre à l'archevêque de Reims, au sire de Boussac, à Charles
de Bourbon, à La Trémouille ou à La Hire, qui
étaient présents, avait-elle dit, quand l'ange apporta la couronne, ou si elle voulait s'en rapporter
à d'autres de son parti, qui écriraient sous leur
sceau ce qui en était.

« Baillez-moi un messager, dit-elle, et je leur
écrirai de tout ce procès. »

Ce n'est que dans ces conditions et sous cette
forme qu'elle accepta de s'en rapporter à eux.

« Si on vous envoie trois ou quatre chevaliers
de votre parti, qui viennent ici par sauf-conduit,
voudrez-vous vous en remettre à eux de vos apparitions et des choses contenues en ce procès?

— Qu'on les fasse venir, et je répondrai. »

On lui demanda enfin si elle voulait s'en référer
à l'Église de Poitiers où elle avait été examinée.
Mais Jeanne, excédée de ces offres sans bonne
foi :

« Me cuidez-vous (croyez-vous) prendre par cette
manière, et par là m'attirer à vous[1]? »

On conclut en l'exhortant en général à se soumettre à l'Église, sous peine d'être laissée par
l'Église : « Et si l'Église vous laissait, continuait
le juge, vous seriez en grand péril de corps et

1. T. I, p. 395-397.

d'âme, car vous pourriez bien encourir la peine
du feu éternel quant à l'âme, et du feu temporel
quant au corps par la sentence d'autres juges. »

Elle répondit :

« Vous ne ferez jà ce que vous dites contre moi,
qu'il ne vous en prenne mal au corps et à l'âme. »

On lui demanda de dire une cause pour quoi elle
ne s'en rapportait point à l'Église. Elle aurait pu
dire qu'elle ne s'en rapportait point à l'église des
Anglais, mais elle ne voulut faire aucune autre
réponse. Vainement les docteurs insistèrent tour
à tour dans le même sens : ils n'obtinrent rien de
plus. Enfin l'évêque l'avertit d'y faire bien attention et de se bien aviser sur les admonitions et
conseils charitables qu'elle venait de recevoir.

« Quel temps me donnez-vous pour m'aviser ?
dit Jeanne.

— C'est à présent même qu'il le faut faire. »

Et comme elle ne répondait pas davantage,
l'évêque se retira, et elle fut ramenée à sa prison[1].

On voulut employer le dernier moyen pour la
faire parler, la torture. Le 9 mai, l'évêque la fit
mener dans la grosse tour du château de Rouen.
Il avait avec lui l'abbé de Saint-Corneille de Compiègne, Jean de Châtillon et Guillaume Érard ;
André Marguerie et Nicolas de Venderez, archi-
diacres de Rouen ; Guillaume Haiton et Aubert Morel, Nicolas Loyseleur et l'huissier Jean Massieu.

T. I, p. 397-398

L'évêque lui signala plusieurs points de son procès où elle était soupçonnée de n'avoir pas dit la vérité; puis il lui dit que, si elle ne la voulait déclarer, on la mettrait à la torture, et il lui en montrait les instruments étalés à l'entour. Les bourreaux étaient là tout prêts à remplir leur office « pour la ramener dans les voies de la vérité, » comme disait l'évêque, « afin d'assurer par là le salut de son âme et de son corps, si gravement compromis par ses intentions erronées. »

Jeanne répondit :

« Vraiment, si vous me deviez faire détraire (arracher) les membres et faire partir l'âme hors du corps, si ne vous dirais-je autre chose; et si je vous disais autre chose, après je vous dirais toujours que vous me l'auriez fait dire par force. »

C'était d'un mot faire voir ce que vaut la torture. Elle ne refusa point d'ailleurs de parler, mais elle le fit pour confirmer toutes ses paroles. Elle dit que le lendemain de son dernier interrogatoire public, à la fête de la Sainte-Croix (3 mai), elle avait eu le secours de saint Gabriel :

« Et croyez que ce fut saint Gabriel, dit-elle : mes voix me l'on fait connaître. »

Elle dit encore qu'elle avait demandé conseil à ses voix pour savoir si elle devait se soumettre à l'Église comme on la pressait de le faire :

« Et elles m'ont dit, continua-t-elle, que, si je veux que Notre-Seigneur m'aide, je m'attende à lui de tous mes faits. »

Elle ajouta, contre les imputations qui rappor-

taient ses apparitions au malin esprit, qu'elle savait que Notre-Seigneur avait toujours été maître
de ses faits, et que l'ennemi n'y avait jamais eu
puissance. Enfin elle avoua qu'elle avait demandé
à ses voix si elle serait brûlée :

« Et mes voix, dit-elle encore, m'ont répondu
que je m'attende à notre Sire, et qu'il m'aidera. »

On lui reparla de la couronne donnée, selon
qu'elle l'avait prétendu, à l'archevêque de Reims,
et on lui demanda si elle voulait s'en rapporter à
lui. Posée par les juges, la question ne pouvait
pas être douteuse; posée par Jeanne, rien n'eût
été plus facile que de s'y entendre. Elle répondit :

« Faites-le venir et que je l'entende parler, et
puis je vous répondrai. Il n'oserait dire le contraire de ce que je vous ai dit[1]. »

Les juges, frappés de sa fermeté, comprirent
que la torture n'y ferait rien, et crurent sage d'y
surseoir. Ils se réunirent, le 12, pour en délibérer
de nouveau, et résolurent d'y renoncer définitivement, les uns disant que la question était inutile,
que l'on avait sans torture assez ample matière;
les autres, que le procès était bien fait, et qu'il ne
fallait point par là l'exposer à la calomnie. Dans
la minorité qui approuvait la torture on compte

---

1. T. I, p. 399-400. Cf. t. III, p. 185 (Leparmentier, remplissant
l'office de bourreau).

le jeune et brillant docteur Thomas de Courcelles, et celui qui s'était fait agréer comme confesseur de Jeanne, Nicolas Loyseleur[1].

1. T. I, p. 402-403.

IV

LA RÉPONSE DE L'UNIVERSITÉ DE PARIS
ET LA DEUXIÈME ADMONITION.

Les choses marchaient vers la conclusion. Aussitôt après la séance du 2 mai, quand Jeanne eut
publiquement refusé de s'en remettre, touchant
ses faits, à la décision de l'Église dans les termes
où on l'y invitait, le chapitre de Rouen se réunit
et, renonçant au délai qu'il avait réclamé d'abord,
il n'hésita plus à déclarer que l'opinion des docteurs sur les assertions de Jeanne lui paraissait
fondée en raison, et que Jeanne, vu son obstination, devait être réputée hérétique (4 mai). C'était
déjà un suffrage important pour l'évêque de Beauvais, mais depuis il en avait reçu un autre de
bien plus grande autorité, un suffrage auquel
plusieurs s'étaient référés par avance : je veux
dire l'avis officiel de l'Université de Paris[1].

1. *Délibér. du chapitre de Rouen :* t. I, p. 353.

L'Université de Paris avait reçu, un peu tard, communication des douze articles. Les trois docteurs, ses suppôts, chargés de les lui remettre, Jean Beaupère, Jacques de Touraine et Nicolas Midi, étaient partis de Rouen à la suite de l'Exhortation charitable du 18 avril, et devaient lui donner de vive voix toute explication sur l'affaire dont ils avaient suivi les débats. L'Université avait, dès l'origine, vivement désiré d'attirer à elle le procès de Jeanne d'Arc ; elle se jeta avec passion encore sur ces restes qu'on lui en donnait. Le 29 avril, elle se réunit à Saint-Bernard pour prendre connaissance des articles et des lettres tant du roi d'Angleterre que des juges de Rouen, jointes aux articles. Sur la proposition du recteur, elle chargea les deux facultés de théologie et des décrets (de droit) d'examiner chacune à part la pièce soumise à ses délibérations, et, le 14 mai, elle s'assembla de nouveau pour entendre leurs rapports[1].

Jean de Troyes, remplissant les fonctions de doyen de la faculté de Théologie, prit le premier la parole, et lut la décision de la faculté sur chacun des douzes articles.

1° *Les apparitions de Jeanne :* La faculté déclare que, vu la fin, le mode et la matière des révélations, la qualité de la personne et les autres cir-

---

1. *Envoi des douze articles à Paris :* t. I, p. 407 et 409. — Jacques de Touraine et Nicolas Midi assistent à Rouen à la séance du 18 avril, t. I, p. 375. — *Séance du 29 avril, à Paris :* t. I, p. 411 et suiv. (la date est donnée, p. 421).

constances, elles lui paraissent fictives, mensongères, séductrices et inspirées plutôt par les esprits
diaboliques; et elle les nomme : à savoir, Bélial,
Satan et Behemmoth.

2° *Le signe du roi :* Mensonge présomptueux et
pernicieux, attentatoire à la dignité des anges.

3° *Les visites de saint Michel, de sainte Catherine
et de sainte Marguerite, et la foi qu'y a la Pucelle :*
Croyance téméraire et injurieuse dans sa comparaison aux vérités de la foi.

4° *Les prédictions :* Superstition, divination et
vaine jactance.

5° *L'habit d'homme porté par commandement de
Dieu :* Blasphème envers Dieu, mépris de Dieu dans
ses sacrements, violation de la loi divine et des
sanctions ecclésiastiques, et suspicion d'idolâtrie.

6° *Les lettres :* Elles peignent la femme : traî-
tresse, perfide, cruelle, altérée de sang humain,
séditieuse, poussant à la tyrannie, blasphématrice
de Dieu.

7° *Le départ pour Chinon :* Impiété filiale, violation du commandement d'honorer père et mère,
scandale, blasphème, aberration dans la foi, etc.

8° *Le saut de Beaurevoir :* Pusillanimité tournant au désespoir et à l'homicide, assertion téméraire touchant la remise de la faute, erreur sur le
libre arbitre.

9° *Confiance de Jeanne en son salut :* Affirmation
présomptueuse, mensonge pernicieux, etc.

10° *Que sainte Catherine et sainte Marguerite ne
parlent pas anglais, etc. :* Blasphème envers sainte

Catherine et sainte Marguerite; violation du précepte de l'amour du prochain.

11° *Les honneurs qu'elle rend à ses saintes :* Idolâtrie, invocation des démons, etc.

12° *Refus de s'en rapporter de ses faits à l'Église :* Schisme, mépris de l'unité et de l'autorité de l'Église, apostasie, obstination dans l'erreur[1].

Guérold de Boissel, doyen de la faculté des Décrets, lut ensuite les délibérations de sa faculté, résumées en six points :

Si cette femme, disait la faculté, était dans son bon sens quand elle a affirmé les propositions contenues dans les douze articles, on peut dire, par manière de conseil et de doctrine, et pour parler charitablement :

1° Qu'elle est schismatique comme se séparant de l'obéissance de l'Église ;

2° Hors de la foi, comme contredisant à l'article *Unam sanctam Ecclesiam catholicam;*

3° Apostate, comme s'étant coupé les cheveux que Dieu lui a donnés pour voiler sa tête, et ayant quitté l'habit de femme pour l'habit d'homme ;

4° Vicieuse et devineresse, quand elle se dit envoyée de Dieu sans le montrer par des miracles ou par des témoignages de l'Écriture, comme fit Moïse, comme fit saint Jean-Baptiste ;

5° Égarée dans la foi, quand elle demeure sous le coup de l'anathème prononcé par les canons, quand elle aime mieux ne pas communier aux

1. T. I, p. 414.

temps marqués par l'Église que de laisser l'habit
d'homme;

6° Abusée, quand elle se dit aussi sûre d'aller en
paradis que si elle y était.

C'est pourquoi, si, avertie charitablement, elle
ne veut pas revenir à l'unité de la foi catholique
et donner satisfaction, elle doit être abandonnée
aux juges séculiers pour subir le châtiment de son
crime [1].

Lecture faite de ces sentences, le recteur demanda si c'était bien l'avis des deux facultés, et,
sur la réponse affirmative des doyens, il soumit
les deux actes à l'approbation du corps entier.
L'Université se sépara pour en délibérer par faculté et par nations, et bientôt, se réunissant en
assemblée générale, elle déclara qu'elle les approuvait [2].

Avec l'expédition authentique de ces actes on remit aux trois envoyés de Rouen les réponses de
l'Université aux lettres de l'évêque de Beauvais et
du roi d'Angleterre. L'Université complimentait
l'évêque du zèle qu'il avait montré, comme un bon
pasteur, contre cette femme dont le venin avait
infecté tout le troupeau des fidèles en Occident;
elle louait la marche du procès et sa conformité au
droit, vantait les docteurs qui n'y avaient épargné
ni leurs personnes ni leurs peines, et recomman-
dait à la sollicitude paternelle de l'évêque de no

1. T. I, p. 417.
2 Délibér. de l'Université de Paris : t. I, p. 421.

rien négliger, jusqu'à ce qu'il eût vengé la majesté divine de l'insulte qu'elle avait reçue. Dans
sa lettre au roi d'Angleterre, elle louait le prince
de l'ardeur qu'il avait mise, en cette occasion, à
défendre la foi et à extirper l'erreur. Elle rappelait les lettres qu'elle lui avait écrites elle-même
touchant la Pucelle, et, donnant son approbation
au procès, le suppliait de faire toute diligence
pour qu'il fût mené à terme brièvement : car, en
vérité, disait-elle, « la longueur et dilation est
très-périlleuse, et si (ainsi) est très-nécessaire, sur
ce, notable et grande réparation, à ce que le peuple, qui par icelle femme a été moult scandalisé,
soit réduit à bonne et sai 'e doctrine et crédu-
lité[1]. »

Ces pièces à peine arrivées, le 19 mai, l'évêque
de Beauvais réunit les assesseurs dans la chapelle
du palais archiépiscopal de Rouen pour leur en
donner lecture. Tous y adhérèrent, et alors chacun
fut invité à donner son avis sur la marche à suivre
pour arriver à la conclusion[2].

Gilles, abbé de Fécamp, opina que l'on prît jour
pour que le promoteur dît s'il avait quelque chose
à ajouter, et qu'on avertît Jeanne. D'autres pensaient que l'affaire était suffisamment instruite, et
qu'il ne restait plus qu'à conclure en présence des

1. *Lettre à l'évêque de Beauvais :* p. 408; *au roi d'Angleterre :*
p. 407.
2. T. I, p. 404-406.

parties. La plupart adoptaient purement et simplement l'avis de l'Université de Paris : avertir
Jeanne charitablement, soit en particulier, soit en
public, lui faire connaître la peine à laquelle son
obstination l'exposait; et si elle se refusait à ces
instances, les uns s'en remettaient au juge de ce
qui resterait à faire, les autres prononçaient d'eux-
mêmes qu'elle devait être déclarée hérétique et
livrée au bras séculier. Quelques-uns pensaient
qu'on pouvait le même jour conclure et prononcer
la sentence, et livrer la coupable au bras séculier[1].

L'évêque, après avoir recueilli ces opinions, annonça, conformément à l'avis du plus grand nombre, qu'il emploierait encore auprès de Jeanne
l'admonition charitable pour la ramener dans la
voie de la vérité et du salut de son âme et de son
corps : après quoi il procéderait selon leur sentiment, fermerait le débat et prendrait jour pour
prononcer la sentence[2].

Le 23 mai, il fit amener Jeanne dans une salle
voisine de la prison où elle était détenue. Il y siégeait, ayant à ses côtés les évêques de Thérouanne
et de Noyon, et quelques-uns des docteurs que
l'on a déjà vus au procès, Jean de Châtillon, Jean
Beaupère, Nicolas Midi, Guillaume Érard, Pierre
Maurice, André Marguerie et Nicolas de Venderez.
Pierre Maurice était chargé d'exposer à l'accusée
les fautes, les crimes et les erreurs où elle était

1. T. I, p. 422-429.
2. Ibid., p. 429.

tombée, au sentiment de l'Université de Paris,
c'est-à-dire de lui reproduire en substance, sous
les voiles d'un discours d'apparat, l'acte capital
qu'on lui dérobait toujours dans la forme officielle, et de l'inviter à renoncer à ses erreurs et à
se soumettre au jugement de l'Église.

« Jeanne, disait-il, tu as dit que, depuis l'âge
de treize ans environ, tu as eu des révélations;
que des anges, que sainte Catherine et sainte Marguerite, te sont apparus, que tu les a vus fréquem-
ment des yeux de ton corps, qu'ils t'ont parlé et
te parlent encore souvent, qu'ils t'ont dit plusieurs choses exposées plus pleinement dans ton
procès. Or les clercs de l'Université de Paris et
d'autres, considérant le mode et la fin de ces apparitions, la matière des choses révélées et la
qualité de la personne, ont dit que ces choses sont
feintes, séductrices et pernicieuses, ou que de
telles révélations et apparitions procèdent des esprits diaboliques.

« Tu as dit.... » Et il reprenait ainsi, en résumé,
chacun des douze articles, les faisant suivre du
jugement de l'Université de Paris[1].

Après quoi, procédant à l'exhortation charitable:
« Jeanne, ma très-chère amie, disait-il, il est
temps, maintenant que l'on touche au terme de
votre procès, de bien peser ce qui a été dit.... »
Il lui rappelait combien de fois on l'avait pressée de se soumettre à l'Église, l'obstination de ses

[1]. T. I, p. 436-437.

refus et la longanimité de ses juges, qui, étant en
mesure de prononcer dans la cause, avaient voulu
soumettre ses paroles à l'examen de l'Université
de Paris. L'Université a répondu, et les juges veulent supplier Jeanne encore de revenir sur ses résolutions, de ne se point faire retrancher de la
communion de Jésus-Christ pour aller se perdre
avec les ennemis de Dieu. Le prédicateur l'invitait
à se défier de cet ennemi du genre humain, qui,
pour le séduire, se transforme quelquefois en ange
de lumière :

« C'est pourquoi, ajoutait-il, si quelque chose
de tel vous est apparu, n'y croyez pas, mais bien
plutôt refusez toute adhésion de votre esprit à de
semblables choses; acquiescez aux dires et aux
opinions de l'Université de Paris et d'autres docteurs qui connaissent la loi de Dieu et la sainte
Écriture, et jugent qu'on ne doit point croire à de
semblables apparitions ni à aucune apparition extraordinaire, si ce n'est sur l'autorité de la sainte
Écriture ou d'un signe suffisant, et d'un miracle.
Or vous n'avez eu ni l'une ni l'autre de ces garan-
ties; vous y avez cru légèrement, sans vous tourner à Dieu par une oraison fervente, pour qu'il
vous en assurât; vous n'avez recouru ni à un prélat, ni à quelque autre homme d'Église éclairé qui
pût vous instruire, ce que vous auriez dû faire,
vu votre état et la simplicité de votre savoir. Et
prenez un exemple : Si votre roi, de son autorité,
vous avait commis la garde de quelque forteresse,
vous défendant d'y recevoir personne, quand

même quelqu'un dirait qu'il vient en son nom, à moins qu'il ne vous apportât des lettres ou quelque signe certain, vous ne devriez le croire ni le recevoir. Ainsi, lorsque Notre-Seigneur Jésus-Christ, montant au ciel, a commis au bienheureux Pierre, apôtre, et à ses successeurs, le gouvernement de son Église, il leur a défendu de recevoir désormais aucun de ceux qui viendraient en son nom, si cela n'était suffisamment établi autrement que par leur dire. C'est donc chose certaine : vous n'avez pas dû ajouter foi à ceux dont vous dites qu'ils vous sont venus de cette sorte; et nous, de même, nous ne devons pas vous croire, puisque le Seigneur nous ordonne le contraire.

« Jeanne, remarquez-le bien encore. Si, dans les États de votre roi, lorsque vous y étiez, un chevalier ou tout autre, né sous sa domination et son obéissance, s'était levé, disant : « Je n'obéirai « point au roi et je ne me soumettrai point à ses « officiers, » n'auriez-vous pas dit qu'il dût être condamné? Que direz-vous donc de vous-même, qui êtes née dans la foi du Christ, devenue, par le sacrement du baptême, fille de l'Église et épouse de Jésus-Christ, si vous n'obéissez point aux officiers du Christ, c'est-à-dire aux prélats de l'Église? quel jugement porterez-vous de vous-même? Cessez donc, je vous prie, de parler de la sorte, si vous aimez Dieu votre Créateur, votre précieux époux et votre salut, et obéissez à l'Église en acceptant son jugement. Sachez que, si vous ne le faites et si vous persévérez dans cette erreur,

votre âme sera condamnée au supplice éternel,
livrée à des tourments sans fin ; et quant au corps,
je doute fort qu'il ne vienne en perdition ! Que le
respect humain ne vous retienne pas, ni cette
fausse honte qui peut-être vous domine, parce que
vous avez été en de grands honneurs que vous
pensez perdre en agissant comme je vous dis. Il
faut préférer l'honneur de Dieu et le salut tant de
votre corps que de votre âme : or tout cela se perd,
si vous ne faites ce que j'ai dit, parce que, de
cette sorte, vous vous séparez de l'Église et de la
foi que vous avez promise au sacré baptême; vous
mutilez l'autorité de Dieu et celle de l'Église, qui
pourtant est conduite, régie et gouvernée par l'autorité de Dieu et par son Esprit. Il a dit aux prélats de l'Église : « Qui vous écoute m'écoute, et
« qui vous méprise me méprise. » Lors donc que
vous ne voulez pas vous soumettre à l'Église, de
fait vous vous en séparez, et, en refusant de vous
soumettre à elle, vous refusez de vous soumettre
à Dieu. Vous errez contre l'article *Unam sanctam
Ecclesiam*, dont le caractère et l'autorité vous ont
été suffisamment montrés dans les précédentes
admonitions. Cela étant, je vous avertis donc, de
la part de messeigneurs l'évêque de Beauvais et le
vicaire de l'inquisiteur, vos juges, je vous avertis,
vous prie et vous conjure, par cette piété que vous
avez pour la Passion de votre Créateur, par l'intérêt que vous prenez au salut de votre âme et de
votre corps, de corriger et redresser les choses
susdites, et de rentrer dans la voie de la vérité en

obéissant à l'Église, en acceptant son jugement et sa détermination dans les choses qui ont été dites. Et en agissant ainsi, vous sauverez votre âme et rachèterez, comme je pense, votre corps de la mort. Mais, si vous ne le faites et que vous vous obstiniez, sachez que votre âme sera frappée de damnation, et je crains la destruction de votre corps : desquelles choses daigne vous préserver Jésus-Christ[1] ! »

Jeanne écouta cette admonition et, sans se laisser ébranler par les prières plus que par les menaces; elle dit :

« Quant à mes faits et mes dits que j'ai dits au procès, je m'y rapporte et les veux soutenir.

— Croyez-vous que vous ne soyez point tenue de soumettre vos dits et faits à l'Église militante ou à autre qu'à Dieu?

— La manière que j'ai toujours dite et tenue au procès, je la veux maintenir quant à ce. »

Et elle ajouta :

« Si j'étais en jugement et voyais le feu allumé, et les bourrées allumées et le bourreau prêt à bouter le feu; si j'étais dans le feu, je n'en dirais autre chose et soutiendrais ce que j'ai dit au procès, jusqu'à la mort. »

Le juge demanda au promoteur et à Jeanne s'ils n'avaient rien de plus à dire, et, sur leur réponse

1. T. I, p. 437-441.

négative, il déclara les débats clos, renvoyant au lendemain pour prononcer la sentence et procéder au delà « comme de droit et de raison [1] ».

1. T. I, p. 441-442.

LIVRE NEUVIÈME.

ROUEN. — L'ABJURATION,

LE CIMETIÈRE DE SAINT-OUEN.

Les juges pouvaient maintenant condamner Jeanne, mais, tant qu'elle demeurait ferme dans ses affirmations, l'impression qu'elle avait faite sur les esprits restait entière, et le jugement, en quelque nom qu'on le prononçât, était révocable au tribunal de l'opinion publique. Il fallait donc obtenir qu'elle se condamnât elle-même, qu'elle abjurât. On tenta un dernier effort pour ébranler la jeune fille. Ni la prison, ni le secret des interrogatoires privés, ni la solennité des séances générales, n'avaient pu l'émouvoir : on voulut éprouver ce que feraient le spectacle de la foule ramassée sur la place publique et la vue du bourreau.

Au jour fixé par l'évêque, le jeudi après la Pentecôte, 24 mai, deux échafauds furent dressés dans le cimetière de l'abbaye de Saint-Ouen. Sur l'un siégeait l'évêque, ayant avec lui le cardinal de Winchester, grand-oncle du roi, et une nombreuse assistance d'abbés, de prêtres et de docteurs; l'autre attendait Jeanne[1].

Avant de l'y conduire, on n'avait rien négligé qui pût servir à la fin proposée. Dès le matin, Jean Beaupère, le plus habile et le plus considérable des docteurs, le bras droit de l'évêque, l'était venu trouver à la prison pour lui annoncer la cérémonie préparée. Il lui dit que, si elle était bonne chrétienne, elle déclarerait s'en remettre de tout en l'ordonnance de notre sainte mère l'Église : et de quelque manière qu'il lui ait présenté la chose, il prétendit, au jugement de réhabilitation, qu'elle promit de le faire. Nicolas Loyseleur vint ensuite : il lui avait été donné à titre de conseil ; et sur le lieu même de la cérémonie, comme on avait placé Jeanne au seuil d'une petite porte avant de la faire monter sur l'échafaud, il était près d'elle, l'exhortant de toute sa force à faire ce qu'on lui demanderait, et l'assurant qu'il ne lui arriverait rien de mal, qu'elle serait remise à l'Église. C'est ainsi préparée qu'elle arriva sur l'échafaud, où un prédicateur de grand renom, Guillaume Érard, devait porter le dernier coup[2].

Si l'on en croit le serviteur d'Érard, Jean *de*

1. *Saint-Ouen :* t. I, p. 443. Le cimetière de l'abbaye de Saint-Ouen était situé au sud de l'église.
2. *Jeanne et J. Beaupère :* t. II, p. 21. — *Jeanne et N. Loyseleur :* « Johanna, credatis mihi, quia, si vos velitis, eritis salvata. « Accipiatis vestrum habitum, et faciatis omnia que vobis ordina- « buntur : alioquin estis in periculo mortis. Et si vos faciatis ea

Lenosoliis, qu'on entendit au procès de réhabilitation, le prédicateur n'accepta pas volontiers cette tâche : il disait qu'elle lui déplaisait fort et qu'il aimerait mieux être en Flandre; mais il s'en acquitta avec un zèle qui n'eût point laissé aux Anglais mêmes le moindre soupçon de son mauvais vouloir [1].

Il prêcha sur ce texte de saint Jean : « La branche ne peut porter de fruit d'elle-même, si elle ne demeure sur la vigne; » et il exposa avec ampleur comment tous les catholiques doivent demeurer sur la vraie vigne de notre sainte mère l'Église, que la main de Jésus-Christ a plantée : montrant que Jeanne, par ses erreurs et par ses crimes, s'était séparée de l'unité de l'Église, et avait, de mille sortes, scandalisé le peuple chrétien.

Au milieu de cette longue diatribe, qui se résumait en ces mots : sorcière, hérétique, schismatique, le prédicateur, entraîné par son ardeur :

« O France! s'écria-t-il, tu es bien abusée! Tu as toujours été la chambre (maison) très-chrétienne; et Charles qui se dit roi, et de toi gouverneur, s'est adhéré comme hérétique et schismatique (tel est-il) aux paroles et aux faits d'une femme inutile, diffamée et de tout déshonneur pleine; et non pas lui seulement, mais tout le clergé de son obéissance et seigneurie, par lequel

----

« quæ vobis dico, vos eritis salvata, et habebitis multum bonum, « et non habebitis malum, sed eritis tradita Ecclesiæ. » Et fuit tunc ducta super scaphaldo seu ambone. » T. III, p. 146 (Manchon); cf. L'Averdy, *Notice des manuscrits*, t. III, p. 424, et Lebrun des Charmettes, t. IV, p. 108.

1. *Déposition de J. de Lenosoliis : Procès*, t. III, p. 113.

elle a été examinée et non reprise, comme elle a dit. »

Puis, se tournant vers Jeanne et, pour donner plus de force à l'apostrophe, l'interpellant de la main :

« C'est à toi, Jeanne, à qui je parle, et te dis que ton roi est hérétique et schismatique. »

Jeanne avait accepté toutes ces injures pour elle, mais, entendant qu'elles montaient jusqu'au roi :

« Par ma foi! sire, dit-elle, révérence gardée, je vous ose bien dire et jurer, sur peine de ma vie, que c'est le plus noble chrétien de tous les chrétiens, et qui mieux aime la foi et l'Église[1].

— Fais la taire! » dit à l'huissier le prédicateur, mal content de son interpellation[2].

Il reprit son discours, et à la fin, s'adressant à elle sur un ton plus adouci :

« Voici, dit-il, messeigneurs les juges qui, plusieurs fois, vous ont sommée et requise de soumettre tous vos faits et dits à notre sainte mère l'Église, vous montrant qu'en vos dits et faits

---

1. La déposition d'Isambard de la Pierre est conçue en ces termes : « O prædicator ! male dicitis : non loquamini de persona domini regis Karoli, quia bonus catholicus est, et in me non credidit. » Ces derniers mots doivent se traduire : « et d'ailleurs il n'a pas cru en moi; » comme si elle ajoutait : « On ne peut donc en aucun cas l'impliquer au procès. » La suite des idées, comme le rapprochement des autres témoignages, prouve bien qu'on ne peut l'entendre autrement.

2. *Discours d'Érard :* t. I, p. 444. — *Apostrophe :* t. II, p. 17 (Massieu, qui était sur le même échafaud); *ibid.,* p. 331; cf. p. 335 (*id.*); p. 15 (Manchon); t. II, p. 367, et T. III, p. 168 (M. Ladvenu); t. II, p. 303 et 353 (Is. de la Pierre).

étaient plusieurs choses lesquelles, comme il semblait aux clercs, n'étaient bonnes à dire et à soutenir. »

Il s'attendait sans doute au dénoûment dont
l'avait pu flatter Jean Beaupère; Jeanne dit :

« Je vous répondrai. »

Et vraiment inspirée :

« Quant à la soumission à l'Église, je leur ai répondu. Je leur ai dit en ce point que toutes les
choses que j'ai faites ou que j'ai dites soient
envoyées à Rome, devers notre saint père le Pape,
auquel, et à Dieu premier, je me rapporte; et quant
aux dits et faits que j'ai faits, je les ai faits de par
Dieu. »

Elle ajouta que de ses faits et dits elle ne chargeait personne, ni son roi, ni aucun autre, et que,
s'il y avait quelque faute, c'est à elle et non à un
autre qu'il la fallait rapporter.

On lui demanda si elle ne voulait pas révoquer
ceux de ses faits ou de ses dits qui étaient ré-
prouvés. Elle répondit :

« Je m'en rapporte à Dieu et à notre saint père
le Pape[1]. »

Cette scène où les juges avaient cherché la glo-
rification publique de leur procès allait tourner à
leur confusion. Comment accuser de ne point se
soumettre à l'Église celle qui s'en rapportait au
Pape? Ne pouvait-on pas, avec bien plus de raison, accuser de mépris pour l'autorité de l'Église
ceux qui ne tenaient aucun compte de cet appel

1. T. I, p. 445.

fait à son chef? Les juges embarrassés représen-
tèrent « qu'on ne pouvait pas aller quérir notre
saint père si loin; que les ordinaires étaient juges
chacun dans leur diocèse; qu'il fallait qu'elle s'en
rapportât à notre sainte mère l'Église ainsi entendue, et qu'elle tînt ce que les clercs et les gens
en ce se connaissant en disaient et avaient détermi-
miné de ses dits et de ses faits[1]. »

Tous les voiles tombaient donc : l'Église, c'é-
taient ses juges; c'est à l'ennemi qu'elle avait eu
mission de combattre et de chasser de France que
l'on voulait qu'elle s'en remît, sous peine de
schisme et d'hérésie, de la vérité de sa mission!
Il fallait bien conclure. Érard prit la cédule où
étaient énumérées les diverses choses dont on
l'accusait, et la somma de les abjurer. Mais
qu'était-ce qu'abjurer? Elle n'en savait rien, ni
surtout combien ce qu'on lui présentait comme
moyen de salut offrait de périls.... Elle demanda
donc ce que cela voulait dire, et l'huissier Massieu, chargé par Érard de le lui expliquer, en profita pour lui dire à quoi elle s'exposait, si elle revenait jamais sur le désaveu qu'on aurait obtenu
d'elle. Elle suivit son conseil et dit à haute voix :

« Je m'en rapporte à l'Église universelle si je les
dois abjurer ou non.

— Tu les abjureras présentement ou tu seras

1. T. I, p. 445. — Et M. Ch. de Beaurepaire fait remarquer
qu'il y eut appel au pape et au concile, en 1436, pour une
question de préséance, entre l'abbé de Bec-Hellouin et l'abbé de
Saint-Ouen, ainsi que pour autre menue affaire dans le même
temps! (*Notes sur les juges et les assesseurs du procès de condamnation de Jeanne d'Arc*, 1890, p. 129 et 131.)

arse (brûlée) aujourd'hui même! » s'écria Érard furieux.

N. Loyseleur, qui ne l'avait point quittée, lui répétait : « Faites ce que je vous ai dit; reprenez l'habit de femme. » Tout le monde la pressait : « Faites ce qui vous est conseillé. Voulez-vous vous faire mourir? » Et les juges eux-mêmes prenaient le langage de la compassion : « Jeanne, nous avons tant pitié de vous! Il faut que vous retranchiez ce que vous avez dit ou que nous vous livrions à la justice séculière. » Jeanne protestait toujours qu'elle n'avait rien fait de mal, qu'elle croyait aux douze articles de foi et aux commandements de Dieu, disant de plus qu'elle s'en référait à la cour de Rome et croyait ce que la cour croyait. Et comme on insistait : « Vous vous donnez bien du mal pour me séduire, » ajoutait-elle[1].

Cependant l'évêque, ayant par trois fois inutilement renouvelé ses sommations, commença à lire la sentence. L'heure était redoutable : et qui s'étonnera qu'une pauvre fille y succombe? Épuisée par la lutte et comme étourdie par ces voix de toutes sortes, conseils, menaces, prières, elle

1. *Scène de Saint-Ouen.* La déposition capitale est celle de Massieu, t. II, p. 17; cf. p. 331 : on y trouve une légère variante en ce qui touche Massieu lui-même. Tandis que, sur la demande de Jeanne, il la conseille, Érard lui demande ce qu'il lui dit : « Je lui lis la cédule et je lui dis de la signer. » Voyez encore sa troisième déposition, t. III, p. 156-157.

N. Loyseleur : t. III, p. 146 (Manchon). — *Instances des assesseurs :* t. III, p. 55 (l'évêque de Noyon); p. 122 (H. de Macy), et le procès-verbal, t. I, p. 446.

tombe tout à coup dans ce silence imposant où il semble que tout le monde l'abandonne devant le juge qui la condamne et le bourreau qui l'attend. Elle cède; elle dit : « Je me soumets à l'Église; » et elle priait encore saint Michel de l'aider et de la conseiller. On se hâta de prendre acte de sa soumission en forme authentique. Ce long débat, et plus encore la lutte intérieure qu'elle avait dû subir, avaient brisé tout ressort en elle. L'huissier Massieu lui lisait la formule, et elle la redisait après lui, comme sans savoir ce que cela voulait dire; elle souriait en répétant les mots, si bien que plusieurs croyaient qu'elle se moquait[1].

La formule d'abjuration, telle qu'elle est au procès, donnait pleine satisfaction aux juges. Jeanne contre-signait les douze articles et les plus violentes qualifications de l'accusateur. Elle confessait qu'elle avait très-grièvement péché en feignant mensongèrement « avoir eu des révélations et apparitions de par Dieu, en séduisant les autres, en faisant superstitieuses divinations, en blasphémant Dieu et ses saints »; qu'elle avait transgressé la loi divine, la sainte Écriture et les canons « en portant habit dissolu, difforme et déshonnête

---

1. *Le bourreau :* « Dicit etiam quod tortor cum quadriga erat in vico, expectans quod daretur ad comburendum. » T. III, p. 147 (Manchon). — *Jeanne sur l'échafaud.* « Et credit quod ipsa Johanna nullo modo intelligebat. » T. III, p. 164 (G. Colles). — « Subridebat. » *Ibid.,* p. 147 (Manchon). — « Quod non erat nisi truffa et quod non faciebat nisi deridere. » T. III, p. 55 (l'évêque de Noyon).

contre la décence de nature, et cheveux rognés en
rond en guise d'homme contre toute honnêteté du
sexe de femme »; en portant les armes, « en dési-
rant crueusement (cruellement) effusion de sang
humain; » en disant qu'elle avait fait tout cela par
commandement de Dieu, et qu'elle avait bien fait,
« en méprisant Dieu et ses sacrements; » en faisant sédition, idolâtrant et invoquant les mauvais
esprits. Elle confessait de plus qu'elle avait été
schismatique et par plusieurs manières avait erré
dans la foi. Lesquels crimes et erreurs elle abjurait, se soumettant à la correction de l'Église et à
bonne justice, et promettant à saint Pierre et au
Pape, comme à l'évêque et aux juges présents, de
n'y plus retomber [1].

Cette formule, qui figure au procès en français
et en latin, a pourtant contre elle des difficultés
assez graves. C'est qu'elle est très-longue (nous
l'avons considérablement abrégée), et, au témoignage de tous ceux qui l'ont vue et entendue,
la formule lue à Jeanne était fort courte. Elle dura
à peu près comme un *Pater noster*, dit Pierre
Miget; et elle fut lue deux fois, Jeanne répétant
les mots après Massieu. Elle avait six lignes de
grosse écriture, dit le greffier Taquel, qui était
proche; six ou sept lignes, disent J. Monnet et
G. de la Chambre; et ce dernier ajoute qu'il était
assez près pour en voir les mots. Mais on n'a pas
seulement le témoignage de ceux qui l'ont vue ou

1. T. I, p. 447.

entendu lire : on a la parole de celui qui l'a lue
à Jeanne. Massieu déclare que « la formule con-
tenait huit lignes au plus, et qu'il sait fermement
que ce n'est pas celle dont il est parlé au procès;
que la formule insérée au procès n'est pas celle
qu'il a lue lui-même et que Jeanne a signée[1] ».

Il n'est pas impossible, en effet, qu'en vue de
l'accusation on ait dressé cette longue formule
qui la résume et la sanctionne; mais il n'est pas
invraisemblable non plus qu'en vue de l'accusée
et de ce qu'on voulait obtenir d'elle on lui en ait
proposé une autre moins susceptible de provoquer
la révolte de sa conscience. Il y était dit qu'elle
ne porterait plus les armes, ni l'habit d'homme, ni
les cheveux coupés en rond, et plusieurs autres
choses, dit Massieu; selon un autre témoin, elle y
disait qu'elle s'était rendue coupable du crime de
lèse-majesté et qu'elle avait séduit le peuple, et
probablement (la suite tient lieu de témoignage
en ce point) qu'elle s'en remettait de ses dits et de
ses faits à l'Église : avec le protocole et la conclusion de rigueur, sept ou huit lignes n'en pouvaient guère tenir davantage.

1. *P. Miget:* t. III, p. 132; *Taquel : ibid.*, p. 197. « Et erat quasi
sex linearum grossæ litteræ. Et dicebat ipsa Johanna post dictum
Massieu. » — *J. Monnet et G. de la Chambre:* « Legendo post
aliam quamdam parvam schedulam continentem sex vel septem
lineas in volumine folii papyrei duplicati; et erat ipse loquens ita
prope quod verisimiliter poterat videre lineas et modum earum, »
ibid., p. 52 (G. de la Chambre); cf. p. 65 (J. Monnet). — *Massieu,*
ibid., p. 156 : « Et bene scit quod illa schedula continebat circiter
octo lineas et non amplius; et scit firmiter quod non erat illa de qua
in processu fit mentio, quia aliam ab illa quæ est inserta in processu legit ipse loquens, et signavit ipsa Johanna. »

Voilà ce qu'on lut à Jeanne, et ce n'est pas ce qu'on lit au procès-verbal sous son nom. Le procès-verbal a-t-il faussement donné, avec son signe et son nom, une pièce qu'elle n'a pas signée, ou comment a-t-elle signé une pièce qu'on ne lui a pas lue? Si le faux est difficilement supposable avec la connivence du greffier, on doit le chercher dans une substitution d'une autre sorte; et on en peut trouver la trace dans un témoignage recueilli au procès de réhabilitation. Si l'on en croit Haimond de Macy, qui était là, un Anglais, le secrétaire du roi d'Angleterre, Jean Calot, serait venu ici en aide aux juges. Dès que Jeanne eut cédé, dit le témoin, il tira de sa manche un petit papier qu'il lui donna à signer, et ce fut lui qui, mal content du signe qu'elle y avait tracé, lui tint la main et la guida pour qu'elle y mît en toutes lettres son nom[1].

Une chose pressait encore les juges d'abréger la scène : c'est qu'elle était fort mal goûtée des An-

---

1. *Formule officielle :* Thomas de Courcelles, avec toute réserve, paraît croire qu'elle est de Nicolas de Venderez.—*Petite formule :* t. III, p. 156 (Massieu); cf. p. 194 (J. Moreau) : il y était question, selon lui, qu'elle avait commis le crime de lèse-majesté et séduit le peuple. — *Signature de la formule :* « Extraxit a quadam manica sua quamdam parvam schedulam scriptam, quam tradidit eidem Johannæ ad signandum; et ipsa respondebat quod nesciebat nec legere, nec scribere. Non obstante hoc, ipse L. Calot secretarius tradidit eidem Johannæ dictam schedulam et calamum ad signandum, et per modum derisionis ipsa Johanna fecit quoddam rotundum. Et tunc ipse L. Calot accepit manum ipsius Johannæ cum calamo et fecit fieri eidem Johannæ quoddam signum de quo non recordatur loquens. » T. III, p. 123 (H. de Macy). Voy., sur les deux formules d'abjuration, L'Averdy, *l. l.*, p. 426-431.

glais. Les Anglais croyaient toucher au terme de
ce procès dont les longueurs suspendaient tout
pour eux : car, tant que Jeanne vivait, ils n'o-
saient, on l'a vu, rien entreprendre. Ils étaient
venus, sûrs de la ressaisir enfin, puisque, si elle
s'obstinait, comme on devait s'y attendre, la sentence la livrait au bras séculier, et le bourreau
était là. Ils ne comprenaient donc rien aux efforts
des juges pour obtenir qu'elle abjurât, et plus
d'une fois ceux-ci furent interrompus par des mur-
mures. Mais, quand on vit qu'ils avaient réussi,
la fureur fut au comble : on leur jeta des pierres ;
un chapelain du cardinal de Winchester, qui se
trouvait auprès de l'évêque, l'appela traître.

« Vous avez menti ! » dit l'évêque.

L'évêque avait raison, le chapelain avait menti[1].

Pour rendre à l'Angleterre l'autorité qu'elle avait
perdue, il ne suffisait pas de brûler Jeanne, comme
le croyait cette soldatesque superstitieuse qui
ajournait jusqu'à sa mort toute espérance de la
victoire. C'était peu que de la faire mourir, si on
ne frappait d'abord sa mission. Or, pour l'atteindre,
rien de sûr, nous l'avons dit, que son propre désaveu. Il le fallait avoir à tout prix, dût-on l'a-

---

1. *Impatience des Anglais :* « Et audivit ab aliquibus quod Anglici erant male contenti quod [processus] erat ita prolixus, et in-
crepabant aliquos quare citius non perficiebant. » T. III, p. 199
(J. Riquier). — *Le bourreau :* t. III, p. 65 (J. Monnet) ; cf. p. 147
(Manchon). — *Démenti de l'évêque :* t. III, p. 147 (Manchon) ; t. II,
p. 322 (P. Boucher) ; p. 147 (Manchon) ; p. 338 (G. du Désert) ; p. 355,
et t. III, p. 184 (Marguerie) ; t. II, p. 361, et t. III, p. 131 (P. Migel) ;
p. 90 (J. Marcel) : il suppose que l'auteur de l'interpellation est
Jean Calot.

cheter pour le moment par la grâce de la vie. D'ailleurs, l'abjuration acquise, la grâce était facilement révocable. La fermeté avec laquelle Jeanne
avait, pendant près de deux mois, soutenu devant
ses juges la vérité de sa mission, marquait assez
comme elle en était convaincue : et ces convic-
tions ne se perdent pas dans un moment d'étour-
dissement, de lassitude ou même de faiblesse. De
plus, elle n'avait pas seulement renoncé à ses
idées, elle avait renoncé à son habit d'homme. Or,
il y avait un moyen infaillible de lui faire reprendre cet habit : c'était, au pis aller, de ne pas lui
en laisser d'autre. Il n'en fallait pas plus pour
qu'elle devînt relapse. L'évêque de Beauvais savait donc bien ce qu'il faisait, et le cardinal de
Winchester ne l'ignorait pas non plus, sans doute.
Il imposa durement silence à son chapelain, et
quand l'évêque, après l'abjuration, prit son avis
sur ce qu'il fallait faire : « L'admettre à la pénitence, » dit le cardinal[1].

L'évêque prononça donc la sentence.

Après avoir rappelé son devoir de pasteur et
résumé tout le procès, il énumérait les crimes
déjà vus dans la formule d'abjuration prêtée à
Jeanne, et l'en déclarait coupable : mais, considérant qu'à la suite de tant d'avertissements charitables elle était rentrée au sein de l'Église et avait
publiquement abjuré ses erreurs, il l'absolvait de
l'excommunication. Toutefois, comme elle avait

---

1. *Procès*, t. III, p. 64 (J. Monnet).

péché contre Dieu et l'Église, pour sa salutaire
pénitence il la condamnait à la prison perpétuelle,
« au pain de douleur et à l'eau d'angoisse, » afin
qu'elle y apprît à pleurer ses fautes et à ne plus
les commettre[1].

Jeanne absoute de l'excommunication aurait
bien pu espérer sa mise en liberté. C'est par là
qu'on avait tenté de la séduire : Érard lui avait dit
qu'en abjurant elle serait délivrée de prison. Condamnée à la prison par forme de pénitence, elle
devait compter au moins n'en avoir pas d'autre
que celle de l'Église. C'était de droit ; tout le monde
s'y attendait. Plusieurs en parlèrent à l'évêque ; et
Jeanne elle-même, comme Loyseleur la félicitait
« d'avoir fait une bonne journée, » Jeanne disait
à ceux qui l'entouraient : « Or çà, entre vous, gens
d'Église, menez-moi en vos prisons, et que je ne
sois plus en la main des Anglais. » Mais l'évêque
dit : « Menez-la où vous l'avez prise. » — Pouvait-il
la renvoyer ailleurs ? Jeanne était aux Anglais : ils
avaient fait leurs conditions en la livrant à l'é-
vêque. Ils ne la lui avaient donnée que pour la juger : condamnée ou non, elle retombait en leur
puissance. Mais c'était à l'évêque de ne point ac-

---

1. In nomine Domini, amen. Universos Ecclesiæ pastores qui fi-
delem dominici gregis curam gerere exoptant summa ope niti de-
cet ut quanto errorum perfidiosus sator pluribus dolis virulentis-
que fraudibus ovile Christi satagit inficere, tanto majori vigilantia
et instantiori sollicitudine perniciosis ejus conatibus obsistere la-
borent, præsertim instantibus periculosis temporibus quibus ple-
rosque pseudo-prophetas, introducentes sectas perditionis et erro-
ris, venturos in mundum apostolica sententia prædixit, » etc. (T. I,
p. 450-452.)

cepter des conditions qui dénaturaient le caractère
de la peine et ne laissaient à son jugement de force
que pour la mort ; c'était à lui de ne pas tromper
sa victime sur les suites de la soumission qu'il
avait tant travaillé à lui surprendre. En la remettant aux Anglais, il s'avouait leur complice : il
rendait infaillible cette parole d'un docteur à
Warwick, comme il se plaignait que le roi était
mal servi et que Jeanne échappait : « Sire, n'ayez
cure, nous la rattraperons bien[1]. »

1. *Qu'elle serait délivrée de prison :* t. III, p. 52 (G. de la Chambre). — *Prison ecclésiastique :* « Laquelle chose fut requise à l'é-
vêque de Beauvais par aucuns des assistants. » T. II, p. 18 (Massieu). J. Lefebvre (Fabri) dit que plusieurs y pensaient, mais que
nul ne l'osait dire, t. III, p. 175. — *Renvoi à la prison laïque :*
ibid., p. 14 (Manchon) ; p. 18 (Massieu) ; cf. t. III, p. 157 (Massieu).
— *Pourquoi la prison perpétuelle, quand on lui avait promis
qu'il ne lui arriverait rien de mal ?* « Propter diversitatem obe-
dientiarum ; et timebant ne evaderet. » T. III, p. 147 (Manchon).
— *Mot d'un docteur à Warwick :* « Domine, non curetis, bene
rehabebimus eam. » T. II, p. 376 (J. Fave).

M. de Beaurepaire est d'avis que dans la scène de Saint-Ouen il
n'y a pas eu de guet-apens. Il fallait, dit-il, pour que l'on fût déclaré
hérétique, non pas seulement des opinions jugées telles, mais refus de les abjurer. La demande d'abjuration était donc nécessaire,
et la scène (moins l'appareil, sans doute) restait dans l'ordre du
procès. J'admets cela. Il n'en est pas moins vrai que, l'abjuration
obtenue, il y avait des moyens sûrs de faire retomber Jeanne, de la
convaincre, non plus seulement comme hérétique, mais comme relapse ; et on les sut trouver : car les Anglais n'entendaient pas se
contenter d'abandonner Jeanne aux pénitences de l'Église. C'est ce
qui permet de suspecter les intentions de ceux qui menaient le
procès en leur nom.

II

LA RELAPSE.

Dans l'après-midi du même jour (jeudi, 24 mai), les juges vinrent trouver Jeanne à la prison. Ils lui rappelèrent la grande miséricorde qu'ils lui avaient faite en la recevant au pardon de l'Église, l'engagèrent à se bien soumettre et à ne plus revenir à ses erreurs, l'avertissant que l'Église, si elle y retombait encore, ne la recevrait plus. Puis ils l'invitèrent à laisser l'habit d'homme et à revêtir l'habit de femme, comme l'Église l'avait ordonné : et Jeanne promit d'obéir en toute chose, et elle accepta l'habit qu'on lui présentait[1].

Mais le dimanche un bruit se répand tout à coup : Jeanne a repris ses habits d'homme; elle est relapse, c'en est fait d'elle ! Il fallait constater la chose : on courut à la prison, et ce ne fut pas sans péril.

---

[1] *Les juges à la prison, le jeudi :* t. I, p. 452.

On a vu dans quelles dispositions d'esprit étaient
les Anglais depuis le jugement. Au cimetière de
Saint-Ouen, ils avaient jeté des pierres aux juges ;
au retour de cette scène, ils les avaient poursuivis
de leurs menaces et de leurs insultes, brandissant
leurs épées et disant que le roi avait perdu son
argent avec eux. Du moins ils gardaient leur prisonnière, et les assesseurs avaient maintenant
grand'peine à la revoir. Pierre Maurice, qui l'avait
officiellement admonestée, le 23 mai, devant le
tribunal, fut très-sérieusement menacé pour avoir,
après le jugement, renouvelé ses conseils. Isambard de la Pierre, Jean de la Fontaine et Guillaume Vallée étant venus pour la fortifier et la
maintenir dans ses bons sentiments, les soldats
irrités les chassèrent du château à coups d'épée et
de bâton ; et la Fontaine en fut tellement effrayé
qu'il n'osa plus reparaître dans la ville. Au rapport de Jean Beaupère, le vendredi déjà et le samedi on avait dit que Jeanne manifestait du repentir d'avoir pris l'habit de femme, et Beaupère
fut envoyé avec Nicolas Midi pour la maintenir
dans son bon propos. Mais, au lieu de celui qui les
devait introduire dans la prison, ils trouvèrent des
Anglais qui se disaient entre eux qu'on ne ferait
pas mal de les jeter dans la Seine. Et comme ils
repassaient le pont du château, n'en demandant
pas davantage, on les menaçait encore de les jeter
à la rivière[1].

1. *Fureur des Anglais :* « Levaverunt gladios ad eos percutien-
dum, quamvis non percusserint, dicentes quod rex male expen-

Ceux qui vinrent pour constater la chute de
Jeanne ne furent pas mieux accueillis ; on se défiait de ces prêtres ; on soupçonnait qu'ils avaient
encore dessein de tout accommoder. Quand ils en-
trèrent dans la cour du château, ils virent arriver
sur eux une centaine d'Anglais criant qu'eux gens
d'Église étaient tous faux, traîtres *armagneaux* et
faux conseillers ; et ils eurent grand'peine d'échapper à ces furieux qui les menaçaient de leurs épées
et de leurs haches. Rien ne se fit donc ce jour-là ;
et le lendemain, le greffier Manchon, mandé au
château pour y remplir son office, était encore si
effrayé, qu'il refusa de s'y rendre, s'il n'avait sûreté : il n'y vint que sous la protection de l'un des
gens du comte de Warwick[1].

derat pecunias suas erga cos. » T. II, p. 376 (J. Fave). — *P. Maurice :* « Cum post primam prædicationem monuisset eam de stando
in bono proposito, Anglici fuerunt male contenti, et fuit in magno
periculo verberationis, ut dicebat. » T. II, p. 357 (R. de Grouchet).

Jean de la Fontaine, etc. : t. II, p. 319 (Is. de la Pierre). D'autres témoignages, on l'a vu, semblent placer sa fuite dès la semaine
sainte (Manchon, t. II, p. 13 et 311, et t. III, p. 139). Il a pu être
menacé alors, et il est certain que depuis le 28 mars il cessa de figurer au jugement, mais il a pu rester encore à Rouen et prendre part à la démarche d'Is. de la Pierre, qui en dépose expressément. Plus il avait eu de part au procès et à la principale manœuvre
du procès (la question de l'Église), plus il éprouvait peut-être le besoin de travailler à sauver au moins l'accusée de la mort.

Jean Beaupère : « Et ainsi qu'ils attendoient la garde d'icelle
prison, furent par aucuns Anglois estant en la cour dudit chasteau
dictes parolles comminatoires.... C'est assavoir que qui les geste-
roit tous deux dans la rivière, il seroit bien employé. Pourquoy
icelles parolles oyes s'en retournèrent, et sur le pont dudit chasteau
oyt le dit Midy, comme il le rapporta audit parlant, semblables parolles ou près d'icelles par d'autres Anglois prononcées, par quoy
les dessus dits furent espouvantés et s'en vinrent sans parler à ladite
Jeanne. » T. II, p. 21 (lui même).

1. *Ceux qui viennent le dimanche :* t. II, p. 14 (Manchon), et

Ce même jour, lundi, 28 mai, l'évêque et le vice-inquisiteur, accompagnés de sept ou huit maîtres, se rendirent eux-mêmes à la prison. En même temps que l'on prenait acte du fait, il n'était pas sans intérêt d'en savoir la cause. Jeanne n'était pas libre là où elle était. Comment, si bien gardée, avait-elle repris l'habit d'homme? Il fallait de la part de ses gardiens de la connivence au moins, sinon autre chose. Dans tous les cas, il était bon d'en savoir les motifs avant d'en rien décider : un des assesseurs, Marguerie, osa en faire l'observation. « Taisez-vous, de par le diable ! » lui dit quelqu'un ; et les soldats, l'appelant traître armagnac, avaient levé leurs lances pour l'en frapper[1].

Les juges vinrent donc et demandèrent à Jeanne pourquoi elle avait pris cet habit, et qui le lui avait fait prendre. Elle répondit, selon le procès-verbal, qu'elle l'avait pris de sa volonté, sans nulle contrainte ; qu'elle aimait mieux l'habit d'homme que l'habit de femme.

« Mais, lui dit-on, vous aviez promis et juré de ne pas reprendre cet habit.

— Je n'ai jamais entendu faire serment de ne pas le reprendre.

— Pourquoi donc l'avez-vous repris?

— Parce qu'il est plus convenable d'avoir habit

p. 19 (Massieu). — *Manchon* : t. II, p. 14 (lui-même), et p. 19 (Massieu).

1. *Marguerie* : t. II, p. 339 (Massieu); cf. t. III, p. 184 (Marguerie lui-même); t. II, p. 345, et t. III, p. 184 (Cusquel).

d'homme, étant entre les hommes, que d'avoir habit de femme. »

Et elle ajouta d'ailleurs qu'elle avait eu le droit de le reprendre, puisqu'on ne lui avait pas tenu ce qu'on lui avait promis, c'est-à-dire d'aller à la messe, de recevoir son Sauveur et d'être mise hors des fers.

« Vous aviez abjuré et tout spécialement promis de ne pas reprendre l'habit d'homme.

— J'aime mieux mourir que d'être aux fers. Mais, si on me veut laisser aller à la messe et m'ôter des fers, si on veut me mettre en prison gracieuse, et que j'aie une femme, je serai bonne et ferai ce que l'Église voudra [1]. »

L'Église, telle que la faisait Pierre Cauchon, n'avait plus de conditions à débattre avec elle. Le juge, bien sûr de la retrouver relapse autrement que par l'habit, lui demanda si depuis le jeudi, jour de l'abjuration, elle n'avait point entendu ses voix.

« Oui, dit Jeanne sans éviter le piége qu'on lui tendait.

— Et que vous ont-elles dit? »

Elle répondit (on lit à la marge des manuscrits authentiques ces mots : RÉPONSE MORTELLE, *responsio mortifera*) [2] :

« Dieu m'a mandé par sainte Catherine et sainte

---

1. *Interrogatoire de Jeanne* : t. I, p. 455.
2. *Responsio mortifera*. Bibl. du Corps législ. B. 105 g, t. 570, f° 108, r° ; B. nat. Fonds latin, 5965, f° 152, r° et 5966, f° 198, r° ; et l'appendice n° XVIII.

Marguerite la grande pitié de la trahison que j'ai consentie en faisant abjuration pour sauver ma vie; que je me damnais pour sauver ma vie. »

Elle ajouta qu'avant le jeudi même ses voix lui avaient dit ce qu'elle ferait en ce jour; que sur l'échafaud, elles lui disaient de répondre hardiment à ce prêcheur, à ce faux prêcheur, comme elle l'appelait elle-même, qui l'avait accusée d'avoir fait des choses qu'elle n'avait pas faites; et, affirmant de nouveau sa mission :

« Si je disais que Dieu ne m'a pas envoyée, je me damnerais : la vérité est que Dieu m'a envoyée. »

Elle finissait par s'accuser de sa faiblesse :

« Mes voix, disait-elle, m'ont dit que j'avais fait une grande mauvaiseté de confesser n'avoir pas bien fait ce que j'ai fait, » ajoutant que c'est par peur du feu qu'elle avait dit ce qu'elle avait dit.

« Croyez-vous que vos voix soient sainte Marguerite et sainte Catherine? dit le juge, reprenant avec empressement tous les points de l'abjuration.

— Oui, qu'elles sont de Dieu.

— Mais sur l'échafaud vous aviez dit que mensongèrement vous vous étiez vantée que c'était sainte Catherine et sainte Marguerite.

— Je ne l'entendais point ainsi faire ou dire. »

Elle affirma derechef qu'elle n'avait jamais entendu révoquer ses apparitions et que, si elle avait révoqué quelque chose, c'était par peur du feu et contre la vérité. Elle pouvait maintenant avouer cette peur, car elle ne l'avait plus, et elle savait où la menaient ces paroles. Mais elle déclarait qu'elle aimait mieux faire sa pénitence en une fois, c'est-à-dire mourir, que d'endurer plus longuement la prison. Elle protestait qu'elle n'avait jamais rien fait contre Dieu ou la foi, quelque chose qu'on lui ait fait révoquer; qu'elle n'entendait rien révoquer sans le bon plaisir de Dieu. Elle ajoutait que, si les juges voulaient, elle reprendrait l'habit de femme (elle en avait dit les conditions) et que du reste elle n'en ferait autre chose[1].

Les juges se retirèrent. Tout était consommé. Plusieurs s'en affligèrent sincèrement, Pierre Maurice, par exemple, mais d'autres s'en réjouirent et en témoignèrent bruyamment leur joie. L'évêque, sortant de la prison, vit le comte de Warwick et une multitude d'Anglais qui attendaient avec impatience le résultat de cette visite, et, ne voulant pas les tenir plus longtemps en suspens : « *Farewell, farewell,* cria-t-il en riant; faites bonne chère : c'est fait[2]. »

Cette fière déclaration semblait pourtant détruire

---

1. T. I, p. 456-458. L'Averdy (t. I, p. 121-123) prouve le dessein qu'avait l'évêque de Beauvais de perdre Jeanne, et par les questions qu'il lui pose, et par son empressement à clore l'interrogatoire, de peur que certaines paroles ne vinssent atténuer les déclarations obtenues d'elle.

2. *Joie de plusieurs :* « Credit quod ad hoc faciendum fuerit inducta, quia aliqui de his, qui interfuerant in processu, faciebant magnum applausum et gaudium ex eo quod resumpserat hujus-

tout ce qu'on avait gagné par la scène de l'abjuration : mais on ne pouvait tout faire à la fois, et,
pour le moment, elle donnait au juge la satisfaction de mener le procès où les Anglais voulaient
qu'il aboutît, sans avoir rien sacrifié des formes
imposées par la procédure de l'Église. La procédure a suivi toutes ses phases sans précipitation :
mais la conscience du juge en est-elle plus assurée,
et l'habileté qu'il montre dans cette conduite ne le
rend-elle pas plus coupable? Son intelligence ne
s'abuse pas, mais il refuse de voir et d'entendre.
Et qu'est-ce donc, s'il supprime ou s'il voile ce qui,
aux yeux des autres, pourrait laisser percer la
vérité?

En effet, dans ce dernier et solennel interrogatoire, notamment sur le point qui le motiva, la
reprise de l'habit d'homme, le procès-verbal a-t-il
tout dit? Thomas de Courcelles, qui le mit en latin, s'exprime dans le procès de révision à peu
près comme le faisait le texte officiel : « Interrogée
sur ses motifs, elle répondit qu'elle l'avait fait
parce qu'il lui paraissait plus convenable de porter
l'habit d'homme parmi les hommes que l'habit de
femme. » Mais Manchon, qui tenait la plume alors,

modi habitum : licet notabiles viri dolerent, inter quos vidit magistrum Petrum *Morice* multum dolentem et plures alios. » T. III,
p. 164 (G. Colles.) — *L'évêque et Warwick :* t. II, p. 5 (Is. de la
Pierre); cf. p. 8 (M. Ladvenu). Is. de la Pierre place la scène « après
l'issue et la fin de cette session et instance »; Martin Ladvenu, avec
plus de précision, à la sortie de la prison; Is. de la Pierre, dans une
déposition suivante, se borne à dire : « Après la reprise de l'habit. »
Ibid., p. 305.

ajoute comme témoin à ce qu'il avait écrit comme greffier : « Elle répondit qu'elle l'avait fait pour défendre sa pudeur, parce qu'elle n'était point en sûreté sous ses habits de femme avec ses gardiens qui voulaient attenter à sa pudeur[1]. »

Qu'on se rappelle comment Jeanne était gardée et quelles étaient les dispositions des Anglais envers elle. Jeanne était aux fers sous la garde de cinq soldats, dont trois se tenaient dans sa prison et deux à la porte : « Je sais, » dit l'huissier Massieu, celui qui l'allait prendre à la prison pour la mener au tribunal, « je sais de certain que de nuit elle étoit couchée, ferrée par les jambes de deux paires de fers à chaîne, et attachée moult étroitement d'une chaîne traversante par les pieds de son lit, tenante à une grosse pièce de bois de longueur de cinq à six pieds, et fermante à clef, par quoi ne pouvoit se mouvoir de la place. » Plusieurs fois, sous ses habits d'homme qu'elle ne quittait jamais, elle avait été en butte aux brutalités de ses gardiens : l'évêque le savait bien ; il avait reçu ses plaintes, et un jour il avait fallu que Warwick accourût pour la sauver du dernier outrage parmi ces délégués de la justice! Mais maintenant la sentence était portée ; l'évêque l'avait rendue aux Anglais : elle leur était comme livrée. Lorsqu'on la ramenait de Saint-Ouen, les valets (*mangones*) l'insultaient et les maîtres les laissaient faire. A quoi n'était-elle point exposée, seule dans la pri-

1. *Th. de Courcelles* : t. III. p. 62; *Manchon* : *ibid.*, p. 148.

son, enchaînée, en compagnie de ces cinq *houspil-leurs*, comme ils sont appelés quelque part ! Isam-bard de la Pierre, qui est nommé au procès-verbal parmi les assistants de l'évêque en ce même in-terrogatoire, confirme, comme l'ayant entendu lui-même, ce qu'en a dit dans sa déposition le greffier Manchon ; et il ajoute que « de fait », quand il entra, « il la vit éplorée, son visage plein de lar-mes, défigurée et outragée en telle sorte qu'il en eut pitié ». Il en sut davantage de Jeanne dans un entretien qu'il eut plus tard avec elle : et ici son témoignage est confirmé par celui de Martin Lad-venu, qui la confessa et l'administra pour la der-nière fois. Ce ne furent pas seulement ces soldats de bas étage, ces *houspilleurs* placés auprès d'elle : c'est un milord qui entra dans son cachot et tenta de la violer[1].

Voilà pourquoi Jeanne reprit l'habit d'homme, dût-elle après cela mourir. L'huissier Massieu en

---

1. *Jeanne dans sa prison :* t. II, p. 18 (Massieu); cf. t. III, p. 154 (*id.*) : t. II, p. 298 (Manchon), et t. III, p. 140 (*id.*). — *Tentatives de violences antérieures :* t. II, p. 298, et t. III, p. 147 (Manchon) — *Insultée au retour de Saint-Ouen :* « Post primam prædicatio-nem, cum reduceretur ad carceres, in casreo Rothomagensi, man-gones illudebant eidem Johannæ, et permittebant Anglici, magis-tri eorum. » T. II, p. 376 (J. Favé). — *Violences :* t. II, p. 5 (Is. de la Pierre); cf. p. 371 (Thomas Marie) : « Post primam prædicatio-nem, cum fuisset iterum posita in carceribus castri, fuerunt factæ sibi tot vexationes de eam opprimendo, quod habuit dicere quod mallet potius mori quam amplius stare cum ipsis Anglicis.» — *Le milord :* « Imo sicut ab eadem Johanna audivit, fuit per unum ma-gnæ auctoritatis tentata de violentia. » *Ibid.*, p. 306 (*id.*). — « Et qu'un millourt d'Angleterre l'avoit forcée. *Ibid.*,» p. 8 (M. Ladvenu). Il explique ailleurs, comme Is. de la Pierre, qu'il ne fit que le ten-ter : « Et eam tentavit vi opprimere. » t. III, p. 168.

donne une autre raison encore. Le dimanche matin Jeanne, étant dans son lit, dit à ses gardiens :
« Déferrez-moi, et je me lèverai. » Mais l'un deux
s'approchant lui retira ses vêtements de femme,
et ils lui jetèrent son habit d'homme que l'on gar-
dait (pourquoi?) dans un sac en quelque coin de
la prison. « Messieurs, leur dit Jeanne, vous savez
qu'il m'est défendu : sans faute, je ne le prendrai
pas. » Mais ils ne voulurent point lui en donner
d'autre, et à la fin, forcée de se lever, elle le dut
prendre et garder, nonobstant ses protestations.
Il n'est pas impossible, en effet, que les Anglais,
n'ayant pu parvenir à leurs fins, aient résolu d'en
finir avec elle de cette autre manière, mais, si
Jeanne réclama ses habits de femme, voulant savoir à quelle intention on les lui ôtait, il est douteux qu'elle ait tant insisté pour les reprendre.
Elle put donner cette raison à Massieu, parce que
cela suffisait bien pour l'excuser ; elle n'en dit rien
devant ses juges, parce qu'elle était résolue de ne
plus se vêtir en femme, à moins d'être gardée
dans une autre prison, « ayant une femme avec
elle. » C'est un trait que Thomas de Courcelles a
supprimé de sa rédaction officielle, comme insi-
gnifiant sans doute, mais qu'on retrouve dans la
copie de la minute française du procès-verbal ; et
il achève de répandre la lumière sur ceux qu'on y
a gardés. La minute même n'a-t-elle pas retranché
autre chose? On serait en droit de le conclure en
rapprochant ce que Manchon a écrit alors et ce
qu'il a dit plus tard. Que si rien d'important n'a

été supprimé, il faut croire que les paroles de
Jeanne, avec le commentaire qu'on avait sous les
yeux, en disaient assez pour la faire comprendre,
puisque deux témoins de la scène, l'un assesseur,
l'autre greffier du juge, l'ont comprise ainsi[1].

Le juge l'avait bien comprise lui-même sans
doute, et, s'il eût voulu reconnaître que la pudeur
de la femme n'est pas moins sacrée que son habit,
il aurait dû s'accuser d'avoir mis Jeanne dans la
nécessité de retomber, en la renvoyant dans ces
prisons où il fallait qu'elle sacrifiât l'une des deux
choses à l'autre. Or, pour Jeanne, l'alternative
n'était pas douteuse, dût-elle se placer par son
choix en présence de la mort. Mais il ferma son
cœur à ce sentiment, et, bien loin d'être touché de
cet héroïsme, il avait ramené Jeanne à d'autres
questions où il était bien sûr de la retrouver telle
qu'elle était au procès, comme pour l'entraîner de
chute en chute au plus profond de l'abîme où elle
devait périr. Les Anglais avaient donc calomnié
Pierre Cauchon : il n'était pas traître au roi. Tout

---

1. *L'habit d'homme* : « .... En tant qu'en cest débat demoura jusques à l'heure de midy ; et finablement, pour nécessité de corps, fut
contrainte de yssir dehors et prendre ledit habit ; et après qu'elle
fust retournée ne lui en voulurent point bailler d'autre, nonobstant
quelque supplication et requeste qu'elle en feist. » T. II, p. 18 (Massieu) : cf. *ibid.*, p. 333; t. III, p. 157 (*id.*), et *ibid.*, p. 53 (G. de la
Chambre). — *Les deux versions du procès-verbal* : t. I, p. 436 ;
cf. t. II, p. 300 (Manchon) : « Ipsa contenta de hujusmodi habitu,
ut videbat, petiit mulieres sibi dari cum ea, et mitti ad carceres
Ecclesiæ, et quod detineretur per viros ecclesiasticos ; et postmodum assumpsit habitum virilem, se excusando quod, si fuisset
missa ad carceres Ecclesiæ, non assumpsisset ipsum habitum virilem, et quod cum habitu muliebri non fuisset ausa se tenere: cum
custodibus Anglicis. »

en satisfaisant sa propre haine, il avait bien gagné son argent.

Le lendemain, mardi 29, l'évêque réunit dans la chapelle du palais archiépiscopal une nombreuse assemblée d'abbés et de docteurs. Il leur rappela tout ce qui s'était passé depuis la veille de la Pentecôte : l'abjuration de Jeanne, et comment, après avoir accueilli ses admonitions et reçu l'habit de femme, elle avait repris l'habit d'homme et renouvelé toutes ses affirmations touchant ses voix. Il fit lire l'interrogatoire qui avait suivi et ses réponses consignées au procès-verbal. Puis il prit l'avis de chacun. Tous la déclarèrent relapse, non-seulement Nicolas Loyseleur, le traître, mais Isambard de la Pierre et Martin Ladvenu, qui l'assistèrent à ses derniers moments; et pourtant ils ne se faisaient aucune illusion sur le crime qu'elle pouvait avoir commis en reprenant l'habit d'homme : ils témoignent au procès de révision des raisons capitales qui l'y contraignirent. Personne n'entreprit de l'excuser, je ne dis pas de la défendre. La plupart, à l'exemple de l'abbé de Fécamp, furent d'avis qu'on lui relût la formule d'abjuration (cela les décharge au moins de toute complicité dans la substitution d'une fausse formule), et qu'on l'avertît charitablement touchant le salut de son âme, mais ils voulaient qu'on lui déclarât qu'elle n'avait plus rien à espérer de la vie présente. Elle devait être livrée au bras séculier[1].

1. Avis : « Quod dicta Johanna relapsa est. Tamen bonum est

L'évêque, ayant recueilli les avis, remercia ses conseillers, et fit assigner Jeanne à comparaître le lendemain sur la place du Vieux-Marché : c'était là qu'il devait achever la procédure en la livrant au juge civil, et par ce juge au bourreau[1].

quod schedula nuper lecta legatur iterum coram ipsa, et sibi exponatur, proponendo ei verbum Dei. Et his peractis nos judices habemus declarare eam hæreticam, et ipsam relinquere justitiæ sæculari, rogando eam ut cum eadem Johanna mite agant. » T. I, p. 463. C'est l'avis de l'abbé de Fécamp, qui vote le second et auquel tous les autres se réfèrent, excepté N. de Venderez qui, votant le premier, n'avait point parlé de relire à Jeanne la formule d'abjuration, et deux autres, D. Gastine et P. Devaulx, qui, en la livrant au bras séculier, supprimaient la prière, d'ailleurs dérisoire, de la traiter avec douceur : *Absque supplicatione*, t. I, p. 465. — Voy. sur cette dernière délibération L'Averdy, p. 126, Lebrun des Charmettes, t. IV, p. 175.

L'Averdy (p. 124) a noté que, parmi les assesseurs dont on trouve le vote au premier jugement, il y a quinze gradués en théologie et neuf en droit qui n'ont pas assisté au second, soit qu'ils aient été écartés, soit qu'eux-mêmes se soient tenus à l'écart. A leur place on fit venir des assesseurs qui n'avaient point paru depuis longtemps au débat, et n'avaient pas voté au premier jugement : entre autres trois membres de la faculté de médecine. Il pense que la lecture de la cédule d'abjuration, réclamée par la grande majorité du conseil, pouvait avoir pour objet d'offrir à Jeanne l'occasion de revenir sur ses pas, et même de renouveler son appel au Pape (*ibid.*, p. 126).

1. T. I, p. 467.

LIVRE DIXIÈME.

ROUEN. — LE SUPPLICE.

I

LA VISITE A LA PRISON.

Le mercredi, 30 mai, dès le matin, frère Martin Ladvenu et frère Jean Toutmouillé vinrent, sur l'ordre de l'évêque, trouver Jeanne dans la prison pour la préparer à mourir. Jeanne, en révoquant sur tous les points son abjuration, savait à quoi elle s'exposait; en avouant qu'elle avait cédé à la peur de la mort, elle montrait bien qu'elle ne la craignait plus. Néanmoins, la première annonce du supplice auquel on la destinait réveilla en elle toute la sensibilité de la femme. « Quand ledit Ladvenu, dit l'autre frère, annonça à la pauvre femme la mort dont elle devait mourir ce jour-là, qu'ainsi ses juges l'avaient ordonné et entendu, et qu'elle ouït la dure et cruelle mort qui lui était prochaine, elle commença à s'écrier douloureusement et piteusement, se destraire (tirer) et arracher les cheveux :

« Hélas! me traite-t-on si horriblement et cruelle-
« ment, qu'il faille que mon corps net en entier,
« qui ne fut jamais corrompu, soit aujourd'hui
« consumé et rendu en cendres! Ah! ah! j'aime-
« rois mieux être décapitée sept fois que d'être
« ainsi brûlée. Hélas! si j'eusse été en la prison
« ecclésistique à laquelle je m'étois soumise, et
« que j'eusse été gardée par les gens d'Église, non
« pas par mes ennemis et adversaires, il ne me
« fût pas si misérablement meschu, comme il est.
« Oh! j'en appelle devant Dieu, le grand juge, des
« grands torts et ingravances qu'on me fait[1]. »

Comme elle se plaignait ainsi, survint l'évêque.
A sa vue, elle s'écria :

« Évêque, je meurs par vous!

— Ah! Jeanne, dit l'évêque, prenez en patience.
Vous mourez pour ce que vous n'avez tenu ce que
vous nous aviez promis, et que vous êtes retournée à votre premier maléfice. »

Et la pauvre Pucelle, continue le frère, lui répondit :

« Hélas! si vous m'eussiez mise en prison de
cour d'Église, et rendue entre les mains des con-
cierges ecclésiastiques compétents et convenables,
ceci ne fût pas advenu; pour moi j'appelle de vous
devant Dieu[2] »

Que venait faire le juge à la prison? et pourquoi

1. T. II, p. 3-4 (Jean Toutmouillé).
2. *Ibid.*; cf. p. 8 (M. Ladvenu), et t. III, p. 169 (*id.*) : « Quod sibi
promiserat quod eam poneret in manibus Ecclesiæ, et ipse eam di-
miserat in manibus suorum inimicorum capitalium. »

devançait-il le moment qu'il avait marqué à Jeanne
pour comparaître?

Ce qui le ramenait auprès de Jeanne, ce n'était
point cette question de l'habit : il savait trop bien
à quoi s'en tenir sur ce point. D'ailleurs, que faisait maintenant l'habit? il avait accompli son office, puisqu'il menait Jeanne à la mort; et la
Pucelle ne le réclamait pas davantage. Elle le voulait pour être en prison; elle ne le demandait point
pour mourir. Lorsqu'au milieu de ses refus de
quitter l'habit d'homme elle avait prié ses juges
de lui donner, si elle devait être menée au supplice, « s'il la falloit dévestir en jugement, » une
chemise de femme, et que ceux-ci s'en étonnaient
comme d'une contradiction, elle avait répondu :
« Il suffit qu'elle soit longue. » Mais il y avait
d'autres points de sa rétractation qui mettaient à
néant tout le résultat de cette procédure. Tant
d'efforts pour ruiner par sa propre parole l'autorité de sa mission, pour y montrer une illusion du
diable, et retourner ainsi contre le roi de France
l'impression qu'elle avait faite en faveur de ce
prince, devaient-ils donc être perdus? Non. Pour
l'amener à l'abjuration, on lui avait laissé la vie;
pour lui reprendre la vie, on l'avait poussée à s'en
dédire. Il s'agissait de la ramener à son premier
désaveu, à présent que cela même ne pouvait plus
la sauver de la mort [1].

Le moyen aurait été trouvé, si l'on en croit une

---

1. *Procès*, t. I, p. 177.

information faite le jeudi, 7 juin, le neuvième jour après la mort de Jeanne, information qui figure à la suite du procès, écrite de la même main que le procès lui-même, mais sans signature.

D'après les témoignages produits dans cette prétendue enquête, le jour de l'exécution, Pierre Maurice, qui avait témoigné de l'intérêt pour Jeanne, et Nicolas Loyseleur, qui avait gagné sa confiance pour la trahir, étaient venus dès la première heure à la prison, sous le prétexte de l'exhorter et de la faire penser à son salut. Ils la pressèrent de dire la vérité sur ses apparitions, et notamment sur l'ange qui avait apporté au roi une couronne. Elle dit que l'ange, c'était elle, et la couronne, la promesse du couronnement qu'elle apportait au roi en s'engageant à le faire couronner. Quant à ses apparitions, elle les affirmait. Sous quelle forme lui venaient-elles? Elle ne le déterminait pas proprement, et il y a des diversités dans les témoignages mêmes de cette enquête. Mais elle a vu de ses yeux, elle a entendu de ses oreilles; et comme Pierre Maurice lui faisait observer que souvent au bruit des cloches on croit entendre et comprendre certaines paroles, elle rejeta l'explication et dit qu'elle avait réellement entendu ces voix. Il y avait un fait d'ailleurs qu'on ne cherchait point à contester, et dont on voulait s'appuyer pour ébranler la confiance de Jeanne en ses visions : c'est qu'elles lui avaient promis sa délivrance, et Jeanne allait mourir. Pierre Maurice lui rappela cette parole, et lui remontra qu'il appa-

raissait bien que c'étaient de mauvais esprits,
puisqu'ils l'avaient trompée. « Soient bons, soient
mauvais esprits, dit Jeanne, ils me sont apparus. »
« Étaient-ils bons ou mauvais? « Je ne sais, dit-
elle, je m'en attends à ma mère l'Église, » ou bien
encore « à entre vous qui êtes gens d'Église[1] ».

Lorsque l'évêque arriva avec le vice-inquisiteur
et plusieurs autres assesseurs, la victoire, selon
ce même document, était donc déjà assurée. On a
vu par la déposition de Jean Toutmouillé comment
Jeanne l'accueillit. Ici, c'est l'évêque qui l'inter-
pelle. Il place immédiatement la question sur le

---

1. *Information posthume :* t. I, p. 477 et suiv. — Les pièces
qui suivent sont écrites de la même main que le reste des procédures, mais elles cessent d'être revêtues de la signature qui auparavant se trouve apposée au bas de chaque feuillet des manuscrits officiels. On verra par les actes du second procès que les greffiers se
sont refusés à les valider de leur attestation. Voy. t. I, p. 477, note.
— *La couronne :* « Quod nihil aliud fuit, nisi promissio coronatio-
nis illius quem dicit regem suum, » p. 484 (Loyseleur) ; « quod ip-
samet erat angelus, » p. 480 (P. Maurice) ; cf. p. 481 (Toutmouillé).
— *Les apparitions :* « Saltem quod audiret loquens... prout melius recolit, veniebant in magna multitudine et quantitate minima.»
T. I, p. 479 (Ladvenu). — « Interrogata de corona quam sibi pro-
mittebat, et *de multitudine angelorum* qui associabant eam, etc. ;
respondit quod sic, et apparebant sibi sub specie quarumdam re-
rum minimarum. » T. I, p. 480 (P. Maurice). — « Quandoque cum
magna multitudine et in minima quantitate », sive in minimis re-
bus ; alias figuram aut speciem non declarando, » p. 481 (Toutmouillé). — « Quod ipsa viderat et audierat propriis oculis et auri-
bus voces et apparitiones de quibus fit mentio in processu. » T. I,
p. 498 (N. de Venderez). — « Quod realiter audiebat voces.... quamvis sibi fuisset prolute dictum per dictum magistrum Petrum quod
aliquando homines, audiendo pulsum campanarum, credebant au-
dire et intelligere aliqua verba, » p. 481 (Toutmouillé) ; — « Utrum
illi apparitio erat realis : respondebat quod sic : *Soient bons, soient
mauvais esperitz, ils me sont apparus.* » p. 480 (P. Maurice). —
Je ne scay, je m'en actens à ma mère l'Église, etc., p. 182 (J. Toutmouillé) ; cf. p. 480 (P. Maurice), et p. 184 (N. Loyseleur).

terrain où on avait bien compté la résoudre :
« Or çà, Jeanne, dit-il, vous nous avez toujours
dit que vos voix vous disaient que vous seriez délivrée, et vous voyez comme elles vous ont déçue;
dites-nous maintenant la vérité. » Jeanne répondit : « Vraiment, je vois bien qu'elles m'ont déçue. » Et elle ajouta même, selon un autre, que,
puisque les gens d'Église tenaient pour certain
que ces apparitions venaient de mauvais esprits,
elle croyait désormais ce que croyaient les gens
d'Église, et ne voulait plus ajouter foi à ces esprits. Jeanne abjurait donc de nouveau, mais il
fallait rendre l'abjuration publique. Nicolas Loyseleur se chargea de l'y préparer. Pour ôter l'erreur
qu'elle avait contribué à répandre, une chose, dit-
il à Jeanne, lui restait à faire : c'était de déclarer
publiquement qu'elle avait été trompée et qu'elle
avait trompé le peuple, et d'en demander humblement pardon. Jeanne dit qu'elle le ferait volontiers, mais qu'elle n'espérait pas s'en souvenir
quand il le faudrait au milieu du jugement public. Elle priait donc son confesseur de le lui remettre en mémoire. — Si elle ne le fait pas, ce
sera la faute du confesseur[1].

A ces déclarations l'un de ceux qui étaient là
joint un récit qui les couronne et les complète.
Frère Martin venait de confesser Jeanne. Au moment de lui donner la communion, tenant dans ses

---

1. *Interpellation de l'évêque* : t. I, p. 481 (J. Toutmouillé) ; cf.
p. 483 (Th. de Courcelles); p. 479 (M. Ladvenu); p. 482 (Lecamus).
— *Loyseleur* : p. 485 (Loyseleur)

mains l'hostie sacrée, il lui dit : « Croyez-vous que
c'est le corps du Christ ? — Oui, dit-elle, c'est lui
seul qui me peut délivrer, je demande qu'il me
soit donné. — Croyez-vous encore à ces voix ? —
Je crois en Dieu seul et ne veux plus croire en ces
voix, puisqu'elles m'ont trompée[1]. »

Voilà dans leur ensemble les témoignages dont
on a voulu faire comme un procès-verbal posthume de cette scène capitale. Les visions de
Jeanne sont avouées, mais elles sont déclarées
mensongères et par conséquent diaboliques. Désormais Jeanne refuse d'y croire, souscrivant à
tout ce que les gens d'Église voudront en décider.
Le triomphe de l'évêque est donc complet ; il a re-
gagné l'abjuration sans préjudice de la mort.

Mais quelle est la valeur de cette pièce ? Pourquoi l'interrogatoire qu'elle révèle ne figure-t-il
point à sa place dans la suite du procès-verbal ?
Et pourquoi, sous cette forme irrégulière d'un interrogatoire, non de l'accusée, mais des assesseurs
transformés en témoins, n'est-il point certifié par
la signature des greffiers ? Avait-il si peu d'importance ? Nul ne le croira ; et l'évêque ne le croyait
pas non plus, sans doute. Ce n'est pas sa faute, si
l'acte est dépourvu de cette attestation. Il voulut
contraindre Manchon à le signer, bien que celui-ci
n'eût point assisté à la scène. Manchon refusa :
mais Taquel y était, et sa signature ne se trouve
pas davantage au bas de la pièce. Qu'est-ce donc

---

1. T. I, p. 483 (Jac. Lecamus).

que ce procès-verbal rétrospectif que le greffier présent à l'acte n'a pas signé, et pour lequel on est réduit à réclamer, sans plus de succès, la signature d'un greffier qui n'y était pas? C'est un procès-verbal comme l'eût été celui du procès tout entier, si la volonté de l'évêque n'avait échoué contre l'honnêteté des greffiers, et aussi, il le faut dire, contre le ferme esprit de Jeanne. Mais cette fois Jeanne était morte, et on se passa des greffiers! On a donc le droit de le récuser en tant qu'il peut invalider les résultats du procès officiel : juridiquement, il est nul; historiquement, suspect. Détruire la foi en la mission de Jeanne, c'était tout l'objet du procès : si on l'avait pu faire par un acte authentique, l'évêque de Beauvais était trop habile homme pour le faire par une pièce qui se produit avec tous les signes de la clandestinité[1].

La forme seule de cette addition au procès-verbal la frappe donc d'un entier discrédit. Toutefois, nous ne prétendons pas qu'elle doive passer sans qu'on y regarde davantage. L'interrogatoire est un fait avéré, et les témoignages qu'on y a recueillis après coup ne sont pas tous à la charge de Jeanne. Qu'en résulte-t-il, en effet? Qu'elle a faussement inventé ses visions? Non. Elle explique l'allégorie par laquelle elle avait répondu sur un point qu'elle ne voulait pas, qu'elle déclarait hautement ne pas vouloir révéler, le signe du roi. Quant à

1. *Refus de Manchon :* « Néantmoins monseigneur de Beauvais le voulut contraindre à ce signer, laquelle chose ne voulut faire. » T. II, p. 14.

ses voix, elle les affirme : elle a vu de ses yeux, elle a ouï de ses oreilles : tous les témoins sont d'accord pour certifier cette solennelle déclaration ; et les juges ne les contestent pas davantage, puisqu'ils s'appuient de leurs révélations mêmes pour les déclarer mensongères et décider Jeanne à les renier comme des inspirations du malin esprit [1].

C'est ici leur triomphe, mais c'est aussi le côté suspect du document dressé en vue de l'établir. Et pourtant, sans vouloir accepter tout ce qu'on y trouve sur cette défaillance de la foi de Jeanne en ses voix, on peut hésiter à déclarer le fait sans le moindre fondement. L'attaque des juges fut fort habile : ils ne prétendent plus accuser Jeanne elle-même de mensonge dans ce qu'elle disait de ses révélations : sa conscience se serait soulevée contre une affirmation dont elle eût senti la fausseté au fond de son âme. Ils acceptent ces apparitions comme réelles ; seulement ils les accusent d'être trompeuses. Ses voix lui ont parlé, mais elles lui ont menti ; et ils allèguent ses propres déclarations, opposant la réalité à ses espérances ; à la délivrance qu'elles lui avaient prédite, la mort qui est là. Jeanne a-t-elle résisté à cette épreuve, et si elle n'est point allée jusqu'au reniement, n'a-t-elle pas été au moins jusqu'au doute ? Nous ne voulons pas l'affirmer, mais ce qui bien plus sûrement

1. *Affirmation de ses visions :* « Utrum verum erat quod ipsas voces et apparitiones habuisset ; et ipsa respondebat quod sic. Et in illo proposito continuavit usque ad finem, etc. » T. I, p. 478 (Ladvenu) ; cf. t. I, p. 477 (N. de Venderez) ; p. 482 (Lecamus), et les autres textes cités plus haut.

que les témoignages du document suspect nous
porterait à le croire, c'est la douleur et l'amertume
de ses derniers moments. Elle est comme seule, et
elle cherche des appuis parmi ceux mêmes qui lui
ont ravi ses conseils :

« Maître Pierre, dit-elle à P. Maurice, où serai-je
ce soir?

— N'avez-vous pas bonne espérance en Dieu? dit
le docteur.

— Oh! oui; et par la grâce de Dieu je serai en
paradis[1]. »

Laissée seule avec Martin Ladvenu, elle se confessa et demanda la communion. Mais pouvait-il
donner la communion à une femme qui allait être
publiquement excommuniée? Le cas méritait d'être
soumis à l'évêque. Ladvenu envoya l'huissier Massieu lui dire que Jeanne s'était confessée, et qu'elle
demandait à recevoir l'Eucharistie. L'évêque en
conféra avec plusieurs; après quoi il répondit à
Massieu : « Allez dire au frère Martin de lui donner l'Eucharistie et tout ce qu'elle demandera. »

L'Eucharistie lui fut apportée sans aucun appareil, sur la patène, simplement recouverte du
linge du calice, sans lumière, sans escorte, sans
surplis, sans étole. Frère Martin en fut scandalisé :
il envoya chercher une étole et de la lumière :
mais ce qui suppléait à l'absence de toute cérémonie, c'était la vive piété de Jeanne, qui reçut

1. *Jeanne et P. Maurice* : t. III, p. 191 (J. Riquier). Sur la *fausseté du document*, voy. L'Averdy, *Notice des manuscrits*, t. III, et
l'appendice n° XIX à la fin de ce volume.

son Sauveur avec une telle dévotion et une si
grande abondance de larmes, que le frère renonce
à le décrire[1].

1. *Communion :* « Qui episcopus aliquos super hoc congregavit ;
ex quorum deliberatione ipse episcopus eidem loquenti dixit quod
diceret fratri Martino quod sibi traderet Eucharistiæ sacramentum
et omnia quæcumque peteret. » T. III, p. 158 (Massieu). « Lui fut
apporté le corps de Jésus-Christ irrévérentement, sans estolle et
lumière, dont frère Martin, qui l'avoit confessée, fut mal content ;
et pour ce fut renvoyé querir une estolle et de la lumière, et ainsi
frère Martin l'administra. » T. II, p. 19 (Massieu) ; cf. p. 334 (*id.*).
-- « Quod devotissime et cum lacrymis uberrimis, sic quod nesci-
ret narrare, suscepit. » *Ibid.*, p. 308 (Ladvenu). Voy. l'appent. XX
à la fin de ce volume.

II

LA PLACE DU VIEUX MARCHÉ.

Vers neuf heures, Jeanne, qui avait repris l'habit de femme, sortit de prison pour se rendre à la place du Vieux-Marché. Elle allait au jugement, mais c'était à la mort, et tout l'annonçait dans l'appareil dont elle était environnée. Sa sentence était d'avance écrite sur son front : elle était coiffée d'une mitre où on lisait ces mots : *hérétique, relapse, apostate, idolâtre.* Sept à huit cents hommes marchaient autour d'elle, portant glaives et bâtons, « tellement qu'il n'y avoit homme qui fût assez hardi de parler à elle, excepté frère Martin Ladvenu et maître Jean Massieu (le confesseur et l'huissier). » Jeanne ne cherchait point à contenir sa douleur. Elle pleurait..., larmes respectables, qui ne trahissaient point la sainteté de sa cause : en montrant en elle la faiblesse de la femme, elles témoignaient d'où lui était venue la force qui l'avait soutenue dans sa mission. Elle pleurait, se

recommandant à Dieu et aux saints; et tout le
peuple pleurait avec elle. Nicolas Loyseleur lui-
même ne put tenir à ce spectacle. C'était en lui
que Jeanne s'était fiée le plus, l'accueillant comme
un compatriote, l'écoutant comme un conseiller,
le suivant comme un directeur; et on a vu comment, jusqu'à la fin, il avait trompé sa confiance.
Lorsqu'il vit qu'on la menait mourir, il sentit le
remords, et se précipita vers la charrette pour lui
demander pardon: mais les Anglais le repoussè-
rent avec menaces, l'appelant traître, parce qu'il
ne l'était plus. Ils l'auraient tué, sans le comte de
Warwick; et le comte lui déclara qu'il ne répon
dait pas de sa vie, s'il ne quittait Rouen au plus tôt[1].

1. *Mitre:* t. IV, p. 459 (Clém. de Fauquemberque, t. XV, f° 44
verso). — Dans les usages de l'Inquisition, l'accusé était revêtu des
marques de la condamnation, en se rendant au tribunal qui devait
prononcer la sentence. Voy. Llorente, *Hist. de l'Inquis.*, IX, 14. —
Escorte: « Et y avoit le nombre de sept à huit cents hommes de
guerre autour d'elle, portant glaives et bastons. » T. II, p. 14 (Manchon): témoignage confirmé par Massieu, qui dit huit cents hommes (*ibid.*, p. 19). N. de Houppeville ne parle que de cent vingt
hommes (t. III, p. 173).
Lamentations: « In quo itinere ipsa Johanna tam pias lamentationes faciebat, ut ipse loquens et frater Martinus a lacrimis conti-
nere non poterant.... Audientes ad lacrimas provocabat. » T. III,
p. 159 (Massieu); cf. t. II, p. 320 (Taquel); t. III, p. 173 (N. de Houppeville). — *N. Loyseleur:* « Dum ipse Loyseleur vidit eamdem Johannam condemnatam ad mortem, fuit compunctus corde, et ascen-
dit quadrigam, volens eidem Johannae clamare veniam, et ex hoc
fuerunt indignati multi Anglici existentes ibidem, ita quod, nisi
fuisset comes *de Warwick*, ipse Loyseleur fuisset interfectus, etc. »
T. III, p. 162 (G. Colles). — « Increpaverunt eumdem Loyseleur,
minando sibi et vocando eum proditorem, etc. » T. II, p. 320 (Taquel). Ce dernier semble placer la scène dans la cour du château.
Loyseleur, s'il quitta Rouen, y revint. C'est comme représentant du
chapitre qu'il alla au concile de Bâle. Voy. Ch. de Beaurepaire, *Recherches*, etc., p. 103.

Trois échafauds avaient été dressés sur la place du Vieux-Marché : l'un pour les juges, l'autre pour plusieurs prélats et de hauts personnages, le troisième en maçonnerie pour Jeanne, avec ces mots inscrits sur un tableau placé devant :

« Jehanne qui s'est fait nommer la Pucelle, men-« teresse, pernicieuse, abuseresse du peuple, divi-« neresse, superstitieuse, blasphémeresse de Dieu, « présumptueuse, malcréant de la foy de Jésus-« Christ, vanteresse, idolàtre, cruelle, dissolue, « invocateresse de diables, apostate, schismatique, « hérétique. »

Au-dessus s'élevait le bûcher.

En attendant qu'on l'y menàt, elle fut placée sur une des estrades (peut-être une quatrième), où, à la vue d'un peuple immense, elle dut entendre d'abord le sermon d'un savant docteur en théologie, l'un des assesseurs, maître Nicolas Midi. Il prêcha sur ce texte de saint Paul aux Corinthiens : «Si un membre souffre, tous les membres souffrent,» et sa conclusion était que, pour préserver les autres membres de la maladie, il fallait retrancher le membre malade :

« Jeanne, disait-il en finissant, va en paix, l'Église ne peut plus te défendre; elle te livre au bras séculier[1]. »

1. *Les trois échafauds :* « Et erant ibi tres ambones seu *eschar-faulx* gallice, videlicet unus ubi erant judices, et alius ubi erant plures prælati, et unus ubi erant ligna parata ad comburendum eamdem Johannam. » T. III, p. 55 (l'év. de Noyon) — « Et coram nobis, in conspectu populi, in magna multitudine tunc in eodem loco existente, supra scafaldum seu ambonem posita, etc. » **T. I,**

Jeanne l'écouta en silence, et elle dut écouter encore les exhortations de l'évêque, qui l'engageait à pourvoir au salut de son âme, à penser à tous ses méfaits et à en faire pénitence, à suivre les conseils des clercs, et notamment des deux frères prêcheurs qu'il lui avait donnés pour l'assister. Il aurait dû, suivant l'avis presque unanime des assesseurs, lui relire la formule de son abjuration, d'autant plus qu'il se vanta plus tard de l'y avoir ramenée. Mais il aurait pu s'attirer de sa part un démenti public, une déclaration solennelle qu'elle n'avait jamais avoué ces infamies ; et, en démasquant cette fraude, Jeanne aurait, du même coup, rendu impossible la nouvelle imposture que l'information apocryphe eut pour objet d'accréditer. Il n'en fit donc rien, et, sans invoquer ses anciens désaveux, sans en provoquer de nouveaux, considérant qu'elle ne s'était jamais détachée de ses erreurs, qu'elle s'était rendue plus coupable encore dans sa malice diabolique en simulant la pénitence au mépris du nom et de l'ineffable majesté de Dieu ; la tenant pour obstinée, incorrigible, hérétique et relapse, il prononça la sentence.

Après avoir invoqué le nom du Seigneur et rappelé ses erreurs, son abjuration, sa réconciliation,

p. 469-470. De ce que Jeanne fut placée *devant* les juges, Lebrun des Charmettes conclut qu'elle fut placée ou sur l'estrade des prélats ou sur une quatrième estrade qui n'est pas nommée, t. IV, p. 190. — *L'inscription du bûcher :* t. IV, p. 459 (Clém. de Fauquemberque). — *La prédication publique : ibid.* : cf. t. III, p. 159 (Massieu). Sur l'emplacement du bûcher voy Bouquet, *Jeanne d'Arc au château de Rouen,* p. 99

sa rechute avouée, comme d'un chien qui retourne
à son vomissement, il ia déclarait hérétique et
relapse et, à ce titre, excommuniée (elle venait de
communier avec sa permission); il la retranchait
du corps de l'Église comme un membre pourri, de
peur que l'infection ne gagnât les autres membres,
et il la livrait au bras séculier, priant la puissance
séculière de modérer sa sentence, et de lui épargner la mutilation des membres et la mort. — En
face de lui s'élevait le bûcher[1]!

Jeanne s'agenouilla et redoubla ses dévotes lamentations et ses prières. C'est son âme pieuse,
charitable et dévouée, qui s'épanche tout entière en
ces derniers moments. Frappée par ses ennemis,
elle reporta sa pensée sur son roi qui la laissait
mourir; et ce fut pour le défendre encore contre
les atteintes de la condamnation que l'on faisait
peser sur elle. Elle protesta que jamais il ne l'a-
vait induite à faire ce qu'elle avait fait soit en
bien, soit en mal, établissant sa propre innocence, tout en ne songeant qu'à mettre hors de
doute la sincérité du roi. En même temps elle s'a-
dressait à tous, de quelque condition qu'ils fussent, tant de son parti que de l'autre, demandant
humblement pardon, requérant qu'on voulût bien
prier pour elle, conjurant en particulier les prêtres qui étaient là de lui faire chacun l'aumône

---

1. *Exhortation* : t. I, p. 470. — Sur l'omission de la lecture de
la formule d'abjuration, voy. L'Averdy, *Notice des man.*, t. III,
p. 455. — *Sentence*, voy. l'appendice n° XXI.

l'une messe, et pardonnant à tout le monde le mal qu'on lui avait fait. Les juges, les Anglais eux-mêmes, étaient émus; il n'y avait point de cœur si dur qui ne fût touché aux larmes[1].

Délaissée de l'Église, de l'Église de ses ennemis, déclarée apostate, idolâtre, elle s'était tournée vers le signe du salut, voulant mourir avec l'image du Rédempteur. Elle avait donc prié Massieu de lui procurer une croix; un Anglais qui était là lui en fit une d'un bâton. Elle la prit, la baisa et la mit dévotement dans son sein. En même temps qu'elle portait la croix sur sa chair, elle voulait l'avoir devant les yeux. Elle pria le frère Isambard de la Pierre d'aller lui chercher celle de l'église voisine, pour « la tenir, disait-elle, élevée tout droit devant ses yeux jusques au pas de la mort, afin que la croix où Dieu pendit fût dans sa vie continuellement devant sa vue»; et, quand il l'apporta, elle la couvrit de ses baisers et de ses larmes, invoquant Dieu, saint Michel, sainte Catherine et tous les saints, et témoignant de sa foi comme de sa piété[2].

---

1 *Jeanne après la sentence :* « Quibus auditis ipsa Johanna, genibus flexis, fecit suas orationes ad Deum multum devotissimas. » — *Souvenir au roi :* « Post cujus sententie prolationem incœpit facere plures pias exclamationes et lamentationes, et inter alia dicebat quod nunquam fuerat inducta per regem ad faciendum ea que faciebat, sive bene, sive male. » T. III, p. 55 (l'év. de Noyon). — *Prière aux assistants :* « Requérant.... mercy très-humblement qu'ils voulsissent prier pour elle, en leur pardonnant le mal qu'ils lui avoient fait. » T. II, p. 19 (Massieu). — *Requête aux prêtres :* « Et unusquisque eorum daret sibi unam missam. » T. II, p. 369, et t. III, p. 177 (J. Fabri).

2. *La croix :* « Et quand elle fut délaissée par l'Église.... à

Cependant, parmi les Anglais, beaucoup trouvaient la scène trop longue. Jeanne était délaissée de l'Église : quels droits l'Église avait-elle encore sur elle? tous ces discours étaient hors de saison ; et comme Massieu paraissait exhorter la Pucelle qu'il avait encore en sa garde, plusieurs capitaines lui crièrent : « Comment! prêtre, nous ferez-vous dîner ici? » Deux sergents l'allèrent prendre sur son estrade, et, pour racheter les retards de ce long procès, le juge ne se donna pas même le temps de prononcer la sentence. Dès que Jeanne fut devant lui : « Menez, menez, » dit-il aux gardes; et au bourreau : « Fais ton devoir[1] ! »

Si les juges ecclésiastiques avaient laissé durer la scène si longtemps dans l'espérance d'une abju

grande dévocion demanda à avoir la croix ; et ce voyant un Anglois qui estoit là présent en feit une petite du bout d'un baston qu'il lui bailla.... et mit icelle croix en son sein entre sa chair et son vestement. Et oultre demanda humblement à cellui qui parle qu'il lui feist avoir la croix de l'Église, etc. » T. II, p. 20 (Massieu); cf. t. III, p. 159 (id.), et t. II, p. 6 (Is. de la Pierre, que nous suivons pour le reste).

1. *Point de sentence :* t. II, p. 20 (Massieu). « Fuit ducta ad bail ivum ibi præsentem, qui absque alia deliberatione aut sententia, faciens signum cum manu, dixit : « Ducatis, ducatis. » Et sic fuit ducta ad locum supplicii, ubi fuit cremata. » T. II, p. 344 (Manchon); cf. t. III, p. 150 (id.). — « En disant au bourreau, sans autre sentence : « Fais ton devoir. » T. II, p. 6 (Is. de la Pierre). Ce mot même est rapporté par Massieu aux Anglais qui entraînaient Jeanne, *ibid.*, p. 20; cf. p. 8 (Ladvenu). Le suppléant du bailli, qui était là, le dit comme les autres : « Et ibi erat cum baillivo, quia tunc ipse loquens erat locum tenens baillivi; et fuit lata quædam sententia per quam ipsa Johanna relinquebatur justitiæ sæculari. Post cujus sententiæ prolationem, illico et sine intervallo, ipsa posita in manibus baillivi, tortor sine plure, et absque eo quod baillivum aut loquentem, ad quos spectabat ferre sententiam, aliqua ferretur sententia, accepit eamdem Johannam. » T. III, p. 187 (L. Guesdon).

ration, leur attente fut bien trompée, et le confesseur qui la devait rappeler à Jeanne remplit bien
mal son office. Jeanne ne fit entendre aucune parole qui impliquât révocation de ses dits ou de ses
faits. Si elle douta, le doute resta au fond de son
cœur, où ne se trahit que par son trouble ou par
ses larmes. Elle pleurait sur elle; elle pleurait aussi
sur les autres. « Rouen, Rouen, disait-elle, mourrai-
je ici, seras-tu ma maison ! Ah ! Rouen, j'ai grand
peur que tu n'aies à souffrir de ma mort ! » Et la
multitude elle-même pleurait; et plusieurs, détes-
tant cette œuvre d'iniquité, s'affligeaient de voir
qu'elle eût lieu dans Rouen. Quelques Anglais
affectaient bien de rire, mais même les auteurs de
l'attentat étaient touchés de ce spectacle. Le cardinal de Winchester pleurait; l'évêque de Beauvais
pleurait; larmes stériles qui n'empêchaient pas
que leur crime ne s'accomplît[1] !

Le supplice se prolongea : le bûcher, on se le
rappelle, avait été construit sur un échafaud pour
être à la vue du plus grand nombre ; et le bour-

---

1. *Plaintes sur Rouen :* t. II, p. 355, et t. III, p. 185 (Marguerie); t. III, p. 202 (P. Daron); p. 53 (G. de la Chambre). Le peuple
de Rouen et des environs assistait en foule au supplice. (Th. Basin,
Hist. de Ch.VII, liv. II, ch. XVI.) — « Et movebantur plures ad lacrimas; crantque multi male contenti quod exsecutio fiebat in
villa Rothomagensi. » T. III, p. 202 (Daron). — « Aliqui autem Anglici ridebant. » T. III, p. 53 (G. de la Chambre); — « .... tellement
que le cardinal d'Angleterre et plusieurs autres Anglois furent con-
traincts plourer et en avoir compacion. » T. II, p. 6 (Is. de la
Pierre). « Episcopus Belvacensis... ea occasione flevit. » *Ibid.,*
p. 352 (*id.*). Plusieurs ne purent demeurer jusque-là : l'évêque de
Noyon, par exemple, t. III, p. 56; et Jean Lefebvre, t. II,
p. 369, e c.

reau mit le feu par le bas. Quand la flamme monta,
et que Jeanne l'aperçut, elle congédia elle-même
son confesseur; elle le pressa de descendre, lui
demandant, pour dernier service, de tenir devant
elle la croix bien haut, afin qu'elle la pût voir. Il
la quitta, mais déjà elle n'était plus seule. Les
saintes qu'elle invoquait encore, même quand on
travaillait, quand on réussit peut-être à la faire
douter de leurs apparitions, ne prolongèrent pas
plus longtemps cette dure épreuve. On l'avait
ébranlée, en lui alléguant, devant sa mort prochaine, la délivrance dont elle avait reçu d'elles la
promesse. Elle se rappela cette autre parole qu'elle
avait aussi rapportée à ses juges : « Prends tout
en gré ; ne te chaille de ton martyre; tu t'en viendras au royaume de Paradis. » Elle ne l'avait pas
comprise alors, entendant humblement son martyre des peines de sa prison; elle la comprit à la
lueur des flammes, et elle entendit en même temps
la délivrance qui lui était promise. Dès ce moment
la mort même rentrait dans l'ordre de sa mission :
elle l'accepta comme elle avait accepté tout le reste.
Sur le bûcher comme dans la prison, devant la
mort comme devant ses juges, « elle maintint et
affirma jusqu'à la fin que ses voix étaient de Dieu;
que tout ce qu'elle avait fait, elle l'avait fait du
commandement de Dieu; qu'elle ne croyait pas
avoir été trompée par ses voix, et que les révélations qu'elle avait eues étaient de Dieu. » C'est le
témoignage du courageux confesseur, qui ne la
quitta qu'à l'approche du feu, et ne la quitta que

pour tenir devant elle la croix, image du Rédempteur, divin modèle de son martyre. Au milieu des
flammes qui l'enveloppaient, elle ne cessa de confesser à haute voix le saint nom de Jésus et d'invoquer les saints et les saintes; une dernière fois
on l'entendit encore prononcer le nom de Jésus,
puis elle baissa la tête : elle achevait sa prière dans
le ciel [1].

1. *Le bûcher :* « Et per inferius ipse tortor posuit ignem. Et dum
ipsa Johanna percepit ignem, ipsa dixit loquenti quod descenderet
et quod levaret crucem Domini alte, ut eam videre posset : quod et
fecit. » T. III, p. 169 (Martin Ladvenu). — « In quo igne aud
quod petivit aquam benedictam. » T. III, p. 194 (J. Moreau). — «
ligaretur, implorabat seu invocabat ipsa Johanna sanctum M   —
lem specialiter. » T. II, p. 324 (P Bouchier). — En nomma   expressément plusieurs d'iceulx saincts. » *Ibid.*, p. 19 (Massieu). —
Dernier témoignage de Jeanne : « Quod semper usque ad finem
vitæ suæ manutenuit et asseruit quod voces quas habuerat erant a
Deo, et quod quidquid fecerat, ex præcepto Dei fecerat, nec credebat per easdem voces fuisse deceptam; et quod revelationes quas
habuerat ex Deo erant. » T. III, p. 170 (M. Ladvenu); cf. sur ses
derniers moments, t. II. p. 9 (*id.*); p. 6-7 et 303 (Is. de la Pierre);
p. 15 (Massieu). Elle avait déclaré dans son procès que ses voix lui
avaient prédit sa captivité (t. I, p. 115).

Isambard de la Pierre et Martin Ladvenu sont des témoins que
l'on fait figurer dans l'information posthume : on chercherait vainement dans leurs dépositions postérieures la moindre trace du reniement de la prison. Du reste, quels qu'aient pu être les doutes de
Jeanne alors, l'approche de la mort, loin de les accroître, les dis-
sipa. Lebrun des Charmettes l'a fort bien vu, t. IV, p. 222, et
M. Michelet l'a de même très-heureusement senti et exprimé, t. V,
p. 174; cf. M. J. Quicherat, *Aperçus nouveaux*, p. 141.

L'auteur des principales lettres datées de Bruges, recueillies ou analysées par Morosini, est aussi, fort heureusement,
inspiré en rapportant les derniers moments de Jeanne d'Arc;
mais c'est peu auprès du témoignage des témoins oculaires.
Il parle de l'affliction qu'en eut le roi, et des vengeances qu'il
voulait en tirer sur les femmes d'Angleterre. Il parle plus justement des comptes à rendre à la justice divine : « La ville
de Paris, dit-il, est mal en point; en vérité, elle tombera
d'un jour à l'autre, ne pouvant plus tenir ni résister; tout le

monde s'en échappe et en sort [chassé] par la disette et la faim. On est convaincu que les Anglais l'ont fait brûler à cause de ses grands succès, parce que les Français prospèrent et vont prospérant de tout temps, « car, disaient toujours les Anglais, une fois morte cette damoiselle, la fortune ne sera « plus favorable au dauphin. » Qu'il plaise au Christ qu'advienne le contraire, si, comme on l'a dit, les choses sont ainsi en vérité! » (Morosini, III, 355-357).

LIVRE ONZIÈME.

LA RÉHABILITATION. — LE PROCÈS.

————

I

LA MÉMOIRE DE JEANNE ET LA FAUSSE JEANNE.

Les Anglais en étaient donc venus à leurs fins :
Jeanne d'Arc n'était plus. Mais l'empire qu'elle
avait pris dans l'opinion publique devait-il périr
avec elle? Ils n'en étaient plus aussi assurés; et à
l'heure même où ils avaient cru vaincre, ils commencèrent à douter de leur victoire. Dès qu'elle
eut expiré, ils commandèrent au bourreau d'écarter un peu la flamme, afin qu'on la vît morte, —
afin qu'on la vît nue, si l'on en croit un de leurs
plus fougueux partisans. Ils avaient peur qu'on
ne la prît pour un esprit ou qu'on ne dît qu'elle
avait échappé. Puis on rendit au feu sa proie, afin
de la réduire en cendres, et ses cendres, par ordre
du cardinal, furent jetées dans la Seine. On redoutait jusqu'à la vertu que le peuple, le peuple
de la Normandie, antique berceau des rois d'Angleterre, aurait cherchée dans ses reliques. Tout

le monde, en effet, la proclamait sainte, et non-
seulement son confesseur ou les hommes qui
avaient pris part à son procès, comme Pierre Maurice, comme Jean Alespée, qui s'écriait en pleu-
rant : « Je voudrais que mon âme fût où je crois
qu'est l'âme de cette femme, » mais ses ennemis,
et les plus furieux. Un Anglais, qui la haïssait
mortellement, avait juré d'apporter au bûcher une
fascine, pour que Jeanne fût en quelque sorte brûlée de sa main. Il accourut pendant l'exécution
et jeta dans le feu sa fascine, mais, entendant
Jeanne qui invoquait le nom de Jésus, il demeura
comme foudroyé, et il allait ensuite exprimant
son repentir, et disant qu'au moment de sa mort
il avait vu une colombe s'envoler de la flamme.
Plusieurs prétendaient avoir lu, comme écrit dans
la flamme, le nom de Jésus que Jeanne prononçait.
Le bourreau lui-même rendait témoignage qu'elle
était morte par tyrannie; il déclarait qu'au milieu des cendres son cœur était resté intact et plein
de sang, et il courait au couvent des frères prêcheurs, disant qu'il craignait fort d'être damné
pour avoir brûlé une sainte femme. Ce sentiment
avait pénétré jusque dans les conseils de la Couronne. Tressart, secrétaire du roi, disait tout haut
que c'était une sainte, et les complices de sa mort,
des damnés; et il s'écriait dans sa douleur, en revenant du lieu du supplice : « Nous sommes tous
perdus, c'est une sainte qu'on a brûlée[1]. »

1. *Flammes écartées afin qu'on la vît morte :* t. III, p. 191 (J.

Ce fut le cri public, et vainement essaya-t-on de réprimer, par quelques actes de sévérité, ces mur-mures. Des gens du peuple montraient au doigt

Riquier); — *afin qu'on le vît nue* : « Et là fut bientost esteinte et sa robe toute arse, et puis le feu tiré arrière: et fut vue de tout le peuple tout te[nue, et tous les secrez qui peuvent estre ou doibvent en femme, pour oster les doubtes du peuple. » T. IV. p. 471 (Bour-geois de Paris). Les ennemis de Jeanne ne sont pas incapables de cette vilenie: c'est une victoire digne du milord qui ne l'avait pu vaincre dans ses fers. Le Bourgeois ajoute : « Et quant ils l'orent assez à leur gré vue toute morte liée à l'estache, le bourrel res ist le feu grant sus sa poure charongne. » *Poure charogne!* voilà toute la marque de compassion du Bourgeois de Paris. — *Cendres jetés à la Seine* : t. III, p. 48 (Marguerie). « Et fut la poure (pou-dre) de son corps gettée par sacqs en la rivière, affin que jamais sorcherie ou mauvaisté on n'en peuist faire ne proposer. » (Bibl. nat. Ms. *Cordeliers* n° 16, f° 507, v°, cité par Vallet de Viriville, *His-toire de Charles VII*, t. II, p. 234.)

Jeanne sainte: t. III. p. 168 (Ladvenu) ; p. 50 (P. Maurice) ; p. 191 (J. Alespée): « Vellem quod anima mea esset ubi credo animam istius mulieris esse. » — *La colombe:* t. II, p. 352. L'Averdy suit la leçon *de flamma* qu'on trouve pour la première fois dans Paul Maurice. M. Quicherat a maintenu la leçon *de Francia* comme il le devait, conformément à tous les manuscrits : mais on ne peut méconnaître que l'autre, si peu autorisée au point de vue de la critique du texte, est plus conforme au sens général du pas-sage. *De Francia*, quelque explication qu'on en puisse donner, paraît être une faute, fût-ce dans le texte original. — *Le nom de Jésus :* « Et audivit a multis quod visum fuit nomen JHESUS inscrip-tum in flamma ignis in quo fuit combusta. » T. II, p. 372 (Th. Marie). — *Le bourreau:* « Quod tyrannice ipsa passa fuerat mor-tem. » T. II, p. 366 (Ladvenu) ; — « Quod, corpore igne cremato et in pulvere redacto, remansit cor illæsum et sanguine plenum. » T. III, p. 160 (Massieu). — « Quod valde timebat quin esset dam-natus, quia combusserat unam sanctam mulierem. » T. II, p. 352 (Is. de La Pierre). — *J. Tressart:* « Nos sumus omnes perditi, quia una sancta persona fuit combusta. » T. III, p. 182; cf. t. II, p. 307 et 347 (P. Cusquel). Le greffier Manchon témoigne naïve-ment de sa propre douleur : « Et dit le déposant que jamais ne plora tant pour chose qui lui advint, et que par ung mois après ne s'en pouvoit bonnement appaiser. Pourquoy, d'une partie de l'argent qu'il avoit eu du procès, il acheta un petit messel, qu'il a encores, affin qu'il eust cause de prier pour elle. » T. II, p. 15.

ceux qui avaient pris part au procès : l'horreur
publique s'attacha à leur personne et les poursuivit jusqu'au delà du tombeau. On invoquait sur
eux le jugement de Dieu. On disait (à tort pour
plusieurs peut-être) que tous ceux qui s'étaient
rendus coupables de la mort de Jeanne avaient
fini d'une mort honteuse, et l'on citait l'évêque de
Beauvais, frappé d'apoplexie pendant qu'on lui
faisait la barbe ; N. Midi, le prédicateur du Vieux-
Marché, atteint de la lèpre peu de jours après son
sermon ; Loyseleur, le traître, mort subitement à
Bâle, et le promoteur J. d'Estivet, dont on faisait
retrouver le cadavre aux portes de Rouen dans un
bourbier [1].

Mais les coupables ne sont pas seulement ceux
qui ont fait ou ordonné le procès : les Bedford, les
Winchester, les Warwick et leurs pareils ; ce sont
encore ceux qui l'ont laissé faire. Rien dans cette
histoire si remplie de prodiges et si souillée d'infamies, rien de plus surprenant au premier abord et

1. *Cri public :* « Communis fama erat et quasi totus populus mur-
murabat quia eidem Johannæ fiebat magna injuria et injustitia. »
T. III, p. 181 (Cusquel) ; cf. t. II, p. 363 (P. Migel). Un religieux
dominicain fut poursuivi, et, grâce à sa rétractation, condamné
seulement à la prison, pour avoir dit qu'on avait mal fait de la
condamner. T. I, p. 493-496. — *Horreur pour les juges :* « Magnam notam a popularibus incurrerunt ; nam, postquam ipsa
Johanna fuit igne cremata, populares ostendebant illos qui interfuerant et abhorrebant. » T. III, p. 165 (G. Colles). — *Jugement
de Dieu :* L'évêque de Beauvais et N. Midi, *ibid.* ; Loyseleur et J.
d'Estivet, *ibid.*, p. 62 (*id.*). — La rumeur populaire a pu exagérer
ces faits ou en dénaturer les circonstances. D'Estivet vivait encore
en 1437 ; Nicolas Midi était mort à l'époque du procès de réhabilitation, mais il figurait encore parmi les docteurs de l'Université
après la pleine restauration de Charles VII. (Voy. Du Boulai, *Hist.
de l'Univ. de Paris*, t. V, p. 442). Mais cette altération même de

de plus révoltant, quand on y regarde, que la conduite de la cour de France envers la Pucelle. Jeanne
est prise à Compiègne; elle est gardée à la frontière,
elle appartient à un seigneur qui ne demande qu'à
tirer le meilleur parti de sa bonne fortune; elle
est sous la haute main du duc de Bourgogne, qu'elle
combattait comme un allié de l'Angleterre, mais
qu'elle a toujours respecté, ménagé comme un fils
de la France : — nulle tentative pour l'enlever par
un coup de main, nulle démarche pour la racheter
à prix d'argent, pour surenchérir sur l'offre des
Anglais, quand, pour contre-balancer les efforts
de leur haine, on a les remords du vendeur et les
prières de sa famille; nulle négociation avec un
prince dont les ressentiments s'étaient déjà fort
adoucis, qui avait accepté plusieurs trèves, qui
devait bientôt faire la paix. Jeanne est donc livrée aux Anglais. Avec eux, point de négociation
praticable : ils savent le prix de ce qu'ils tiennent,

> Et ne l'eussent donné pour Londres,
> Car cuidoient avoir tout gagné.

l'exacte vérité prouve que l'opinion publique réclamait pour
Jeanne la vengeance du ciel. Au reste, M. Ch. de Beaurepaire a fait
l'observation que la plupart des hommes qui avaient faussement
accusé Jeanne de ne point se soumettre à l'Église furent excom-
muniés par l'Église. L'évêque de Beauvais lui-même fut excommunié
à Bâle pour n'avoir pas payé une redevance dont il était tenu envers Rome. S'il est mort laissant un testament, cela ne contredit
pas la réalité de sa mort subite. S'il fut maintenu dans les Obi-
tuaires de Rouen (Ch. de Beaurepaire, *Recherches*, p. 121), cela
peut être une dette pour des bienfaits reçus, mais ne fait pas une
réhabilitation. — Voy. sur ces divers personnages, Ch. de
Beaurepaire, *Notes sur les juges et les assesseurs du procès de condamnation de Jeanne d'Arc*, Rouen, 1890. On les y trouve par
ordre alphabétique.

Mais il n'est point impossible de la leur arracher.
Les Anglais sont toujours frappés de terreur : sept
mois après qu'elle a été prise, on trouve encore
un édit rendu « contre ceux qui fuient effrayés par
les enchantements de la Pucelle. » Ils croient que
le charme reste attaché à sa personne : ils n'osent
pas, elle vivante, attaquer une place où l'ennemi
les brave presque aux portes de Rouen (Louviers).
Si on les attaque, seront-ils plus forts ? Puisque ce
n'est pas le génie militaire qu'ils craignent dans
la Pucelle, craindront-ils moins son inspiration en
ceux qui combattront non plus seulement avec elle,
mais pour elle ? et, dans ces conditions, le château
de Rouen saura-t-il mieux résister que les bastilles
d'Orléans ? Mais ceux qui, avant le voyage de Reims
et pour en détourner, parlaient d'attaquer la Normandie, se taisent ; et ceux qui, ayant suivi de
bon gré la Pucelle à Orléans, à Patay, à Reims, à
Paris, iraient bien plus volontiers encore la chercher à Rouen, sont comme enchaînés[1].

Il y a plus : les Anglais ne veulent pas seulement frapper Jeanne, ils veulent perdre sa mission avec elle ; ils la font juger comme hérétique.
Dans ce procès, qui lui est fait au nom de l'Église,

1. *Et ne l'eussent donnée pour Londres :* Martial d'Auvergne,
Vigiles de Charles VII (Procès, t. V, p. 74). — *De Fugitivis ab
exercitu quos terriculamenta Puellæ exanimaverant arres-
tandis,* 12 déc. 1430. Rymer, t. X, p. 472. — *Louviers.* On trouve
pourtant la trace d'une tentative de 36 lances et 89 archers « espé-
rans entrer en cette ville et la réduire en l'obéissance du dit seigneur (le roi d'Angleterre), » à la date du 13 avril 1431. Dès le
lendemain de la mort de la Pucelle (31 mai), on fait de nouveaux
préparatifs. Voy. le Catalogue Teulet, p. 392, et l'appendice XXII.

Jeanne demande des juges qui ne soient pas seulement à l'ennemi ; elle en appelle au Pape et au concile. Pas une lettre de l'archevêque de Reims, chancelier de France, à l'évêque de Beauvais, le meneur du procès, son suffragant, pour qu'il lui donne au moins connaissance de la procédure ; pas une démarche du roi auprès du Pape, pour qu'il relève cet appel et ne laisse pas se consommer, au nom de l'Église, un crime judiciaire dont l'opprobre doit rester à ceux qui l'ont accompli. Il y a, il est vrai, une lettre de l'archevêque de Reims non à son suffragant, mais à ses diocésains ; et c'est elle qui donne le secret de cette manière d'agir et en dévoile la honte : lettre qu'on aurait pu révoquer en doute comme ne nous étant venue que par extrait, mais qui trouve dans toute la conduite de la Cour une trop malheureuse confirmation. C'est de propos délibéré que Jeanne, prise à Compiègne, est abandonnée à son sort ; et sa mort même entre dans les calculs de ces politiques détestables qui, s'appropriant les fruits de ses triomphes, veulent faire peser sur elle, comme par un jugement de Dieu, ses revers dont ils sont les auteurs. Aux Pierre Cauchon, aux d'Estivet, aux Loyseleur, aux Bedford, aux Winchester, aux Warwick, il faut donc associer les Regnault de Chartres, les La Trémouille et tous ces tristes personnages qui, pour garder leur ascendant dans les conseils du roi, ont sacrifié, avec Jeanne, le prince, la patrie et Dieu même : car ils ont, autant qu'il était en eux, infirmé ses oracles, en abandon-

nant la Pucelle aux mains de ceux qu'elle avait
pour mission de chasser[1].

Les Anglais ne s'arrêtèrent point dans leur déplorable triomphe. L'impression que la mort de
Jeanne avait faite sur le peuple de Rouen et jusque
sur les hommes de leur parti, de leur conseil, leur
signalait un péril à conjurer. Ils étaient en présence de l'opinion publique : ils voulurent la mettre de leur côté, et, en même temps qu'ils déli-
vraient aux juges et autres des lettres de garantie
qui, sans les décharger, devant l'opinion, de leur
part au procès, en revendiquaient toute la responsabilité pour l'Angleterre, ils en tentaient l'apolo-
gie par des lettres qui sont le digne couronnement
de cette œuvre abominable : lettres adressées au
nom du roi, en latin, à l'empereur, aux rois et à
tous les princes de la chrétienté, et en français aux
prélats, aux ducs, comtes, seigneurs, et à toutes
les villes de France.

C'est le venin de l'accusation et le fiel des douze
articles confits dans la plus mielleuse protestation
de zèle pour la foi, de pitié pour la coupable, de
sollicitude pour tout le peuple chrétien. Le roi
d'Angleterre, c'est-à-dire le régent au nom de cet
enfant, rappelle la prétendue mission de Jeanne et
ses apparitions mensongères ; comme elle a séduit
et entraîné les peuples, et comment, par la miséri-

---

1. *Lettre de l'archevêque de Reims :* t. V, p. 168. Voy. ci-dessus,
p. 7. — Le pape Martin V (mort le 21 février 1431), et après lui
Eugène IV, étaient dans les meilleurs rapports avec la France.

corde de Dieu, elle est tombée entre ses mains. Il aurait pu, à cause des grands dommages que son peuple en a reçus, en faire justice par ses officiers (— faire périr une prisonnière de guerre qu'il avait non pas prise, mais achetée de ceux qui l'avaient prise !), mais il avait accédé à la requête des juges ecclésiastiques qui la réclamaient pour ses crimes contre la foi. Ils l'ont fort longuement interrogée, ils ont soumis ses réponses aux docteurs et aux maîtres de l'Université de Paris, qui l'ont trouvée superstitieuse, divinatrice, idolâtre, blasphématrice envers Dieu et les saints, schismatique, infidèle. Néanmoins, pour guérir cette malheureuse pécheresse de ses maux extrêmes, ils n'ont point épargné les exhortations charitables : mais l'esprit d'orgueil dominait en elle, et son cœur de fer ne s'est pas laissé amollir. Elle affirmait n'avoir rien fait que par le commandement de Dieu et des saintes qui se montraient à elle ; elle ne reconnaissait aucun juge sur la terre ; elle ne voulait se soumettre qu'à Dieu, rejetant le jugement du Pape, du concile général et de l'Église universelle (— c'est au Pape et au concile général qu'elle en avait appelé). Les juges, voyant son endurcissement, la firent paraître devant le peuple, et, après une prédication publique, commençaient à prononcer la sentence, quand elle se ravisa. Grande fut la joie des juges, qui espéraient sauver son âme et son corps. On la fit abjurer ; elle signa la formule de sa main, et notre pieuse mère la sainte Église, se réjouissant sur la pécheresse repentante et voulant

ramener cette brebis égarée au bercail, l'envoya,
pour sa salutaire pénitence, en prison : mais le
feu de l'orgueil, qui semblait éteint en elle, ne
tarda point à « se rembraser en flammes pestilen-
cieuses par les soufflements de l'ennemi. » Elle
retomba, la malheureuse, dans ses erreurs ; et les
juges, « afin que dorénavant elle ne contaminât
les autres membres de Jésus-Christ, » l'abandon-
nèrent à la justice séculière, qui la condamna à
être brûlée. Aux approches de la mort, elle reconnut et confessa que les esprits qui lui étaient apparus étaient des esprits mauvais et mensongers ;
qu'ils lui avaient faussement promis sa délivrance,
qu'ils l'avaient trompée. (— Elle confessa tout le
contraire jusqu'au dernier moment, au dire de celui qui ne la quitta que dans les flammes.)

Telle fut sa fin, continue le roi ; et il demande
qu'on répande partout ces choses : les rois, les
princes, dans leurs États ; les prélats, dans leurs
diocèses, « par prédications et sermons publics et
autrement, pour le bien et exaltation de notre dite
foi et édification du peuple chrétien, surtout dans
ces temps extrêmes du monde où l'on voit tant de
faux prophètes s'élever contre notre sainte mère
l'Église, menaçant de corrompre tout le peuple du
Christ, si la divine miséricorde et la diligence de
ses ministres fidèles ne s'appliquaient avec vigi-
lance à rebouter et punir» l'audace de ces réprou-
vés (8 et 28 juin 1431)[1].

1. *Lettres de garantie :* 12 juin 1431. Ces lettres, bien connues

Une lettre conçue dans le même esprit était
adressée en même temps par l'Université de Paris
au Pape, à l'empereur et au collége des cardinaux[1].

Ces efforts parurent d'abord réussir. En Angleterre et dans les pays bourguignons, la lettre du roi
fut reçue comme un oracle. Monstrelet ne trouve
rien de mieux que de l'insérer dans son histoire
pour y remplir les pages que devaient occuper le
procès et la mort de Jeanne d'Arc. Le Bourgeois de
Paris, arrivé à cette époque, ne laisse à personne
le soin de faire ce récit à sa place : il recueille la
fleur des calomnies répandues au procès, avec des
raffinements que le procès même n'avait pas connus. La hardiesse des réponses de Jeanne lui est
une preuve « qu'elle étoit toute pleine de l'ennemi
d'enfer ; et bien y parut, dit-il, car elle voyoit les
clercs de l'Université de Paris, qui si humblement
la prioient qu'elle se repentit et révoquât de cette
malle erreur ! » On devine après cela s'il croit à la
sincérité de ses déclarations et à l'iniquité de son
supplice. Et pourtant il ne dissimule pas l'émotion
que sa mort fit dans Rouen : « Assez avoit là et
ailleurs qui disoient qu'elle étoit martyre et pour

des témoins au procès de réhabilitation [t. III, p. 56 (évêque de
Noyon), p. 181 (G. Colles), p. 166 (M. Ladvenu)], y ont été intégralement reproduites, *ibid.*, p. 241-244. Voy. ci-dessus, p. 33, et
l'appendice n° XIV. — *Lettre du roi à l'empereur*, etc. (en latin) ;
aux prélats, ducs, etc., de France (en français), *Procès*, t. I,
p. 485-493.

1. *Lettres de l'Université : ibid.*, p. 496.

son droit Seigneur. Autres disoient que non, et que mal avoit fait qui tant l'avoient gardée. Ainsi disoit le peuple ; » et, si ardent Bourguignon qu'il fût lui-même, il évite de se prononcer : « mais, dit-il, quelle mauvaiseté ou bonté qu'elle eût faite, elle fut arse cellui jour [1]. »

A Paris, pour retirer du doute l'opinion populaire, on vint en aide à la lettre de Henri VI, comme il y invitait lui-même, par une procession générale et un sermon. Le 4 juillet, un dominicain, l'inquisiteur Le Graverent, exposa à sa manière les faits de Jeanne. Dès l'âge de quatorze ans, elle s'était maintenue « en guise d'homme, » et ses parents l'eussent dès lors fait mourir, s'ils l'eussent pu faire sans blesser leur conscience. Elle les quitta donc « accompagnée de l'ennemi d'enfer, » et depuis vécut « homicide de chrétienté, pleine de feu et de sang, jusques à tant qu'elle fut arse. » Le bon Père ajoutait que, si elle se fût rétractée, on lui eût « baillé pénitence, c'est à savoir, quatre ans en prison à pain et à eau. » Mais comment s'y fût-elle résignée? « Elle se faisoit servir en la prison comme une dame. » Alors le diable se montra à elle sous la forme de saint Michel, de sainte Cathe-

---

1. *Monstrelet :* voir sa chronique, II, 105 ; de même Chatelain, II, 47, t. II, p. 202 de l'édit. de M. Kervyn de Lettenhove. — *Rumeurs anglo-bourguignonnes sur la Pucelle :* « Armée en guise d'homme, ung gros baston en sa main, et quant aucun de ses gens mesprenoit, elle frappoit dessus de son baston grans coups, en manière de femme très-cruelle.... *Item,* en plusieurs lieux elle fist tuer hommes et femmes, tout (tant?) en bataille, comme de vengeance volontaire. » *Procès,* t. IV, p. 469 et 470 (Bourgeois de Paris). — *Opinion du Bourgeois de Paris sur le procès : ibid.,* p. 470.

rine et de sainte Marguerite, et lui dit : « Méchante
créature, qui par peur as laissé ton habit : n'aie
pas peur, nous te garderons moult bien de tous. »
Aussitôt, sans plus attendre, elle se dépouilla et
reprit ses habits d'homme qu'elle avait cachés
dans la paillasse de son lit. On la livra donc à la
justice laïque. Et elle, se voyant en ce point, appela
« les ennemis » qui lui apparaissaient « en guise
de saintes. » Mais nul ne vint, « pour invocacion
qu'elle sceust faire. » Elle se repentit alors, « mais
ce fut trop tard [1]. »

Que les Anglais, après avoir lancé leur mani-
feste, l'aient accompagné chez eux de ces mensongers commentaires; que le Pape, l'empereur, les
princes étrangers, n'ayant d'ailleurs aucun ren-
seignement sur l'affaire, n'y aient pas répondu,
cela se comprend : mais comment la cour de
France n'a-t-elle rien fait pour les éclairer à son
tour? En France, on ne s'associe point aux déclarations du roi d'Angleterre, sans doute, mais on
se tait. Même dans les circonstances où il faut parler des derniers événements, Jeanne est passée
sous silence. Dans une assemblée d'États tenue à
Blois, Jean Juvénal des Ursins, rappelant les pro-
digieux succès du roi, en remercie Dieu « qui a
donné courage à une petite compagnie d'hommes
de ce entreprendre, » sans dire un mot de la Pucelle. Même silence dans une lettre apologétique
de Philelphe à Charles VII : silence honteux, mais

1. *Procession et prédication de Paris: ibid.*, p. 411-473.

vraiment d'accord avec la politique égoïste qui a
laissé périr Jeanne d'Arc. Si la cour de France n'a-
vait pas, comme celle d'Angleterre, intérêt à perdre sa mémoire, elle éprouvait le besoin de l'effa-
cer : car, si Jeanne était une sainte, les Anglais,
battus par elle, étaient-ils plus coupables de l'avoir
fait mourir que les Français, sauvés par elle, de
n'avoir rien tenté pour sa délivrance[1] ?

Cependant cette mémoire n'était pas de celles
qui s'effacent. Elle vivait dans le peuple, et la
mort même de Jeanne, qui pouvait ébranler la foi
en sa mission chez ceux qui ne l'avaient pas vue
mourir, était pour plusieurs un sujet de doute. On
y croyait si peu que, cinq ans après, une femme
parut en Lorraine au voisinage du pays de Jeanne
d'Arc, et se fit accueillir de tous comme étant la
Pucelle. Le doyen de Saint-Thibaut de Metz raconte comment, le 20 mai 1436, elle vint, sous le
nom de Claude, à la Grange-aux-Hormes, où elle
vit plusieurs seigneurs de Metz, et où, dit-il, elle
reçut le même jour ses deux frères qui la croyaient
brûlée, et qui la reconnurent comme elle les reconnut (le second point serait moins étonnant). On
lui donna un cheval, des armes : elle sauta sur le
cheval, dit plusieurs choses qui ne laissèrent plus
douter qu'elle ne fût la Pucelle Jeanne de France,
celle qui mena sacrer le roi Charles à Reims. Après

---

1. *Juvénal des Ursins et Philelphe :* Voy. J. Quicherat, *Aperçus
nouv.*, p. 156

divers voyages à Marville, à Arlon, à Cologne, tenant peu, ce semble, à son surnom, elle épousa Messire Robert des Armoises; et l'on trouve un contrat de vente où elle figure avec son mari sous le nom de Jeanne du Lis, la Pucelle de France, dame de Tichiemont (7 nov. 1436)[1].

Ce qu'il y a de plus surprenant, c'est que cette Pucelle mariée ait été prise au sérieux et dans Orléans et dans la propre famille de Jeanne d'Arc. Les comptes d'Orléans établissent que la ville reçut d'elle et lui envoya des messages; qu'elle

1. *Doutes sur la mort de la Pucelle :* « Et il y avoit adonc maintes personnes qui estoient moult abusez d'elle, qui croyoient fermement que par sa sainteté elle se fust eschappée du feu, et qu'on eust arse une autre cuidant que ce fust elle. » T. IV, p. 474 (Bourgeois de Paris). Le Bourgeois n'en croit rien, mais d'autres doutèrent au moins, même en Normandie. Un chroniqueur normand dit : « Finablement la firent ardre publiquement, ou autre femme en semblable d'elle; de quoy moult de gens ont esté et encores sont de diverses opinions. » (*Procès*, t. IV, p. 344.) En 1503, Symphorien Champier, dans la *Nef des Dames*, dit encore des Anglais : « qu'ils la brûlèrent à Rouen. Ce disent-ils, néanmoins que les François le nyent. » (*Ibid.*, p. 344.) Les Grecs de Constantinople refusaient même de croire que les Anglais eussent pu la prendre. T. IV, p. 532 (Bertrandon de la Broquière).

L'Averdy, devant ces doutes, se donne encore la peine de prouver que c'est bien Jeanne qui fut brûlée à Rouen. (*Notice des manuscrits*, t. III, p. 464.)

La fausse Pucelle : Voyez les documents réunis par M. J. Quicherat, t. V, p. 321 et suiv. Lebrun des Charmettes (t. IV, p. 300) n'est pas éloigné de croire que la fausse Jeanne soit la sœur de la Pucelle. Il a pour lui le silence absolu de l'histoire, mais il est douteux que personne y voie un argument. — *Le doyen de Saint-Thibaud : Procès*, t. V, p. 321. Dans une rédaction postérieure de sa Chronique, le fait est répété, mais la fraude est reconnue (*ibid.*, p. 323). — *Contrat de vente :* « Nous Robert des Harmoises, chevalier seigneur de Thichemont, et Jehanne du Lys, la Pucelle de France, dame dudit Thichemont, ma femme, » etc. *Ibid.*, p. 328. (*Extrait de D. Calmet, Hist. de Lorraine*, t. III, col. 195.)

donna même de l'argent à Jean du Lis (Jean d'Arc) pour qu'il allât rejoindre sa sœur. Les choses n'en demeurèrent pas là. Après avoir été en Italie où assurément elle n'alla pas voir le Pape, mais où elle prit service dans ses troupes, la fausse Jeanne vint en France, et paraît avoir reçu des hommes d'armes avec lesquels elle guerroya dans le Poitou (1436). Elle y était encore en 1438. En 1439, elle osa venir à Orléans! On l'y trouve, dans les comptes de la ville, sous son nom de dame : « Le 28 de juillet, pour dix pintes et chopines de vin présentées à Jehanne des Armoises, 14 s. p., etc. » Et c'est bien Jeanne d'Arc, la Pucelle d'Orléans, que l'on entend traiter ainsi. Le jour de son départ, les Orléanais, par une délibération spéciale de leur conseil, lui firent don de 210 l. p. « pour le bien qu'elle a fait à la dicte ville durant le siége. » Par une compensation bien naturelle, le service annuel qu'on célébrait pour le repos de son âme était supprimé.

Ces hommages étaient une insulte à la mémoire de la Pucelle. Comment le peuple d'Orléans a-t-il pu être abusé à ce point? Comment le roi se fit-il complice de cette intrigue? Car on ne peut admettre qu'il en ait été dupe un seul instant, et l'aventure par laquelle Pierre Sala rapporte qu'on découvrit la vérité a plus d'une marque d'invraisemblance. Le roi n'aurait pas dû être « si ébahi » cette fois que la Pucelle le reconnût, et la fausse Jeanne devait être bien peu ferme dans son rôle pour se déconcerter au premier salut du prince :

aussi en fait-on un miracle. Le roi a-t-il dissimulé,
tant qu'il pensa pouvoir tirer parti de l'erreur populaire? Quoi qu'il en soit, il put voir bientôt qu'on
ne refaisait point une mission de Jeanne d'Arc,
même avec le prestige de son nom. En cette année
1439, le maréchal de Rais la fit remplacer dans le
commandement d'une troupe qu'il dirigea contre
Le Mans, et bientôt on acheva de faire tomber le
masque. Comme les Parisiens, apprenant qu'elle
était proche et quelle avait reçu à Orléans un
grand accueil, disaient que c'était la Pucelle, l'Université et le Parlement la firent venir, bon gré,
mal gré, à Paris. Ils voulurent que le peuple la vît
tout à son aise au palais, sur la pierre de marbre,
en la grand'cour. Là, elle dut raconter sa vie, qui
n'était pas de tout point fort édifiante. Puis on la
laissa retourner à la guerre, mais dès lors on ne
parla plus d'elle. On n'en parla que pour compen-
ser, à force d'outrages, les honneurs qu'on lui
avait rendus[1].

1. *La fausse Pucelle à Orléans: Procès*, t. V, p. 326 et. suiv
Pierre Sala, t. IV, p. 281, et l'appendice n° XXIII à la fin de ce
volume.

II

Entre ces honneurs et ces outrages prodigués
tour à tour à celle qui avait pris le nom de Jeanne,
que devenait sa mémoire? Le temps venait de dissiper les ombres qui pouvaient voiler aux yeux
des politiques la vérité de sa mission : la prédiction de Jeanne s'était accomplie : les Anglais
étaient chassés de France.

Après la mort de la Pucelle, leur parti avait d'a-
bord obtenu quelques succès. Barbazan qui, de la
Champagne, menaçait déjà la Bourgogne, avait
succombé avec René de Bar en voulant l'aider à
prendre possession de la Lorraine; dans la bataille
engagée contrairement à ses conseils, il fut tué et
René fait prisonnier (Bulligneville, 2 juillet 1431).
Poton de Xaintrailles avait été pris aussi dans une
embuscade, aux portes de Beauvais, avec le *pas-
tourel* que l'archevêque de Reims avait eu l'idée
de substituer à Jeanne d'Arc (4 août). La Hire en-

tin s'était laissé prendre, comme il sortait de Louviers pour aller lui quérir des secours, et la ville
avait dû capituler (25 octobre). Mais les échecs suivirent bientôt. Vainement chercha-t-on à raffermir
les affaires de Henri VI en le faisant couronner à
Paris (16 décembre 1431) : la cérémonie ne fit qu'in-
disposer davantage les Parisiens par les mécomptes
qu'ils y trouvèrent. Tout conspire dès lors contre
les Anglais. En 1433, Richemont fait enlever la
Trémouille de la cour : c'était un moyen d'y rentrer
bientôt lui-même. En 1434, la Normandie commence
à se soulever. La Bourgogne aussi supportait im-
patiemment la guerre, et les liens qui rattachaient
le duc aux Anglais s'étaient fort relâchés par la
mort de la duchesse de Bedford, sa sœur, et le
nouveau mariage du régent (1432). Dès le commencement de 1435, Philippe le Bon accueille le
projet d'un congrès à Arras; et quand il vint à Paris au temps de Pâques, les Parisiens eux-mêmes
et l'Université la première insistèrent auprès de
lui pour qu'il le fît aboutir à la paix. Bedford, par
un reste d'ascendant, y faisait encore obstacle :
mais il meurt le 14 septembre, et le 21 la paix est
signée à Arras entre le duc de Bourgogne et le roi
de France. Les Anglais, refusant et la paix avec la
France et la neutralité de la Bourgogne, sont attaqués par les deux puissances à la fois, et le 13
avril 1436 Dunois, Richemont et l'Isle-Adam, en-
trent à Paris[1].

1. *Échecs des Français, puis défaites des Anglais.* Voy. J. Char-

Ainsi la parole de Jeanne était vérifiée. Au terme qu'elle avait marqué, les Anglais, comme elle le disait, « avaient laissé un plus grand gage que devant Orléans. » Paris leur était enlevé : c'était le gage de leur entière expulsion. En 1449, Rouen était pris à son tour, et bientôt la Normandie conquise; en 1452 et 1453, Bordeaux et toute la Guyenne. Calais seul leur devait rester encore pendant un siècle, comme un souvenir de leur domination et un signe de leur impuissance. Il ne fallait pas attendre jusque-là pour reconnaître que Jeanne avait dit vrai, quand elle se donnait comme envoyée de Dieu pour les mettre dehors : car tout le mouvement qui aboutit à cette fin procédait de l'impulsion qu'elle avait donnée. Aussi, dès son entrée à Rouen, Charles, mieux entouré désormais et servi par les hommes qu'il lui aurait fallu au temps de Jeanne, ordonna une enquête sur le procès moyennant lequel les Anglais, par grande haine, « l'avoient fait mourir iniquement et contre raison très-cruellement. »

Le soin d'en recueillir les pièces et les documents

---

tier, p. 47 et suiv., Abrégé chron., p. 334, et Berri, p. 384 et suiv. (Ed. Godefroi); le Bourgeois de Paris, p. 428, 429, 430-436 ; Monstrelet, II, 101 et suiv. Voyez aussi J. Quicherat, *Procès*, t. V, p. 169 173 ; Vallet de Viriville, *Hist. de Charles VII*, t. II, *passim* ; Chéruel, *Hist. de la Normandie sous la domin. angl. au quinzième siècle*, p. 116 et suiv.

Le petit berger avait été mené, comme dans les triomphes antiques, lié de cordes, à la suite de Henri VI entrant à Paris. *Toison d'or*, hérault et chroniqueur bourguignon, déclare avoir ouï dire « que pauvre Bregier avoit esté geelé en la rivière de Seine et noyé. » Vallet de Viriville, *l. l.* t. II, p. 248. — Sur ce que devinrent les ennemis et les compagnons de la Pucelle, voy. l'appendice n° XXIV.

de toute sorte et d'en faire un rapport au grand
Conseil fut confié à Guillaume Bouillé, un des principaux membres de l'Université de Paris et du conseil du roi (15 février 1450). Bouillé procéda à
cette enquête et entendit sept témoins : Jean Toutmouillé, Isambard de la Pierre et Martin Ladvenu,
qui avaient assisté Jeanne dans ses derniers moments ; Guillaume Duval, un des assesseurs ; Manchon, le greffier ; Massieu, l'huissier, et « vénéra-
ble et circonspecte personne » maître Jean Beaupère, l'un des principaux auxiliaires de P. Cauchon,
celui qui, au début, dirigea pour l'évêque les interrogatoires.   Ces premières dépositions écrites
tiennent aussi le premier rang parmi toutes celles
qu'on a recueillies depuis. Mais le procès avait été
fait au nom de l'Église : c'est par l'Église qu'il devait être aboli. Le roi mit à profit l'arrivée en
France du cardinal d'Estouteville, légat du saint-
siége, et en même temps archevêque de Rouen,
pour lui faire commencer par lui-même une enquête sur un fait que les Anglais avaient précisément rattaché à son diocèse. Le cardinal, assisté de
l'un des deux inquisiteurs de France, Jean Bréhal,
ouvrit d'office l'instruction (*ex officio mero*); puis,
forcé de partir, il remit ses pouvoirs au trésorier
de la cathédrale, Philippe de la Rose ; et celui-ci,
assisté du même Jean Bréhal, donna une nouvelle
extension à l'enquête par les articles qu'il ajouta au
formulaire des interrogatoires, et par les témoins
nouveaux qu'il appela (1452)[1]. »

1. *Réhabilitation :* t. II, p. 2. (Lettres de commission de G

L'Église se trouvait donc engagée dès lors dans la révision du procès par ses représentants les plus compétents : l'inquisiteur et l'archevêque de Rouen, légat du Pape. Mais le Pape n'y était point lié lui-même : car ce n'était pas l'objet de la mission du légat. Le cardinal avait été envoyé pour rapprocher les rois de France et d'Angleterre, et les amener à défendre en commun l'Europe menacée par les Turcs : or, ce n'était pas faire grande avance à l'Angleterre que de soumettre à une révision le procès de la Pucelle : on n'en pouvait soulever les voiles sans en mettre au jour les violences, ni l'abolir sans frapper de réprobation aux yeux du monde ceux qui l'avaient dirigé. L'enquête demeurait donc sans résultat, et la révision semblait devoir avorter, quand Charles VII imagina d'écarter ce qu'il y avait de politique dans une instance formée au nom d'une cour contre un jugement rendu au nom d'une autre : ce ne fut plus le roi de France qui se mit en avant, ce fut la famille de Jeanne, renouvelant auprès du souverain Pontife cet appel que les juges de la Pucelle n'a-

Bouillé.) — Voy. sur le procès de réhabilitation la notice fort étendue de L'Averdy, *Notice des manuscrits*, t. III, p. 247 et suiv. — *Enquête de Bouillé* : t. II, p. 3-22; Beaurepaire, entendu dans cette première enquête, vint au commencement de mars 1450 à Rouen, et n'y resta que quelques jours (Ch. de Beaurepaire, *Recherches*, etc., p. 125). — *Enquête du cardinal d'Estouteville* (2 et 3 mai (1452) : *ibid.*, p. 291 ; — *teneur des douze articles sur lesquels les témoins sont interrogés : ibid.*, p. 293 ; — *déposition des témoins :* p. 297-308 ; — *délégation de Philippe de la Rose*, p. 309 ; le nombre des articles fut porté de 12 à 27. Ils sont donnés p. 311. Vingt-deux nouveaux témoins comparurent avec ceux qui avaient été déjà interrogés. Voy. leurs dépositions, p. 317-377.

vaient point accueilli. L'affaire redevenait privée, et rien n'empêchait plus le Pape de faire justice, sans qu'il parût prendre parti pour la France contre l'Angleterre. Or, tout criait contre l'arrêt de Rouen, car on n'avait pas seulement pour voir clair dans cette iniquité les dépositions recueillies soit par Guillaume Bouillé, soit par le cardinal d'Estouteville et par son délégué : on avait le procès même de la Pucelle. Ce procès, les interrogatoires officiels de Jeanne, et non plus seulement les douze articles, avaient été soumis à leur tour à des docteurs impartiaux, et ils avaient rendu des avis qui pouvaient, comme le reste des pièces juridiques, être soumis à l'examen du souverain Pontife. Dans le nombre, le procès de révision a gardé deux mémoires, l'un de Théodore *de Leliis*, auditeur de rote en cour romaine, l'autre de Paul *Pontanus*, avocat au consistoire apostolique; et le premier est déjà une réhabilitation de la Pucelle. Le grave docteur, rapprochant de chacune des allégations comprises aux douze articles les faits établis par le procès, donne dès lors tous les arguments de bon sens et de bonne foi qui renversent cet échafaudage de diffamation et d'hypocrisie, et ne laissent plus voir que l'innocence, la vertu et la grandeur de Jeanne d'Arc, à l'éternelle confusion de ses juges et de ses bourreaux[1].

Ce fut Calixte III, élu le 8 avril 1455, qui, le

_____

1. *Intervention de la famille de Jeanne :* t. II, p. 74 (préface des greffiers), et L'Averdy, *Notice des man.*, t. III, p. 250. — *Consultation de P. Pontanus et de Th. de Leliis :* t. II, p. 22 et 59.

11 juin de la même année, accueillit la requête de
la mère de Jeanne et de ses deux frères : par un rescrit adressé à l'archevêque de Reims et aux évêques
de Paris et de Coutances, il les désigna pour réviser le procès, en s'adjoignant un inquisiteur[1].

Le procès s'ouvrit avec une grande solennité. Le
7 novembre 1455, l'archevêque de Reims, l'évêque
de Paris et l'inquisiteur Jean Bréhal, siégeant à
Notre-Dame de Paris, Isabelle, mère de Jeanne,
accompagnée de son fils Pierre et d'un nombreux
cortége d'hommes honorables, ecclésiastiques ou
séculiers, et de femmes, se présente et dépose devant eux sa requête et le rescrit du souverain
Pontife qui l'avait accueillie. Les commissaires
désignés l'appelèrent à part dans la sacristie, l'in-
terrogèrent, promirent de lui faire droit, mais lui
remontrèrent toutes les difficultés de la tâche
qu'elle s'était donnée, et l'engagèrent à prendre
conseil et à y réfléchir. Puis, rentrés en séance,
ils s'ajournèrent au 17 novembre pour ouvrir l'instance, si elle y persistait[2].

Les deux prélats, non plus que personne, n'a-
vaient point douté qu'elle n'y persistât. Le 17, la
vieille mère se présenta devant la même assem-

---

1. *Calixte III :* t. II, p. 72 ; — *son rescrit :* p. 95. L'archevêque
de Reims était J. Juvénal des Ursins, fils de celui qui fut prévôt
des marchands sous Charles VI. Voy. sur les divers personnages
qui figurent au procès les excellentes notes biographiques de
M. J. Quicherat.

2. *Séance préliminaire* (probablement le 7 novembre) : t. II,
p. 82 ; cf. t. III, p. 372, et la *Notice* de M. J. Quicherat, t. V, p. 436.

blée : Pierre Maugier, son avocat, exposa sa requête, et remit aux mains des commissaires désignés le rescrit original de Calixte III. Après que
lecture en eut été donnée publiquement, l'avocat
reprit la parole, pour marquer précisément dans
quelles limites se renfermait la plainte. Il ne s'a-
gissait pas de mettre en cause ceux qui, par leur
présence ou par leurs avis, avaient plus ou moins
pris part au procès de Jeanne : on attaquait le
procès dans la personne des deux juges, l'évêque
de Beauvais, Pierre Cauchon, et le vice-inquisiteur,
Jean Lemaître, et dans celle du promoteur Jean
d'Estivet, particulièrement désigné dans le rescrit
du Pape comme l'auteur des fraudes qui le vi-
ciaient[1].

Les deux évêques présents, acceptant alors la
mission qui leur était donnée, s'adjoignirent, conformément aux prescriptions du Pape, l'inquisiteur
Jean Bréhal, et arrêtèrent que les personnes nommées dans l'acte pontifical, ou tout ayant cause,
seraient, par assignation, mises en demeure de
contredire au rescrit d'abord, puis au fond de l'affaire. Pierre Cauchon et Jean d'Estivet étaient
morts ; Jean Lemaître aussi, croyait-on : mais
leurs familles pouvaient avoir intérêt à paraître au
procès ; et non-seulement leurs familles, mais l'autorité au nom de laquelle le procès avait été poursuivi : c'est pourquoi le vice-inquisiteur et le pro-

1. *Séance du 17 novembre :* t. II, p. 92 ; cf. p. 114. — *Discours de P. Maugier :* p. 98-106.

moteur actuels du diocèse de Beauvais étaient
spécialement désignés dans le rescrit. Avec ces
deux ecclésiastiques, l'évêque présent de Beauvais lui-même et tous ceux que l'affaire pouvaient
toucher étaient, par assignation publiée tant à
Rouen qu'à Beauvais, sommés de comparaître devant les commissaires le 12 et le 20 décembre au
palais archiépiscopal de Rouen[1].

Le 12, l'archevêque de Reims, l'évêque de Paris
et Jean Bréhal se trouvèrent au lieu désigné, mais
personne ne se présenta, que le procureur de la
famille de Jeanne, demandant défaut contre les
non-comparants. On surseoit jusqu'au 15; le 15,
même situation. Les commissaires, après avoir
ouï l'avocat Maugier et reçu les conclusions du
procureur Prévosteau, nomment leurs officiers, et
remettent au samedi suivant, 20 décembre, pour
entendre, sans nouveau délai, ceux qui voudraient
décliner leur compétence.

Cette séance fut d'ailleurs marquée par un incident grave. Prévosteau, procureur de la famille,
et Chapiteau, que les juges venaient de choisir
pour promoteur, ayant demandé aux greffiers du
premier procès s'ils avaient l'intention d'en prendre la défense, Manchon s'en excusa; et, sommé

---

1. *Assignations publiées dans le diocèse de Rouen*, pour le
20 décembre : t. II, p. 113 ; — *dans le diocèse de Beauvais*, pour le
12 décembre : *ibid.*, p. 125. — Jean Lemaître, le vice-inquisiteur,
était peut-être mort en 1455, mais il vivait encore en 1450 lors des
premières informations. « Les mêmes motifs de réserve, dit M. Ch.
de Beaurepaire, qui empêchèrent de citer l'archevêque de Rouen,
Raoul Roussel (ancien assesseur au procès), firent laisser de côté
et dans l'ombre le vice-inquisiteur, etc. (*Recherches*, p. 123).

de remettre aux juges ce qu'il pourrait avoir concernant cette affaire, il déposa sur le tribunal la minute française du procès entier, écrite de sa main. On lui présenta, à son tour, et il reconnut les signatures et les sceaux apposés à l'original latin. À ces pièces on joignit, sur la requête du promoteur, les informations faites par le cardinal d'Estouteville ou par son délégué de concert avec Jean Bréhal, un des juges présents; et il fut ordonné qu'on les mit à la disposition des greffiers et des assesseurs du premier procès qui les voudraient connaître[1].

Plusieurs actes furent encore accomplis en attendant le 20 décembre.

Le 16, Prévosteau, appuyé du promoteur, demanda et obtint que l'on assignât immédiatement plusieurs témoins déjà âgés ou infirmes, demeurant à Rouen ou dans les environs, et qui, si l'on différait beaucoup à les entendre, pourraient bien ne plus être entendus.

Le 18, il remit sa requête.

Après avoir défini l'objet du procès et les limites où se renfermait la plainte, il aborde le fond de

1. *Séance du 12 décembre* : p. 136. — *Discours de Maugier* : p. 139. — *Conclusions de Prévosteau* : p. 151. (En 1452, le cardinal d'Estouteville l'avait fait promoteur de la cause : *note de M. J. Quicherat*, t. II, p. 169.) — *Nomination des officiers des juges* : greffiers, Denys Le Comte et François Ferbonc; promoteur, Simon Chapitaut, p. 152; — *la minute du premier procès* : p. 155; — *les pièces de l'enquête du cardinal*, etc. : p. 157. On ne fit point usage officiellement de l'enquête de Bouillé, parce qu'elle procédait de l'autorité civile, et que le procès était ecclésiastique. Voy. L'Averdy, *Notice des manuscrits*, t. III, p. 249.

la question et défend Jeanne sur tous les points
où on l'a condamnée. *Ses visions :* Dieu seul en connaît l'origine, et nul sur la terre n'a le pouvoir
d'en juger ; *le signe du roi :* allégorie permise et
justifiée par l'exemple de Moïse devant Pharaon ;
l'habit d'homme : justement défendu quand il pro-
cède du libertinage, mais bien légitime quand il
protège la pudeur ; *la soumission à l'Église :* l'É-
glise la réclame pour le dogme, laissant, quant au
reste, une entière liberté. Jeanne n'y était donc pas
tenue en ce qui touche ses révélations comme fait :
et pourtant elle s'est soumise à l'Église ; elle a
demandé d'être renvoyée au Pape, elle a accepté
le jugement du concile général, acceptation que
l'évêque de Beauvais a défendu d'inscrire au procès-verbal. Mais ce n'est là qu'un exemple des faux
qui vicient le procès. Le procureur rappelle l'altération des interrogatoires de l'accusée dans les
douze articles ; la formule d'abjuration lue à Jeanne
dans le tumulte, sans qu'elle l'ait pu entendre, et
que l'évêque, malgré l'avis des assesseurs, ne lui
a pas relue. C'est donc à tort qu'on l'a déclarée
relapse : et la preuve qu'on l'estimait bonne chrétienne, c'est qu'avant de la faire mourir on lui a
donné la communion. Aussi demande-t-il, non pas
seulement l'annulation de la sentence, mais toutes
les réparations que réclame, après un si cruel
supplice, sa mémoire outragée[1].

1. *Assignation des témoins de Rouen :* p. 159. — *Requête de
Prévosteau :* p. 163-190.

Le 20 décembre, jour assigné pour dernier délai aux oppositions, il ne se présenta qu'une seule personne : le procureur de la famille de P. Cauchon. Il déclarait en son nom qu'elle n'entendait pas soutenir la validité du procès de Rouen, mais repoussait toutes les conséquences que l'on en voudrait tirer contre elle-même, et il invoquait l'amnistie proclamée par le roi après la conquête de la Normandie. Lecture faite de cette pièce, le procureur prit de nouveau défaut contre les non-comparants, et le promoteur, après avoir prêté serment, fit son réquisitoire à son tour[1].

Il appelait l'attention des juges 1° sur les instruments et les actes du procès incriminé; 2° sur ses préliminaires; 3° sur le procès lui-même.

Il signale parmi les causes qui le vicient :

1° Dans les instruments : l'interposition de faux greffiers; les douze articles soumis aux consulteurs pour tenir lieu du procès entier; les additions ou les omissions des procès-verbaux.

2° Dans les préliminaires : la partialité de l'évêque de Beauvais, qui s'entremet pour que Jeanne soit vendue aux Anglais; qui la laisse dans leur prison, quoique remise à l'Église; qui fait informer sur sa vie antérieure, constater sa virginité, et qui supprime les résultats de ces deux enquêtes comme étant favorables : procédés illégaux et dont il a senti l'illégalité lui-même en se faisant donner des lettres de garantie.

1. *Déclaration de la famille P. Cauchon : t. II, p. 194-196.*

3° Dans le procès même : la demande d'un tribunal composé de clercs des deux partis mise à l'é-
cart; la récusation de l'évêque; le vice-inquisiteur
appelé seulement le 19 février, et ne venant que
par l'effet des menaces; l'interrogatoire transféré
de la salle publique dans la prison devant un
petit nombre d'assesseurs, parce que les autres paraissaient mécontents; les questions captieuses qui signalent cet interrogatoire; les douze
articles extraits des soixante-dix et entachés d'o-
missions ou d'additions frauduleuses; les menaces
aux consulteurs sincères; les faux conseillers; les
manœuvres employées et pour rendre suspecte la
soumission de Jeanne à l'Église, et pour lui faire
reprendre l'habit d'homme après une abjuration
obtenue par la séduction et par la contrainte; enfin sa condamnation comme relapse sans cause légitime; et, quand elle a été livrée au bras séculier, son exécution sans jugement.

Voilà les points que les nouveaux juges avaient
à constater par leur enquête : et le promoteur demandait en particulier qu'on refît dans le pays
originaire de Jeanne cette information sur sa vie
antérieure faite et supprimée par les premiers
juges.

Les commissaires firent droit à sa demande,
consignèrent au procès la déclaration par laquelle
ils se constituaient juges et déclaraient les non-
comparants contumaces; puis ils les assignèrent
au premier jour plaidoyable après le premier di-

manche de Carême, pour répondre aux articles
que les demandeurs venaient de déposer[1].

Le jour fixé, 16 février 1456, deux nouveaux personnages répondirent à l'assignation : Me Rei-
gnald Bredouille, procureur de l'évêque présent
de Beauvais, et de son promoteur, et frère Jacques Chausselier, prieur du couvent d'Évreux, au
nom des frères prêcheurs de Beauvais. L'au
dience ayant été remise au lendemain, les juges
commencèrent par faire donner lecture des articles, au nombre de cent un, posés par les demandeurs[2].

C'est le résumé, ou, pour parler plus justement,
l'exposition la plus complète de tous les moyens
allégués à diverses reprises contre le procès, tant
par le procureur et l'avocat de la famille de Jeanne
que par le promoteur et les légistes auxquels le
procès avait été soumis. En supprimant les répétitions ou les inutilités pour ramener le débat à ses
points principaux, on y voit clairement établi ce
qui condamne les juges et ce qui relève leur
victime : car ce titre lui est suffisamment acquis par les nullités de toutes sortes signalées au
procès.

Les juges n'étaient que les instruments des An-

---

1. *Réquisitoire du promoteur*: ibid., p. 198-205. — *Enquête
ordonnée dans le pays de Jeanne* (on en chargea Reginald de Chi-
cheri, doyen de Vaucouleurs, et G. Thierry, chanoine de Toul) :
ibid., p. 205. — *Déclaration de compétence* : ibid., p. 205-208.
2. *Séance du 16 février 1456* (1455, vieux style) : t. II, p. 261.

glais (art. 6), et c'est par le seul effet de la crainte
que l'un des deux, le vice-inquisiteur, s'est associé à l'autre (42). Tout prouve leur partialité contre Jeanne : la prison civile où ils la gardent quand
elle doit être remise à l'Église qui la juge (9) ; les
séances publiques faisant place à des interrogatoires dans la prison, en présence des Anglais et
d'un petit nombre d'assesseurs (12); les questions difficiles, captieuses même, où l'on cherchait
à l'embarrasser, les menaces faites à ceux qui la
voulaient éclairer (18) : plusieurs ont dû fuir pour
éviter la mort (80); et les rigueurs de la prison,
les chaînes, les entraves qui faisaient de son état
comme une torture perpétuelle (46). Ses juges voulaient sa mort, et sa mort par exécution publique :
ils l'ont prouvé en témoignant tant de crainte
quand ils l'ont vue malade (13), et tant d'empressement à reprendre les interrogatoires lorsqu'à
peine elle était guérie (19). Mais leur sentence
même les condamne : Jeanne l'eût-elle méritée
par ses actes, son jeune âge, auprès de juges
impartiaux, commandait qu'on l'adoucît (49).

Jeanne était-elle donc coupable? Les défenseurs
de sa mémoire rappellent ses bonnes mœurs, sa
piété, sa charité, son zèle à observer les lois, à
remplir les pratiques de la vie chrétienne et à les
faire observer autour d'elle (25), et cette lumière
d'une âme droite et pure qui l'éclaira parmi tous
les détours du procès (17). Ils reprennent l'un
après l'autre, pour les dissiper et en montrer le
vide, tous les crimes qu'on lui imputait : son dé-

part pour la guerre (63), départ qu'elle a caché à
ses parents (70, 72); l'habit d'homme pris et gardé
en campagne et en prison, et à quelle condition
elle était prête à le quitter (65-69); le nom de Jésus inscrit dans ses lettres (71); le saut de Beaurevoir (72), le signe du roi (73), ainsi que toute
l'histoire de ses visions (54 et suiv.). Puis ces autres griefs que l'accusation, faute d'en trouver de
suffisants dans sa vie active, voulut tirer de ses
paroles et de ses actes depuis qu'elle était aux
mains de ses juges : ce qu'elle croyait de son salut, de sa délivrance; si sainte Catherine et sainte
Marguerite aimaient les Anglais, etc. (74-76), et
tout particulièrement, à l'occasion de ses visions,
son prétendu refus de se soumettre à l'Église. Ses
visions ne venaient pas du mauvais esprit, mais
de l'esprit divin : la pureté de Jeanne, son humilité, sa simplicité, sa charité, sa foi vive et sincère, le prouvent, comme les lumières qu'elles lui
ont données et les actes qu'elles lui firent accomplir (54-62). Eussent-elles été des illusions, Jeanne,
dans ces conditions, était excusable d'y croire (64).
Mais, y croyant ainsi, pouvait-elle les laisser mettre
en doute? Ce sont choses dont l'Église elle-même
renvoie la décision à Dieu (77 et 78). Et d'ailleurs
Jeanne n'a pas refusé de se soumettre à l'Église.
Elle n'a point accepté le jugement de ces hommes
d'Église en qui elle n'avait que trop raison de
voir des ennemis; et son ignorance l'aurait dû
excuser de ne pas entendre l'Église autrement (79).
Quand elle sut ce qu'était l'Église, elle s'y est sou-

mise : elle s'est soumise au Pape et au concile,
demandant qu'on l'y renvoyât (17, 79 et 83-85).
Elle n'a donc pas été hérétique; elle n'a pas été
relapse, puisqu'elle n'était point tombée : et cette
abjuration qu'elle prononça sans l'entendre, elle
déclara qu'elle ne l'avait prononcée que pour sauver sa vie, protestant ainsi qu'elle n'avait jamais
été ce qu'on l'accusait d'être (90). Les juges eux-
mêmes l'ont reconnu, en lui accordant la communion avant la mort (86); et sa mort a été chré
tienne comme toute sa vie (32 et 33).

Qu'est-ce donc que ce procès qui a pu aboutir à
une pareille sentence? Un acte de violence et de
fraude; un tissu de mensonges et de faux. Les juges ont procédé sans l'enquête préalable exigée en
matière d'hérésie (le promoteur a montré que
l'information a été faite et qu'elle a été supprimée,
ce qui est bien plus grave encore). Ils ont fait examiner si elle était vierge, et la déclaration qui le
constatait a disparu comme l'information préalable (10). Ils ont refusé ses témoins (7), ils lui ont
refusé un conseil (47) : comme conseil ils lui ont
envoyé un traître qui entretenait son ignorance
touchant l'Église et la poussait à une résistance
d'où l'on voulait faire sortir sa condamnation (52
et 81). Ils l'ont jugée, rejetant son appel au Pape
en des matières qui, par leur nature, sont spécialement du ressort du Pape (15, 43 et 44); ils l'ont
jugée, quoique mineure, sans qu'elle fût défendue
(48). Mais sur quoi l'ont-ils jugée? sur des pièces

fausses. Ils ont altéré le procès-verbal, apostant de faux greffiers (22), contraignant les greffiers officiels à ne point écrire ce qui était à sa décharge (50). Bien plus, à ce procès-verbal des interrogatoires, si mutilé qu'il fût, ils ont substitué, comme base du jugement, un prétendu résumé de ses réponses en douze articles : articles que Jeanne n'a ni avoués, ni même connus ; où l'on accumule ce qui la charge, où l'on supprime ce qui la justifie ; articles qui dérivaient de faux procès-verbaux, ou qui faussaient ses dépositions véritables par le retranchement de ses plus importantes déclarations, notamment de son appel au Pape et de sa soumission à l'Église (20, 21 ; 91-93). C'est ce qui fait l'excuse des consulteurs (94), mais c'est ce qui entraîne la nullité du jugement. Et quel est le mode de procéder dans ce jugement? On la fait abjurer, et l'on substitue une autre formule à la formule de son abjuration (24, 88, 89). On la déclare réconciliée à l'Église, et on la condamne à la prison perpétuelle (24). Puis on la renvoie à la prison des Anglais, et, pour mieux la rendre relapse, pour qu'elle retombe au moins dans l'hérésie de son habit, on tente de lui faire violence dans cette prison anglaise; on lui reprend son habit de femme (26) : ne l'eût-elle pas voulu, n'y fût-elle pas forcée par la défense de son honneur, il fallait qu'elle reprît l'habit d'homme. C'est ainsi que l'on est arrivé à la juger une deuxième fois comme relapse (26-28 et 90), et à la livrer à la justice : il est plus exact de dire ici au *bras séculier*, car le juge séculier l'envo a à la mort sans prendre le temps de prononcer la sentence (31)[1].

La lecture des articles achevée, le procureur du nouvel évêque de Beauvais, Me Bredouille, prit la parole et déclara qu'il n'y pouvait pas croire; qu'il était impossible que Pierre Cauchon eût ainsi procédé. Du reste, il s'en référait au procès et ne s'opposait point à ce qu'on assignât les témoins, s'en remettant à la conscience des juges. Jacques Chausselier avait une mission plus simple encore : il venait, au nom du couvent de Beauvais, déclarer qu'on n'y connaissait pas le vice-inquisiteur incriminé avec Pierre Cauchon, et prier les juges d'épargner désormais au couvent les assignations qu'on y envoyait à son adresse, non sans jeter le trouble dans les études de la maison. Les juges accueillirent ces déclarations, et, donnant acte aux héritiers de Pierre Cauchon de leurs réserves, ils admirent au procès les articles des demandeurs, et ordonnèrent la continuation de l'enquête. Le rapport en devait être fait le premier jour plaidoyable après la *Quasimodo*, dans la ville de Rouen[2].

L'enquête se continua à Rouen, à Paris, à Orléans et dans le pays de Jeanne; et le jeudi 13 mai, après plusieurs ajournements, les procès-verbaux en furent reçus par les juges et mis à la disposi-

1. *Les articles des demandeurs :* p. 212-259.
2. *Déclaration de Bredouille :* t. II, p. 267 ; — *de Chausselier :* p. 268. — *Admission des articles,* etc. : *ibid.*

tion de quiconque y voudrait contredire. Assignation fut donnée pour le faire au 1er juin[1].

La lumière brillait enfin de tout son éclat sur
Jeanne et sur ses juges. De toute part s'étaient éle-
vées des voix qui rendaient témoignage à la Pucelle. Les anciens de son pays, les compagnes de
son enfance, les compagnons de sa vie militaire :
Dunois, le duc d'Alençon, le vieux Raoul de Gaucourt, Louis de Coutes son page, d'Aulon son
écuyer, Pasquerel son confesseur; et ceux qui l'assistèrent dans la prison et jusque sur le bûcher :
Isambard de la Pierre, Martin Ladvenu; les assesseurs mêmes et les officiers de ses juges, le greffier Manchon, l'huissier Massieu, venaient tour à
tour reproduire quelque trait de cette belle figure.
On retrouvait dans leurs dépositions la vie pure,
simple et retirée de la jeune fille au foyer paternel
jusqu'au moment où elle se vit appelée à délivrer
la France; la même pureté de mœurs, la même
simplicité qui était de sa nature, avec la fermeté
de langage et l'accent d'autorité qu'elle tenait de
son inspiration, tout le temps qu'elle parut soit à
la Cour, soit à l'armée; et depuis qu'elle tomba
aux mains de ses ennemis, sa constance dans les
rigueurs de la prison, sa hardiesse dans les épreu-
ves du tribunal, avec ces illuminations soudaines

1. *Enquête à Rouen* (commencée le 10 décembre 1455) : t. III,
p. 43; — *dans le pays de Jeanne* (le 28 janvier 1456) : t. II, p. 387;
— *à Orléans* (février et mars) : t. III, p. 2; — *à Paris* (janvier,
avril et mai) : *ibid.* — *Réception des enquêtes* : t. II, p. 288.

qui jetaient un jour accablant sur les machina-
tions de ses juges; enfin sa ferme croyance à la
mission qu'elle avait reçue, jusqu'au jour où,
après avoir payé le tribut à la faiblesse de la
femme devant les apprêts du supplice, elle se re-
leva par un sacrifice volontaire d'une défaillance
plus apparente que réelle, et couronna sa vie de
sainte par la mort d'une martyre[1].

Au jour fixé, Jean Lefebvre ou Fabri, évêque de
Démétriade, et Hector de Coquerel, official de
Rouen, ouvrirent la session, par délégation des
commissaires. Après de nouveaux ajournements
jugés nécessaires pour déclarer l'information acquise au débat, prononcer le défaut (le 2) et passer outre (le 4 et le 5), le procureur Prévosteau et
le promoteur produisirent devant les juges tout
l'ensemble des pièces où se fondait la cause : le
bref du Pape, les informations du cardinal d'Estouteville et de son vicaire, les enquêtes accom-
plies depuis le commencement de l'instance. Ils y
joignirent une feuille de la main de Guillaume
Manchon, contenant les corrections à faire aux
douze articles, et, pour prouver la falsification de
ces articles, cinq feuilles de papier de la main
de Jacques de Touraine, où on les retrouvait sous
une autre forme, surchargés d'additions et de corrections. Ils produisaient aussi les originaux du
premier procès, requérant qu'on les insérât sans

---

1. On a regretté que nous n'ayons pas donné ici les dépositions :
elles sont toutes dans les pages qui précèdent ; c'est le corps même
de notre ouvrage.

transcription parmi les pièces du nouveau, afin qu'on les pût voir avec leurs additions et leurs diversités dans leur forme réelle; et en outre les lettres de garantie que les juges avaient obtenues du roi d'Angleterre, preuve de plus qu'ils n'avaient agi que pour le compte et à la requête des Anglais. Prévosteau demandait que l'on examinât aussi divers mémoires écrits soit à l'arrivée de la Pucelle, soit après son jugement, pour soutenir la divinité de sa mission ou prouver l'iniquité de ses juges. En ce qui touche les premiers, le mémoire de Gerson figure seul dans la transcription du procès[1].

Personne ne se présenta pour contester ces pièces. Elles furent donc reçues (10 juin), et on assigna au 1er juillet pour entendre les conclusions[2].

Le 1er juillet, l'archevêque de Reims, les évêques

1. *Séance du 1er juin :* t. III, p. 222; — *du 2 :* p. 227; — *du 4 et du 5 :* p. 229 et 230. — *Production des pièces :* p. 230; — *de la feuille de Manchon :* p. 231 et 237; — *des cinq feuilles de Jacques de Touraine :* p. 232; — *des lettres de garantie :* p. 233 et 240; — *des mémoires :* p. 245; — mém. de Gerson : p. 298; — *d'Élie de Bourdeilles, évêque de Périgueux :* p. 306; — *de Thomas Basin :* p. 309; — *de Martin Berruyer :* p. 314; — *de Jean Bochard, évêque d'Évreux :* p. 317; — *de Jean de Montigny :* p. 319; — *de G. Bouillé, l'auteur de la première enquête :* p. 322; il insiste sur cette pensée, que c'est la maison de France qu'on a voulu flétrir en condamnant Jeanne comme hérétique; — *de Robert Ciboule :* p. 326. J'ai parlé du traité de Gerson, qui a du prix comme témoignant des sentiments des docteurs français sur la Pucelle, avant sa captivité et sa mort (voy. ci-dessus, p. 79); les autres ne disent rien qu'on ne retrouve dans les arguments des avocats de la famille de Jeanne d'Arc.

2. *Séances des 9 et 10 juin :* t. III, p. 252 et 253, cf. p. 247, où tout est rapporté au même jour, 9 juin; — *du 18 :* p. 255.

de Paris et de Coutances et Jean Bréhal reprirent
eux-mêmes leurs fonctions de juges; et le lendemain, toute partie adverse continuant de faire défaut, le promoteur et les demandeurs présentèrent
les moyens de droit à l'appui de la cause. Le promoteur lut un mémoire où, résumant les raisons
fournies par les nombreux documents de la procédure, il déclarait qu'il approuvait en tout point
les conclusions des demandeurs. Les demandeurs
montraient combien, même devant le droit strict,
Jeanne était justifiable dans ses paroles et dans
ses actes, et ses juges, perfides ou violents dans
leur manière d'agir : ils concluaient donc à l'annulation du procès, à la réhabilitation de la Pucelle, espérant que la plainte de sa mère et de ses
frères, favorablement accueillie du souverain Pontife, trouverait sa légitime satisfaction dans la
sentence des juges auxquels le saint-siége l'avait
renvoyée[1].

Les juges avaient consacré le mois de juin à examiner, avec l'assistance d'un grand nombre de
docteurs, tant l'ancien procès que les pièces du
nouveau déjà déposées; et ils avaient chargé leur
collègue Jean Bréhal de résumer en quelques articles les points sur lesquels le premier leur paraissait attaquable dans le fond ou dans la forme.
C'est un nouveau traité, mais cette fois un traité
officiel composé sur toutes les pièces des deux

---

1. *Séance du 1ᵉʳ juillet :* t. III, p. 256; — *du 2,* p. 258; *Réquisitoire du promoteur :* p. 260 et 265 (*verbo pariter atque scripto*),
— *Motifs de droit et conclusions des demandeurs :* p. 275.

procédures, où le chef de l'Inquisition en France, et, par l'approbation qu'ils y ont donnée, les trois évêques commissaires du Pape, composant avec lui le tribunal, établissent qu'au procès de Jeanne la vraie doctrine n'a pas été moins lésée que la justice; en résumé, que Jeanne doit être lavée de tout reproche touchant les faits mis à sa charge (les visions, l'habit d'homme, la soumission à l'Église, etc.), et son jugement, cassé : pour l'incompétence et la partialité de son juge; pour la récusation qu'elle en fit, et son appel au Pape, appel suffisant dont il a refusé de tenir compte; pour toutes les traces de violence ou de fraude que révèlent le choix de la prison, l'adjonction du vice-inquisiteur, les douze articles, la formule d'abjuration, le jugement comme relapse et toute la matière du procès [1].

C'était déjà un jugement motivé. Il ne s'agissait plus que de le mettre en sa forme et de le rendre public.

Le 7 juillet, les commissaires se réunirent dans la grande salle du palais archiépiscopal de Rouen, et là, en présence de Jean d'Arc, de Prévosteau, représentant Isabelle, la mère de Jeanne, et Pierre

1. *Examen des pièces par les juges :* t. III, p. 329; — *résumé de J. Bréhal :* p. 334. Si l'on veut voir comment l'inquisiteur J. Bréhal jugeait et absolvait Jeanne sur le chef de sa prétendue résistance à l'Église, qu'on lise dans le traité de ce personnage, que M. J. Quicherat n'a malheureusement pas reproduit sur ce point dans son édition des *Procès*, le chap. VIII de la 1re partie : *Quod judicio militantis Ecclesiæ de dictis et factis suis se submittere, ut videtur, recusavit.* Ms. 5970, f° 186, verso et suiv. — On le trouvera dans le volume que M. Pierre Lanéry d'Arc a publié, comme supplément à l'édition des procès, sous ce titre : *Mémoires et consultations en faveur de Jeanne d'Arc par les juges du procès de réhabilitation* (1889), p. 395-564.

d'Arc, son autre frère, du promoteur Chapiteau et
de P. Maugier, avocat de la famille, personne ne se
présentant pour combattre les conclusions du promoteur, ils déclarèrent la partie adverse contumace. Puis, jugeant au fond, après avoir énuméré
toutes les pièces de procédure sur lesquelles ils
avaient formé leur opinion, ils prononcèrent d'a-
bord que les douze articles, l'unique base de la
sentence rendue contre Jeanne, étaient faux, altérés et calomnieux, et ordonnèrent qu'ils fussent
arrachés du procès, et lacérés judiciairement. De
là ils passaient aux deux sentences, et, après
avoir signalé les principaux moyens de droit tant
de fois opposés aux procédés des premiers juges,
adoptant l'avis des docteurs et des prélats qui
n'ont vu dans tout le procès aucun fondement à
l'accusation, ils déclaraient le procès et les sentences entachés de dol et de calomnie, et par conséquent nuls et de nul effet ; ils les cassaient et les
annulaient, déclarant que Jeanne ni aucun des
siens n'en avaient reçu aucune note d'infamie, et
les lavant de toute tache semblable, autant que besoin était. Ils ordonnaient que la sentence serait
immédiatement publiée à Rouen en deux endroits :
sur la place de Saint-Ouen, à la suite d'une procession avec sermon solennel, et le lendemain au
Vieux-Marché, au lieu où Jeanne avait été si cruellement brûlée. Cette seconde publication devait
être suivie d'un autre sermon et de la plantation
d'une croix destinée à perpétuer sa mémoire et à
solliciter les prières des fidèles et la sentence

publiée dans toutes les autres villes ou lieux du royaume qu'il semblerait bon[1].

La sentence reçut immédiatement son exécution, à Rouen d'abord, puis dans plusieurs autres villes, notamment à Orléans, où l'évêque de Coutances et l'inquisiteur Jean Bréhal vinrent de leur personne présider aux cérémonies ordonnées. Les Orléanais n'avaient pas eu besoin de ce jugement pour rendre à la mémoire de Jeanne les honneurs qui lui étaient dus. Ils avaient recueilli sa mère, voulant s'acquitter au moins auprès de sa famille de leur dette envers elle; et plus tard, à la place de la croix érigée conformément à la sentence, ils lui élevèrent, à leurs frais, sur le pont même, en face du lieu où elle avait accompli l'acte décisif de leur délivrance, un monument qui, mutilé par les guerres religieuses, supprimé par la Révolution, s'est relevé en un autre lieu et sous une autre forme, attestant, parmi ces vicissitudes, leur invariable attachement à sa mémoire. Mais ce qui mieux que les statues et les inscriptions consacrera la gloire de Jeanne d'Arc, c'est le procès de réhabilitation lui-même, ce sont les témoignages recueillis par toutes ces enquêtes, et fixés à jamais parmi les actes du procès[2].

1. *Séance du 7 juillet :* t. III, p. 351. — *Jugement de réhabilitation :* p. 355.
2. *Cérémonie expiatoire : ibid.,* t. V, p. 277. — Sur les monuments de la Pucelle à Orléans, voy. l'appendice n° XXV à la fin de ce volume. — *Libéralités de la ville d'Orléans* envers la famille de Jeanne d'Arc. Voy. l'appendice n° XXVI.

Ce procès, qui révise et annule le jugement de Jeanne d'Arc, a subi une sorte de révision, de notre temps. Le contradicteur que les juges commissaires ont tant de fois assigné sans le voir jamais paraître s'est levé enfin, et nul ne contestera sa compétence : c'est celui qui a publié les deux procès. Assurément personne moins que lui ne défend la légitimité de la sentence de Jeanne et ne s'oppose à la réhabilitation de sa mémoire. L'édition qu'il a donnée et les documents de toute sorte qu'il y a joints forment, sans contredit, le plus beau et le plus durable monument élevé en son honneur. Il est admirateur passionné de la Pucelle, mais il est critique, et c'est à ce titre qu'il a jugé et comparé les deux procès.

Que le premier l'emporte sur l'autre par la forme de la rédaction et par l'ordre des matières, c'est ce que le savant éditeur n'a point de peine à établir. Qu'il l'emporte par l'habileté avec laquelle il a été mené, c'est ce qu'on pourrait présupposer encore avant tout examen. Le second procès n'a pas eu de contradicteur; les commissaires avaient à juger une cause dont l'évidence frappait tous les yeux. Ils pouvaient donc ne pas étendre leur enquête sur tous les points où s'était passée la vie de Jeanne. Ils pouvaient même, sans qu'on leur en fît un crime, laisser de côté plusieurs témoins; et ils le pouvaient d'autant mieux, qu'ils faisaient un procès moins aux personnes qu'aux choses. Les principaux coupables étaient morts; P. Cauchon était désavoué même par ses héritiers. Quant aux assesseurs encore vivants, on les cita, on les entendit, mais le premier soin des demandeurs avait été de les mettre hors de cause. Les juges ont donc pu passer avec quelque négligence sur des faits qu'ils n'avaient point à juger; et si des arguments plus ou moins hasardés ont été produits devant eux dans les requêtes de la famille, ce n'était point à eux d'y contredire : il suffisait qu'ils cherchassent ailleurs la base de leur jugement[1]. Le premier procès, au contraire, était contradictoire; le juge se trouvait, il est vrai, en présence d'une simple jeune fille sans défenseur, sans conseil : mais cette jeune fille était Jeanne, et son conseil, elle l'a bien prouvé, Celui qu'elle avait eu pour guide dans les batailles. Plus son innocence et sa vertu jetaient d'éclat, plus le juge, qui était un ennemi, était obligé, s'il ne voulait être vaincu dans cette lutte nouvelle, de déployer les ressources de son génie; et d'ailleurs, derrière Jeanne il entrevoyait un autre tribunal devant lequel, tôt ou tard, il y aurait appel de son procès. Il ne faut donc pas, on l'a dit justement, le supposer assez malhabile et insensé pour

---

1. *Sur le procès de réhabilitation :* M. J. Quicherat, *Aperçus nouveaux*, § 25, p. 549. — M. H. Martin, développant une idée de M. J. Quicherat, reproche aux juges de la révision de n'avoir pas voulu voir la vérité sur tout. Il dit qu'on évita tout interrogatoire sur les événements de la fin de 1429 et sur ceux de 1430; que l'on restreignit autant que possible ce qui regardait l'enquête de Poitiers. Ces lacunes sont regrettables au point de vue de l'histoire, mais il ne faut pas oublier que les juges avaient pour objet, non d'amasser des matériaux pour l'histoire de Jeanne d'Arc, mais de réformer le premier procès.

commettre, en quelque sorte, de gaîté de cœur, ces illégalités flagrantes qui eussent invalidé le jugement, même à l'égard du plus grand coupable. Mais, si l'accusée est Jeanne, une sainte et brave fille au moins, sinon une envoyée de Dieu, et si l'on veut arriver à la condamner, il faudra bien, si habile qu'on soit, faire pour cela violence au droit écrit : car les formes de droit établies dans les jugements ne seraient bonnes qu'à être supprimées, si elles n'offraient une garantie à l'accusée contre le bon plaisir du juge.

Nous admettrons donc, si l'on veut, contre les demandeurs, que Pierre Cauchon, en tant qu'évêque de Beauvais, était juge compétent; qu'en s'associant le vice-inquisiteur comme juge, et les principaux docteurs du clergé de Rouen et de l'Université de Paris comme assesseurs, il a donné à son procès toutes les apparences d'une bonne justice. Nous admettrons que les usages de l'Inquisition aient paru légitimer des procédés justement réputés contraires au droit commun. Mais nous n'admettrons pas que l'iniquité flagrante de ce procès soit en tout point couverte par la loi. Pierre Cauchon était juge compétent comme évêque de Beauvais, mais dans l'esprit même de la loi il devait s'abstenir comme ennemi capital : car, si la loi refusait aux ennemis capitaux la faculté d'être témoins, combien plus le pouvoir d'être juges! La Pucelle, prisonnière de guerre, était de droit gardée par les Anglais : mais en la soumettant au jugement de l'Église ils la devaient remettre en la prison de

l'Église, sauf à eux à garder la prison. La loi était
formelle ici ; et quant au point où on l'invoque en
un autre sens, il y a encore plus d'une réserve à
faire. Si l'Inquisition laissait au juge le pouvoir
d'écarter toutes les formes protectrices de l'accusé, elle ne lui commandait pas de les bannir ;
et quand il en usait, il n'était plus libre d'en rejeter
les résultats selon qu'ils trompaient son attente :
car elle ne lui supposait point de parti pris. Et
une preuve, on pourrait dire en termes d'école un
argument *ad hominem*, contre la légitimité du
procès au point de vue du droit inquisitorial, c'est
que le personnage placé au premier rang parmi
ceux qui le poursuivirent et le révoquèrent, ce fut
l'un des deux inquisiteurs de France, Jean Bréhal[1] ;

Le juge de Rouen pouvait donc, si l'on veut (et
le point est contesté), se passer de faire des informations préalables : mais il en fit ; cela est établi,
contre l'assertion des demandeurs, par les textes
du premier procès, comme par les témoignages
recueillis au second. Seulement il ne les produisit

1. *Procédés de Inquisition : Absence d'information.* N. Eymeric,
Directorium inquisitorum, pars III, c. LXVIII et LXXIX ; — *d'a-
vocat :* « Simpliciter et de plano, absque advocatorum ac judicio-
rum strepitu ac figura. » *Sext. Decret.*, lib. V, tit. II, c. XX ; *Corp.
juris canon.*, t. III, p. 580. Paris, 1612. Cf. *Malleus malefic.*, III,
quæst. 6 (Éd. 1620). — *Usage de faux confidents : Tractat. de hæ-
resi pauperum de Lugduno*, ap. Martène, *Thes. anecd.*, t. V,
col. 1787. Voy. M. J. Quicherat. *Aperçus nouveaux*, p. 122, 109
et 131, et en opposition M. Villiaumé, *Hist. de Jeanne d'Arc*, p. 374
et 417. — *Ennemis capitaux :* voy. *Malleus malefic.*, III, quæst. 5,
p. 345. On peut voir par un autre article encore (quæst. 12, p. 364)
combien on recommande de précautions contre les ennemis capitaux. — *Prison :* M. J. Quicherat. *Aperçus nouv.*, p. 112.

pas, ou du moins, si à l'origine il les communiqua
à quelques assesseurs pour en tirer la matière
d'un interrogatoire, il ne les garda point au procès, comme il y garda d'autres pièces d'un intérêt moins grave, sans doute. Il les a supprimées,
car c'est en vain qu'on prétend les retrouver du
moins par extraits dans les soixante-dix articles :
un réquisitoire n'a jamais tenu lieu d'un procès-
verbal d'enquête. Il les a supprimées, et en vain
dit-on qu'il le fit, n'en pouvant user sans recoler les
témoins, ni assigner ceux-ci sans les compromettre ; il les a supprimées parce qu'elles le gênaient :
les témoignages recueillis au procès de révision
donnent toute force, en ce point, à l'argument du
promoteur. Peu importe donc que le juge ait pu
se passer de cette enquête. Il pouvait de même se
dispenser de faire examiner Jeanne par des matrones, mais, s'il n'a pas rougi d'ordonner cet examen, il aurait dû ne se point faire scrupule d'en
consigner le résultat au procès : son silence en ce
point prouve autre chose que sa pudeur[1].

L'Inquisition, dit-on encore, autorisait Pierre
Cauchon à ne point donner à Jeanne d'avocat : mais
elle commandait de lui donner, vu son âge, comme
mineure de vingt-cinq ans, un curateur qui devait
ratifier ses aveux et pouvait aussi parler pour elle ;
et quand le droit inquisitorial eût supprimé ici le

---

1. *Enquête préalable faite et supprimée :* M. J. Quicherat, *Aperçus nouv.,* § 15, p. 116, et ci-dessus, p. 31-34, et M. Ch. de Beaurepaire, qui, sans justifier davantage la conclusion du procès, adopte
l'opinion de M. Quicherat (*Recherches,* p. 169).

droit commun, autorisait-il l'évêque à forcer au
silence, en les menaçant de mort, ceux qui tentaient d'éclairer Jeanne dans le cours du procès,
comme il arriva tant de fois, au témoignage de
ceux-mêmes qui ont subi ces violences? Après cela,
quand il offrit à Jeanne de lui donner un conseil
parmi ceux qui l'entouraient, n'avait-elle pas raison de le repousser par cette noble réponse qu'elle
s'en tiendrait à son conseil, c'est-à-dire Dieu qui
la soutenait?

L'Inquisition autorisait Pierre Cauchon (et ici
même le texte est suspect) à surprendre ses aveux
par le moyen d'un faux confident : mais l'autori-
sait-elle à revêtir ce confident des formes du confesseur, et à user de ses conseils pour jeter Jeanne
dans une résistance qui, depuis que le jour s'était
fait sur sa vie tout entière, devenait le seul moyen
de la perdre? Or, quoique cette résistance n'ait
point été jusqu'au point que l'on dit, c'est Loyseleur qui l'y affermissait, sans lui suggérer cette
distinction qu'elle trouva d'elle-même pour con-
cilier sa volonté d'être soumise à l'Église, et sa
résolution parfaitement légitime de ne pas prendre
pour l'Église et, à ce titre, pour juges de ses révélations, les ennemis qui la jugeaient[1].

1. *Refus de conseil* : M. J. Quicherat, § 17, p. 129; Ch. de Beaurepaire, p. 111. — La procédure sommaire indiquée ci-dessus était
d'ailleurs réduite, par la décrétale de Clément V (1307), à des
cas particuliers et de peu d'importance, à des exceptions dilatoi-
res, etc. Voir le canon cité et le *Direct. Inquis.*, pars III, quest. LV,
p. 370. — *Nécessité d'un curateur* : Si reus fuerit minor viginti
quinque annis priusquam accusationi respondeat, sibi dabitur cu-

L'Inquisition, enfin, autorisait Pierre Cauchon à procéder sans prendre avis que de lui-même : mais il voulut s'appuyer de l'opinion de nombreux assesseurs; il voulut consulter même des docteurs étrangers au procès. Or, dès ce moment, il était tenu de les éclairer; et que fit-il? Après les premières séances, il écarta des interrogatoires les assesseurs, sous prétexte de ne les point fatiguer; il ôta de leur vue le spectacle de cette jeune fille soutenant avec tant de vigueur une lutte en apparence si inégale. Il en transporta la scène du tribunal dans la prison, et ne laissa plus la parole de Jeanne arriver jusqu'à eux que par l'organe des greffiers. Je me trompe : la parole de Jeanne ne leur parvint même pas en la teneur du procès-verbal. Les interrogatoires allèrent, on l'a vu, se transformer et se fondre dans les soixante-dix articles de l'accusation; et quand il s'agit de délibérer, on en tira ces douze articles qui, corrigés ou non (le débat n'a point ici d'importance), n'en étaient pas moins un résumé, non des aveux de Jeanne, mais des imputations de son accusateur, l'attaque sans la défense; une pièce que non-seulement Jeanne n'avait pas avouée, mais qu'elle n'avait même pas connue. C'est sur cette base,

rator cujus auctoritate ratificabit confessiones factas et formabitur totus processus.... Si quid vero cum minoribus gestum sit absque horum curatorum auctoritate, id ipso jure irritum est et nullum. (*Director. inquis.* Sch. 34 sur le livre III, p. 146, 147 (éd. de Rome, 1578). — *Faux confident* : M. J. Quicherat, § 18, p. 131. Sur l'illégalité du procès de Jeanne, même au point de vue du droit inquisitorial, voyez M. Villiaumé. *Hist. de Jeanne d'Arc*, p. 374 et suiv

radicalement fausse, que porta la délibération de l'Université de Paris et des docteurs de toute origine; et c'est sur cette délibération que les juges prétendirent appuyer leur sentence, ajoutant, pour leur compte, la fraude à l'erreur où ils avaient induit les autres[1].

Voilà le premier jugement. Et que dire du second? de ce germe qu'on en déposa dans le premier par cette abjuration substituée à celle qu'on avait obtenue de Jeanne sur l'échafaud de Saint-Ouen, entre le juge qui lisait la sentence et le bourreau prêt à l'exécuter? Que dire de l'occasion qu'on en fit naître, en la rendant, malgré les plus solennelles promesses, à la prison anglaise, et en usant de violence et de fraude pour lui faire reprendre l'habit d'homme qu'elle avait déposé? Ce sont-là des nullités de fait que ne peut couvrir la procédure la plus régulière. Disons-le donc : si les juges, comme le dit Isambard de la Pierre dans le second procès, observaient assez bien les formes du droit (*satis observabant ordinem juris*), ils n'en usaient que pour couvrir sciemment les injustices les plus criantes ; cela est prouvé par les efforts qu'ils firent constamment, depuis le commence-

---

1. *Les douze articles : ibid.*, § 16, p. 124. Le droit inquisitorial voulait que le procès entier fût communiqué aux consulteurs : « L'évêque et l'inquisiteur sont-ils tenus de dérouler aux susdites gens habiles le procès tout entier, jusqu'à la sentence, ou suffit-il de le leur exposer sommairement et en substance? Nous répondons que nous ordonnons de le communiquer intégralement et parfaitement (*integraliter et perfecte*). » Voy. *Direct. Inquis.*, pars III, quæst. LXXIX, p. 379

ment jusqu'à la fin, dans l'enquête préalable, dans
les interrogatoires, dans les douze articles, dans
l'abjuration même et dans la visite qui suivit la
reprise de l'habit d'homme, pour fuir, pour étouf-
fer la lumière sitôt qu'ils la voyaient poindre. Ils
l'ont condamnée comme hérétique, sachant qu'elle
ne l'avait jamais été; ils l'ont condamnée comme
relapse, sachant qu'elle n'était tombée que dans le
piége tendu par eux sous ses pas; et ils se sont
condamnés eux-mêmes en lui accordant, avant de
la frapper, la communion. Ici encore on cite le
droit inquisitorial : « S'ils se repentent, après leur
condamnation, et que les signes de leur repentir
soient manifestes, on ne peut leur refuser les sacrements de pénitence et d'Eucharistie, en tant
qu'ils les demanderont avec humilité. » Mais les
termes du décret repoussent l'opinion qu'on y veut
appuyer. C'est après et non avant la condamnation
qu'il accorde les sacrements au coupable. Condamner comme hérétique, déclarer excommunié de
l'Église celui qu'on vient de recevoir à la communion, ce serait retrancher l'Église même de la communion de Jésus-Christ[1]!

Nous ne parlons point du jugement civil, puis-

---

1. *Tém. d'Isamb. de la Pierre : Procès*, t. II, p. 351. — *Communion : Sext. Decretal.*, V, II, 4, cité par M. J. Quicherat, *l. l.*,
p. 144. La sentence de P. Cauchon est, en ce point, conforme à la
règle; elle se termine par ces mots : *Et si in te vera pœnitentiæ
signa apparuerint, tibi ministretur pœnitentiæ sacramentum.*
(T. I, p. 475). Il lui promet, après l'avoir condamnée, le sacrement
de pénitence si elle se repent, et il lui avait donné auparavant la
communion! Nous avions donc raison de dire que sa sentence condamne sa conduite.

qu'il n'y en eut point. Mais comment alors Jeanne a-t-elle pu être brûlée? L'arrêt des juges ecclésiastiques ne faisait que remettre la condamnée à une autre justice, et par ses termes il excluait la peine de mort! La mort, pour qu'elle suivît, devait être au moins prononcée par quelqu'un. Que dirait-on, si, après le verdict du jury, un président d'assises se bornait à dire aux gendarmes de mener l'accusé au supplice? C'est pourtant ce qui est arrivé à Jeanne, au témoignage de tout Rouen, et du lieu-tenant du bailli lui-même, quand après la sentence ecclésiastique le juge civil qui la devait condamner se contenta de dire aux sergents : « Emmenez, emmenez[1]. »

Il ne faut donc rien diminuer de la juste réprobation qui frappe le procès tout entier : on pouvait être de bonne foi en le commençant, on ne pouvait pas l'être en le finissant de la sorte. Point d'excuse à l'iniquité de la sentence; point d'excuse aux illégalités de la procédure, et l'on cherche vainement la preuve qu'elle fut régulière dans le silence qui se fit sur Jeanne parmi ceux qui devaient le plus avoir à cœur de venger sa mémoire. Tout ce qu'on pourrait dire, c'est que les fraudes

1. *Absence de condamnation civile :* t. II, p. 6 (Is. de la Pierre); p. 8 (M. Ladvenu); p. 344 (Manchon); t. III, p. 165 (G. Colles); p. 187 (Guesdon, lieutenant du bailli), et les autres textes cités plus haut. Martin Ladvenu, dans une de ses dépositions, ajoute que deux ans plus tard un malheureux, nommé Georges Folenfant, ayant été abandonné au bras séculier, lui-même fut envoyé au bailli par l'archevêque de Rouen et par l'inquisiteur, pour lui recommander de ne pas faire comme à Jeanne : *Sed cum duceret in foro suo et faceret quod justitia suaderet,* t. III, p. 169.

du procès n'étaient pas encore connues et ne le
furent que quand les pièces en vinrent aux mains
du roi, après l'expulsion des Anglais. Dès ce moment la réparation est assurée. Le roi parle, il
agit avec cette prudence, mais en même temps
avec cette suite et cette fermeté qui présidèrent à
ses résolutions dans la seconde partie de son règne. Après avoir flétri l'inqualifiable abandon où
il souffrit que la libératrice d'Orléans, l'ange du
sacre de Reims, succombât devant Compiègne et
mourût à Rouen, il est juste de faire honneur à
Charles VII d'avoir su, au risque d'appeler l'attention sur les circonstances qui le condamnent lui-
même, provoquer et mener à bonne fin le jugement qui la réhabilita.

LIVRE DOUZIÈME.

LA RÉHABILITATION. — L'HISTOIRE.

———

LES CONTEMPORAINS ET LA POSTÉRITÉ.

On n'avait pas attendu le procès de réhabilitation pour protester contre l'acte de Rouen. Perceval de Cagny, dans sa chronique, impute la mort
de Jeanne à l'envie des Anglais ; Jean Chartier dit
qu'ils la brûlèrent « sans procès et de leur volonté indue, » tenant sans doute le procès pour
nul, soit pour l'absence du jugement civil, soit
pour tout autre vice de forme : car on ne peut
supposer qu'il en ait ignoré l'existence. Le Jou-
nal du siége et la Chronique de la Pucelle ne pous-
sent pas le récit jusque-là ; et certes ce n'est point
par crainte que le tableau de la fin de Jeanne
d'Arc ne jette de l'ombre sur les merveilles qu'ils
en ont racontées. Il eût été bien étrange, en effet,
que son supplice eût paru ternir sa mémoire. Dans
le *Champion des Dames*, petit poëme publié en

1440 et dédié au duc de Bourgogne, celui-là même qui fit livrer Jeanne aux Anglais, un personnage ayant avancé qu'Outrecuidance a perdu Jeanne, et que Raison l'a fait brûler à Rouen :

C'est mal entendu, grosse teste,
Répond Franc-vouloir prestement.
De quants saints faisons-nous la feste
Qui moururent honteusement!
Pense à Jhésus premièrement,
Et puis à ses martirs benois;
Sy jugeras évidamment
Qu'en ce fait tu ne te cognois.
Guères ne font les argumens
Contre la Pucelle innocente,
Ou que des secrez jugemens
De Dieu sur elle pis on sente;
Et droit est que chacun consente
A lui donner honneur et gloire
Pour sa vertu très-excellente,
Pour sa force et pour sa victoire[1].

Le jugement de réhabilitation confirmait avec éclat la croyance populaire. Devant cette déclaration solennelle, on ne la pouvait plus dire égarée. La sentence flétrissait énergiquement les calomnies par lesquelles le premier procès avait cru donner le change à l'opinion publique. Mais pour connaître Jeanne il ne s'agissait pas d'opposer l'un des procès à l'autre : il les fallait joindre, au contraire, et la contempler elle-même, plus imposante encore parmi les accusations de ses juges que dans

1. *Perceval de Cagny : Procès*, t. IV, p. 36; — *J. Chartier*, *ibid.*, p. 93; — *le Champion des Dames* (par Martin Lefranc), t. V, p. 49

les témoignages recueillis au second procès. O:, c'est ce qu'en général on ne songea point à faire.

Il y a des exceptions pourtant.

Thomas Basin, évêque de Lisieux (le faux Amelgard), qui fut consulté et qui fit un traité sur le procès de condamnation, ne dut pas rester non plus étranger au procès de réhabilitation qu'il provoqua lui-même : et le jugement qu'il porte sur Jeanne est en tout point conforme à l'opinion que tout esprit sincère s'en fera d'après ces documents. Il signale la perfidie de ses interrogatoires et le grand sens de ses réponses, sa piété, sa pureté, et la raison qui la contraignit à prendre l'habit dont on lui fit un crime, mais aussi l'inutilité de toute raison dans un procès où les Anglais voulaient à tout prix la perdre, quand sa mort était résolue dans leurs conseils par la haine et par la peur. Il explique son abjuration par les rigueurs de son emprisonnement et par la promesse de liberté qu'on lui fit, sa rechute par l'inexécution de cette promesse, et il la montre invoquant dans les flammes Dieu et la Mère de Jésus-Christ. Il ne se prononce pas sur l'origine de ses révélations, ne sachant rien des signes qu'elle a donnés au roi pour l'y faire croire, mais il affirme que, de tout le procès, il n'y a rien qui rende sa foi suspecte ou justifie sa condamnation comme hérétique et comme relapse ; et il réfute avec beaucoup de force ceux qui pourraient douter de sa mission à cause de sa mort, en citant, comme *le Champion des Dames*, Jésus-Christ, et à son imitation les prophètes et les apôtres consommant leur mission divine par le martyre[1].

Martial d'Auvergne connaît aussi les deux procès, et il sait le parti qu'on en peut tirer :

> Au procès de son innocence
> Y a des choses singulières,
> Et est une grande plaisance
> De veoir toutes les deux matières.

Mais la matière des deux procès n'était point à la mesure de sa chronique mise en complainte. Tout en sentant l'iniquité du premier, il s'abstient de le juger lui-même. Tout en rappelant les conclusions du second, il se borne à dire où on le trouvera. Quant à lui, pour rendre hommage à la Pucelle, il rimera la chronique de Jean Chartier : cela suffit à sa verve poétique[2].

Le plus grand nombre, en négligeant les deux procès, ne prirent pas même la peine d'y suppléer à l'aide des chroniqueurs contemporains. La tradition, sur ce sujet, se donna libre carrière. Considérant le but atteint, l'expulsion des Anglais, elle y accommoda l'histoire et le caractère de Jeanne selon sa fantaisie. Elle en fit une sorte d'héroïne de théâtre ou de cirque, sautant à cheval sans toucher l'étrier, chargeant l'ennemi la

---

1. *Le faux Amelgard* (Thomas Basin) : *Hist. de Ch. VII.* lib. II, c. XVI, t. I, p. 85, ou *Procès*, t. IV, p. 350. Il cite lui-même son mémoire sur la Pucelle, en signalant les vices du procès : « Quemadmodum ex libello quem desuper, ab eodem Carolo expetito a nobis consilio, edidimus latius, poterit apparere. » *Ibid.*, p. 355.

2. Martial d'Auvergne, *Vigiles de Charles VII* (*Procès*, t. V, p. 51-78). Voyez l'appendice n° XXVII.

lance au poing, « frappant dedans, » et tuant tous
ceux qu'elle touche ; chevauchant ainsi par toute
la France ; prenant Bordeaux, Bayonne, et provo-
quant par ses victoires l'expulsion des Anglais de
Paris. Alors elle mène le roi à Reims pour être sacré, à Paris pour être couronné ; puis, attaquant
la Normandie, elle marche de conquête en conquête jusque devant Rouen, où elle disparaît. On
ne sait, dit notre chronique, ce qu'elle devint : les
uns disent que les Anglais l'ont prise et brûlée ;
d'autres, que plusieurs de l'armée l'avaient fait
périr par jalousie. — A cette chronique, on peut
joindre les récits de Philippe de Bergame et de
Laonic Chalcondyle. Philippe de Bergame, bien
qu'il ait pris peut-être plusieurs traits de la figure
de Jeanne au rapport d'un chevalier italien qui
l'avait vue, dispose du reste en toute liberté. C'est
en faisant son métier de bergère que Jeanne, sautant comme un homme sur quelque jument du
troupeau, se forma toute jeune encore, à monter à
cheval, à manier la lance, à déployer contre les
troncs des arbres la force de son bras. Accueillie
par Charles VII, elle va faire lever le siége d'Orléans *sur le Rhône* ; elle prend en trois heures trois
bastilles, elle combat les Anglais durant huit ans
en trente batailles. Chalcondyle est plus bref : il la
fait paraître en une seule campagne, qui est pour
lui toute la guerre de Cent ans[1].

1. *Traditions sur Jeanne : Chron. de Lorraine*, donnée par dom
Calmet (*Hist. de Lorraine*, t. III, col. VI), et rapportée par lui à
quelque serviteur de René II, vers 1475. Voy. M. J. Quicherat,

Tout cela tient plus du roman que de l'histoire. Dans l'histoire, la figure de Jeanne, ensevelie en quelque sorte parmi les pièces du procès, ne demeura que par l'impression qu'elle avait faite sur les contemporains. Maudite comme sorcière par les Anglais, qui, ne pouvant l'absoudre sans se condamner, s'endurcissent dans leurs sentiments haineux (on en peut voir l'expression dans Shakespeare) ; moins maltraitée des Bourguignons, qui la réduisent à un personnage ou à une machine politique (Monstrelet, etc.); admirée des Français et des autres peuples, sans que pourtant les Français eux-mêmes (ce sont des politiques aussi qui écrivent) osent se prononcer sur la source de son inspiration. Parmi les témoignages les plus remarquables rendus à sa mémoire, il faut compter celui du pape Pie II (Ænéas Sylvius Piccolomini), qui, après avoir raconté sa vie merveilleuse, et constaté que dans son procès on n'avait rien établi contre sa foi, rien qui parût digne de châtiment, si ce n'est cet habit d'homme qui ne méritait pas la mort et qu'on lui fit reprendre par ruse, s'écrie : « Ainsi périt Jeanne, vierge étonnante et admirable, qui a rétabli le royaume de France presque ruiné et abattu, et infligé aux Anglais tant de défaites; qui, devenue chef de guerriers, a gardé, au milieu des soldats, sa pudeur sans tache, et n'a jamais été l'objet de propos in-

Procès, t. IV, p. 329 et suiv. — Philippe de Bergame, de claris mulieribus. Ferrare, 1497, t. IV, p. 521. — Chalcondyle (vers 1460), t. V, p. 279.

famants. Était-ce œuvre de Dieu ou invention des
hommes? j'aurais peine à le dire. » Il rapporte ce
bruit qu'on avait imaginé de la susciter pour mettre un terme aux rivalités des chefs. « Mais,
ajoute-t-il, une chose est bien certaine : c'est que
c'est elle qui a fait lever le siége d'Orléans, conquis par les armes le pays compris entre Bourges
et Paris, et amené par son conseil la soumission
de Reims et le couronnement du roi : elle, dont la
vigueur a mis en fuite Talbot et son armée, dont
l'audace a brûlé une porte de Paris, dont l'habileté
et l'adresse ont remis en bon état les affaires de
la France. Chose digne de mémoire, et qui trouvera dans la postérité moins de foi que d'admiration [1] »

Sur ce terrain mal défini, le champ était ouvert
aux appréciations les plus diverses. Chaque siècle
en usa pour se faire Jeanne en quelque sorte, à
son image. Le seizième siècle en fit une politique :
Du Bellay, sans trop s'en rendre compte, en prit
l'idée à l'opinion bourguignonne, et Du Haillan ne
craignit point d'accueillir jusqu'aux plus infâmes
impostures que la passion et la haine aient inspirées aux Anglais. Le dix-septième siècle en fit

---

1. Shakespeare, *Henri VI*, 1re partie; Monstrelet, II, 57 (*Procès*, t. IV, p. 362); Wavrin de Forestel, ch. 8 (*ibid.*, p. 406); Lefebvre Saint-Remi, chap. 151 (*ibid.*, p. 430). — Pie II, dans ses
Mémoires (*ibid.*, p. 518). Æneas Sylvius Piccolomini (Pie II) n'étant
encore que secrétaire du cardinal de Sainte-Croix, avait assisté au
congrès d'Arras en 1435, et pris part à la réconciliation du roi de
France et du duc de Bourgogne. Il avait pu entendre les deux partis
sur Jeanne qui venait de mourir.

une héroïne, mais une héroïne aux couleurs de l'hôtel de Rambouillet : elle périt ensevelie dans le triomphe que Chapelain lui ménageait en son poëme. Le dix-huitième siècle, on sait par quelle indigne profanation il entendit la faire revivre : déplorable attentat contre la gloire de la France, qui, sans ternir le nom de Jeanne, imprime une tache ineffaçable à la mémoire de celui qui se fit un jeu de le souiller. De nos jours, la politique de Du Bellay, l'héroïne de Chapelain, l'insultée de Voltaire, est devenue « une incarnation du peuple [1]. »

Mais c'est par un abus de langage que nous avons prêté à des siècles entiers l'opinion de quelques hommes. Dès la fin du quinzième siècle, au sein même des Flandres, Jacques Meyer saluait dans Jeanne d'Arc l'envoyée de Dieu, et il empruntait à un contemporain de la Pucelle (Thomas Basin) les passages qui témoignaient le plus des merveilles qu'elle opéra dans la guerre, et de l'inspiration dont elle fit preuve jusque dans son jugement. Au seizième siècle, Étienne Pasquier relevait avec un sentiment vrai d'admiration la grandeur et le dévouement de Jeanne d'Arc ; et la ville d'Orléans, qui ne faillit jamais à son culte pour la Pucelle, protestait contre l'indifférence ou les ou-

____

1. Du Bellay, *Instructions sur le fait des Guerres*, II, 3, p. 56 (Éd. 1548). Du Haillan, *Hist. de France*, XXI, ch. VII, p. 1147, in-fol. (1576). Voy. M. J. Quicherat, *Aperçus nouv.*, § 26, p. 158 et suiv.; M. de Carné, dans la *Revue des Deux-Mondes*, 1856, 15 janvier ; p. 313-315; Vallet de Viriville, *Revue de Paris*, 1854, t. XXII, p 440 et suiv.

trages des écrivains que l'on a vus, en faisant imprimer l'histoire du siége dont Jeanne la délivra. Au dix-septième siècle, les descendants de ses frères publiaient avec un zèle pieux ce qui pouvait la faire mieux connaître et honorer ; Godefroy donnait pour la première fois, dans son recueil des historiens de Charles VII, l'une des plus précieuses chroniques, et, selon un juge fort compétent, des plus autorisées, celle qui porte le nom de la Pucelle. Au dix-huitième siècle, on en revint enfin à l'étude des deux procès ; et après Lenglet-Dufresnoy, qui les lut pour en tirer une histoire médiocre, vint L'Averdy qui les fit connaître par une analyse exacte, accompagnée d'une appréciation impartiale dans la *Notice des manuscrits de la Bibliothèque du Roi*. Enfin, de nos jours, la Société de l'histoire de France accomplit ce que L'Averdy n'avait fait que préparer, en confiant la publication des deux procès à l'un des hommes les plus distingués dans la critique des textes du moyen âge, M. Jules Quicherat[1].

Ce beau travail, qui ne laisse presque plus rien à faire après lui dans le champ de l'érudition, n'a pas changé les bases de l'histoire de Jeanne d'Arc, sans doute : depuis les notices de L'Averdy, nul n'y a touché sérieusement qu'il n'ait consulté, avec ses analyses, le texte même des procès ; mais il en a rendu l'assiette plus ferme et les abords

---

1. Jac. Meyer, *Ann. Flandr.*, lib. XVI, p. 272-277 : « Joanna virgo, dux Gallorum non ascita, non creata, non electa, sed a Deo data, » etc., et le n° XXVIII aux appendices.

plus faciles. Les histoires se sont multipliées sans
changer nécessairement de caractère. Ce qui serait
souhaitable, c'est que Jeanne d'Arc, soustraite désormais à l'empire des passions et des rivalités
nationales, échappât à celui des systèmes ; c'est
qu'on l'étudiât en elle et pour elle. Sa figure, pour
être grande, n'a que faire de grandes formules. On
en efface les traits les plus purs et les plus nets
de ma mémoire, quand, par un mélange du sacré
et du profane, on veut me montrer en elle « la
France incarnée, » un « Messie féminin. » Jeanne
s'est dite envoyée de Dieu, il est vrai. Mais si on
ne l'entend pas comme elle le dit, il serait juste au
moins de ne pas l'entendre contrairement à tout
ce qu'elle a dit. Or, c'est ce qu'on a, de nos jours,
voulu faire. A la mission qu'elle s'est attribuée,
on en joint une autre : mission dont elle n'a point
parlé, dont assurément elle ne se doutait pas, qui
commence quand l'autre finit, et dont la scène est
à Rouen. Le procès de Rouen devient la lutte de
l'inspiration contre l'autorité, du libre génie gau-
lois contre le clergé romain, et peu s'en faut qu'on
ne dise du druidisme contre le catholicisme. On
écarte les témoignages de la réhabilitation ; on ad-
met sans réserve les actes dressés par les premiers
juges, on adopte pleinement leur manière de voir,
non pour condamner Jeanne, sans doute, mais
pour frapper l'Église par sa déclaration[1].

---

1. « L'Église entière, dit Sismondi, semblait se déclarer contre la
Pucelle : toute personne qui prétendait à des pouvoirs surnaturels
que l'Église ne lui avait pas délégués, excitait sa jalousie et était par

Mais c'est en vain que Pierre Cauchon trouve dans nos historiens des auxiliaires inattendus : tout leur savoir ne suffira point pour donner à sa haine l'appui que sa conscience elle-même et sa raison ne lui ont probablement jamais assuré. Tout se peut résoudre, en effet, par une simple question que je pose à ceux qui se montrent si ingénieux à faire de Jeanne une hérétique. Si Jeanne eût déclaré qu'elle s'en remettait absolument de ses révélations à l'Église, qui eût jugé au nom de l'Église? Pierre Cauchon, sans aucun doute, avec son tribunal à la solde des Anglais : quand elle en appelait au pape, ils lui ont dit qu'il était trop loin! Jeanne avait donc toute raison de s'y refuser. En parlant de ses révélations, elle ne soutenait aucune doctrine nouvelle : la question de dogme qui s'y pouvait rattacher, je veux dire la possibilité de ces communications d'en haut, était résolue par l'Église, et résolue en sa faveur. Elle ne soutenait qu'un fait à elle propre. Cela n'ôtait pas aux autres le droit de n'y point ajouter foi. C'est le droit et le devoir des pasteurs de ne pas accepter légèrement de semblables affirmations; et, si elles ne semblent pas fondées, d'en garder les fidèles. Aussi la chose avait-elle été examinée à Poitiers; elle pouvait l'être de la même sorte à Rouen : et si l'archevêque de Reims y avait

elle accusée de magie. » *Hist. des Français*, t. XIII, p. 180. L'historien devrait dire à qui l'Église a jamais délégué des pouvoirs surnaturels. Voy. aussi M. H. Martin, *Hist. de France*, t. VI, p. 265 et suiv.

cru et l'avait approuvée, l'évêque de Beauvais
avait encore la liberté de n'y pas croire. Mais eût-
on toute raison de n'y pas croire, Jeanne n'était
point hérétique en y croyant. L'Église, comme
l'ont établi sans contradiction les demandeurs et
le promoteur au procès de réhabilitation, n'a jamais entendu se faire juge d'une question réduite
ainsi à un fait tout personnel; et le pape Pie II, on
l'a vu, tout en réservant son jugement sur la réalité de l'inspiration de la Pucelle, affirme que dans
son procès on n'a rien trouvé en elle contre la foi.
D'ailleurs, comme cela est établi, non-seulement
par les témoins de la réhabilitation, mais par les
actes mêmes du premier procès, elle n'a point refusé le jugement de l'Église. Elle l'acceptait là où
elle avait la garantie de ne pas trouver sous le
nom de l'Église ses ennemis mêmes. Elle l'avait
accepté à Poitiers; elle l'acceptait encore dans le
pape, dans le concile, demandant qu'on l'y menât:
car elle ne s'en remettait point volontiers à ses
juges du soin d'exposer sa cause; et l'histoire des
douze articles, comme plus tard la lettre écrite au
pape au nom du roi d'Angleterre, montre bien
que cette réserve n'était pas superflue. Elle finit
même par renoncer à cette condition si nécessaire.
Elle se réduisit à demander (le procès-verbal lui-
même le constate) que « ses faits et ses dits fussent envoyés à Rome devers notre saint-père le
pape, auquel et à Dieu premier elle se rapportait.»
Les juges, on l'a vu, passèrent outre : les criti-
ques, dans leur zèle à trouver comme eux Jeanne

rebelle à l'Eglise, devraient bien n'en pas faire autant[1] !

Disons-le donc : quelque opinion qu'on se fasse de Jeanne d'Arc, il y a une chose qu'il faut au moins lui laisser : c'est qu'elle fut, comme elle l'a dit, bonne chrétienne, et ce mot, dans son langage, n'est pas équivoque. Il faut renoncer à tourner contre l'Église celle qui a déclaré que « quant à l'Église, elle l'aime et la voudrait soutenir de tout son pouvoir; » et elle le prouvait alors même. Elle la soutenait, quand elle refusait une soumission exigée d'elle en cette forme, et demandait qu'on la menât au pape et au concile, opposant la garantie d'un juge indépendant, à ce tribunal passionné qui compromettait l'Église lorsqu'il prétendait juger en son nom. Personne, du reste, ne s'est jamais mépris sur le caractère de la condamnation de Jeanne d'Arc, comme personne ne peut se méprendre sur l'objet de cette justification tardive de son procès en ce point-là. Jeanne n'a pas été condamnée par l'Église; Jeanne a été réhabilitée par l'Église. Elle a été condamnée par un évêque, chassé comme un ennemi par le contre-coup de ses victoires, et constitué son juge par le choix de ses ennemis. Elle a été relevée de cette condamnation par un tribunal que le pape institua lui-même, et qu'il composa de trois évêques et de l'inquisiteur de France. Si ce tribunal, sur le vu des

1 Voyez l'appendice n° XXIX à la fin de ce volume.

pièces que nous avons (et nous n'avons que ce qui a passé par ses mains) l'a jugée orthodoxe, on n'a pas le droit d'être plus difficile[1].

1. *Bonne chrétienne*, t. I, p. 380 (18 avril).

II

L'INSPIRATION DE JEANNE D'ARC.

La pureté de la foi de Jeanne étant mise hors de doute, le débat peut s'établir encore sur le caractère et la source de sa mission, et nous pouvons reprendre en connaissance de cause les solutions diverses que nous avions signalées en commençant. La mission de Jeanne d'Arc a un but sûrement défini. Elle veut rendre au roi sa couronne et sauver avec lui la nationalité de la France. C'est une œuvre patriotique, et elle y a donné sa vie. Certes, l'amour de la patrie n'a jamais eu plus noble victime, et ce généreux sentiment est digne de l'avoir inspirée. Mais s'il était sa seule inspiration, aurait-il pris une forme étrangère? Bien souvent la patrie en danger a vu des femmes accourir à sa défense : jamais cela ne s'est passé de la sorte. Il y a dans Jeanne d'Arc un amour passionné de la France; mais il y a dans cet amour un principe supérieur, qui l'exalte et le soutient à ce degré où il ne connaît plus rien de l'enivrement même de la guerre. Ce n'est point le patriotisme qui a enfanté les visions de Jeanne : c'est la foi de Jeanne en ses apparitions qui a donné à son amour de la patrie assez de force pour triompher des sentiments qui l'attachaient à sa vie simple auprès de ses parents.

Jeanne est-elle une mystique, et ses visions une illusion de son esprit? Avant toutes choses, il faut savoir ce qu'elle en a voulu dire. Elle a nommé des anges, des saintes. Elle les a entendus, elle les a vus, elle le dit : mais qu'a-t-elle vu? J'étonnerai peut-être bien des personnes en disant que plus on regarde à ses propres paroles consignées au procès, moins on se croit sûr de le savoir. La question, en effet, est de celles où il faut aborder le procès-verbal avec le plus de circonspection et de défiance : car c'est le point où l'on a le plus à craindre d'être, de la meilleure foi du monde, induit en erreur, et par ce qu'il dit et par ce qu'il ne dit pas. Ainsi, d'une part, le juge est prévenu; le greffier est un honnête homme qui partage les préventions du juge, et qui, d'ailleurs, quand il s'agit de visions, doit se faire une idée assez grossière des anges ou des saints. Est-il bien sûr qu'en une matière si délicate l'expression du procès-verbal, qui n'est pas toujours littérale, ne nous rende pas la réponse de Jeanne selon qu'il l'entendait lui-même, et non dans le sens où elle voulait être entendue? D'autre part, il ne dit pas tout; il ne peut pas tout dire : et, par exemple, il

supprime quelquefois les questions qui provo-
quent les réponses. Il le fait sans malice et peut-
être à bonne intention, pour donner plus de place
à la parole de Jeanne. Mais ce retranchement, si
indifférent qu'il lui paraisse, n'aura-t-il pas pour
effet de changer en déclaration spontanée une réponse dont on apprécierait tout autrement le sens
et la portée si l'on voyait ce qui l'amena[1] ?

Voilà nos raisons, non pour rejeter le procès-
verbal, mais pour regarder de près à ce qu'il dit
en cette matière. Maintenant, si nous le prenons
tel qu'il est, nous y verrons que, d'après certaines
déclarations de Jeanne, saint Michel lui est apparu comme « un très-vrai prud'homme; » et rien
n'empêchera le juge de se le figurer comme un
honnête bourgeois, n'étaient les ailes qu'on lui
prête ailleurs. Les saintes avaient des couronnes :
par conséquent une tête, des cheveux et même
quelque chose de plus, un corps, des pieds : car
Jeanne a dit qu'elle les avait embrassées; et inter-

---

1 *Idée qu'on se faisait des visions de Jeanne :* On en peut voir
un échantillon dans ce qu'en dit cet autre universitaire qu'on appelle le Bourgeois de Paris : « Et ils parloient à ly comme amy fait
à l'autre, et non pas comme Dieu a fait aucunes fois à ses amis par
révélacions, mais corporellement et bouche à bouche, comme un
autre. » (*Procès*, t. IV, p. 468.)

Questions supprimées : La preuve en est dans les réponses né-
gatives : car on ne marque dans un procès-verbal ce que l'accusé
ne dit pas, qu'autant qu'il est, par une demande expresse, mis en
demeure de parler de la chose. Or, si le greffier supprime en ce
cas la question, il le peut faire partout ailleurs. Si l'on veut voir
combien ce mode de procéder change la physionomie de la scène,
on n'a qu'à lire le résumé que L'Averdy présente des réponses de
Jeanne dans une exposition continue où toutes les questions sont
supprimées (*Notice des man.*, t. III, p. 37 et suiv.)

rogée si c'était par le haut ou par le bas, elle répond qu'il convient mieux de les embrasser par le bas que par le haut. On se rappelle la scène de l'ange à la couronne : sainte Catherine et sainte Marguerite sont avec lui et aussi une multitude d'anges, les uns semblables, les autres non, ayant des couronnes ou des ailes. — Mais la scène de l'ange à la couronne, Jeanne l'a expliquée elle-même; c'est l'image de sa propre mission : allégorie qu'on eût devinée à plusieurs traits, alors même qu'elle ne l'eût pas révélée à la fin, et où d'ailleurs il faut bien faire la part des circonstances qui l'y ont amenée. Elle ne l'a point imaginée d'elle-même; c'est une issue qu'elle trouve ouverte, et où elle se jette, on l'a vu, pour dérober aux juges le secret du roi. Or les juges l'y suivent pas à pas, prenant tout à la lettre; et il faut qu'elle trouve réponse à leurs questions sans trop s'écarter des termes de son allégorie : de plus habiles dans la science des figures s'en seraient peut-être plus mal tirés[1].

Quant aux traits qu'on a voulu recueillir pour donner forme à ses visions, en est-il autrement? C'est aussi, il faut le dire, à son corps défendant qu'elle en a parlé. La première fois (24 février) qu'on lui demande si la voix est d'un ange, ou d'un saint, ou d'une sainte, elle répond qu'elle vient de la part de Dieu, et confesse qu'elle n'en

1. *Saint Michel :* t. I, p. 93 et 173. — *Les saintes :* t. I, p. 71, 86, 186. — *L'Ange à la couronne :* t. I, p. 90, 140-146. Voy. ci-dessus, p. 56, 73, 100 et suiv.

dit pas tout ce qu'elle en sait. Elle donne les noms
un peu plus tard : c'est saint Michel, aussi saint
Gabriel, sainte Catherine, sainte Marguerite; mais
les juges n'en sont que plus pressants. Elle leur
répond quand elle le peut : les ailes, les couronnes, c'est le symbole reçu de la spiritualité des
anges et de la gloire des bienheureux; leur bonne
odeur (*fleuraient-elles bon?*), c'est le signe de la
sainteté. Mais le plus souvent elle élude et se dé-
robe : « Quelle figure a-t-elle vue? — La face. —
A-t-elle des cheveux? — Il est bon à savoir. — Y
avait-il quelque chose entre la couronne et les
cheveux? — Non. — Les cheveux étaient-ils longs
et pendants? — Je ne sais. — Avaient-elles des
anneaux aux oreilles ou ailleurs? — Je n'en sais
rien. » Elle ne sait rien des membres, ni s'il y en
avait de figurés; rien de l'habit (*de aliis habitibus
non loquitur*) : réponses reproduites sans les questions, mais qui les supposent, et permettent de
supposer ailleurs d'autres suppressions de la même
sorte. On voudrait savoir au moins si elles ont le
même vêtement, le même âge. « Je n'ai rien
d'autre à vous dire! » Et quand on y revient :
« Vous en êtes répondus. » Pour les anges, plus
d'efforts encore et pas plus de succès. On veut savoir comment était saint Michel : elle ne lui a pas
vu de couronne, elle ne sait rien des vêtements.
« Était-il nu? » On se rappelle cette simple et digne
réponse : « Croyez-vous que Dieu n'ait pas de quoi
le vêtir? — Avait-il des cheveux? — Pourquoi lui
seraient-ils coupés? » Et un peu après : « Je ne

sais — Une balance? — Je ne sais. » La fois suivante, on supposa qu'elle avait dit qu'il avait des
ailes. Elle l'aurait pu dire, mais il n'y en a aucune
trace au procès-verbal. On lui demanda si l'ar-
change et saint Gabriel avaient des têtes naturelles (*capita naturalia*). Elle ne répond que de
leur personne : « Je les ai vus, eux (*ego vidi ipsos
oculis meis*). » Mais il y avait un moyen bien facile,
ce semble, de surprendre son secret. Elle avait fait
peindre deux anges sur son étendard : n'étaient-ce
pas ceux qui la visitaient? S'ils avaient une forme,
rien de plus naturel que de la reproduire sur cette
bannière sacrée. Elle dit qu'elle les avait fait peindre comme on les représentait dans les églises.
Enfin, le jour qu'elle avait marqué pour répondre
à toutes ces questions, elle y coupa court en disant
que saint Michel était en la forme d'un très-vrai
prud'homme, et que de l'habit et des autres choses
elle ne répondrait plus. Mais qu'est-ce que prud'-
homme? Les juges pouvaient bien ne pas penser
exactement comme saint Louis, lorsqu'il disait à
Robert de Sorbon : « Maître Robert, je voudrois
avoir le nom de prud'homme, pourvu que je le fusse,
et que tout le remenant (le reste) vous demeurât :
car prud'homme est si grande chose et si bonne
chose que rien qu'au nommer il emplit la bouche; »
mais ils savaient que prud'homme n'est d'aucune
forme, et ils le savaient si bien que dans les douze
articles, résumant tous les faits de la cause, ils
disent : « Elle a vu les têtes des anges et des
saintes ; et elle n'a rien voulu dire du reste de leur

corps et de leurs vêtements; » et dans l'admonition, le prédicateur remontre combien il est étrange
qu'après tant de visions elle ne sache rien des
corps ou de leurs accessoires, si ce n'est les têtes.
— A-t-elle donc si bien parlé des têtes? — Les juges n'en étaient pas tellement sûrs quand ils lui
demandaient comment les voix lui parlent, puisqu'elles n'ont pas de membres : à quoi Jeanne répond : «Je m'en rapporte à Dieu[1].»

Ainsi, dans tout le procès il n'y a rien de défini
par Jeanne elle-même sur la forme de ses visions.
Cela ne veut pas dire que, d'après son témoignage,
ces visions ne soient rien de sensible. Elle déclare
qu'elle a vu de ses yeux, et surtout qu'elle a entendu. Ses visions, ce sont ses voix, comme elle
dit le plus communément : c'est la voix qui s'est
révélée à elle au début de sa mission avec une
grande lumière; et depuis elle ne lui est pas
venue, ou presque jamais sans lumière. Elle ne la
voit pas toujours quand elle l'entend. On lui demande un jour si la voix était dans sa prison : «Je
ne sais, dit-elle, mais elle était dans le château. »
Ces voix sont distinctes, personnelles : elle les a
nommées. Mais comment les a-t-elle connues?

1. *Réserves sur ses révélations :* t. I, p. 60 et 63. — *Réponses
évasives sur les saintes :* p. 85, 86, 177. La face même n'est rien
qu'on puisse prendre au sens matériel : « Les anges dans les cieux
contemplent la face du Père qui est dans les cieux. » (Matth., XVIII,
10.) — *Sur les anges :* t. I, p. 89 et 93. — *Les anges de son étendard :* t. I, p. 180. — *Très-vrai prud'homme :* p. 173. — *Prud-
'homme selon saint Louis :* Joinville, ch. v. — *Opinion exprimée dans les douze articles :* t. I, p. 328; *dans l'admonition :*
p. 390. — *Comment les voix peuvent parler :* p. 86.

comment les distingue-t-elle? « Par le parler et le langage des anges; » — « à leur salutation et parce qu'elles se nomment. » (Elle ne dit même point « parce qu'elles se sont nommées[1]. »)

Nous n'avons plus les interrogatoires de Poitiers, auxquels Jeanne renvoie souvent quand on la presse sur ses visions. Mais nous avons le témoignage de deux hommes qui y ont figuré. Or, ils ne parlent que de voix : « Elle disait, rapporte G. Thibault, que son conseil lui avait ordonné d'aller au plus tôt vers le roi. » « Elle a, dit Seguin, raconté d'une grande manière qu'une voix lui apparut et lui dit que Dieu avait grand pitié du royaume de France et qu'il fallait qu'elle vînt en France, » etc. Et l'on se rappelle la saillie de Jeanne quand Seguin, poussant plus loin la curiosité, lui demanda, en son limousin, quelle langue la voix parlait : « Meilleure que la vôtre. » Il l'aurait questionnée sur la figure, si elle eût rien dit qui y provoquât. Les compagnons de sa vie militaire n'en parlent pas autrement : le duc d'Alençon, par exemple, et Dunois, quand il rapporte en quels termes Jeanne disait devant le roi que *son conseil* se manifestait à elle. L'excellent d'Aulon l'avait priée de lui faire voir une fois ses conseillers; mais elle lui dit qu'il n'en était pas assez digne, et il ne lui en reparla plus. Que si l'on tenait pour suspects ces témoignages, comme on

---

1. *Voix et lumière :* t. I, p. 52 et 153. — *Présente dans le château :* p. 218. — *Comment Jeanne reconnaît ses voix :* p. 170 et 172.

est tenté de faire tout ce qui est de la réhabilitation, nous en aurions d'autres à citer encore, témoignages rendus avant le procès de Rouen, au
temps du siége d'Orléans et du sacre de Reims et
par les hommes les mieux posés pour savoir ce
qu'on en disait à la cour. Alain Chartier, dans sa
lettre à un prince étranger, écrite vers la fin de
juillet 1429, mentionne la voix qui, « du sein d'un
nuage (*vox ex nube nata*), l'avertit plusieurs fois
depuis sa douzième année d'aller trouver le roi et
de secourir le royaume. » Perceval de Boulainvilliers (21 juin 1429) ne parle aussi que d'un nuage
resplendissant et de la voix qui, du sein de la nue
lui commanda de s'armer pour rétablir le roi et le
royaume. C'est, sous une forme plus théâtrale, ce
que disait Jeanne à ses juges de cette voix et de
cette grande lumière qui se sont manifestées à
elle. Si elle en eût dit davantage à l'origine, on
peut croire que Boulainvilliers ne l'aurait pas
omis, à voir comme déjà il entoure le prodige du
merveilleux de la légende[1].

Une lumière, une voix! Est-ce l'éblouissement
d'une imagination ardente et l'écho mal compris

1. *Témoignages sur les révélations de Jeanne* : On peut ajouter
aux témoignages cités ceux des historiens du temps : Perceval de
Cagny et l'autre chroniqueur alençonnais donné en partie par
M. J. Quicherat. Le hérault Berri et Jean Chartier se bornent à dire
qu'elle était envoyée de Dieu, t. IV, p. 3, 38, 46, 53. Le Journal du
siége d'Orléans et la Chronique de la Pucelle parlent des révélations qu'elle a reçues et de ses voix (*Ibid.*, p. 118, 168, 205, 223).
Ils ne nomment même ni les anges ni les saintes.

du cri de son âme? On peut, au point où nous en
sommes, embrasser d'un seul coup d'œil toute la
suite de sa vie. Qu'on se rappelle dans quelles
circonstances, dans quel milieu et dans quelle
âme s'est fait entendre la voix qui l'appela ; ce
qu'elle en a dit à Vaucouleurs, à Chinon, à Poitiers, parmi les doutes qui l'accueillaient ; à Orléans, à Reims, dans le triomphe ; à Rouen, dans
la captivité : et maintenant qu'on l'a suivie dans
toutes ses fortunes, qu'on l'a vue à l'épreuve de
la victoire et des honneurs, de la défaite et des
outrages, qu'on connaît sa simplicité, sa droiture,
sa perspicacité et son bon sens ; que l'on se dise
quelle foi on peut avoir en ses paroles, quelle valeur on peut attacher à ses déclarations. Sa voix,
ou, pour parler comme elle faisait le plus communément, ses voix ne sont pas quelque chose de
vague qui se confonde avec les aspirations de son
âme. Ce sont des voix qu'elle distingue comme
existantes hors d'elle, qui lui conseillent des choses
dont elle n'a pas l'idée, qui lui commandent ce
qu'elle répugne à faire, des voix qui sont pour
elle des personnes, des anges, des saintes, et en
qui elle, si pleine de foi et de bon sens, elle croit,
comme elle croit que Dieu est. Et ce qui donne,
outre la sincérité de son cœur et la fermeté de son
esprit, de l'autorité à sa parole, ce qui fait qu'on
ne peut se borner à voir là comme une force secrète qui jaillit, même à son insu, d'une grande
âme pour commander à tous les instincts de la
nature, c'est que ces voix lui révèlent ce qu'elle

ne pouvait connaître, lui prédisent ce qui s'accom-
plira, des choses dont elle n'a pas même, alors
qu'elle les annonce, la véritable intelligence :
choses assez frappantes par elles-mêmes et assez
constatées pour que des esprits peu disposés, par
leur humeur, à croire au merveilleux, mais habi-
tués par leurs études à tenir compte des faits,
renoncent à les expliquer par la seule cause de
l'hallucination. Ils sentent là une puissance qui
n'est pas le produit d'une imagination déréglée.
Qu'est-ce donc? Ils ne prononcent pas; ils cher-
chent, ils rappellent les phénomènes fort équivoques, à mon sens, du magnétisme, et voudraient
y trouver quelque chose qui n'affaiblit en rien
leur admiration sincère et profonde pour la Pucelle. Sachons-leur gré d'avoir compris que sa
mission n'est pas seulement la rêverie d'un noble
cœur et d'un cerveau malade, et que tout ne se
peut résoudre dans cette histoire par une négation
pure et simple du merveilleux [1].

Jeanne est-elle donc une adepte plus ou moins
avouée des sciences occultes, ou bien est-elle une
envoyée de Dieu? Pour ceux qui croient que la
Providence ne demeure pas étrangère aux affaires
de ce monde, qu'elle gouverne les nations et que
sa main se peut faire sentir extraordinairement
dans leurs destinées, le choix ne sera pas douteux.
La mission de Jeanne a tous les signes des choses

1. Sur le caractère des visions de Jeanne d'Arc, voy. M. J. Quicherat, *Aperçus nouv.*, §§ 6 et 7, p. 45 et suiv., et M. H. Martin,
Hist. de France, t. VI, p. 143, note. Voy. aussi l'appendice n° XXX.

que Dieu mène. Elle se fraye la voie à travers les
obstacles que le sens purement humain veut lui
opposer. Il faut que Jeanne triomphe d'elle-même
d'abord et de ses propres répugnances; il faut
qu'elle surmonte les rebuts du sieur de Baudricourt à Vaucouleurs, les défiances du roi à Chinon, des docteurs à Poitiers, des capitaines jusqu'à
Orléans et des politiques jusqu'à Reims. Elle n'a
pas réussi au delà; elle n'a pas fait entrer le roi
dans Paris et elle n'a pas chassé les Anglais de
France; elle n'a pas tout prévu, ni fait elle-même
tout ce qu'elle était appelée à faire. Mais qui a
jamais prétendu tout prévoir? Le prophète est un
homme, et n'est prophète que pour les choses qui
lui sont révélées. Quant à la mission de Jeanne,
elle n'avait jamais dit qu'elle ferait tout. Elle avait
dit qu'elle délivrerait Orléans, si peu de troupes
qu'on lui donnât : mais encore avait-il fallu qu'on
lui en donnât. Il fallait qu'on la mît « hardiement en œuvre » et qu'on se mît à l'œuvre avec
elle. « Travaillez et Dieu travaillera, » disait-elle.
Elle disait encore qu'elle ne durerait guère plus
d'un an, qu'on songeât donc à la bien employer.
Enfin, quand elle certifiait au roi « qu'il aurait
tout le royaume de France entièrement à l'aide de
Dieu et moyennant son labour, » elle ajoutait (c'est
le procès-verbal qui nous garde ses paroles) « qu'il
la mist en besogne, c'est assavoir qu'il lui baillast
gens d'armes, autrement il ne seroit mie si tost
couronné et sacré; » et le pieux Gerson, au lendemain de son triomphe d'Orléans, sentait bien que

le revers ne serait pas une preuve contre elle, lorsqu'il écrivait : « Quand bien même (ce qu'à Dieu ne plaise) elle serait trompée dans son espoir et dans le nôtre, il n'en faudrait pas conclure que ce qu'elle a fait vient de l'esprit malin et non de Dieu ; mais plutôt s'en prendre à notre ingratitude, et au juste jugement de Dieu, quoique secret :.... car Dieu sans changer de conseil, change l'arrêt selon les mérites. » Jeanne avait délivré Orléans ; mais elle n'eût pas mené le roi à Reims malgré lui ; elle ne pouvait le faire entrer dans Paris quand il s'en retirait. En un mot, la mission de Jeanne avait pour signe la délivrance d'Orléans, pour but l'expulsion des Anglais. Elle a donné son signe, elle n'a pas atteint son but, au moins comme elle l'eût voulu faire, et comme elle l'eût fait sans aucun doute si la cour n'avait pas renoncé à la suivre plus avant. Mais le but devait être atteint : Jeanne dans les fers eut au moins la consolation de le prédire à ses bourreaux ; et sa mission ne fut pas « manquée ». Elle-même, jusque dans sa prison, elle la continue et la consomme. Cet échec, où l'on croyait trouver un démenti à sa parole, rentrait dans les voies de la Providence pour donner à ses déclarations forme authentique au tribunal de ses ennemis [2].

Jeanne a donc bien rempli sa mission ; et quand

1. *Travaillez et Dieu travaillera,* — *qu'on songeât à la bien employer*, t. III, p. 96 et 99 (Alençon) ; — « *qu'il (le roi) la meist hardiement en œuvre et qu'elle levroit le siège d'Orléans* (Procès-verbal, réponse au 17e art., t. I, p. 232). — *Autre déclaration de*

elle aurait elle-même chassé de France le dernier
des Anglais, ce n'est pas là ce qui ajouterait
beaucoup au caractère divin de son œuvre. Les
Anglais assurément ne pouvaient pas garder la
France. On n'en était plus à la première période
de la rivalité des deux peuples, quand les rois
d'Angleterre, fils eux-mêmes de la France, pouvaient en disputer les provinces aux Capétiens
comme un héritage domestique. Depuis la guerre
de Cent ans, la race anglaise est entrée dans la
lutte : c'est une nation qui en attaque une autre ;
les rois eux-mêmes, malgré les liens de famille
qu'ils invoquent ou qu'ils renouvellent, sont de-
venus anglais, et leur empire n'aurait pas duré
un an à Paris, sans les haines civiles des Armagnacs et des Bourguignons. Leur domination pouvait s'étendre et se prolonger encore, sans doute ;
la prise d'Orléans eût rendu leur joug plus fort et
la délivrance plus laborieuse ; mais, le jour venu,
l'élan national eût tout emporté. Là n'est pas le
miracle. Ce qui est merveilleux dans cette histoire,
c'est Jeanne ; c'est ce qu'elle dit d'elle-même,
quand on connaît par toute sa vie la fermeté de
son intelligence et la simplicité de son cœur ; et
c'est pour que l'on en juge en toute vérité que
nous avons retracé avec tant de détail les scènes
où elle a paru. Cette épreuve, nous le savons, ne
dissipera point tous les doutes : il y a sur ces ma-

Jeanne au procès-verbal, t. I. p. 139 (séance du 13 mars). — *Paroles de Gerson* (14 mai 1429, six jours après la délivrance d'Orléans. (Voyez ci-dessus, t. I, p. 178.)

tières des partis pris devant lesquels les faits eux-
mêmes, et des faits plus forts, restent sans force;
mais ceux qui, pour ces raisons, refuseront de
croire aux paroles de Jeanne d'Arc, reconnaîtront
au moins que jamais âme ne fut plus digne de
foi.

S'il y a dans la vie des saints comme un reflet
des grands modèles qui nous sont proposés, où le
trouver plus éclatant et plus doux à la fois que
dans celle qui, à la distance où demeure toute
semblable imitation, rappelle en même temps et
le Sauveur et sa Mère : la mère de Dieu dans sa
virginité, dans son trouble et dans ses hésitations
à la vue de l'ange qui l'appelle; le Sauveur dans
les traverses de sa mission, dans le traître qu'elle
rencontra au moins devant ses juges; dans l'hypocrisie de ses juges (— « Elle a blasphémé ! »);
dans la vraie cause de sa mort, car elle meurt
aussi pour son peuple; dans le délaissement de
son supplice, comme dans la paix de son dernier
soupir? Après cela Jeanne n'a pas été déclarée
sainte; et c'est un fait que l'on relève moins par
zèle pour elle que par un sentiment contraire à
l'égard de l'Église : on voudrait faire un crime à
l'Église de l'oubli où elle paraît l'avoir laissée. Il
eût été téméraire à nous et il n'était pas dans
notre rôle de réclamer la canonisation de Jeanne
d'Arc : mais y a-t-il eu moins de témérité dans les
arguments tirés de l'abstention de l'Église en cette
matière? Les juges, nommés par le pape à la re-

quête de sa famille, n'avaient pour mission que
de reviser son procès. En réhabilitant sa mémoire,
ils ne pouvaient lui décerner d'autres honneurs.
Et quand on réfléchit au rôle de Jeanne d'Arc dans
la lutte séculaire des deux principaux peuples de
la chrétienté, on comprend que l'Église n'ait pas
voulu alors décréter un culte qui eût obligé l'Angleterre comme la France. Quand on voit l'influence de l'esprit de parti se perpétuer depuis les
écrivains bourguignons jusque dans les jugements
portés en France sur la Pucelle, on comprend
qu'elle ait continué de s'abstenir, laissant le sentiment public se produire librement dans le do-
maine de l'histoire.

Mais quelle qu'ait été la diversité des opinions
des historiens, la foi du peuple n'a jamais varié,
et on ne peut pas dire que l'Église, dans sa réserve
même, lui ait jamais fait défaut. C'est dans une
fête religieuse que les honneurs populaires rendus
à la Pucelle se sont perpétués jusqu'à nous : je
veux parler de la procession par laquelle les Orléanais rendent chaque année témoignage à sa
mission, en rapportant à Dieu son signe, l'acte de
leur délivrance; et naguère, à l'inauguration de
son dernier monument, c'est dans la chaire de
Sainte-Croix et par la voix éloquente et vraiment
inspirée de leur premier pasteur que leur culte
pour elle a reçu la consécration la plus éclatante.
Aujourd'hui l'opinion est fixée partout. L'Allemagne a rendu à la jeune fille d'Orléans un touchant hommage dans le livre de G. Gœrres. La Bel-

gique a depuis longtemps abjuré les haines des Bourguignons; l'Angleterre elle-même a répudié dans le poëme de Robert Southey le crime de Bedford et les injures de Shakespeare[1]. En France, on ne diffère que par la manière de la déclarer sainte. Quand l'Église jugera bon de le faire selon le mode qui lui appartient — et elle vient d'entrer dans cette voie — le travail ne saurait être bien long : car les enquêtes sont, dès à présent, entre les mains de tous, par l'édition des deux procès; et celui des deux qui la condamne n'est pas celui qui crie le moins haut pour elle : quel plus grand témoignage en effet à la gloire des saints que les actes mêmes de leur martyre? Oui, quand on arrive avec les pièces de ce procès au terme de cette histoire, on peut le dire avec une entière conviction : Jeanne a été par toute sa vie, une sainte, et par sa mort, une martyre : martyre des plus nobles causes auxquelles on puisse donner sa vie, martyre de son amour de la patrie, de sa pudeur et de sa foi en Celui qui l'envoya pour sauver la France[2]!

1. Voyez dans la *Nouvelle Revue*, 1883, un article de M. James Darmesteter sur *Jeanne d'Arc jugée par les Anglais*, qu'il résume en ces mots : « L'histoire de Jeanne d'Arc en Angleterre, depuis sa mort jusqu'à nos jours, se divise en trois périodes : sorcière, héroïne, sainte; d'abord deux siècles d'insulte et de haine, puis un siècle de justice humaine; enfin en 1793 s'ouvre une ère d'adoration et d'apothéose » — avec le poëme épique de Southey, *Joan of Arc*.

2. Par décret du Saint-Siège, le Procès de l'Ordinaire relatif à la béatification de Jeanne d'Arc a été ouvert dès le mois de juillet 1874 à Orléans, et on a fait un pas décisif par le décret du 27 janvier 1894 qui, en introduisant sa cause, la place au

rang des vénérables. L'affaire suit donc sa voie. Prions Dieu
que S. S. Léon XIII vive encore assez pour la mener à bonne
et heureuse fin.

Nous reproduisons aux appendices (n° XXXIII) le décret du
27 janvier 1894 dont nous venons de parler. C'est le plus
récent, ce ne sera pas, nous en avons la confiance, le dernier acte de l'Église dans ce troisième procès.

En faveur de la canonisation de Jeanne d'Arc on peut
citer tous les panégyriques ou discours prononcés, dans
ces derniers temps surtout, soit à Orléans, à l'occasion de
la fête du 8 mai, soit partout ailleurs à propos des monuments qu'on lui veut ériger, à Rouen, à Reims, à Vaucouleurs, à Domrémy, et le modeste écrit d'un prêtre du diocèse
de Saint-Dié, M. l'abbé Monrot ; *Pourquoi la France catholique demande à l'Église romaine la canonisation de Jeanne
d'Arc* (1888).

APPENDICES.

I

PRÉTENTIONS DE P. CAUCHON AU SIÉGE DE ROUEN. (P. 6.)

Le gouvernement d'Angleterre était intervenu auprès du saint-siége pour faire obtenir à l'évêque de Beauvais le siége de Rouen, vacant par la translation du cardinal de La Rochetaillée au siége de Besançon. La lettre de Bedford au pape est du 15 décembre 1429, c'est-à-dire d'une époque antérieure à la captivité de la Pucelle : mais le siége était toujours vacant et l'on peut croire que l'évêque de Beauvais n'avait pas abdiqué tout espoir d'arriver à un poste si évidemment à sa convenance. Or, il ne pouvait l'obtenir que par l'action plus pressante du gouvernement anglais. Le chapitre de Rouen sentait en lui un prétendant et se tenait en défiance contre son ingérence dans les affaires du diocèse. Dès juillet 1429 il avait résolu et déclaré que l'évêque de Beauvais, nommé juge apostolique à la demande de Bedford pour toutes les questions auxquelles la perception des 10ᵉˢ pouvait donner lieu, n'avait point à cet égard autorité suffisante et qu'on interjetterait appel de ses sentences et de ses contraintes au Souverain Pontife ou au prochain concile général. (Ch. de Beaurepaire, *États de Normandie sous la domination anglaise*, p. 32 à la date des 1ᵉʳ, 2, 6 et 8 juillet 1429, et *Recherches sur le procès de*

condamnation de Jeanne d'Arc, p. 105.) Bien que le chapitre de Rouen eût été épuré et que les amis de la France
expulsés eussent fait place à des créatures de l'Angleterre,
Bedford avait encore à compter avec cette puissance. Ce fut
assurément pour se l'attacher par des liens plus étroits
qu'il se fit nommer chanoine de Rouen; et pour donner à
cet acte une solennité plus grande, il se fit recevoir et parut
revêtu de son nouveau costume aux fêtes du Pardon de
saint Romain (23 oct. 1430). (Chéruel, *Histoire de Rouen
sous la domination anglaise au quinzième siècle*, p. 193;
Ch. de Beaurepaire, *Recherches sur le procès de condamnation de Jeanne d'Arc*, p. 59-61, *d'après les Archives
départementales*; et Vallet de Viriville, *Hist. de Charles VII*, t. II, p. 205.)

II

IMPRESSION PRODUITE PAR LA PRISE DE JEANNE D'ARC. (P. 7.)

Il y eut, dans les villes où Jeanne avait été connue, un
véritable deuil à la nouvelle de sa captivité. A Tours, « on
ordonna des prières publiques pour sa délivrance. On fit
une procession générale à laquelle assistèrent les chanoines
de l'église cathédrale, le clergé séculier et régulier de la
ville, tous marchant pieds nus. » (Ancienne hist. inédite de
la Touraine, citée par M. J. Quicherat. *Procès*, t. V, p. 253.)
Mais on n'a de trace de quelque pensée de délivrer Jeanne
que dans les craintes exagérées de l'Université de Paris :
« Mais doubtons moult que par la faulceté et séduccion de
l'ennemy d'enfer et par la malice et subtilité des mauvaises
personnes vos ennemis et adversaires, qui mettent toute
leur cure, comme l'en dit, à vouloir délivrer icelle femme par
voyes exquises, elle soit mise hors de votre subjeccion par
quelque manière, que Dieu ne veuille permettre. » T. I, p. 9
(lettre au duc de Bourgogne portée par l'évêque Beauvais.

La prise de Jeanne fut suivie de plusieurs échecs pour les Français. Les Anglais reprirent Château-Gaillard (14 juin 1470); Aumale (juillet); Torcy (août). Voy. P. Cochon, *Chronique normande*, ch. LVI.

III

ACHAT DE JEANNE D'ARC. (P. 10.)

On trouve à la date du 3 septembre une lettre de Th. Blount, trésorier, et de P. Sureau, receveur général, en vertu de lettres du roi du 2 septembre, ayant pour objet de lever, avant le dernier jour du mois, la somme de 80 000 liv. tournois octroyées par les gens des trois États de Normandie, et pays de conquête en l'assemblée de Rouen « au mois d'août dernier; pour tourner et convertir c'est à savoir 10 000 liv. tournois (61 125 fr. 69 c.) au paiement de l'achapt de Jeanne la Pucelle que l'on dit estre sorcière, personne de guerre conduisant les ostz du Dauphin. » (*Procès*, t. V, p. 179. Sur ces États tenus au mois d'août, voy. Ch. de Beaurepaire, *États de Normandie sous la domination anglaise*, p. 40.) De ces comptes, il résulte que dans l'offre de 10 000 fr. faite par l'évêque de Beauvais, on n'avait pas en vue la pièce d'or de ce nom qui, en 1424, valait 10 fr. 42 c., mais la livre tournois comme c'est le cas fort généralement. Le 24 octobre, Th. Blount écrit à P. Sureau de faire acheter des deniers de la recette 2636 nobles d'or de 2 sous et 1 denier sterling, monnaie d'Angleterre, pour payer J. Bruyse, garde des coffres du roi, selon les ordres du prince. Le 6 décembre, J. Bruyse déclare avoir reçu de P. Sureau, « 5249 liv. 19 sous, 10 deniers obole tournois, pour le pourpayage de 2636 nobles d'or de 2 sous, 5 deniers sterlings qui, par lettres du roi du 20 octobre dernier passé, m'ont été ordonnés être payés et restitués par ledit receveur; pour ce que par l'ordonnance du roi, je les avoye bailliés des denrers de ses ditz coffres et trésor pour emploier en certaines ses affaires touchant les 10 000 liv. t. payées par ledit seigneur, pour avoir Jeanne qui se dit la Pucelle, prisonnière de guerre. » *Procès*, t. V, p. 190, cf. t. II, p. 200 (requête du promoteur à la Réhabilitation).

IV

SAUT DU HAUT DE LA TOUR DE BEAUREVOIR. (P. 14.)

Selon une chronique du temps, citée par Vallet de Viriville, cette tentative n'eut pas le caractère presque désespéré que l'on voit au procès. Jeanne, pour s'échapper de la tour, s'aida de quelque lien, peut-être d'un drap de lit mis en lanières, qui se rompit et la laissa retomber droite d'une hauteur indéterminée : « Fu enfin amenée à Beaurevoir, là où elle fu par grant espace de temps; et tant que par son malice elle en quida escaper par les fenestres. Mais ce à quoy elle s'avaloit rompy. Se quey jus de mont à val et se rompy près (presque) les rains et le dos. De lequelle blessure elle fut longtemps malade. » (Bibl. nat. Ms. des Cordeliers, nᵒ 16, ou Fonds français, nᵒ 23 018, fᵒ 498, vᵒ, cité par Vallet de Viriville, *Hist. de Charles VII*, t. II, p. 176, et par Quicherat, *Revue histor.* (1882), t. XIX, p. 82-83. Toutes les déclarations de Jeanne au procès prouvent au moins que, si elle n'y cherchait pas la mort comme on l'en accusa faussement, elle y risquait sa vie. Il n'est pas nécessaire de la défendre ici des intentions que lui prêtent ses juges. Quand elle dit dans le *Procès*, « qu'elle fut deux ou trois jours qu'elle ne vouloit mengier », cela s'explique par ce qui suit, « et mesme aussi pour ce sault fut grevée tant qu'elle ne povait ne boire ne mangier». Si on a relevé au procès-verbal ce prétendu acte de volonté, c'est par une insinuation que Jeanne repousse hautement, et dont il est facile de faire justice. Nous y reviendrons au procès. Sur le château de Beaurevoir, voy. le Dʳ Salembier, *Jeanne d'Arc et la région du Nord*, 1891, p. 22.

V

LEVÉE DU SIÉGE DE COMPIÈGNE. (p. 18.)

Monstrelet dit que l'arrivée des Français à Verberie eut
lieu le mardi avant la Toussaint. Or, la Toussaint, en 1430,
fut un mercredi, et tout fait croire, dans le récit de l'historien, qu'en parlant de ce mardi il ne s___ge pas à la veille
de la fête. Il eût nommé la fête en parlant de l'action principale qui eut lieu le lendemain mercredi. On peut donc
soupçonner qu'il s'agit du mardi précédent 24 octobre, et
cela se trouve d'accord avec le témoignage tout à fait pré-
cis du *Mémoire à consulter sur Guill. de Flavy :* « Lequel
comte de Vendôme se seroit avancé le xxiv° d'octobre 1430,
avec le maréchal de Boussac, pour mettre quelque rafraî-
chissement dedans la ville, » etc. (*Procès*, t. V, p. 368.)
Meyer, suivant Monstrelet trop à la lettre, dit : « vers les
calendes de novembre » *sub calendas novembris* (lib. XVI,
p. 276). Sur le siège et la délivrance de Compiègne voyez
le récit de M. Al. Sorel, fondé sur les textes des historiens
et les comptes de la ville (*La prise de Jeanne d'Arc devant
Compiègne*, p. 225 et suiv.). Voy. aussi le texte du Ms. des
Cordeliers n° 16, f° 500-503, cité par Vallet de Viriville,
Hist. de Charles VII, t. II, p. 182. Le duc de Bourgogne,
dans une lettre au roi d'Angleterre en date du 4 novembre, se plaint que, l'argent promis ne lui ayant pas été
envoyé, plusieurs aient dû quitter le siège : ce qui a fait
que « l'inconvénient dont l'on se doutoit est avenu. »
(Bibl. nat. Ms. *Coll. de Bourgogne*, t. XCIX, p. 384.) Cette
lettre a été publiée par Stevenson, avec les instructions
données par le duc à ses agents pour réclamer du gouvernement anglais les subventions qui lui étaient dues
pour le passé et le presser de pourvoir aux périls de
l'avenir. (*Letters and papers illustrative.... of the reign of
Henry VI*, t. II, p. 156-181.) Le roi y répond le 28 mai 1431.
(*Ibid.*, p. 188.)

VI

RAVAGE DES ENVIRONS DE PARIS. (P. 23.)

Le Bourgeois de Paris ne tarit pas sur cette matière, et sa colère n'épargne pas plus les Anglais que les Armagnacs: car, à vrai dire, les uns ne faisaient guère moins de mal que les autres, et les lieux pris par les derniers ne gagnaient rien à être repris par les premiers : « Et pour certain, dit notre auteur à propos de l'abbaye de Saint-Maur, aussitôt que les Arminas furent départits, les Anglois, bon gré ou mal gré de leurs cappitaines, pillèrent tout l'abbaye et la ville si au net, qu'ils n'y laissèrent pas les cullières au pot, qu'ils n'apportassent; et ceux de devant à leur entrée avoient bien pillé, et les darrains encore rien n'y laissèrent: quelle pitié ! » (t. XL, p. 407 de la collection des Chroniques nationales françaises, éd. Buchon). Et plus loin, mentionnant le bruit populaire qui rapportait les défaites des Anglais au pillage de l'église de N. D. de Cléry par Salisbury : « Et puis, que ont-ils fait à Saint-Mor-des-Fosez en l'église et partout où ils peurent avoir le dessus? Les églises sont pillées qu'il n'y demoure ni livres, ni la boueste ou couppe où le corps de Nostre-Seigneur repose, ne reliques, pour tant qu'il y ait or ou argent, ou aucun metal, qu'ils ne jettent, soit le corps de Nostre-Seigneur, soient les reliques. Tout ne leur chault, ou des corporeaux, n'y laissent-ils nuls qui pèsent: et n'y a aucun, qui soit maintenant aux armes, de que'que costé qu'il soit, François, ou Anglois, ou Arminac, ou Bourguignon, ou Piquart, à qui il eschappe rien qu'ils puissent, s'il n'est trop chault ou trop pesant; dont est grant pitié et dommaige que les seigneurs ne sont d'accord. Mais se Dieu n'en a pitié, touste France est en grant danger d'estre perdue: car de toutes parts on y gaste les biens, on y tue les hommes, on y boute feuz; et n'est estrange ne privé qui point en die, *Dimitte*: mais toujours va de mal en pis, comme il appert. » (*Ibid.*, p. 409-410.)

Dans cette extrémité on attendait toujours le duc de Bourgogne, qui, depuis que Bedford l'avait fait gouverneur de Paris, n'y avait point paru (depuis plus d'un an!), laissant Paris en proie à « un peu de ne sais quels larrons » (p. 413). Ce délaissement ne ramenait pas même aux Anglais; et telle était l'antipathie des Parisiens pour eux que, lorsque Bedford eut introduit plus de 60 bateaux chargés de vivres dans Paris (cf. *Registres du Parlem.* f° 39 à la date du 30 janvier), ils disaient que le duc de Bourgogne ferait bien davantage et lui cherchaient, tout en le raillant un peu, des excuses. On lui donnait jusqu'aux Pâques prochaines : « car à présent il est trop embesongné pour sa femme qui a geu d'un beau fils, qui fut christiané le jour Saint-Anthoine en janvier; et on dit communément que la première année du mariage on doit complaire à l'espousée, et que ce sont treloutes nopces; et pour celle cause n'a pu vacquer devant Compiègne tant qu'il l'eust prinse. Ainsi disait-on du duc de Bourgogne, et pis assez, car ceux de Paris espécialement l'aimoient tant comme on povoit amer prince; et en vérité il n'en tenoit compte, s'ils avoient faim ou soif, car tout se perdoit par sa négligence, aussi bien en son pays de Bourgogne comme entour de Paris » (p. 415).

VII

LE PARLEMENT DE PARIS. (P. 23.)

Le Parlement n'avoit guère à se louer des maîtres qu'il s'était donnés. Dans les premiers jours d'octobre (mardi 3, mercredi 4 et jeudi 5) les conseillers, qui n'étaient pas payés depuis deux ans, décident qu'une députation ira à Rouen réclamer l'acquittement de leurs honoraires. (*Registres*. t. XV, f° 34.) Le chancelier vint à la hâte leur donner quelques paroles. Le 20 janvier, l'argent manque même pour le parchemin qui sert à l'expédition des arrêts (f° 38 verso). Le lundi 12 février, le Parlement, qui n'a rien reçu encore, décide qu'il siégera encore jusqu'à Pâques, mais que, ce terme passé, il suspendra ses travaux (f° 39 verso et 40); cf. Lebrun des Charmettes, *Hist. de Jeanne d'Arc*, t. III, p. 229-231. Sur les dépenses des Anglais à l'égard de l'Université, voy. M. J. Quicherat, *Aperçus nouveaux*, p. 97.

VIII

JEANNE MENÉE A ROUEN. (P. 23.)

C'est par inadvertance que Vallet de Viriville, tout en gardant Saint-Valery et Eu comme lieux de passage, croit que le voyage se fit par mer jusqu'à Dieppe. Les Anglais n'étaient pas assez sûrs de la mer pour lui confier ainsi la Pucelle; s'ils avaient été par mer du Crotoy à Dieppe, ils n'eussent point touché à Saint-Valery et encore moins à la ville d'Eu, qui est à près d'une lieue dans les terres. L'itinéraire de la Pucelle est fort bien tracé par un auteur qui paraît avoir eu entre les mains plusieurs documents, aujourd'hui perdus, sur Jeanne d'Arc : « Au sortir des murailles de la ville de Crotoy, on la mit dans une barque accompagnée de plusieurs gardes pour lui faire passer le trajet de la rivière de Somme, qui est fort large en cet endroit, à cause que c'est l'embouchure de la mer Océane, qui contient environ demy lieue quand le flux est monté, et descendit à Saint-Valery qu'elle salua du cœur et des yeux, estant patron du pays de Vimeu où elle entroit, comme elle avoit salué l'église de saint Riquier, patron du pays de Ponthieu d'où elle sortoit. Elle ne s'arrêta pas en la ville de saint Valery : car ses gardes la conduisirent à la ville d'Eu, et de là à à Dieppe, puis enfin à Rouen, qui estoit la ville qu'on avoit choisie pour estre le dernier théâtre d'honneur où la vertu de nostre sainte fille devoit paroistre. » (*Histoire généalogique des comtes de Pontieu et maïeurs d'Abbeville* (1657), par le P. Ignace de Jésus Maria (Jacques Samson). Voy. *Procès*, t. V, p. 360-363.)

Jeanne étoit arrivée à Rouen, un peu avant le 28 décembre 1430. Les lettres de territoire données à Pierre Cauchon par le chapitre de Rouen, et datées de ce jour, constatent qu'elle y était déjà. (*Procès*, t. I, p. 21.)

IX

SIÉGE DE LOUVIERS. (P. 25.)

M. Ch. de Beaurepaire, tout en admettant dans une certaine mesure l'explication des témoins du procès de réhabilitation sur la cause qui fit ajourner le siége de Louviers, montre que ce n'était pas une petite opération pour les Anglais, Louviers étant si fortement occupé par La Hire. Le roi demandait bien pour cela de l'argent aux États de Normandie, il n'osait lui demander de la même sorte des hommes, j'entends des hommes du pays, car on s'en défiait. Ordre était donné aux contrôleurs de garnisons de n'admettre parmi les gens d'armes ou de trait que des hommes d'Angleterre ou de Guyenne. (*Recherches sur le procès de condamnation de Jeanne d'Arc*, p. 26-35.)

X

ASSESSEURS. (P. 29.)

Il y eut 95 assesseurs environ qui parurent à diverses
fois. On en compte quelquefois jusqu'à 60 dans une même
séance (cf. L'Averdy, *Notice des man.*, t. III, p. 382-391).
Raoul Roussel et D. Gastinel, deux des assesseurs, sont
désignés parmi les membres du conseil en 1429, le premier
avec 300 liv., le deuxième avec 100 liv. de gage. (Ch. de
Beaurepaire, *Mémoire de la Société des antiquaires de
Normandie*, t. XXIV, 2ᵉ livr., p. 172-173.) Raoul Roussel
devint archevêque de Rouen en 1443 et seconda puissam-
ment Charles VII quand la Normandie fut reconquise. Jean
Beaupère, Pierre Maurice et Nicolas Midi avaient été tout
récemment nommés chanoines de Rouen, pendant la va-
cance du siége, par le roi d'Angleterre, en vertu de son droit
de régale. (Voy. Ch. de Beaurepaire, *Recherches*, p. 60.) Le
même auteur fait observer que dans un procès d'hérésie
intenté fort peu de temps auparavant à Seguent, avocat du
roi, on avait convoqué tous les représentants tant du clergé
régulier que du clergé séculier ayant droit de siéger dans
une assemblée provinciale, tandis qu'ici l'évêque de Beauvais fit un triage. Il eut grand soin, par exemple, de ne
point convoquer l'évêque d'Avranches, qui occupait, il est
vrai, son siége dès 1391, bien avant la conquête des Anglais,
et qui avait manifesté des sentiments favorables à la Pucelle. Mais par contre il y appela des docteurs de Paris dont
les dispositions lui étaient connues. M. de Beaurepaire fait
remarquer encore que la plupart de ces assesseurs étaient
non les représentants naturels de leurs communautés, mais
des ecclésiastiques réfugiés à Rouen de divers points du
diocèse comme partisans des Anglais (*ibid.*, p. 86-88).

Pierre Cauchon évita néanmoins d'appeler régulièrement
les docteurs anglais résidant à Rouen, ce qui aurait trop
manifestement rendu suspect le tribunal. Avec William
Haiton qui apparaît souvent on ne trouve que William
Brolbster et Jean de Hampton, prêtres, le premier à la
clôture de l'information (25 mars) et tous les deux à la
lecture de l'acte d'accusation et quand Jeanne fut appelée à
y répondre (*Procès*, t. I, p. 193, 196 et 202). — M. Ch. de
Beaurepaire a réuni et complété ses recherches dans une
brochure : *Notes sur les juges et les assesseurs du procès de
condamnation de Jeanne d'Arc*, Rouen, 1890.

XI

BEDFORD ET LE TRIBUNAL DE ROUEN. (P. 31.)

Bedford avait quitté Rouen le 13 janvier 1431. On le trouve
le 30 à Paris, puis à la prise de Tournai et de nouveau à
Paris la veille de Pâques. Son retour à Rouen n'est officiellement constaté que le 18 septembre. Il était donc à Rouen
pendant les quinze premiers jours qu'y fut Jeanne, et on ne
voit pas qu'il y ait été pendant le procès (voyez Ch. de
Beaurepaire, *Recherches sur le procès de condamnation de
Jeanne d'Arc*, p. 65-67). Mais son action s'étendait dans le
pays conquis là même où il n'était pas ; et on ne peut douter que le procès de Jeanne ne comptât parmi ses principales affaires.

Voici les indications que l'on trouve dans les comptes sur
le salaire des assesseurs et des juges :

A Pierre Cauchon pour 153 jours de voyage ayant trait
en partie aux négociations qui amenèrent l'achat de la Pucelle, du 1ᵉʳ mai au 30 septembre, au prix de 100 sous tournois par jour : 765 liv. tournois (5569 fr. 15 c.) T. V, p. 194
(31 janvier 1431). — Au vice-inquisiteur Jean Lemaitre,
20 saluts d'or (240 fr. 80 c.) *Ibid.*, p. 202 (14 avril 1431). —
A G. Érard, 31 liv. t. (260 fr. 84 c.), à raison de 20 s. tournois par jour (8 juin 1431). *Ibid.*, p. 206. — Aux docteurs

de Paris, Jean Beaupère, Jacques de Touraine, Nicolas Midi, Pierre Maurice, Gérard Feuillet, Thomas de Courcelles, plusieurs payements au même taux (4 mars et 9 avril 1431). *Ibid.*, p. 196 et 200. Dans le règlement définitif, Beaupère figure pour 100 jours et 100 liv. (841 fr. 75 c.); Nicolas Midi, 113 liv. (951 fr. 16 c.); Pierre Maurice, 98 liv. (824 fr. 93 c.); Thomas de Courcelles, 113 liv. (951 fr. 16 c.), 12 juin 1431, *ibid.*, p. 308. Thomas de Courcelles, qui dit si bien dans sa déposition que le vice-inquisiteur a reçu de l'argent (t. III, p. 57), ne parle pas de ce qu'il a touché lui-même : c'est la plus forte somme. Jean Beaupère, Jacques de Touraine, Gérard Feuillet et Nicolas Midi reçurent en outre 100 liv. t. (841 fr. 75 c.), pour les frais de leur voyage à Paris, quand ils vinrent prendre l'avis de l'Université pour le procès de la Pucelle (21 avril), *ibid.*, p. 203; Jean Beaupère, une indemnité de 30 liv. (252 fr. 42 c.), en raison des frais supplémentaires que lui occasionna l'ajournement de son départ pour le concile de Bâle (2 avril), *ibid.*, p. 199. — Cf. t. II, p. 317 (Taquel). Voyez pour la valeur intrinsèque des espèces d'or et de la livre tournois à ces dates les tableaux I et V de M. N. de Wailly dans son mémoire déjà cité. (Mém. de l'Acad. des inscriptions, t. XXI, 2ᵉ partie; p. 250 et 402.)

XII

LETTRE DU ROI D'ANGLETERRE (3 JANVIER 1431). (P. 32.)

« Henry, par la grâce de Dieu, roy de France et d'Angleterre, à tous ceulz qui ces présentes lettres verront, salut. Il est assez notoire et commun comment, depuis aucun temps en-çà, une femme qui se fait appeler Jehanne *la Pucelle*, laissant l'abbit et vesteure de sexe féminin, s'est, contre la loy divine, comme chose abhominable à

Dieu, réprouvée et défendue de toute loy, vestue, habilée
et armée en estat et habit d'omme ; a fait et exercé cruel
fait d'omicides, et, comme l'en dit, a donné à entendre au
simple peuple pour le séduire et abuser qu'elle estoit envoyée de par Dieu, et avoit cognoissance de ses divins sé-
crez ; ensemble plusieurs dogmatizations très périlleuses,
et à nostre sainte foy catholique moult préjudiciables et
scandaleuses. En poursuivant par elle lesquelles abusions
et exerçant hostilité à l'encontre de nous et nostre peuple,
a esté prinse armée devant Compiengne, par aucuns de nos
loyaulx subgez, et depuis amenée prisonnière par devers
nous. Et pource que de supersticions, faulses dogmatiza-
cions et autres crimes de lèse-majesté divine, comme l'en
dit, elle a esté de plusieurs réputée suspecte, notée et diffamée, avons esté requis très instamment par révérend
père en Dieu, nostre amé et féal conseiller, l'évesque de
Beauvais, juge ecclésiastique et ordinaire de ladite Jehanne,
pource qu'elle a esté prinse et appréhendée ès termes et
limites de son diocèse ; et pareillement exortés de par nostre très chière et très amée fille l'Université de Paris, que
icelle Jehanne veuillons faire rendre, bailler et délivrer
audit révérend père en Dieu, pour la interroguer et examiner sur lesdiz cas, et procéder contre elle selon les or-
denances et disposicions des droits divins et canoniques ;
appellez ceulx qui seront à appeller. Pource est-il que nous,
qui pour révérence et honneur du nom de Dieu, défense et
exaltacion de sadicte sainte Église et foy catholique, voulons dévotement obtempérer comme vrais et humbles filz
de sainte Église aux requestes et instances dudit révérend
père en Dieu, et exortacions des docteurs et maistres de
nostre dicte fille l'Université de Paris : Ordenons et con-
sentons que toutes et quantes fois que bon semblera audit
révérend père en Dieu, icelle Jehanne lui soit baillée et
délivrée réalment et de fait par nos gens et officiers, qui
l'ont en leur garde, pour icelle interroguer et examiner et
faire son procès selon Dieu, raison et les saints canons....
Toutes voies, c'est notre entencion de ravoir et reprendre

par devers nous icelle Jehanne, se ainsi estoit qu'elle ne fust convaincue ou actainte des cas dessusdiz, etc.

« Donné à Rouen le tiers jour de janvier l'an de grâce MCCCCXXX [1431] et de nostre règne le IXᵉ. » (*Procès*, t. I, 3 janv. 1430 [1431], p. 18, 19.)

XIII

LA PRISON DE JEANNE D'ARC A ROUEN. (P. 32.)

Quel est le véritable emplacement de la prison de Jeanne d'Arc? C'est un point qu'il faut établir en rapprochant ce qui en est dit au procès et ce qu'on peut savoir d'ailleurs sur l'état des lieux.

Nous savons que Jeanne fut détenue non dans les prisons ecclésiastiques, ni dans la prison commune, mais au château, dans une prison particulière.

L'appariteur de l'officialité de Rouen, Leparmentier, dit qu'il la vit dans la grosse tour lorsqu'il s'agit de la mettre à la torture[1]; d'autres déclarent qu'elle était dans « une certaine tour » (J. Tiphaine et Pierre Baron)[2]; « dans une tour qui regardait la campagne, » ou « dans une chambre située sous un escalier vers la campagne » (le greffier Taquel et Pierre Cusquel)[3]; « dans une prison tournée vers

---

1. Scit solum quod erat in castro, *in grossa turri*, et ibi eam vidit, quando fuit mandatus (*Procès*, t. III, p. 186).

2. Quod ipsa Johanna erat in carceribus, *in quadam turri castri*, et eam ibidem vidit ferratam per tibias (*ibid.*, p. 48). — Quam invenerunt *in quadam turri* ferratam in compedibus, cum quodam grosso ligno per pedes, et habebat plures custodes Anglicos (*ibid.*, p. 200).

3. Quod vidit eamdem Johannam in carceribus castri Rothomagensis, *in quadam turri versus campos* (*ibid.*, t. II, p. 317). — Posita in castro Rothomagensi, in carceribus, *in quadam camera sita subtus quemdam gradum versus campos*, ubi vidit eam detentam et incarceratam (*ibid.*, p. 345).

la campagne » (Haimond de Macy)[1] ; « dans une chambre vers la porte de derrière, » la porte « vers les champs, » comme on l'appelle plus tard (Pierre Cusquel)[2] ; « dans une chambre de milieu, où l'on montait par huit marches » (l'huissier Massieu)[3].

M. Hellis, dans une brochure sur la *Prison de Jeanne d'Arc à Rouen* (Rouen, 1865, in-8), s'attache exclusivement au témoignage de l'huissier Massieu. Il écarte la grosse tour dont parlait Leparmentier, et toute autre tour : « Une chambre de milieu ayant deux chambres à ses côtés ne saurait, dit-il, être dans une tour ; » et les interrogatoires, qui réunissent dans la prison de Jeanne huit et même un jour jusqu'à quinze personnes, sans compter les gardiens, y supposent un certain espace. La tour du donjon a quinze mètres de diamètre, dont la moitié environ pour l'épaisseur des murailles ; les autres tours étaient de moindre dimension. Il pense donc que la prison de Jeanne était dans l'intérieur de l'enceinte, auprès de la grande salle. Si Jeanne a été vue dans la grosse tour par Leparmentier, c'est qu'elle y a été menée lorsqu'on la voulait mettre à la torture ; si elle a été vue dans quelque autre tour vers la campagne, c'est à l'époque de sa maladie, lorsqu'on crut nécessaire à son rétablissement de la loger dans une pièce plus aérée : mais avant et après sa maladie, pendant toute la durée du procès, elle fut, selon cette opinion, dans la chambre désignée par Massieu.

Nous admettons ce que dit l'auteur sur la grosse tour, la

1. In castro Rothomagensi, in quodam carcere *versus campos* (*ibid.*, t. III, p. 121).

2. Vidit eam bis aut ter in quadam camera castri Rothomagensis *versus portam posteriorem* (*ibid.*, t. II, p. 303).

3. « In castro Rothomagensi, *in quadam camera media in qua ascendebatur per octo gradus*; et erat ibidem quoddam grossum lignum in quo erat quædam catena ferrea, cum qua ipsa Johanna existens in compedibus ferreis ligabatur, et claudebatur cum sera apposita eidem ligno. Et habebat quinque Anglicos miserrimi status, gallice *houcepaillers*, qui eam custodiebant, et multum desiderabant ipsius Johannæ mortem, et de eadem sæpissime deridebant » (t. III, p. 154). — « Et posita in castro Rothomagensi **in car-cere** » (le même, *ibid.*, t. II, p. 329).

seule qui subsiste aujourd'hui. La grosse tour n'est désignée que le jour où on voulut donner à Jeanne la torture : et ce qui prouve, que Jeanne n'y était pas emprisonnée, c'est qu'il est dit dans le procès-verbal qu'on l'y amena pour cela[1]. Le donjon se trouvait même, on le peut dire, exclu, par la manière dont les témoins qui parlent d'une tour la désignent : « une *certaine* tour. » Mais pour cette *certaine* tour il n'est pas aussi facile de réduire à quelques circonstances particulières les témoignages qui la concernent. Le médecin Tiphaine, qui a vu Jeanne aux débuts de sa maladie, qui a été même près d'elle pour juger de son état, dit qu'il l'a vue dans une tour, *in quadam turri castri*. Elle y était donc avant de tomber malade. Le temps où Daron la vit dans la tour est tout à fait indéterminé, et la visite que lui fit Haimond de Macy dans cette « prison vers les champs, » *in quodam carcere versus campos*, qui ne peut être autre que « la tour vers les champs, » *in quadam turri versus campos*, doit se rapporter au commencement de son séjour à Rouen. Mais il y a de plus sur la tour le témoignage du greffier Taquel, dont M. Hellis fait un bien étrange usage. Il paraît croire que Taquel, « appelé, dit-il, par les deux notaires pour les accompagner près de Jeanne, » lui fit une simple visite; et il ajoute : « l'époque de sa visite est précieuse : ce fut au milieu du procès (p. 14). » Supputant les deux dates extrêmes, il trouve que le milieu tombe en avril, c'est-à-dire au temps de la maladie de Jeanne; et, continue-t-il, « on n'en saurait douter, puisqu'il remarque que Jeanne était enchaînée, malgré son état de maladie, *non obstante infirmitate sua*. »

Le calcul est ingénieux, mais l'observation inexacte et la citation incomplète. Et d'abord, Taquel ne fut pas appelé par les deux greffiers pour les accompagner près de Jeanne : il fut institué par le vice-inquisiteur, Jean Lemaître, pour instrumenter, à titre de greffier, en son nom, comme Guil-

---

1. « Coram nobis judicibus prædictis in grossa turri castri Rothomagensis existentibus fuit adducta dicta Johanna » (t. I, p. 399).

laume Manchon et G. Colles le faisaient au nom de l'évêque
de Beauvais : or, nous avons la date de cette institution :
c'est le 14 mars. Et dès ce jour même il y eut deux interrogatoires dans la prison, auxquels il assista comme à tous
ceux qui suivirent, ni plus ni moins que le vice-inquisiteur
Jean Lemaître. M. Hellis ne paraît pas avoir tenu compte
de ces pièces, qui sont au procès-verbal du procès de condamnation (t. I, p. 148), ni de la déposition de Taquel lui-
même en ce qui regarde son assistance aux interrogatoires : « Il dépose (Taquel) qu'il a eu connaissance de ladite
Jeanne durant le procès fait contre elle en matière de foi,
parce qu'il fut second greffier dans ce procès, bien qu'il ne
l'eût pas été dès le commencement, comme cela résulte de sa
signature au bas des actes, ni pendant que le procès se faisait dans la grande salle, mais seulement à l'époque *où il se
faisait dans la prison ;* et, comme il le croit, il commença
à y assister le 14 mars de l'an du Seigneur 1430 [1431],
comme cela résulte de sa commission à laquelle il se réfère. Et depuis ce temps-là jusqu'à la fin du procès, il fut
présent comme greffier aux interrogatoires et aux réponses de Jeanne, bien qu'il n'écrivît pas : mais il écoutait et
rapportait ce qu'il avait entendu (*referebat*) aux deux autres notaires, savoir Boisguillaume et Manchon, qui écri-
vaient, et surtout Manchon (t. III, p. 195). »

Il a donc été présent à tous les interrogatoires depuis le
14 ou du moins depuis le 15 mars, jour où il prêta serment
(t. I, p. 148), et on peut être sûr qu'il n'en dit pas sur ce
chapitre plus qu'il n'en devait dire, quand on voit comme
il cherche à réduire sa part à la rédaction des procès-verbaux : car, selon le troisième greffier Boisguillaume, il te-
dait la plume tout aussi bien que Manchon, et c'est sur les
notes que tous les deux avaient prises le matin qu'ils rédi-
geaient, après due collation, la minute du procès-verbal
(t. III, p. 160). On voit si tout cela peut se réduire à cette
visite faite par Taquel à Jeanne pendant sa maladie, hypo-
thèse sans laquelle M. Hellis ne pourrait borner à la maladie de Jeanne son séjour dans la tour. Encore, dans le

passage où l'auteur a eu le tort de renfermer toute la déposition de Taquel, y a-t-il bien plus qu'on ne nous en dit,
car il déclare qu'il a vu Jeanne quelquefois dans les fers,
quelquefois même sans que sa maladie l'en exemptât : « Et
vidit eam aliquando *in compedibus, et aliquando non
obstante infirmitate sua.* » De quelque façon qu'il l'ait vue,
il n'a pas cessé de la voir depuis le 14 mars, tant que dura
le procès : cela résulte de son propre témoignage et du
procès-verbal même de la condamnation, qui constate sa
présence à tous les interrogatoires, depuis le 14 mars jusqu'à la fin.

Personne donc n'était mieux en mesure que lui de nous
dire où était Jeanne ; et les deux fois qu'il en parle, il nous
dit qu'il la vit « dans les prisons du château de Rouen,
dans une tour vers les champs, *in carceribus castri Rothomagensis, in quadam turri versus campos* (t. II, p. 317); »
— « dans une chambre située sous un escalier, vers les
champs, *in quadam camera sita sublus quemdam gradum, versus campos* » (t. III, p. 180).

Mais une tour convient-elle aux circonstances que l'on a
vues ailleurs? Les interrogatoires étaient-ils possibles devant huit ou dix assesseurs, dans une pièce de quatre à
cinq mètres de diamètre ou de côté? Cela même n'aurait
rien d'impossible, et par extraordinaire quinze personnes
y auront pu assister, bien qu'alors elles n'aient pas dû y
être fort à l'aise [1]. Il n'est pas besoin de les supposer ran-
gées comme des juges « siégeant en tribunal (p. 13), » ni
de leur adjoindre, pour grossir le nombre, les cinq gardiens. Deux d'ordinaire étaient à la porte. On peut les y
laisser et y reléguer aussi les trois autres, si la place manque : Pierre Cauchon dans la chambre, avec dix ou douze
de ses acolytes, leur répondait que Jeanne était bien gardée. Mais rien ne force à réduire à de si étroites dimen-
sions la chambre où Jeanne était renfermée. M. Bouquet,

---

1. Le samedi 17 mars on en compte onze, et de plus les greffiers ; le 31 mars,
onze encore, mais généralement le nombre n'en dépasse pas cinq ou six

qui a repris cette question après M. Hellis dans la *Revue de la Normandie*[1], cite une descente de lieux du 19 février 1641, où il est dit que « la tour de la Pucelle avait quinze pas de diamètre, » ce qui donne environ douze mètres pour le diamètre de la tour, et, en se contentant de trois mètres pour l'épaisseur des murs, six mètres pour la chambre. L'espace serait encore assez grand pour que dans une chambre de cette dimension on ait pu, comme le remarque le même auteur, établir une cloison en charpente et en plâtre, qui ménageât une pièce plus petite auprès de celle où était renfermée la Pucelle. C'est ce que l'on fit l'année suivante à la grosse tour pour y emprisonner Poton de Xaintrailles[2] : et l'on peut croire qu'on avait pris les mêmes dispositions à l'autre tour quand on se rappelle comment y était gardée la Pucelle, « entre les mains de cinq Anglois, dont en demeuroit de nuyt trois en la chambre et deux dehors à l'uys de la dicte chambre[3]. » Cette petite pièce aurait servi à les y loger, et c'est là aussi que Pierre Cauchon et Warwick ont pu placer les greffiers, le jour où ils leur donnaient pour mission d'écouter par une ouverture pratiquée secrètement et de consigner par écrit les paroles de Jeanne dans son entrevue particulière avec Loyseleur[4]. Quant aux mots *camera media*, M. Bouquet

---

1. 30 juin 1865, p. 376, et tirage à part, p. 13.

2. Bouquet, *ibid.*, p. 376, ou p. 14, d'après des comptes de 1432, cités par M. de Beaurepaire, *Notes sur la prise du château de Rouen*, par Ricarville, en 1432, p. 25-27, et reproduites dans le tirage à part de M. Bouquet, p. 149 et suiv.

3. *Procès*, t. II, p. 18 (Massieu). Ce n'est pas seulement après l'abjuration, comme on le pourrait inférer du lieu où se trouve cette déposition, mais pendant toute la durée de l'emprisonnement, qu'elle était ainsi gardée : témoin ce que dit une autre fois le même Massieu : « Ad custodiam ejus erant quinque Anglici de die et nocte, quorum tres erant de nocte inclusi cum ea et de die (selon le ms. 5970, *de nocte*) erant duo extra carcerem » (*Ibid.*, t. II, p. 329).

4. « Et de fait au commencement du procez ledit notaire et ledit Boisguillaume, avec témoins, furent mis secrètement en une chambre prouchaine où estoit ung trou par lequel on pouvoit escouter, afin qu'ilz peussent rapporter ce qu'elle disoit ou confessoit audit Loyseleur. » T. II, p. 10 (Manchon). — « Et erat in quadam camera contigua eidem carceri quoddam foramen specialiter factum ad hujusmodi causam, in quo ordinaverunt ipsum loqueatem et

les prend en ce sens que Jeanne était au milieu de la chambre, ou simplement dans la chambre. Il cite Ovide et Cicéron, dont le latin n'a rien à faire ici. Nos témoins ne songent pas à nous dire que Jeanne était au milieu de la chambre : ils disent où est la chambre, et il faut l'expliquer.

L'expression *camera media*, littéralement « chambre du milieu, » ne se dit pas nécessairement d'une chambre placée entre deux autres de plain-pied, comme l'entend M. Hellis ; elle peut s'entendre d'une chambre placée entre le rez-de-chaussée et les combles. Dans un ancien inventaire de la bibliothèque du roi au Louvre, cité par M. Léopold Delisle, il est parlé de livres placés dans « la chambre du milieu, » et il s'agit de la chambre du premier étage[1]. Cette chambre où, selon Massieu, on arrivait par huit marches, formait, au-dessus d'un emplacement qui pouvait être à demi en sous-sol, le premier étage de la tour. Entre Massieu et Manchon, qui laissent la chose douteuse, et Taquel, qui l'affirme, on ne saurait hésiter. La salle auprès de la grande chambre où M. Hellis met la prison de Jeanne est tout simplement une chambre où se passèrent plusieurs des scènes du procès, mais où Jeanne n'était pas à demeure, où elle était amenée pour la circonstance, tout aussi bien qu'à la grosse tour : « *in camera prope magnam aulam castri Rothomagensis præsidentibus nobis, in præsentia dictæ Johannæ, in eodem loco* CORAM NOBIS ADDUCTÆ. » Qu'on se rappelle l'intérêt extrême que les Anglais mettaient à retenir Jeanne dans leur prison, et l'on comprendra qu'une chambre attenant à d'autres ne leur ait point dû paraître d'une garde assez sûre. Il leur fallait une tour pour qu'ils y trouvassent ce qu'il leur importait d'avoir, « une prison forte, *in carcere forti*[2]. »

tuum socium adesse, ad audiendum quæ dicerentur per eamdem Johannam, et ibidem erant ipse loquens et comes, qui non poterant videri ab eadem Johanna. » T. III, p. 141 (Manchon).

1. *Histoire des fonds du cabinet des manuscrits de la Bibliothèque impériale*, p. 22, note 13.

2. T. III, p. 161 (G. Colles).

Quant au degré sous lequel elle était située, M. Bouquet l'entend d'un escalier appliqué extérieurement à la tour pour mener à la galerie de la courtine, degré sous lequel on passait avant d'arriver aux huit marches qui conduisaient à la prison de Jeanne[1]. Je l'entendrais plus volontiers, au sens le plus naturel, d'un escalier menant à l'étage supérieur de la tour, escalier que l'on pourrait supposer pratiqué dans l'épaisseur de la muraille, comme cela se voit, par exemple, au second étage de la tour de Pornic.

Dans quelle tour Jeanne fut-elle enfermée? Puisque le donjon n'est pas nommé (excepté dans un cas particulier qui l'exclut pour le reste), il faut chercher une tour qui offre cette double particularité d'être vers les champs et de se trouver près de la porte de derrière. Or sur un plan dressé judiciairement en 1635, et reproduit par M. Bouquet à l'appui de son mémoire, on trouve, non loin d'une porte de sortie vers la campagne, une tour dite *tour de la Pucelle* : l'application de ce nom de Pucelle à cette tour remontait évidemment à une époque plus ancienne et s'appuyait de la tradition. Quand une tradition est si bien d'accord avec les témoignages et l'état des lieux, on n'a aucune raison de la révoquer en doute ; et nous adhérons complétement aux conclusions de M. Bouquet, qui marque en ce lieu la prison de la Pucelle. La tour subsista avec son nom traditionnel jusqu'aux premières années de ce siècle ; démolie partiellement en 1780, visitée encore en 1798 par un curieux à qui on montra les restes de la chambre de Jeanne d'Arc[2], elle fut à peu près rasée vers 1809. On ne peut plus qu'en signaler en partie la place aujourd'hui, dans une maison située rue Morant, n° 10.

En même temps que paraissait notre seconde édition où se

---

1. *Jeanne d'Arc au château de Rouen*, p. 10 et 124.
2. Bouquet, *t. l.*, p. 121-125; cf. *Archiv. municip. de Rouen* : Registre des délibérations, sous la date du 14 avril 1789, cité par M. Chéruel dans son trop rare ouvrage, *Histoire de Rouen sous la domination anglaise au quinzième siècle*, p. 88.